Kate Atkinson

Die Ebene der schrägen Gefühle

Kate Atkinson

Die Ebene der schrägen Gefühle

Ein komischer Roman

Aus dem Englischen von
Anette Grube

Droemer

Originaltitel: Emotionally Weird
Originalverlag: Doubleday, London

Die Folie des Schutzumschlags sowie die Einschweißfolie sind
PE-Folien und biologisch abbaubar.
Dieses Buch wurde auf chlor- und säurefreiem Papier gedruckt.

Umschlaggestaltung: ZERO Werbeagentur, München
Umschlagabbildung: © The Image Bank, München
Satz: Ventura Publisher im Verlag
Druck und Bindung: Franz Spiegel Buch GmbH, Ulm
Printed in Germany
ISBN 3-426-19549-6

2 4 5 3 1

Für Lesley Denby, née Allison,
in Liebe

So wie die Universität von Dundee und vor allem
die Institute für Anglistik und Philosophie
in diesem Buch dargestellt werden, haben sie kaum
Ähnlichkeit mit dem wirklichen Leben,
weder dem vergangenen noch dem gegenwärtigen.
Ebenso wenig sind die Figuren mit wirklichen
Menschen identisch, weder lebenden noch toten.

Mein Dank gehört:

Helen Clyne, Lesley Denby, Helen How,
dem Howard Hotel (Edinburgh), Maureen Lenehan,
Gareth McLean, Martin Myers, David Mattock,
Ali Smith, Sarah Wood.

»Wenn ich ein Wort so schwer arbeiten lasse wie jetzt eben«, sagte Goggelmoggel, »dann gebe ich ihm auch eine Zulage.«
»Ach!«, sagte Alice, denn für eine längere Bemerkung war sie viel zu durcheinander.
»Ja, am Samstagabend solltest du einmal sehen, wie sie da bei mir anstehen«, sagte Goggelmoggel und wiegte den Kopf gewichtig hin und her, »weil – da haben sie nämlich Zahltag.«

Alice hinter den Spiegeln,
Lewis Carroll

Die Hand des Schicksals

(Erste Fassung)

1

Inspektor Jack Gannet fuhr auf der Küstenstraße nach Saltsea-on-Sea. Die heutige Sonne (nicht, dass er glaubte, es gäbe jeden Tag eine neue) stieg bereits frohgemut am Himmel empor. Es war ein wunderschöner Morgen. Jammerschade, dass er von der Lucky Lady und ihrer Fracht verdorben werden sollte - einer überaus unglückseligen Lady. Einer überaus toten Lady. Jack Gannet seufzte, sein Job wurde nicht einfacher. Jack Gannet war länger bei der Polizei, als er sich erinnern wollte. Er war die unkomplizierte altmodische Sorte Polizist. Er hatte keine sonderbaren Ticks und neigte nicht zu exzentrischen Verhaltensweisen - er machte keine Kreuzworträtsel, er war kein Belgier, und er war definitv keine Frau. Er war ein für seinen Beruf prädestinierter Mann. Glücklich war er allerdings nicht. Er wollte sich an einem so grandiosen Morgen wie diesem nicht um eine Leiche kümmern müssen. Und erst recht nicht mit leerem Magen.

Madame Astarti wußte noch nichts von der Leiche. Sie hatte Mühe, die Augen zu öffnen. Sie waren verklebt von Schlaf, Wimperntusche und einem Gin zu viel, den sie am Vorabend mit Sandra und Brian in The

Crab and Bucket getrunken hatte. Madame Astarti seufzte, tastete blind auf dem Nachttisch nach dem Feuerzeug und einer Schachtel Player's No. 6 und inhalierte dann tief den Rauch. Sie liebte den Geruch von Nikotin am Morgen.
Auf dem Dach über ihr trippelten Möwen und verkündeten einen absolut neuen Tag in Saltsea-on-Sea. Durch einen Spalt in den Vorhängen sah sie, dass die Sonne eidottergelb war. Der Sonnenaufgang, dachte sie, ist jeden Tag wieder ein kleines Wunder. Es wäre doch lustig, wenn er eines Morgens nicht stattfinden würde, oder? Tja, vermutlich wäre das überhaupt nicht lustig, weil alles auf der Welt sterben würde. Das wäre dann der wirklich tiefe Schlaf.

1972

Blut und Knochen

Meine Mutter ist eine Jungfrau. (Glauben Sie mir.) Meine Mutter, Nora – ein feuriger kaledonischer Leitstern –, behauptet, sie sei unberührt von der Hand eines Mannes und so rein wie Jeanne d'Arc oder der Schnee auf den Grampians. Würden Sie gebeten, bei einer polizeilichen Gegenüberstellung aus einer Reihe Frauen die jungfräuliche herauszupicken (ein unwahrscheinliches Szenario, ich weiß), würden Sie nie im Leben auf Nora tippen.
Bin ich also ein Kind mirakulöser Magie? Fanden sich in der Nacht meiner Geburt Zeichen und Omen am Himmel? Ist Nora die Mutter Gottes? Gewiss nicht.
Auf meiner Geburtsurkunde steht, dass ich in Oban geboren wurde, ein unwahrscheinlicher Ort für die Wiederkunft. Meine Anfänge wurden von Nora immer so in Nebel und Geheimnis gehüllt, dass ich mit dem Gedanken aufwuchs, ich müsse insgeheim eine Prinzessin von königlichem Geblüt (echtes blaues Blut) sein, die auf den Tag wartete, an dem sie gefahrlos ihr Erbe antreten könnte. Und jetzt stellt sich heraus, dass die Dinge noch komplizierter sind.
Ich bin einundzwanzig Jahre alt und (soweit ich weiß, denn anscheinend ist nichts sicher) Euphemia Stuart-Murray. Genannt Effie nach Noras Schwester, die an dem Tag, an dem ich geboren wurde, in einem Fluß ertrank. Nora selbst war erst siebzehn, als ich auf die materielle Welt kam. Ein Kind, das ein Kind großzog, sagt sie.
Die Stuart-Murrays kenne ich selbstverständlich nicht. Als Kind hatte ich weder einen freundlichen Großvater noch verspielte Onkel. Nora besuchte weder einen Bruder, noch sprach sie wehmütig von einer Mutter. Selbst der Name ist mir neu, denn mein ganzes Leben lang führten Nora und ich den prosaischeren Namen »Andrews«. Und wenn man sich schon nicht darauf verlassen kann, dass der eigene Name stimmt, worauf kann man sich

dann verlassen? Soweit sie sich zu ihrer Familie bekannte – oder umgekehrt –, hätte meine Mutter auch auf einer Kammmuschel an Land gespült worden oder ausgewachsen dem Kopf eines erzürnten Gottes entsprungen sein können, ihre Adern gefüllt mit Götterblut.
Bislang hat Nora so gut wie nichts über irgendeine Familie geäußert, sie ließ sich lediglich zu der Behauptung hinreißen, dass wir von der gleichen Linie abstammten wie Maria Stuart höchstpersönlich und dass die Defekte der toten schottischen Königin über Generationen hinweg an uns weitergegeben wurden, insbesondere, sagte Nora, ihr schlechtes Urteilsvermögen, was Männer anbelangt. Aber andererseits bezweifle ich, dass es sich hierbei um einen Charakterzug handelt, der ausschließlich Maria, der Königin von Schottland, oder auch nur den Stuart-Murrays eigen ist.

Ich bin nach Hause gekommen – wenn man es denn so nennen will, denn ich habe hier nie gelebt. Mein Leben ist ein einziges Rätsel. Ich bin so weit im Westen, wie ich nur sein kann – zwischen hier und Amerika befindet sich nur der Ozean. Ich bin auf einer Insel in diesem Ozean – ein Stück Torf und Heide, gespickt mit Dornengestrüpp, vom Mond aus nicht zu sehen. Die Insel meiner Mutter. Nora sagt, es sei nicht ihre Insel, die Vorstellung von Landbesitz sei absurd und obendrein politisch nicht korrekt. Aber ob es ihr nun gefällt oder nicht, sie herrscht über alles, was zu sehen ist. Auch wenn es sich überwiegend um Wasser handelt. Wir sind nicht allein. Die Insel ist überlaufen von robusten schottischen Tieren, dickhäutige Säugetiere und boshafte Vögel, die dieses Eiland wieder für sich beanspruchen, da alle Menschen es zu Gunsten der Annehmlichkeiten des Festlands verlassen haben. Nora, schon immer die widerspenstige Sorte Frau, ist den umgekehrten Weg gegangen und hat die Annehmlichkeiten des Festlands verschmäht, um sich auf dieser einsamen Insel niederzulassen. Wenn wir vom Festland reden, meinen wir nicht immer

das Festland, wir meinen oft die nächstgrößere Insel. So geschrumpft ist unsere Welt.
Nora, eine ewig Entwurzelte, die fahrende Schottin, eine Ein-Personen-Diaspora (zwei Personen, wenn man mich mitzählt), verbrachte die Jahre meiner Kindheit nicht in ihrem Heimatland, sondern im Exil, hetzte von einer kleinen englischen Stadt am Meer zur nächsten, als stünde sie unter dem sonderbaren kartografischen Zwang, die Küste Schritt für Schritt zu erkunden. Hätte uns jemand beobachtet, hätte er geglaubt, wir würden permanent Ferien machen.
Immer wieder habe ich mich gefragt, ob Nora diese Reise vor langer Zeit in Land's End begonnen und versucht hatte, nach John O'Groats zu gelangen, obschon ich mir den Grund dafür nicht vorstellen konnte – außer vielleicht, weil sie Schottin ist, aber andererseits erachten es viele Schotten ihr ganzes Leben lang nicht für notwendig, nach John O'Groats zu fahren.
Jetzt meint sie, dass sie hier sterben will, aber sie ist erst achtunddreißig. Sie will doch nicht jetzt schon das Zeitliche segnen? Nora behauptet, dass es bedeutungslos ist, wann man stirbt, weil dieses Leben sowieso eine Illusion ist. Das mag stimmen, aber es verhindert nicht, dass uns der kalte Regen bis auf die Haut durchnässt oder die stürmischen Winde in unser Haar fahren. (Wir werden hier buchstäblich vom Wetter gegerbt.) Wie auch immer, ich glaube nicht, dass Nora jemals sterben wird, ich glaube, dass sie nur ihren Zustand ändern wird. Sie hat bereits angefangen, sie verwandelt sich in ein elementares Geschöpf mit Gezeitenblut und Kalksteinknochen. Sie entwickelt sich zurück, zieht sich in die urzeitlichen fischigen Regionen ihres Gehirns zurück. Vielleicht wird sie bald in das wässrige Reich Poseidons kriechen und ihr echsenhaftes Erbe zurückfordern. Oder sich in etwas Monumentales verwandeln – in einen eisbedeckten, mit Granitfelsen übersäten Berggipfel oder in einen reißenden torfbraunen Fluss, der mit seiner Fracht aus jungen Aalen, Fischrogen und wallenden grünen Pflanzen ins Meer strömt.

Ich bin an die mir unbekannten und bislang totgeschwiegenen Stuart-Murrays über spiralförmige Bandwürmer genetischen Materials gebunden. Wir sind, ob tot oder lebendig (überwiegend tot, wie es scheint), glühender molekularer Sternenstaub, galaktischer Abfall aus Bakterien und Keimen. Unsere Venen haben die Farbe von Rittersporn und Lupinen, das Blut in unseren Arterien ist ein brodelndes Gebräu aus zerstoßenen Geranienblüten und Gewächshausrosen, verdünnt mit Plasma wie Katarrh und –

– Sei still, sagt Nora, red keinen Unsinn, wir stammen ab von alten Kriegern, von Berserkern und Eroberern. Unser Blut schmeckt nach verrosteten Waffen und gehämmerten Münzen. Wir gehören nicht zu der Sorte, sagt sie, die sich stoisch die dünnen Adern aufschlitzt, als wären sie Schilfrohr, und still und leise auf ihrem Blut davonschwimmt, wir legen unsere Brustpanzer an und hacken und hauen auf unsere Feinde ein und zerstückeln sie.

Die Stuart-Murrays sind, so scheint es, beidhändig – sie kämpften gegen die Engländer und unterstützten Schulter an Schulter mit ihnen das Empire und die Ausbeutung. Wir zählen zu den Wir-bluteten-mit-Wallace und waren bei fast jedem Geramme, Gezerre und Gezänk der gepeinigten Geschichte Schottlands dabei.

Und wo sind sie jetzt, diese nichtsnutzigen Stuart-Murrays? Die Linie, sagt Nora, endet mit Töchtern. Oder, um genauer zu sein – mit mir. Ich bin, so scheint es, die letzte Tochter des Hauses Stuart-Murray.

Ich bin eine junge Frau aus Fleisch und Blut, Zucker und Gewürzen, aus allen guten Dingen und den wieder aufbereiteten Molekülen der Toten. Ich habe dünne Knochen, die für meinen Geschmack zu leicht brechen und splittern. Ich habe Noras schmalen Rist und ihre breiten Zehen, ihre Vorliebe für sentimentale Musik, ihre Abneigung gegen Rosenkohl. Ich habe das temperamentvolle Haar meiner Mutter – Haar, wie es für gewöhnlich nur in der Phantasie von Künstlern existiert und dessen Anblick auf dem Kopf einer wirklichen Frau beunruhigend sein kann. Noras

Haar hat die Farbe nuklearer Sonnenuntergänge und zu stark gewürzter Pfefferkuchen, aber meine Korkenzieherlocken sind leider clownesker und karottenfarben.

Ich spreche auch die Muttersprache meiner Mutter, denn wir führten in meiner Kindheit ein so abgeschottetes Leben, dass ich ihren Akzent habe, obwohl ich vor meinem achtzehnten Lebensjahr keinen Fuß in ihr Heimatland setzte.

Manche Menschen verbringen ihr ganzes Leben damit, nach sich selbst zu suchen, aber unser Selbst ist das einzige Ding, das wir nicht verlieren können (an diesem rückständigen Ort werde ich zu einer billigen Philosophin). Vom Augenblick unserer Zeugung an ist es das Muster unseres Blutes, und unsere Knochen sind durch und durch davon geprägt wie die Schichten eines Küstenfelsens. Andererseits sagt Nora, in Anbetracht der Tatsache, dass jede Zelle und jedes Molekül unseres Körpers seit unserer Geburt mehrmals erneuert wurden, sei sie überrascht, dass irgendjemand weiß, wer er ist.

Manche Leute sind der Ansicht, dass wir nichts weiter als ein Bündel von Wahrnehmungen sind, andere behaupten, dass wir ausschließlich aus unseren Erinnerungen bestehen. Meine früheste Erinnerung handelt vom Ertrinken – wie meine Mutter fühle ich mich von den Schattenseiten des Lebens angezogen. Vielleicht bin ich ein lebendes, atmendes Beispiel für Reinkarnation – vielleicht sprang der Geist der ertrinkenden Effie aus ihrem in meinen neugeborenen Körper?

– Hoffentlich nicht, sagt Nora.

Die Erinnerung ist natürlich ein kapriziöses Ding, sie gehört nicht in die Welt von Vernunft und Logik, sondern in das Reich der Träume und Fotografien – Orte, an denen Wahrheit und Realität zum Greifen nah und doch außer Reichweite sind. Es kann genauso gut sein, dass ich mir diese wässrige Erinnerung, die so wenig greifbar ist wie das Wasser selbst, nur einbilde – oder es war ein Alptraum, den ich für wirklich hielt. Aber was ist ein Alptraum, wenn nicht wirklich?

Bevor sie sich ein Ziel setzte (sich in Landschaft zu verwandeln), war Nora eine zerstreute, geistesabwesende Person. Mnemosynes vergessene Tochter. Wie sonst könnte man die Unterschlagung der Stuart-Murrays erklären, ganz zu schweigen von den schrecklichen Umständen meiner Geburt?

Wir gehen die von Papageientauchern bevölkerten Klippen entlang, die in die kalt kochende See abfallen. Über unseren Köpfen formen kreisende kreischende Vögel – Dreizehenmöwen, Lummen, Tölpel – komplexe, nicht deutbare Omen.
Von hier können wir fast die gesamte Insel überblicken – das große Haus, in dem wir wohnen, den Adlerfarn, das Heidekraut, den sumpfigen Torf und jenseits davon, auf der anderen Seite der Insel, den gelblichen sandigen Sumpf, Heimat von Hase und Wildkatze, Letztere das erschreckend hässliche Ergebnis genetischer Isolation – Tiere, die von einem einzigen Paar siamesischer Hauskatzen abstammen, die ihrerseits von vor langer Zeit verstorbenen Stuart-Murrays in die Ferien mitgenommen wurden. Denn diese Insel ist laut Nora das Urlaubsdomizil unserer Vorfahren.
Ich habe keinen Grund, diese Tatsache zu bestreiten, obwohl ich mir nicht denken kann, warum jemand an diesem verfluchten Ort Urlaub machen sollte. Vermutlich hat er selbst im Hochsommer etwas herbstlich Trostloses. Im Winter ist es ein Ort, der seit langem vergessen oder vielmehr noch nie entdeckt wurde. Nora behauptet, sich an Ferien auf der Insel entsinnen zu können; sie erinnert sich, wie sie als Kind in den Lachen zwischen den Felsen nach kleinen braunen Krebsen und winzigen dunkelsilbrigen Fischen tauchte und auf dem ausgelaugten meersalzigen Gras des Rasens picknickte.
Nora ist eine Frau mit Vergangenheit, mit einer Vergangenheit, über die zu sprechen sie sich immer beharrlich weigerte, und Sie können sich nicht vorstellen, wie merkwürdig es ist, sie jetzt davon reden zu hören. Es verwirrt mich mehr, als es sie verwirrt, denn sie hatte sie all die Jahre in ihrem Kopf dabei, während es

für mich eine frisch geöffnete Schachtel voller Schrecken und Wunder ist.
Nora sagt, dass wir uns wie zwei alte, kaltknochige Jungfern (Euphemia und Eleonora) in Schals und Decken wickeln, neben das knisternde Feuer aus Treibholz setzen und unsere Geschichten erzählen sollen. Wenn sie ihre Geschichte für mich in die Stille gießen wird, sagt sie, wird es eine so sonderbare und tragische Geschichte sein, dass ich glauben werde, sie entspringe einer finsteren überaktiven Phantasie und nicht einem wirklichen Leben.

– Beeil dich, los, drängt mich Nora, wir müssen anfangen, wir müssen unsere Geschichten erzählen. Wie willst du beginnen?, fragt sie. *Ein einsamer Fischer, der früh aufgestanden ist, um Meeresforellen zu fischen … ?* Und wird sie wahr sein? Oder wirst du sie während des Erzählens erfinden?
– Wirst du die Langeweile des Alltags austreiben – den Stumpfsinn der aufgesetzten Wasserkessel, der gespülten Toiletten, der zugezogenen Vorhänge, des Läutens an der Tür, des Klingelns des Telefons, der abgestreiften Hautstückchen, der nachgewachsenen Nägel und so weiter (ad infinitum, ad nauseam)? Wollen wir uns wirklich, fragt sie, die Weitschweifigkeit kleinlicher ehelicher Dispute über die Katze, den Rasenmäher, die Flasche blutroten Weins anhören?
– Ebenso wenig, sagt Nora, wollen wir Nullachtfünfzehn-Geschichten von Hausfrauenangst, von Frauen, die heroisch ein neues Leben mit einem gutaussehenden Liebhaber, einem hübschen Kind und einem Happy End beginnen. Stattdessen wünschen wir uns Geschichten von Mord und Totschlag, mit vielen Handlungssträngen, einer verrückten Frau im Speicher, gestohlenen Diamanten, verlorenen Geburtsrechten, heldenhaften Hunden, einem Quäntchen Sex, einem Hauch Philosophie.

Na gut. Ich werde mit einem willkürlich gewählten Moment vor etwas mehr als einem Monat (wie viel länger es schon her zu sein scheint) beginnen. Die Jahreszeit ist Winter, es ist immer Winter. Nora ist die wahre Königin des Winters.

Der Ort des Geschehens ist das Land der Kuchen, die Stadt der drei Js, die Heimat der Broons, des Schulhofs der Bash Street Kids und von William Wallace, des Grünkohlbeets des schottischen Journalismus, Juteopolis – Dundee!

Dundee. Ein weit, weit entfernter Ort hoch oben im verzauberten Norden, in dem ich geboren wurde, aber nicht aufgewachsen bin. »Der Norden« – dieses magische Straßenschild, das Eisschollen und Eskimos verspricht, Eisbären und die Aurora borealis. Dundee – Land eigenartiger Straßennamen – Strawberrybank, Peep o'Day Lane, Shepherd's Loan, Magdalen Yard Green, Small's Wynd, Brown Constable Street, Bonnybank Road.

Dundee – erbaut auf dem erkalteten Magma und der Lava eines erloschenen Vulkans, Dundee mit seinen zerfallenden Mietskasernen aus verwaschenem Sandstein, seinem undurchdringlichen Akzent, seinem grauenhaften Essen und seinem hohen, weiten Mündungshimmel. Das schöne Dundee, in dem sich der Tay zu einer Förde verbreitert, Lachse, Abwässer, Moleküle der wässrigen Toten, vielleicht sogar von Noras Schwester Effie mit sich trägt, die schöne Effie, ertrunken an dem Tag, an dem ich geboren wurde, flussabwärts geschwemmt wie ein toter Fisch.

– Jetzt fang endlich an, sagt Nora.

Chez Bob

Es war ein Montagmorgen, und ich wurde zu einer schauerlichen Stunde aus meinen Träumen aufgestört, weil jemand mit der schrillen Dringlichkeit klingelte, die Tod, Tragödie oder eine plötzliche unerwartete Erbschaft signalisiert. Es war nichts davon (zumindest noch nicht), es war Terri. Es war erst sieben Uhr, und deswegen war es wahrscheinlich, dass sie überhaupt nicht im Bett gewesen und nicht etwa früh aufgestanden war.

Terri war klein und dünn und wie gewöhnlich gekleidet wie eine derangierte viktorianische Gouvernante. Ihre Backen waren von der Blässe einer drei Tage alten Leiche, und trotz der Dunkelheit des nicht beleuchteten Treppenhauses trug sie eine Ray-Ban-Sonnenbrille.

Obwohl ich die Tür geöffnet hatte, drückte Terris Finger weiterhin auf den Klingelknopf, als hätte sie während des Klingelns der *Rigor mortis* eingeholt. Ich schob ihren Finger gewaltsam beiseite, wobei ich ihn beinahe hätte brechen müssen. Sie streckte mir eine Hand hin, die Handfläche nach oben, und sagte: »Gib mir deine Arbeit über George Eliot.« Ihr Gesicht war so ausdruckslos wie das einer Meuchelmörderin.

»Oder was – ich schieße?«

»Verpiss dich«, sagte sie in knappen Worten und zündete sich wie eine Schurkin aus einem *Film noir* eine Zigarette an. Ich knallte ihr die Tür vor der Nase zu und kroch zurück ins Bett zu dem warmen weichen Körper von Bob, mit dem ich im urbanen Dreck der Mansarde einer vergammelten Mietskaserne in der Paton's Lane zusammenlebte, dem früheren Wohnsitz von Dundees geschmähtem, aber edelherzigem Poeten William Topaz McGonagall. Bob drehte sich auf die andere Seite und gab wie gewöhnlich Schlafkauderwelsch von sich. (»Der Leopard wird den Zug versäumen!« »Ich muss den Rettich finden«, und so weiter.)

Bob, von manchen Leuten »Magic Bob« genannt, aus unerfindlichen Gründen und nicht etwa, weil er einen Taschenspielertrick auf Lager hatte, war in Wirklichkeit ein völlig unmagischer Junge aus Essex, geboren und aufgewachsen in Ilford, wiewohl er, wenn er es nicht vergaß, mit einem monotonen, vage nordisch klingenden Akzent sprach, um bei seinen Freunden glaubwürdiger zu erscheinen.

Wie ich studierte Bob an der Universität von Dundee. Allerdings behauptete er, dass er sich relegieren würde, wäre er verantwortlich für die Universität. Er gab selten eine Arbeit ab und betrachtete es als Ehrensache, nie eine Vorlesung zu besuchen. Stattdessen führte er das träge Leben eines nachtaktiven Faultiers, rauchte Dope, sah fern und hörte über Kopfhörer Led Zeppelin.

Bob hatte vor kurzem entdeckt, dass er sich in seinem letzten Studienjahr befand, das zweite Jahr hatte er bereits zweimal wiederholt – ein Rekord – und lange Zeit angenommen, dass er ewig Student bleiben würde, ein Missverständnis, das erst kürzlich aufgeklärt worden war. Er wollte einen doppelten Abschluss in Englisch und Philosophie machen. Wenn man ihn fragte, was für einen Abschluss er machen wollte, antwortete er »einen doppelten«, was er für einen brillanten Witz hielt. Bobs Sinn für Humor war von den Goons entwickelt und den Monkees geschliffen worden. Bobs Fernsehheld war Micky Dolenz in Mickys frühen Tagen als Corky in *Corky und der Zirkus.*

Bob war eine altmodische Person, sein zweiter Held war *Fritz the Cat*, und alles, was eine auf Dauer aufrechterhaltene Aufmerksamkeitsspanne erforderte, interessierte ihn überhaupt nicht. Außerdem war er vollkommen unpolitisch trotz der ungeöffneten dreibändigen Ausgabe von *Das Kapital* in seinem Bücherregal – deren Herkunft er nicht erklären konnte, obschon er sich verschwommen daran erinnerte, einer radikalen marxistischen Splittergruppe beigetreten zu sein, nachdem er den Film *If* im Kino gesehen hatte. Er war anfällig für die üblichen Obsessionen und Wahnvorstellungen von Jungen in seinem Alter – die Klingonen zum Beispiel waren für Bob so real wie die Franzosen oder Deutschen, realer jedenfalls als, sagen wir mal, die Luxemburger.

Wieder klingelte es, diesmal weniger dringlich, und als ich die Tür öffnete, stand Terri noch immer da. »Lass mich rein«, sagte sie leise. »Ich glaube, ich habe Frostbeulen.«

Terri war eine kleine Prinzessin aus dem Mittleren Westen, ein Cheerleader mit abgelaufenem Verfallsdatum. Sie mochte einst getreidegefütterte Verwandte im Herzland gehabt haben (obwohl es leichter war, sich vorzustellen, dass sie im Nest eines prähistorischen Vogels ausgebrütet worden war), aber im Lauf der Zeit waren sie alle gestorben oder hatten sie allein gelassen. Ihr Vater, ein leitender Angestellter bei Ford, steckte sie während einer kurzen Versetzung nach England in ein Quäkerinternat und ließ sie dort bei seiner Rückkehr nach Michigan zurück.

Terri gefiel es, ihren ethnischen Ursprung chamäleonhaft zu gestalten. Manchmal machte sie Anspielungen auf Italien, dann wieder auf vor Pogromen fliehende Russen, eine Spur Orient, eine Andeutung Judentum. Nur ich wusste von der glanzlosen Straßenkötermischung aus irischen Straßenarbeitern, holländischen Milchbauern und belgischen Bergarbeitern, die ihr durch reinen genetischen Zufall das Aussehen einer exotischen Huri oder einer Dienerin von Poe verliehen hatten. Wir waren die besten Freundinnen, wir waren die schlechtesten Freundinnen. Wir waren die Schwestern, die wir nie gehabt hatten. Mir tat jemand, der so vom Mainstream der Menschheit abwich, Leid. Bisweilen fragte ich mich, ob meine Rolle in Terris Leben nicht darin bestand, zwischen ihr und den Lebenden zu vermitteln, wie die Gehilfin eines Vampirs.

Obwohl sie hasste, dort zu wohnen, hatte Terri eine eigene schlampige Höhle in der Cleghorn Street – eine nicht gerade ansprechende Wohnung mit fließend kaltem Wasser, die zu nichts anderem taugte, als ihren Sarg mit Heimaterde darin aufzubewahren. In einem seltenen Anfall von Tatendrang hatte sie die ganze Wohnung lila gestrichen, eine Farbwahl die nicht dazu beitrug, ihre eigene Düsternis aufzuhellen. Aber zumindest hatte Terri im Gegensatz zu mir eine präzise Vorstellung von ihrem zukünftigen Schicksal – sie wollte einen sehr alten, sehr reichen Mann heiraten und ihn dann »zu Tode vögeln«. Sie wäre nicht die Erste, aber ich bezweifelte, dass sie in Dundee einen geeigneten Kandidaten finden würde.

Ich tastete im Dunkeln nach einer Kerze. Wir waren mitten in einem frustrierenden Winter von Streiks und Drei-Tage-Wochen, und das hieß, dass es an diesem Morgen keinen Strom gab. Wenn ich dazu in der Lage gewesen wäre vorauszudenken, was ich leider nie können werde, hätte ich mir längst eine Taschenlampe gekauft. Ich hätte mir außerdem eine Thermosflasche zugelegt. Und eine Wärmflasche. Und Batterien. Ich fragte mich, wie viele Drei-Tage-Wochen nötig wären, bevor die Zivilisation zusammenbräche. Für die einen früher als für die anderen, vermutete ich.

Vom Fenster aus sah ich, dass es in Five auf der anderen Seite des Flusses Strom gab. In den Häusern von Newport und Wormit funkelten fröhliche Lichter, während zielstrebigere Menschen als wir den neuen Tag begannen. Wenn es hell gewesen wäre, hätten wir einen großartigen Blick auf die Eisenbahnbrücke und ihre Fracht von Zügen gehabt, das filigrane schwarze Gußeisen, das sich träge über einen Tay spannte, der manchmal silberfarben war, häufig aber auch nicht, und der sich im heutigen dunklen Zwielicht wie ein Band aus Teer an der Stadt vorbeischlängelte.

Im Schlafzimmer schlief Bob tief und fest. In diesen nachtgleichen Tagen des Winterschlafs waren seine wachen Stunden noch strenger gekürzt als gewöhnlich.

»Der Schmetterling hat die Cornflakes«, warnte uns ein schlafender Bob mit lauter Stimme.

»Ich weiß nicht, was du an ihm findest«, sagte Terri.

»Ich auch nicht«, erwiderte ich bedrückt.

Seine äußere Erscheinung konnte es nicht gewesen sein, die mich an Bob anzog, denn er sah aus wie die meisten anderen – Zapata-Schnurrbart, goldener Kreolenohrring, schmierige Royalistenlocken über herabhängenden Schultern. Er sah wenn schon aus wie ein Stadtstreicher – ein Eindruck, der noch verstärkt wurde durch die gebrauchten Armeestiefel und den übergroßen Airforce-Mantel, die er beide ständig trug.

Bob hatte vor kurzem den Sinn des Lebens entdeckt, eine Entdeckung, die keinerlei Veränderung in seinem alltäglichen Dasein mit sich gebracht hatte.

Ich traf Bob in meiner ersten Woche an der Universität. Ich war achtzehn Jahre alt und meinte, in meinen Gesichtszügen die Kaste der Bibliothekarinnen wieder zu erkennen, und hatte demzufolge Angst, dass ich als einsame Gestalt für alle Ewigkeit durch das wüste Land der Altjüngferlichkeit würde wandern müssen, und es war reiner Zufall, dass mir Bob an dem Morgen, als ich beschloss, meine Jungfräulichkeit zu verlieren, als Erster in die Quere kam.

Ich lernte ihn kennen, als er mich überfuhr. Bob saß auf einem Fahrrad, und ich befand mich auf einem Gehsteig, was vielleicht ein Hinweis darauf ist, wer den Unfall verschuldete. Ich brach mir das Handgelenk (oder vielmehr Bob brach mir das Handgelenk), und die aufregende Kombination der Umstände – Drama, Blut und ein braunäugiger Mann – ver-

anlasste mich zu glauben, das Schicksal habe gesprochen, und deswegen sollte ich darauf hören.
Bob überfuhr mich, weil er einem Hund auswich. Der Mann, der lieber eine Frau statt eines Hundes überfuhr, stellte sich damit vor, dass er sich über mich, die ich auf dem Gehsteig lag, beugte, mich so erstaunt anstarrte, als hätte er noch nie zuvor eine Frau gesehen, und sagte: »Wow, was für ein Reinfall.«
Der Hund überlebte den Unfall unversehrt, wenn auch ein bisschen überrascht, und wurde seinem tränenreichen Besitzer zurückgegeben. Bob fuhr im Krankenwagen mit mir zur Dundee Royal Infirmary, dem Krankenhaus von Dundee, und musste gewaltsam daran gehindert werden, Lachgas und Sauerstoff einzuatmen.

Terri hatte endlich ihre Sonnenbrille abgenommen, nachdem sie über Bobs Stiefel gestolpert war, die er achtlos mitten auf dem Boden hatte liegen lassen. Das Zusammenleben mit Bob brachte viele Nachteile mit sich, nicht der geringste davon war die Art, wie er eine rätselhafte Menge sich selbst vermehrenden Schrotts erschuf, der ständig drohte, ihn unter sich zu begraben.
Ohne Strom und mit leerem Küchenschrank mussten wir uns das Frühstück vorstellen. Heißer Kakao und Toast mit Zimt für Terri, während ich Braithwaites' Teemischung »Haushalt« und eins von Cuthberts gut gebackenen hellen Brötchen vorzog, die außen knusprig und schwarz und innen mit weißer teigiger Luft gefüllt sind. Wir hatten jedoch weiterhin Hunger, denn die eigenen Worte kann man nicht wirklich essen.
»Immerhin werden wir einmal pünktlich zu Archies Seminar kommen, wenn wir schon so früh auf sind«, sagte ich ohne große Begeisterung, doch als ich mir Terri genauer ansah, musste ich feststellen, dass sie eingeschlafen war. Sie sollte

besser aufpassen, denn sie hatte genau den richtigen schwerfälligen Metabolismus, der dafür verantwortlich ist, dass Leute lebendig in Familiengruften und gläsernen Särgen begraben werden. In mancher Hinsicht (doch nicht in jeder) wäre Terri die ideale Frau für Bob gewesen – sie hätten sich ganz einfach durch ihr Eheleben geschlafen. Rip van Winkle und Herzogin Anastasia, die verschwundene, verschlafene Tochter der Romanows.

Ich zwickte sie kurz und sagte: »Du weißt doch, dass du nicht –« Aber dann zog der Schlaf auch mich in seinen Bann.

Manchmal fragte ich mich, ob wir nicht alle unwissentlich an Drogentests teilnahmen, die ein Pharmaunternehmen heimlich durchführte, vielleicht mit einer Droge, die die gegenteiligen Effekte von Speed hatte. Sie könnten sie einfach *Slow* nennen, wenn sie sie auf den Markt brachten. Vielleicht war dies die Person, die mich beobachtete – ein getarnter Forschungsassistent, der die Wirkungen von *Slow* auf sein nichts ahnendes Versuchskaninchen im Auge hatte.

Denn ich war mir sicher, dass mich jemand beobachtete. (»Na ja, du weißt ja, wie es ist«, sagte Bob in dem fehlgeleiteten Versuch, mich zu trösten, »nur weil jemand paranoid ist, heißt das noch lange nicht, dass sie nicht hinter ihm her sind.«)

Seit mehreren Tage war ich mir der unsichtbaren Augen bewusst, die mich nicht aus dem Blick ließen, der lautlosen Füße, die mich auf Schritt und Tritt verfolgten. Ich hoffte, dass es sich nur um die Projektion einer erhitzten Phantasie handelte und nicht um den Beginn eines paranoiden, von Wahnvorstellungen heimgesuchten Zusammenbruchs, der in einer geschlossenen Abteilung in Liff enden würde, dem Dorf, in dem sich das Irrenhaus von Dundee befand. (»Nimm mehr Drogen«, lautete der Rat von Bobs bestem Freund Shug.)

Ich wachte mit einem Ruck auf. Mein Kopf war auf die unbe-

queme Kante von Wittgensteins *Tractatus* gesunken, das Buch hatte eine schmerzhafte Furche in meine Backe gedrückt. Terri gab leise wimmernde Laute von sich, träumte wieder davon, Hasen zu jagen.
Ich schüttelte sie wach. »Mach schon, wir kommen zu spät.«

Ich war – wenn auch etwas spät in meinem letzten Studienjahr – entschlossen, alle belegten Vorlesungen, Kurse und Seminare zu besuchen. Es handelte sich hierbei um den eitlen Versuch, mich bei so vielen Mitgliedern des Anglistikinstituts wie möglich lieb Kind zu machen, denn ich war mit meinen Arbeiten weit im Hintertreffen, und es wurde immer unwahrscheinlicher, dass ich zu den Abschlussprüfungen zugelassen würde, ganz zu schweigen davon, dass ich sie bestehen würde. Ich verstand nicht, wie ich so sehr in Rückstand geraten war, vor allem da ich mich so bemühte, Schritt zu halten.
Terri war noch schlechter dran als ich, falls das überhaupt möglich war. Der Aufsatz über George Eliot (»Middlemarch *ist eine Schatzkammer von Details, aber ein mittelmäßiges Ganzes.« Kann* Middlemarch *gegen diese Kritik von Henry James verteidigt werden?*) war nur eine von vielen Arbeiten, die wir nicht geschrieben hatten.
Ich zog mich an wie für eine Polarexpedition, so viele Kleidungsstücke, wie ich finden konnte – wollene Strumpfhosen, ein langes Trägerkleid aus Baumwollstretch, mehrere abgelegte Männergolfpullover, die ich beim Ausverkauf einer Pulloverfabrik in St. Andrews erworben hatte, Schal, Handschuhe, Strickhut und schließlich einen alten Biberpelz, gekauft für zehn Schilling im Pfandhaus in der West Port, ein Mantel, der noch immer den tröstlichen Altfrauengeruch aus Mottenkugeln und Veilchenbonbons verströmte.
»Der ontologische Beweis«, rief Bob rätselhafterweise im

Schlaf – ein Konzept, dessen Bedeutung er nicht einmal im Wachzustand erklären könnte.

Terri verzog das Gesicht zu einer Grimasse, setzte die Sonnenbrille und ein schwarzes Beret auf, so dass sie jetzt aussah wie eine derangierte Gouvernante, die an einem Guerillakrieg teilnahm. Eine Hippie-Terroristin.

»Na los«, sagte sie, und wir gingen hinaus in den Schock von einem Morgen, der vor Kälte klirrte, so dass unser Atem in kalten weißen Wolken in der Luft hing wie die Sprechblasen im *Beano*, wann immer wir etwas sagten. Wir schlurften die Paton's Lane entlang, und als wir in die Perth Road bogen, beaufsichtigte das unsichtbare, stets wachsame Augenpaar unser Fortkommen.

»Vielleicht ist es das Auge Gottes«, sagte Terri. Ich war mir sicher, dass Gott, sollte er wider alle Wahrscheinlichkeit existieren, etwas Besseres mit seiner Zeit anzufangen wusste, als mich zu beobachten.

»Vielleicht auch nicht«, sagte Terri. »Vielleicht ist er ein ... ganz gewöhnlicher Kerl. Wer weiß?« Ja, wer weiß.

Die Kunst strukturalistischer Kritik

»Bla, bla, bla«, sagte Archie. (Oder so etwas Ähnliches.) Es war zehn Minuten nach elf, und wir befanden uns in Archie McCues Raum im dritten Stock des Anbaus an Robert Matthews' hochragendem Turm aus den sechziger Jahren – dem Queen's Tower, in dem wohl nie eine Königin leben wird. Dank des Stromausfalls war die düstere Atmosphäre noch düsterer. Neben dem Fenster brannte in einer leeren Flasche Blue Nun eine Kerze wie ein Signal. Die Universität war noch immer geheizt, niemand wusste, wie das möglich war – vielleicht verbrannten sie Bücher oder (wahrscheinlicher) Studenten. Im Zimmer war es heiß und stickig, und ich musste mich eine nach der anderen aus den Schichten verschmähter Golfpullover schälen.

Archie sprach. Nichts wird Archie davon abhalten zu sprechen, vermutlich nicht einmal der Tod, er wird in seinem großen Sarg weiter salbadern, bis die Würmer von dem Gequassel genug haben und seine Zunge fressen werden ...

»*Wenn Worte sich nicht länger um Mimesis bemühen, werden sie disloziert und zusammenhangslos. Sie illustrieren* als solche *das Ende aller Form. Schriftsteller, die Mimesis meiden und nach neuen Wegen der Annäherung an das Konstrukt Literatur suchen, verstören – sie sind eine Herausforderung an das, was Robbe-Grillet als ›die Verständlichkeit der Welt‹ bezeichnete.*« Archie machte eine Pause. »Was haltet ihr von dieser Behauptung? Hat jemand was dazu zu sagen?« Niemand meldete sich. Niemand hatte je eine Ahnung, wovon Archie redete.

Archies zeppelinförmiger Körper streckte sich, um seinem dunkelgrünen Polyesterhemd zu entkommen, ein Hemd, das unter den Achseln große feuchte Dreiecke aus Schweiß aufwies. Außerdem war er gekleidet in eine braune Hose und eine hellbraune gestrickte Krawatte, die mit einer anderen Art von Fleck versehen war – getrockneter Eidotter oder Senf.

Er drehte sich im Kreis auf seinem exklusiven Direktorenstuhl, der so viel bequemer war als die seinen Studenten zugewiesenen Stühle, die einer Kreuzung aus Babystuhl und Zwangsjacke glichen. Die kleinen daran befestigten Tische aus Holzimitat schienen in erster Linie dazu entworfen, unsere Bewegungsfreiheit einzuschränken. Die Stühle waren aus einer Art Kunststoff – ein hartes graues Plastik, für das die Universität eine allzu große Vorliebe hatte. Auf diesen Stühlen konnte man nicht länger als höchstens zehn Minuten einigermaßen bequem sitzen. Der nicht eingezwängte Archie dagegen konnte sich auf seinen leicht beweglichen Rollen frei drehen und wenden, als führe er auf einem Karussell.

»*Der Akt des Schreibens steht nun im Mittelpunkt der Bühne, da der Autor nicht länger damit befasst ist, eine* a priori-*Bedeutung oder eine Wahrheit zu beschwören. Jacques Deridda betont diesen Aspekt …*«

Archie McCue war ein streitsüchtiger Marxist, der behauptete, der Nachkomme eines Glasgower Schiffbauers zu sein, tatsächlich aber war er von seiner verwitweten Mutter großgezogen worden, die einen Süßwarenladen in Largs besaß. Diese geduldige Frau war jetzt laut Archie »gaga« und deswegen vor kurzem über den Fluss nach Newport-on-Tay in ein Altenheim »mit Blick auf das Wasser« namens The Anchorage verfrachtet worden.

»*Valéry behauptet, dass Literatur eine Erweiterung und Anwendung bestimmter sprachlicher Eigenheiten ist und nichts anderes sein kann …*«

Archie wohnte in einem großen Haus am Windsor Place, mit Philippa, seiner herrischen englischen Frau. Ich wusste das, weil ich die Letzte einer langen Reihe von McCue-Babysitterinnen war – Philippa und Archie, die beide auf die Fünfzig zugingen, hatten seit Ende des Kriegs in wohlgesetzten Intervallen Kinder gezeugt. Sie hatten vier erwachsene und ausgezogene Nachkommen – Crispin (»Cambridge«), Orsino (»Oxford«), Freya (»für ein Jahr in Frankreich«) und der älteste Sohn, der geheimnisvolle Ferdinand (»im Gefängnis Saughton, leider«). Nur noch ein Kind, die neunjährige Maisie (»ein Versehen«) lebte bei ihnen.

»... *und in ihrer Vielfältigkeit und Pluralität schreit sie nach einer neuen Hermeneutik ...«*

Wir waren eine schrumpfende Gruppe Studenten. Im Augenblick waren wir zu viert – ich, Terri, Andrea und Olivia. Andrea war eine Gymnasiastin aus den mittleren Rängen der Gesellschaft von North Yorkshire. Heute stank sie nach Patschuli und trug ein rüschiges, blumiges Kleid, überall Knöpfe und Schleifchen und komplizierte Nähte am Oberteil, als wäre es für eine Laienproduktion von *Oklahoma!* entworfen worden.

Andrea war vor kurzem von der Kirche von Schottland zum Heidentum konvertiert und studierte Hexerei. Zu diesem Zweck ging sie bei einem Hexenmeister in Forfar in die Lehre. Es gab kaum etwas Besorgniserregenderes als die Vorstellung von einer mit Zauberkräften ausgestatteten Andrea. Nicht, dass ich etwas gegen Hexen hätte, *per se*, natürlich – ich weiß nur zu gut, dass meine eigene Mutter eine Art Zauberin ist.

Andrea wollte eine berühmte Schriftstellerin werden und hatte deswegen einen Abendkurs in Stenografie und in Schreibmaschineschreiben absolviert, der von einem Mann in der Union Street geleitet wurde. Er schien sich jedoch mehr für die von Pullovern bedeckten Brüste seiner Schülerinnen zu interessieren als für ihre Pitman-Kürzel. Bislang hatte Andrea dürftige Geschichten über ein Mädchen namens Anthea geschrieben, die aus Northallerton stammte und an einer Universität englische Literatur studierte. Die interessanteste Geschichte handelte von einer merkwürdigen sexuellen Begegnung ihres *Alter egos* Anthea mit einem Lehrer in einer Sekretärinnenschule. Ich fand, dass *Antheas Abenteuer* ein guter Titel für einen englischen Pornofilm wäre – die Sorte Film, in der jede Menge Fensterputzer und Andeutungen vorkommen, aber kaum wirklicher Sex.

Anthea erlebte immer ergreifende Momente – ausgelöst durch Allerweltserfahrungen –, durch den Besuch einer Vorlesung, den Fund von Spinnen, den Kauf von eng liniertem Din-A4-Papier mit Rand. Ich persönlich finde es nahezu genauso ermüdend, etwas über die Details des häuslichen Lebens anderer Leute zu lesen, wie ihnen zuzuhören, wenn sie einen Traum erzählen – *und dann verwandelte sich der Gabelstapler in ein riesiges rotes Eichhörnchen, das den Kopf meines Vater zerdrückte wie eine Nuss* – faszinierend für den Träumer, aber ermüdend für den nicht betroffenen Zuhörer.

Archie selbst schrieb famoserweise an einem Roman – ein experimenteller und zugleich epischer Wälzer, der bereits siebenhundert Seiten zählte. Es handelte sich angeblich (denn niemand hatte das Werk bislang mit eigenen Augen gesehen) um eine angstgeplagte, labyrinthische Prosa über den metaphysischen *Sturm und Drang* des Selbst, betitelt *Das expandierende Prisma des J.*

»*– eine Methode, die als emblematisch für die essenzielle Willkürlichkeit aller linguistischen Signifikate betrachtet werden kann –*«

Olivia unterdrückte höflich ein Gähnen. Olivia war ein hübsches gertenschlankes Mädchen, Tochter eines Arztes in Edinburgh, in St. George's zur Schule gegangen und eine schlaue systematische Studentin, die Sorte, die jeden Abend ihre Notizen ins Reine schreibt und alles mit drei verschiedenfarbigen Stiften unterstreicht. Olivia war eindeutig eine Studentin, die nach St. Andrews oder Warwick oder sogar

nach East Anglia statt nach Dundee gehört hätte, aber während des Abiturs hatte sie »eine Art Zusammenbruch« erlitten und deswegen nur schlechte Noten bekommen.
Seit einem Jahr hatte Olivia eine Affäre mit einem Politologiedozenten namens Roger Lake (allgemein bekannt als »Roger der Schlawiner«), der immer versuchte, im Trend zu liegen, und deswegen mit den Studenten herumhing. Roger hatte eine Frau namens Sheila und eine Schar kleiner blonder Töchter (»Genau wie Goebbels«, sagte Terri) im Alter von null bis neun Jahren.
Sex zwischen Lehrpersonal und Studenten an der Universität war vom Rektor, der eine »schlechte Meinung« davon hatte, verboten worden, nichtsdestotrotz war er gang und gäbe. Roger Lake machte sich ständig Sorgen, dass er in einer verfänglichen Situation erwischt würde, und bestand deshalb darauf, dass sich er und Olivia auf Mantel-und-Degen-Art verhielten, getrennt Gebäude verließen und sich in der Öffentlichkeit ignorierten (manchmal auch privat, sagte sie). Eine Affäre mit Roger Lake zu haben wäre ein gutes Training für Geheimagenten gewesen.

Terri saß im Stuhl neben mir fest. Sie befand sich bereits in einem Zustand sich auflösender Lebendigkeit – die NASA hätte Terri zur Erforschung des Weltraums einsetzen, sie über die letzte Grenze hinausschicken können, auf jahrzehntelange Reisen, und sie wäre vermutlich so frisch eingetroffen, wie sie gestartet worden war. Wiewohl eine fremde Zivilisation eine falsche Vorstellung von uns bekäme, wäre Terri die Abgesandte der Welt.
»*Derrida sagt, und ich zitiere*«, schwadronierte Archie weiter, »›*wenn das Geschriebene als Zeichen-Signal untergeht, wird es als Sprache wiedergeboren.*‹ Fällt jemand was dazu ein?« Die Frage hing unsichtbar in der abgestandenen Luft, bevor sie durch den Raum flatterte auf der Suche nach

einem Landeplatz. Kevin, der in diesem Augenblick widerwillig zur Tür hereinkam, duckte sich, um ihr auszuweichen.

»Nett von Ihnen, doch noch zu kommen«, sagte Archie. Kevin wurde rot und murmelte etwas Unverständliches mit seinem dicken West-Country-Akzent, ein Akzent, der alles, was er sagte, entweder vage anzüglich oder ziemlich dämlich klingen ließ. Wie viele von uns in Dundee, in der so genannten Geisteswissenschaftlichen Fakultät, war Kevin Riley nicht hier, weil er gute Noten gehabt hätte, sondern dank der Zentralstelle für die Vergabe von Studienplätzen, denn bedauerlicherweise waren wir die Studenten, die niemand sonst wollte.

Kevin war ein dicker Junge mit molkefarbenem Gesicht, einem großen krausen Vogelnest aus Haaren, eine Art englischer Afrolook, und einer kleinen runden Nickelbrille auf der Nase. Auf dem Kinn hatte er einen Pickel neben dem anderen, die er fehlgeleiteterweise mit einem pfirsichfarbenen Abdeckstift zu kaschieren versuchte. Kevin, von kernigeren Geschlechtsgenossen gemieden, hatte seine einsame Kindheit offensichtlich damit verbracht, mit Legosteinen und Spielzeugeisenbahnen zu spielen, die Poststempel der Welt immer wieder neu zu sortieren und mit einer Thermoskanne und einem kleinen linierten Notizblock am Ende zugiger Bahnsteige zu stehen.

An die Stelle dieser autistisch knabenhaften Betätigungen war jetzt das Schreiben getreten – die wahre solipsistische Krankheit. Irgendwann in seiner lange währenden Jugend hatte sich Kevin ein eigenes alternatives Universum geschaffen – ein Unter-Mittel-Welt-Jenseits namens Edrakonia, ein phantastisches Königreich, aus dem die Drachenkönigin Feurillia (die mich aus irgendeinem Grund an Nora erinnerte) verbannt worden war. Der Plot konnte in einem Satz zusammengefaßt werden: (*Und die Düsternis wird sich auf das Land legen. Und das Ungeheuer Griddlebart wird durch das Land ziehen, und die Drachen werden fliehen.*)

Kevin quetschte seinen großen Hummelkörper auf einen Stuhl, übrig gebliebenes Fleisch quoll über die Kanten, als er versuchte, es sich bequem zu machen. Um sich aufzuheitern, holte er eine zerknüllte Papiertüte mit Zitronenbonbons heraus und ließ sie herumgehen. Andrea wich entsetzt zurück, sie war eins dieser Mädchen, die nicht vollkommen davon überzeugt waren, dass man essen musste, um zu überleben – alles, was stärker war als Erdbeerjoghurt, machte ihr Angst.

Die Frage, die die ganze Zeit über unentschlossen im Raum geschwebt war, entschied sich endlich, Kevin zu übergehen, denn sie hatte den dürftigen Charme von Andrea entdeckt und ließ sich auf ihr nieder wie ein unerwünschtes Insekt.

»Andrea?«, sagte Archie aufmunternd. »Derrida? (Kein Reim, den man in vielen Reimbüchern finden wird.) Fällt Ihnen dazu etwas ein?«

Offensichtlich nicht, denn Andrea, die anzüglich auf ihrem Kugelschreiber herumkaute, lüpfte ihren Pioniersfrauen-Rock und schlug langsam ein Bein über das andere. Andrea hatte ihre Zukunft minutiös geplant – sie würde ihr Studium abschließen, heiraten, nichts auf Raten kaufen, Kinder großziehen, eine erfolgreiche Karriere als berühmte Schriftstellerin machen, in den Ruhestand treten und sterben. Sie schien nicht zu ahnen, dass das Leben nicht so ordentlich gestaltet werden konnte wie ihr Federmäppchen, dass alles Zufall ist und jeden Augenblick zahllose, bemerkenswerte Dinge passieren können, die sich unserer Kontrolle vollständig entziehen, Ereignisse, die unsere Landkarten zerreißen und unseren Kompass neu polarisieren – die verrückte Frau, die auf uns zukommt, der Zug, der auf der Brücke entgleist, der Junge auf dem Fahrrad.

Archie, der noch immer gebannt auf Andreas Knie starrte –

und der Himmel weiß, was sie heimlich noch zur Schau stellte –, schien kurzfristig den roten Faden verloren zu haben. Wir warteten alle darauf, dass er ihn wieder fand. Wir waren eine dieser Gruppen, in der niemand eine Meinung zu irgendetwas hatte, außer Archie, der zu allem eine Meinung hatte. Erleichterung machte sich breit, als er erneut ansetzte und uns von der Notwendigkeit erlöste, selbst denken zu müssen.

»– behaupten mehrere strukturalistische Kritiker, dass das geschriebene Wort in der Literatur erst in dem Augenblick, in dem es sich nicht mehr auf externe ›objektive‹ Begebenheiten bezieht, das heißt, auf Referenten in der ›wirklichen‹ Welt, beginnt, als Sprache innerhalb des Textes zu existieren –«

Olivia kaute auf einer Strähne ihres langen blonden Haars herum und blickte nachdenklich drein, wiewohl es unwahrscheinlich war, dass sie über das nachdachte, was Archie von sich gab. Kevin, der Olivia auf schmerzliche Weise verfallen war, starrte wütend auf ihre Füße, so ungefähr der einzige Teil ihres Körpers, den er ansehen konnte, ohne rot zu werden. Olivia kleidete sich für gewöhnlich wie eine heruntergekommene mittelalterliche Prinzessin und trug heute eine zerknitterte Samtjacke über einem gebraucht erworbenen Nachthemd aus Satin und ein Paar kniehoher roter Lederstiefel, die der Traum eines jeden Fetischisten hätten sein können.

Olivia hatte einmal gegenüber Archie vorsichtig die Ansicht zum Ausdruck gebracht, dass es falsch sei, Bücher zu sezieren, als wären sie Leichen, weil man sie nie wieder auf die ursprüngliche Art zusammensetzen könnte. »Man spalte die Lärche und so weiter«, murmelte sie, aber Archie wurde verächtlich und entgegnete, dass die nächste Person, die in seinem Kurs Emily Dickinson zitierte, zum Geddes Quadrangle geführt und dort öffentlich ausgepeitscht würde. (»Hart, aber gerecht«, lautete Andreas Urteil.)

»*Die neue Literatur erinnert uns daran*«, quasselte Archie weiter, »*dass Zeichen sich nur auf imaginäre Konstrukte zu beziehen brauchen – dass sie sich womöglich auf nichts anderes beziehen, denn vielleicht ist es nicht die Aufgabe von Literatur, die Welt zu erklären –*«

Wir waren eine hedonistische und mit uns selbst beschäftigte Gruppe – unausgegorene, einseitige Menschen ohne klare Überzeugungen und Meinungen, deren größte Leistung vermutlich darin bestand, sich morgens aus dem Bett zu quälen.

Wir waren eines unserer ursprünglichen Mitglieder verlustig gegangen – Der-Junge-ohne-Namen, ein zerbrechlicher blasser Jugendlicher aus Wester Ross, von der Gruppe so genannt, weil sich niemand von uns, sosehr wir uns (oder auch nicht) bemühten, seinen Namen merken konnte. Allerdings war er selbst keine große Hilfe gewesen, da er sich gewohnheitsmäßig mit »Hallo, ich bin niemand, und wer bist du?« vorgestellt hatte.

Ich bin sicher, dass er einen ganz gewöhnlichen Namen hatte – Peter oder Paul –, aber etwas Genaueres wollte mir nie einfallen. Es war fast so, als stünde er unter einem sonderbaren existenziellen Zauber, als hätte jemand – eine Hexe in der Ausbildung zum Beispiel – nach dem *Buch der Zauberei* geübt (»ein guter Trick, um jemanden verschwinden zu lassen«). Was geschieht mit jemandem, fragte ich mich, der keinen Namen hat? Verliert er seine Identität? Vergisst er, wer er ist?

Zuerst war es nur ein Verschwimmen seiner Umrisse, ein gewisser Mangel an klaren Konturen, aber nach kurzem war er nahezu vollkommen ausradiert und nichts weiter als ein Hauch in der Luft. Ganz selten enthüllte ein schräger Lichtstrahl seine ektoplasmische Form wie ein halb gares pochiertes Eiweiß. Wenn wir uns an seinen Namen erinnern könnten, könnten wir ihn eventuell zurückbeschwören.

»Vielleicht hatte er einfach die Schnauze voll und ist zurück nach Wester Ross?«, spekulierte Andrea, als er endgültig verschwunden war.

Der-Junge-ohne-Namen hatte eifrig an einem mühsam mit der Hand geschriebenen, mit unzähligen Korrekturen versehenen Manuskript gearbeitet, bei dem es sich um die weit hergeholte Geschichte einer Invasion aus dem Weltraum handelte; der Plot drehte sich darum, dass Außerirdische vom Planeten Tara-Zanthia (oder etwas ähnlich Debütantinnenhaftes) den Erdbewohnern ein Wirtschaftssystem aufzwangen, das auf Hauskatzen und Hunden beruhte. Es war eine einfache fiskalische Gleichung – je mehr Katzen und Hunde jemand besaß, umso reicher war er. Tiere mit Stammbaum wurden zu einer Art Überwährung, und Welpenfarmen waren das Rückgrat des Schwarzmarktes.

Sein Schreibfieber (denn es ist eine Krankheit) wurde hervorgerufen von dem im Jahr zuvor eingeführten Pflichtschein in Creative Writing. Archie hatte sich stark für diesen Schein eingesetzt, weil er meinte, dass er dem Anglistikinstitut den avantgardistischen Anstrich verlieh, der ihm bislang offenkundig fehlte. Eine große Zahl Studenten hatte sich begeistert für den Kurs eingeschrieben, nicht, weil sie sich unbedingt für das Schreiben interessierten, sondern weil der Schein außer einer schriftlichen Arbeit keinerlei Prüfungen erforderte.*

Archie, der diesen Kurs vor der Ankunft von Martha Sewell geleitet hatte, hatte die Tara-Zanthianische Geschichte als »erbärmlichen Scheiß« abgekanzelt, und Der-Junge-ohne

* Um die Anforderungen an diesen Kurs zu erfüllen, müssen Sie an einem wöchentlichen Seminar und zwei praxisbezogenen Kursen pro Semester teilnehmen. Um den Schein zu erhalten, muss eine umfangreiche Arbeit abgegeben werden, die aus einem individuellen Originalwerk besteht – einem Theaterstück, einer Novelle, einer Sammlung von Kurzgeschichten oder Gedichten, den ersten fünf Kapiteln eines Romans oder einer anderen mit dem Kursleiter abgesprochenen Arbeit.

Namen, der sich in Grund und Boden schämte, war aus dem Raum geflüchtet. Er hatte schon immer Schwierigkeiten damit gehabt, gleichzeitig in allen drei Dimensionen anwesend zu sein, aber von diesem Tag an begann er zu verblassen.

Archie, der auf seinem Stuhl durch das Zimmer raste wie die Bleistiftspitze über eine spiritistische Alphabettafel, kam vor Kevin abrupt zum Stehen. Er sah ihn zweifelnd an, als meinte er, ihn von irgendwoher zu kennen, und stellte ihm dann eine unergründliche Frage zu Gramscis Konzept von Hegemonie. Kevin wand sich auf seinem Stuhl, konnte den Blick jedoch immer noch nicht von Olivias Siebenmeilenstiefeln abwenden. Er begann in der klammen Atmosphäre zu schwitzen, und die Schicht Abdeckstift auf seinem Kinn nahm eine merkwürdige Konsistenz an, so dass seine Haut aussah, als würde sie schmelzen.

Kevin wurde vor Gramsci von Professor Cousins gerettet, der in diesem Augenblick in den Raum schlenderte. Er sah Archie und schien verwirrt.

»Suchen Sie etwas?«, fragte Archie ziemlich unhöflich und murmelte in seinen Bart: »Ihr Hirn vielleicht?« Professor Cousins wurde noch verwirrter. »Ich weiß gar nicht, wie ich hierher gekommen bin«, sagte er und lachte. »Ich war auf der Suche nach der Toilette.«

»Sie haben sie gefunden«, murmelte Terri, ohne erkennbar den Mund zu öffnen oder aufzuwachen.

Professor Cousins war Engländer – eine umgängliche, reichlich exzentrische Person, die vor kurzem ihre ersten taumelnden Schritte in die Senilität getan hatte. Manchmal war Professor Cousins bei klarem Verstand, manchmal nicht, und wie bei allen anderen Mitgliedern des Instituts auch war es nicht immer einfach, die beiden Zustände voneinander zu unterscheiden. Die strengen Gesetze der Universität schrieben vor, dass er mindestens drei Monate tot sein musste, bevor er von seinem Arbeitsplatz entfernt werden durfte. Die

Krone des Instituts mochte noch immer, wenn auch recht wacklig, auf dem amtierenden Cranium von Professor Cousins sitzen, doch die diversen Institutsmitglieder waren bereits tief verstrickt in den folgenschweren Machtkampf um seine Nachfolge. Die für die sechziger Jahre typischen Wände aus Ytong hallten von den Machenschaften und Intrigen, von Zug und Gegenzug der Kandidaten und Prätendenten wider, während sie um die beste Ausgangsposition stritten. Unnatürliche Selektion hatte sich bereits um den Hauptanwärter auf die Stelle gekümmert. Die Mitglieder des Anglistikinstituts waren ein berüchtigt unfallträchtiger Haufen, und der Favorit – ein Kanadier mit staatsmännischem Auftreten namens Christopher Pike – hatte sich selbst aus dem Rennen geworfen, indem er auf mysteriöse Weise eine Treppe im Tower hinuntergefallen war. Jetzt, da er auf der orthopädischen Männerstation des DRI in einem komplizierten Streckverband hing, erlebte das Anglistikinstitut eine gnadenlose Eskalation der Feindseligkeiten zwischen Archie und seinen beiden stärksten Rivalen – Dr. Dick und Maggie Mackenzie.

»Nun gut«, sagte Professor Cousins, kratzte sich an der Nase und schob seine Brille zurecht, »nun gut, nun gut.« Sein nahezu kahler Kopf war mit Altersflecken übersät; nur ein Rand blasser Haare war ihm geblieben, wie die Tonsur eines Mönchs oder ein gespenstisches Atoll. Er erinnerte mich an ein altes Tier – eine klapprige Mähre oder eine arthritische Deutsche Dogge, und ich verspürte den Impuls hinzulangen, seine gefleckte Glatze zu streicheln und in meiner Tasche nach einem Apfel oder einem Hundekeks zu kramen.

Plötzlich erspähte er den leeren Stuhl neben mir, torkelte darauf zu, quetschte seinen Sack alter Knochen hinter den kleinen Tisch, lächelte uns wohlwollend an und hob auf päpstliche Weise die Hand. »Machen Sie ruhig weiter«, sagte er liebenswürdig zu Archie. »Hier bin ich nicht im Weg.«

Archie rang sichtlich um eine adäquate Reaktion auf Professor Cousins' merkwürdiges Verhalten, schien sich schließlich zu entschließen, es einfach zu ignorieren, und setzte von neuem an. »*Indem er sich* als ein Stück Literatur *behauptet, ist der nicht-mimetische Roman in der Position, sowohl Sontags Vision einer Ästhetik des Schweigens als auch John Barths Verordnung formaler Regeneration zu negieren.* Was haltet ihr davon? Hat jemand eine Meinung?«

»Also, jetzt bin ich aber platt, Archie«, sagte Professor Cousins lachend. Archie starrte ihn böse an. Professor Cousins war ein altmodischer Shakespearianer und etwas verblüfft von Archies Herangehensweise an Literatur. Wie wir alle.

Die neue Frage segelte lautlos durch den Raum, der zunehmend heißer und stickiger wurde. Wir fanden alle eine eigene Art, uns abzulenken – ich blickte aus dem Fenster im dritten Stock, als hätte ich gerade etwas Interessantes gesehen (was tatsächlich der Fall war, aber dazu später), während Kevin Olivias Füße anstarrte und mit seinen dicken rosenroten Lippen bekümmert nach Luft schnappte wie ein kleiner Goldfisch und Olivia gewissenhaft einen nach dem anderen ihre Fingernägel inspizierte. Zuerst glaubte ich, Andrea würde einen Zauberspruch murmeln, um Archie abzuwehren, aber dann wurde mir klar, dass sie leise ein Lied von Crosby, Stills, Nash and Young vor sich hin summte, was möglicherweise denselben Effekt hatte. Terri dagegen, rätselhaft wie ein Ei, wahrte ein unheimliches Schweigen, nahm offensichtlich einen mentalen Ort ein, der uns anderen verschlossen war.

Die Tür ging auf, und Shug schlenderte herein. Um seine Schulter hing eine lila Samttasche, die mit winzigen Spiegeln bestickt war; er war auf eklektische Weise gekleidet in eine Jeans, die nahezu vollständig aus Flicken bestand, einen schwarz-weißen Palästinenser-Schal und einen afghanischen Mantel. Shug – unser vertikaler Nachbar in der Paton's Lane – behauptete, diesen Mantel, der den schmutzigen, verfilzten Fliesen, die die meisten anderen Studenten trugen, weit überlegen war, im »Amir Kabir« in Teheran gekauft zu haben.

Shug, schlank und schlaksig inmitten einer verwachsenen Bevölkerung, hielt sich für den Inbegriff von Coolness. Er war einer der wenigen aus Dundee stammenden Studenten an einer Universität, an der es von englischen Drop-outs nur so wimmelte. Ich begegnete ihm zum ersten Mal, als er die Nethergate entlangging, den hoppelnden Bob an seiner Seite, und einen Schellfisch in der Hand hielt wie einen Lutscher. »Arbroath Smokie«, erklärte er mit seiner verrauchten Stimme. Ich dachte, er würde über eine Haschischsorte sprechen – obschon viele Leute natürlich wissen, dass es sich um eine Art Bückling handelt.

Er setzte sich auf seinen Stammplatz – auf den Boden, den Rücken an die Wand gelehnt, und sah Archie an. Archie blickte auf seine Uhr und sagte: »Warum machen Sie sich überhaupt die Mühe, Mr. Scobie?« Shug zog eine Augenbraue hoch und erwiderte schroff: »Sagen Sie es mir, Archie.« Eine enigmatische Begegnung, nichtsdestotrotz emotional so gehaltvoll wie das Aufeinandertreffen zweier brünstiger Hirsche, deren Geweihe ineinander verhakt sind.

»Man kann nie wissen, vielleicht lernen Sie etwas«, sagte Professor Cousins, lächelte Shug aufmunternd zu und fuhr dann an alle und niemanden gewandt fort: »Dr. McCue weiß alle möglichen Dinge, die sonst niemand weiß.«

Shug war älter als alle anderen in diesem Kurs. Er war bereits aus dem Jordanstone Art College geworfen worden (was bis vor kurzem als unmöglich galt) und hatte schon ein paar Mal richtig gearbeitet – als Straßenarbeiter, Busschaffner und in einer Hühnerfabrik (»Wo die Hühner gemacht werden«, sagte Terri zu Bob, der ihr eine ganze Minute lang glaubte). Shug war außerdem nach Indien und in den ge-

samten Osten »abgehauen«, um »sich selbst zu finden«. Ich konnte mir nicht vorstellen, dass Shug sich jemals verloren hatte. Wenn nur Bob sich aufmachen und suchen würde. Was würde er finden? Bob-Essenz vielleicht.
Andrea war von Shug ganz hingerissen und bezaubert. (Ein verliebtes Mäddchen ist ein schrecklicher Anblick.) Nachdem sie die Sittsamkeit der Kirche von Schottland hinter sich gelassen hatte, verknallte sich Andrea wie viele vor ihr in Shug und schien der Illusion zu erliegen, dass sie die Frau sei, für die er sich ändern würde. Falls sie hoffte, ihn zurechtbiegen und heiraten zu können, würde sie bitter enttäuscht werden.
Ich selbst hatte einmal einen unerwarteten, aber keineswegs unangenehmen Ausbruch sexueller Aktivität mit Shug erlebt, im Keller der Bibliothek, neben den Arbeitsplätzen der Zeitschriftenabteilung. Wir küssten uns bereits leidenschaftlich, als mich Shugs bedauernde Stimme aus der von ihm ausgelösten Träumerei riss: »Ich kann dich nich flachlegen, Mädel, Bob is mein Kumpel.« Trotzdem, es war eine Erfahrung, an die ich immer gern dachte, wenn ich nach dem *Shakespeare Quarterly* oder dem *Atlantic Monthly* suchte.
»*Was Proust angeht*«, fuhr Archie heroisch fort, »*erinnert uns Walter Benjamin daran, dass das lateinische Wort* textum *Geflecht bedeutet; außerdem meint er …*«
Der Raum versank in einen Zustand gesetzter Langeweile. Ich konnte kaum die Augen offen halten und meinte, in einem warmen Mief von Worten zu ersticken. Ich versuchte, wach zu bleiben, weil ich es mir mit Archie nicht verderben wollte, vor allem da ich bereits vor Wochen meine wissenschaftliche Abschlussarbeit bei ihm hätte abgeben sollen. Diese Arbeit (*Henry James – Mann oder Missstand*?) sollte zwanzigtausend Worte umfassen. Bislang hatte ich fünfzig Wörter davon: *James ficht einen Kampf aus, der zum einen bedingt ist von seinem Wunsch, sein Thema durch einen*

strengen Prozess der Fiktionalisierung zu meistern, zum anderen will er gleichzeitig den Anschein von Realität wahren. Der Autor darf nie in Erscheinung treten, denn sein Eindringen in den Text zerstört die sorgfältig konstruierte –

Das Gebrumm von Archies Worten dauerte im Hintergrund meines Kopfes an, aber sie ergaben keinen Sinn mehr »*– indem Sprache aufgezeichnet wird, bla, das wesentliche Ziel eines Eintrags ist, bla, und nimmt in der Tat das verhängnisvolle Risiko auf sich, bla, bla, die Emanzipation von Bedeutung ... und das betrifft jede Art von Wahrnehmung, bla, die natürliche Disposition einer kontingenten Situation, bla, bla, bla –*«

Ich versuchte mich wach zu halten, indem ich über Bob nachdachte. Genauer gesagt, ich dachte darüber nach, Bob zu verlassen. Mehr als drei Jahre waren vergangen, seit ich an jenem ersten Morgen zwischen seinen verhedderten, mit Toastkrumen angereicherten Laken aufwachte. Ich hatte keine Ahnung, wie ich mich weiterhin verhalten sollte. Bobs allgemeine Passivität und sein echsenhaftes Gebaren lieferten weder Hinweise noch Anregung. Er grummelte, als ich ihn fragte, ob ich bleiben solle, und er grummelte, als ich ihn fragte, ob ich gehen solle. Schließlich entschied ich mich für einen Kompromiss und ging, wollte aber später zurückkommen. Ich schälte mich aus der streifig lila gefärbten Bettwäsche, zuckte kurz wegen des Schmerzes in meinem eingegipsten Handgelenk zusammen und ging ohne Frühstück nach Chalmers Hall, einem Mädchenwohnheim, und schlief in meiner Zelle mit Einzelbett ein.

Als ich um sechs zurückkehrte, lag Bob noch immer, wo ich ihn zurückgelassen hatte – der Fahrrad fahrende Bob hatte einen irreführend aktiven Eindruck gemacht. Bob hatte sich das Fahrrad lediglich ausgeliehen, damit er die Satteltaschen mit seinem selbst gezogenen Gras vollstopfen und es durch die Stadt transportieren konnte.

Ich zog mich aus und kroch zwischen die Laken. Bob drehte sich zu mir um und sagte: »Wow – wer bist du denn?«
Aus Gründen, die ich nicht ganz verstand, hing ich nach der ersten Nacht auf merkwürdige Weise an ihm. Später fragte ich mich, ob ich meinen freien Willen verloren hatte, als wäre ich auf sonderbare Weise mit Bobs (beschränkter) Persona verschmolzen. (»Eine Verschmelzung der Seelen?«, fragte Bob, von dieser Vorstellung ausnahmsweise animiert.)
Nach dem Fahrradunfall war ich verstohlen bei ihm eingezogen, Buch für Buch, Schuh für Schuh, so dass er, als es ihm auffiel, an mich gewöhnt und nicht länger überrascht war, mich beim Aufwachen zu sehen. Ich fragte mich, ob ich auf die gleiche Weise wieder ausziehen, mich Stück für Stück entfernen könnte, bis nichts mehr übrig war, was man hätte auseinander nehmen können, und nur die nicht greifbaren und rätselhafteren Komponenten blieben (mein Lächeln zum Beispiel, das irgendwann auch verblassen würde). Schließlich wäre nichts weiter übrig als der Raum, den ich eingenommen hatte. Um wie viel freundlicher das doch wäre, als abrupt und in einem Stück auszuziehen. Oder plötzlich zu sterben.
»– *das autonome Kunstwerk führt uns zu der Frage* –«
»Aber meinen Sie nicht, Archie«, sagte Professor Cousins milde, »dass es bei Literatur in Wirklichkeit um die Suche nach *Identität* geht?« Er machte eine ausholende Geste. »Von *Ödipus Rex* an geht es um die Suche des Mannes« – er langte zu mir und tätschelte meine Hand – »und des schwachen Geschlechts natürlich auch, nach einem wahren Verständnis seiner selbst – oder ihrer selbst und nach seinem oder ihrem Platz im Universum, im gesamten Ablauf der Dinge. Um den *Sinn* des Lebens. Und um Gott«, fügte er hinzu, »gibt es Ihn – oder Sie –, und wenn ja, warum lässt Er – oder Sie – uns allein in einer kalten, einsamen Welt, die sich in der schwar-

zen Unendlichkeit des Weltraums endlos um sich selbst dreht und von eisigen interstellaren Winden gepeitscht wird. Und was passiert, wenn wir das Ende der Unendlichkeit erreichen? Und welche Farbe hat sie? Das ist doch die Frage. Was sehen wir, wenn wir auf der Terrasse der Unendlichkeit stehen?«

Alle saßen schweigend da und starrten Professor Cousins an. Er lächelte, zuckte die Achseln und sagte: »War nur so ein Gedanke, machen Sie weiter, mein Lieber.«

Archie ignorierte ihn. *»Nicht nur seine Rolle als Autor von Literatur, sondern auch die Beziehung zu seinem Werk –«*

»Entschuldigung«, sagte Kevin zu Professor Cousins, »meinten Sie: ›Welche Farbe hat die Unendlichkeit?‹ Oder meinten Sie: ›Welche Farbe hat das *Ende* der Unendlichkeit?‹«

»Meinen Sie, dass es da einen Unterschied gibt?«, sagte Professor Cousins eifrig. »Wie faszinierend.«

»Das *Ende* der Unendlichkeit?«, wunderte sich Andrea.

»Ach, alles hat ein Ende«, sagte Professor Cousins beruhigend, »sogar die Unendlichkeit.«

Zufälligerweise weiß ich, dass die Unendlichkeit die Farbe von Matsch und toten Robben hat, von versunkenen Schlachtschiffen und ihren Besatzungen, vom Bodensatz der Montagmorgen und vom Windschatten der Samstagabende und von kleinen Häfen an der Nordostküste im Januar. Aber dieses Wissen behielt ich für mich.

»– repräsentiert die Distanz zwischen der Welt und den Phänomenen, ganz zu schweigen von den –«

Wieder wurde Archie unterbrochen, diesmal von einem vorschriftsmäßigen Klopfen an der Tür, und Martha Sewell kam herein, ohne auf eine Antwort zu warten. Martha war die kürzlich ernannte Leiterin des Creative-Writing-Kurses. Nach einem Jahr hatte Archie den Kurs zu einem solchen Erfolg erklärt, dass er das Institut davon überzeugen konnte, aus Prestigegründen einen »echten Schriftsteller« als Tutor dafür anzustellen. Martha aus Boston, ein Amherst-Typ, war eine Dichterin in den Vierzigern, von der noch niemand im Institut gehört hatte. Sie schrieb Gedichte mit einer undurchdringlichen Syntax über ein Leben, in dem nie etwas geschah, und mit Titeln wie »Abstraktion Oder [#3]« (und dein Haar, vom Regen/verweht, lässt mich denken/an die Abwegigkeit der Existenz). Sie hatte gerade eine neue Gedichtsammlung – *Kirschenpflücken in Vermont* – veröffentlicht, die sie überallhin mitnahm wie einen Pass, als würde man sie bitten, sich auszuweisen.

Martha litt noch immer unter einem Kulturschock, da sie in dem Glauben nach Dundee gekommen war, dass es Teil eines Schottlands war, das aus Seen und Bergen bestand und mit Mooren und Wasserfällen dekoriert war. Und wenn sie mit einem Stück schäbiger moderner Architektur konfrontiert wurde, einem mit Gaslampen beleuchteten Hausdurchgang oder einer hohläugigen, stillgelegten Jutefabrik, sah man ihr Gesicht einen schmerzlichen Ausdruck annehmen. Es überzeugte sie nicht, wenn man ihr die vielen positiven Aspekte Dundees vor Augen führte – die großartigen Parks; das städtische Observatorium; der Blick vom Law; die schönen Brücken; der Tay; die radikale sektiererische Vergangenheit der Stadt; die nahezu unnatürliche Freundlichkeit ihrer Bewohner und ihre gleichzeitige Neigung zur Gewalttätigkeit; die eigenartigerweise auf Dundee zentrierte Presse; die gutmütige Gleichgültigkeit der Leute idiosynkratischen Verhaltensweisen gegenüber (zum Beispiel könnte man mit nichts weiter als Schuhen bekleidet und einem Wellensittich auf dem Kopf eine Straße entlanggehen, und niemand würde sich wundern).

Martha war groß und dünn und so sensibel wie ein Kabeljau, sie hatte große mit Halbschuhen versehene Füße, die dafür geschaffen waren, die Wege und Wanderpfade Neuenglands zu beschreiten. Sie machte den Eindruck einer außergewöhnlich sauberen und gepflegten Frau, als würde sie sich jeden Morgen gewissenhaft striegeln. Ihr glattes Haar, irgendwo zwischen blond und grau, eine farblose Farbe, trug sie in einem ordentlichen Bubikopf, der von einem samtenen schwarzen Bügel mit Schleife in Schach gehalten wurde.

In Schottland war Martha mit ihrem Mann Jay, ein Professor in Ann Arbor und Whitman-Spezialist, der ein Freisemester genommen hatte, um seine Frau begleiten zu können. Die Sewells verbrachten eine Menge Zeit – auf jeden Fall mehr als der Durchschnittsbewohner von Dundee – in Edinburgh, wo sie karierte Reiseplaids aus Kaschmir, Caithness-Kristall und seltene Malzwhiskys kauften und davon träumten, ein Haus in Ramsey Gardens zu mieten.

Martha und Jay gehörten zu der Klasse von Menschen, die gesamte Volkswirtschaften leiten und Gesetze entwerfen, die polare Regionen lebend erreichen und am Äquator überleben, die Chronometer und Barometer erfinden, die Kleidungsstücke flicken und Strümpfe stopfen und denen nie Milch oder saubere Unterwäsche ausgeht. Sie führten ein Leben, auf das ich nicht hoffen durfte, vor allem dann nicht, wenn ich bei Bob blieb.

Heute trug Martha schwarze Pumps, einen grauen Flanellrock, ein rattenfarbenes wollenes Schultertuch, das ihr fast bis zu den Füßen reichte, und eine schwere, seriöse lederne Aktentasche. Wiewohl sie nicht direkt in den Krieg um Professor Cousins Nachfolge involviert war, schien Martha zu einer Art Trophäe geworden zu sein, und die diversen Kandidaten versuchten, sie auf ihre Seite zu ziehen.

»Sie haben zu tun«, sagte sie zu Archie. Archie leugnete diese offensichtliche Tatsache, indem er eine nachlässige Handbewegung in Richtung seiner Studenten machte, als wären wir ein Hirngespinst von Martha. Andrea gab einen würgenden Laut von sich, als müsste sie sich übergeben.

»Suchen Sie die Toilette?«, fragte ich Martha freundlich, aber sie hatte Professor Cousins in der Ecke entdeckt, und ein Schatten der Verwirrung huschte über ihr granitglattes Gesicht.

»Er sitzt hier nur rum«, sagte Archie, und es klang, als wäre Professor Cousins ein fauler Student. Professor Cousins lehnte sich so weit zu mir, dass er samt Stuhl umzufallen drohte. Er deutete mit dem Finger auf Martha. »Frischen Sie mein Gedächtnis auf, wer ist sie gleich wieder?«, sagte er laut flüsternd.

Ich zuckte die Achseln. »Irgendeine Frau.«

»Ah«, sagte er, als wäre jetzt alles klar. Er faltete die Hände über seinem weichen Altmännerbauch, nickte Martha wohlwollend zu, deutete auf einen Stuhl neben Terri und sagte: »Setzen Sie sich, setzen Sie sich. Vielleicht lernen Sie etwas.« Er lachte. »Ich habe was gelernt.« Martha sah ratsuchend zu Archie hinüber, aber der zog nur die Augenbrauen in die Höhe, als wollte er sagen, dass ihn das nichts anginge, und Martha faltete ihre unbeholfenen Grashüpfergliedmaßen auf dem Stuhl zusammen, ohne ihren argwöhnischen Blick von Terri zu wenden.

Dass Martha hier war, traf mich wie ein Schlag, da ich gehofft hatte, ihr eine Weile aus dem Weg gehen zu können. Den Schein für den Creative-Writing-Kurs würde ich vermutlich nicht kriegen, weil die Arbeit, die ich ihr abliefern sollte, zum einen noch nicht fertig war, und zum anderen war *Die Hand des Schicksals* – und das machte alles nur schlimmer – ein Kriminalroman, laut Martha das anrüchigste Genre überhaupt (Warum? Warum? Warum?), und ich musste ihr gegenüber behaupten, dass Krimis heutzutage als eine Art postmodernistische Literatur betrachtet würden, aber ich merkte ihr an, dass sie mir nicht ganz glaubte. Mein Verhältnis zu Martha wäre besser gewesen, wenn ich mehr Worte auf dem Papier statt nur im Kopf gehabt hätte. (Um wie viel einfacher wäre doch das Leben der armen Schriftsteller, wenn sie ihre Bücher nicht schreiben müssten.) Bislang hatte ich nicht mehr zu Papier gebracht als eine rudimentäre Einführung der Figuren und eine Andeutung von Handlung –

»Tja, Zeit und Gezeiten warten auf keine Frau«, sagte Madame Astarti laut, als sie ihren stattlichen Körper aus dem Bett hievte. Madame Astartis Torso hätte gut und gern in ein Fass gepasst. In der Küche fand sie nichts Essbares außer einer halben Schachtel alter verdauungsfördernder Schokoladenkekse. Sie überlegte kurz, ob es sinnvoll wäre, eine Diät zu beginnen. Ihre Figur hatte sie irgendwann in den sechziger Jahren verloren und seitdem nicht mehr wieder gefunden. Sie hatte sie bereits verloren, bevor sie nach Saltsea gelangt war. Sie hatte nie vorgehabt, hierher zu kommen; es war eine dieser willkürlichen Entscheidungen gewesen (das heißt, überhaupt keine Entscheidung, sondern Umstände). Sie machte 1964 mit ihrem damaligen Mann Gordon McKinnon einen Tagesausflug von Cleveland nach Saltsea. Sie waren beide müde und emotional aufgelöst und hatten eine lange Auseinandersetzung, die in einem hässlichen Augenblick oben auf dem Riesenrad gipfelte, als Gordon ihr seine Interpretation von Reinkarnation erklärte - eine Theorie, die sich um Madame Astartis kurz bevorstehende Wiederkehr als Möwe drehte. Der Streit legte sich jedoch von selbst bei, indem Gordon nach Cleveland zurückkehrte und Madame

Astarti in Saltsea blieb. Zum letzten Mal hatte sie 1968 von Gordon McKinnon gehört, als er auf der Flucht vor dem Königlichen Tierschutzverein war. Nach allem, was sie wusste, war er möglicherweise tot - ein ambivalenter Zustand, in dem sich viele von Madame Astartis früheren Bekannten befanden. Die Möglicherweise-Toten, wie sie sie nannte.

Nach weiteren Zigaretten und einer ausführlichen Toilette, darunter Madame Astartis beständiger Kampf mit einem der ewigen Dilemmas der Welt - wie sollte sie Wimpertusche auftragen, wenn sie ohne Brille ihr eigenes Gesicht nicht sah -, war sie endlich fertig.

Das Telefon klingelte, aber als Madame Astarti den Hörer abhob, wurde die Leitung mit einem entschlossenen Klick unterbrochen und war tot. Das war ein kurioser Ausdruck, nicht wahr?, überlegte sie nachdenklich. Dinge, die unterbrochen wurden und dann tot waren, in ihren diversen Zeitformen. Strom, Telefon, nicht jedoch Menschen, Menschen wurden nicht erst unterbrochen, sie waren einfach tot. Dinge, die nachts unterbrochen wurden und dann - nein, das stimmte nicht, oder? Manchmal fragte sie sich, ob sie sich nicht im Anfangsstadium der Demenz befand. Aber wie merkte man das?

Sie sperrte sorgfältig ab in der Meinung, dass Vorsicht die Mutter der Porzellankiste sei, obschon Madame Astarti ihr Leben überwiegend an der gegenteiligen Philosophie ausgerichtet hatte. »Zeit zu gehen«, sagte sie zu niemandem, obwohl -

Professor Cousins erstaunte mich, indem er sich erneut zu mir hinüberneigte, aus seiner Tasche ein Karamellbonbon holte, es mir in die Hand drückte und sagte: »Sie sind ein braves Mädchen«, als hätte ihm jemand etwas anderes erzählt.

Ich fragte mich, ob Professor Cousins so alt war, wie er aussah. Ich war eine Art Magnet für alte Leute - an Bushaltestellen und in Geschäften scharten sie sich um mich, versessen darauf, über Fahrpläne und das Wetter zu reden. Andrea, die vor alten Leuten Angst hatte (vermutlich weil sie eines Tages auch eine alte Frau sein würde), erzählte mir einmal, dass sie, wann immer sie ein Baby sah, daran dachte, dass dieses Baby eines Tages ein alter Mensch sein würde. Ich persönlich ziehe es vor, eine alte Person zu sehen und mich daran zu erinnern, dass sie einst ein Baby gewesen war. Vielleicht gibt es zwei Persönlichkeitstypen (in der Art von halbvoll/halbleer), einerseits Leute, die in alternden Zügen Spuren des Babys entdecken können, andererseits die Depressiven, die das frische Baby anschauen und eine verrückte alte Tante sehen.

– Weise, verbessert mich Nora, weise alte Tante.

In Archies Augen flackerte eine Andeutung von Wahnsinn auf. Der überheizte Raum und die große Anzahl Leute darin ließen ihn zunehmend verwahrloster werden – er hatte seine Krawatte gelockert und den Kragenknopf geöffnet, die feuchten Flecken auf seiner Brust breiteten sich immer weiter aus wie zwei Ozeane, die entschlossen waren, zusammenzufließen.

»*– oder wie die Transition von einem Existenten zu einem anderen, von einem Signifikanten zu einem Signifikat –*«

»Entschuldigen Sie mich, Archie.« Professor Cousins fuchtelte mit der Hand in der Luft herum, um Archies Aufmerksamkeit zu erregen.

»Ja?«, sagte Archie stoisch.

»Könnten Sie nicht ein bisschen früher ansetzen?«, sagte Professor Cousins freundlich. »Mir scheint, ich habe den roten Faden verloren. Ich fürchte« – er wandte sich mit einem verschwörerischen Lächeln an Archies Studenten – »ich fürchte, ich habe keinen so brillanten Verstand wie Mr. McCue.«

Archie rollte mit seinem Stuhl über den Teppichboden, ein Fortbewegungsmodus, der ihn wie einen besonders linkischen kleinen Roboter erscheinen ließ, hielt dann abrupt vor Professor Cousins an und begann, sonderbare Atemübungen zu machen, vermutlich, um sich zu beruhigen, obwohl ich den Eindruck hatte, er versuchte sich aufzublasen.

»Realismus«, kam Martha Archie geduldig zu Hilfe; sie sprach sehr laut und langsam mit Professor Cousins. »Dr. McCue redet über literarischen Realismus.«

»Aha.« Professor Cousins lächelte Martha an. »Trollope!«

Archie zog sich über den braunen Teppichboden zurück und fuhr uns an: »*Die mimetische Form kann uns im postindustriellen Zeitalter nicht länger von ihrer Gültigkeit überzeugen*, richtig oder falsch? Eine Meldung dazu? Ja? Kevin?«

Kevin starrte unglücklich die Wand an und schüttelte den Kopf.

»Effie?«

»Also, ich vermute«, sagte ich und wand mich vor Unbehagen auf meinem Stuhl, »dass es dieser Tage einen epistomologischen Wandel in der Literatur gibt und eine Wahrscheinlichkeit zweiten Grades nicht mehr ausreicht, wenn wir versuchen, eine transzendentell kohärente Weltsicht zu entwickeln.« Ich hatte keinerlei Ahnung, wovon ich sprach, aber Archie schien mich zu verstehen.

»Das impliziert doch, dass eine transzendentell kohärente

Weltsicht noch immer erstrebenswert ist, nicht wahr? Eine Meinung dazu?« Wieder klopfte es an der Tür.
»Hier geht's zu wie in der Waterloo Station«, sagte Professor Cousins fröhlich. »Ich weiß gar nicht, wie Sie mit Ihrem Stoff durchkommen wollen, Archie.« Archie sah ihn zweifelnd an. Professor Cousins mochte kurz vor seiner Emeritierung stehen, aber noch war er da und konnte heuern und feuern. Erneut klopfte es.
»Herein«, sagte Archie in nörgelndem Tonfall. Die Kerze flackerte wild.
»Ach, Sie sind's«, sagte er zu –
– Nein, nein, genug, sagt Nora erschöpft, es sind schon viel zu viele Personen.

Ich schlafe auf der Rückseite des Hauses in einem kleinen Zimmer, das nach Schimmel und nassem Ruß riecht. Die dünne Daunendecke mit Paisleymuster fühlt sich feucht an. Ich habe mir dieses Zimmer ausgesucht, weil in allen größeren Schlafzimmern Wasser durch die Decke in Eimer tropf-tropf-tropft, wie schottische Wasserfolter. Ich habe versucht, in dem kleinen gusseisernen Kamin in der Ecke ein Feuer zu entfachen, aber der Abzug ist verstopft, aller Wahrscheinlichkeit nach von einem toten Vogel. Auf dem Nachttisch liegt noch eine kleine Bibel, gebunden in billiges schwarzes Leder, das vor Feuchtigkeit Blasen wirft. Die Seiten sind vor Alter gefleckt, das Papier ist so dünn wie alte Haut. Es ist keine Familienbibel, vielmehr die eines Dienstboten, der sich mit seiner wenig geübten Handschrift auf dem Vorsatzblatt verewigt hat. Ich stelle mir vor, wie ein armes ausgenutztes Dienstmädchen der Urlaub machenden Stuart-Murrays zum Trommelgeräusch des Regens morgens aufwachte, aus dem kleinen Fenster hinaus in die trübselige Nässe blickte und sich wünschte, sie würde für eine vernünftige Familie arbeiten, die den Sommer in Deauville oder Capri verbrachte.
Ich kann kaum schlafen, weil die wilden Katzen schauerlich

maunzen und greinen wie feline Todesfeen. Seit meiner Ankunft – ich wurde abgesetzt von einem freundlichen Fischerboot, dessen Besitzer bedauerte, mich nicht wieder abholen zu können, weil die Insel voller Geräusche wäre, die ihm »Bammel« machten – haben sie mich fast jede Nacht aus dem Schlaf gerissen. Er war nicht davon zu überzeugen, dass es sich lediglich um schrecklich missratene siamesische Katzen handelte.

Ich bin rekonvaleszent. Ich lag darnieder mit einem Virus, einer merkwürdigen Grippe, die mich so schwach zurückließ wie einen Wurf Kätzchen. Ich bin hierher gekommen, um mich zu erholen, obschon die atavistische Insel meiner Mutter nicht über die üblichen Annehmlichkeiten verfügt, deren Invalide bedürfen – warme Schlafzimmer, weiche Bettdecken, pochierte Eier, Dosensuppen und so weiter –, aber ich musste improvisieren, denn ich habe niemanden außer Nora.

Nora wurde vor ein paar Jahren hier angespült, in ihrem kleinen Boot namens *Sea-Adventure*. Sie lebt wie eine Schiffbrüchige in dem »großen Haus«, das in der Tat größer als andere zerfallene Katen und abgedeckte Hütten ist, die die Insel verunstalten und selbst langsam zu Landschaft erodieren wie die Ruinen eines minoischen Palastes. Nora behauptet, ihr Urgroßvater habe das Haus im letzten Jahrhundert bauen lassen in dem Glauben, dass Generationen von Stuart-Murrays, die sich bis zum Jüngsten Gericht erstreckten, hier ihre Ferien verbringen wollten.

Das Haus macht den Eindruck, als wäre es, in Erwartung eines großen Unglücks, abrupt aufgegeben worden. Es steht auf einem Hügel und überblickt die Bucht und jenseits davon den weiten Atlantik, und die Winterwinde sind so stark, dass sie am Strand Kieselsteine aufwirbeln, die an die Fenster prasseln und klopfen, als würden die Geister an Heimweh erkrankter Matrosen um Einlass bitten.

Das Haus bricht um uns herum zusammen. Das einst weitläufige und ansehnliche Haus ist jetzt nur noch eine Schale aus Stein. Das Dach ist schrecklich undicht, so dass man kaum einen Schritt machen kann, ohne über einen alten galvanisierten Eimer voll Regenwasser zu fallen. Den Sandstein der Fenstersimse hat die Seeluft abgenagt, die Bodenbretter sind verfault, und die Haupttreppe ist so von Würmern und Maden zerfressen, dass man sie nur am Rand begehen kann, weil man sonst Angst haben müsste, durchzubrechen und auf den steinernen Mosaikfussboden der Eingangshalle zu krachen.

Im Haus hängen noch die schweren, von Motten zerlöcherten Vorhänge, es gibt noch die kalten, feuerlosen offenen Kamine, die großen Belfast-Waschbecken, den gigantischen Eagle-Küchenherd aus Gußeisen, die Glass-Queen-Waschbretter und ein komplettes Set von Glöckchen, um die Dienstboten zu rufen, die dem Klingeln seit langem nicht mehr Folge leisten. An den Wänden hängen düstere Ölgemälde, die dringend gereinigt werden müssten, weil die abgebildeten Hirsche, leberfleckigen Spaniels und Heidelandschaften kaum mehr zu erkennen sind. Sogar eine Pflanze hat überlebt, eine vertrocknete alte Palme mit papierenen braunen Wedeln, die sich aus einer anderen Ära bis heute durchgekämpft hat, ohne in den Genuss von Wasser oder Wärme zu kommen.

Das Haus ist voller vermodernder Relikte eines komplexeren opulenteren Lebens – riesige Sonnenschirme aus Seide, die in übergroßen gelben chinesischen Drachenvasen im Vestibül vor sich hin rotten, komplizierte Liegestühle mit Sonnendach und Fußteil, deren grüne Bespannung ausgeblichen und so fadenscheinig ist, dass sie kaum das Gewicht einer Feldmaus tragen könnte. In Schränken, Truhen und Nebengebäuden lauern in Auflösung befindliche Galoschen, Südwester und Regenmäntel, uralte Schrotflinten, Angeln und Fischernetze. Auf auseinander fallenden Frisierkommoden liegen emaillierte Haarbürsten, in denen noch immer Haare von längst gestorbenen Menschen stecken.

Der Keller scheint als Lagerraum für die gesamte Insel genutzt worden zu sein und birgt Ladungen geheimnisvoller Objekte – Netzbahnen und Zwirnrollen, alte Fischbehälter und Hummertöpfe, Brieftaubenkäfige, verschrumpelte Saatkartoffeln und – vielleicht der merkwürdigste Gegenstand – die Galionsfigur vom Bug eines alten Segelschiffs, die Meerjungfrauen-Phantasie eines seefahrenden Matrosen. Mit gelben Haaren und nacktem Oberkörper muss sie einst unter dem Bugspriet eines stattlichen Schiffs über das Wasser geflogen sein, ihre Brüste trotzten den Winden, und ihre verrückten blauen Augen erblickten die Wunder der Welt – das baltische Eis und den Londoner Nebel, die Stürme an den Kaps, den weichen gelben Sand des Pazifiks und die befremdlichen Wilden der Bermudas.

Alles zerfällt vor unseren Augen zu Staub. Nichts entkommt dem Zahn der Zeit, weder die Städte der sumerischen Ebene noch das Feriendomizil unserer Vorfahren.

Nora macht uns ein Abendessen aus Grütze und krausem Grünkohl. Sie lebt wie eine Bäuerin. Aber zuinnerst sind wir vermutlich alle Bauern.

– Nein, nein, nein, sagt Nora und klopft sich vehement ans Brustbein, wir sind alle Könige und Königinnen.

– Und jetzt, sagt sie und gähnt – auf eine ziemlich theatralische Art, finde ich –, gehe ich schlafen. Komm schon, mach ohne mich weiter.

Was Nora versäumte

– Watson Grant.

»Ah, Dr. Watson, nehme ich an.« Professor Cousins strahlte, als hätte er einen unheimlich guten Witz gemacht.

»Nur herein mit Ihnen«, sagte Archie, »alle anderen sind auch schon da.«

Watson Grant war einer der hoffnungslosen Anwärter auf die Institutskrone. Seine Spezialität waren Schottische Studien, ein sonderbar altmodisches Fach, das ein Gebiet irgendwo zwischen Brigadoon und dem White Feather Club umfasste, eine Landschaft voller Bäche, Böschungen und Berge, in der die Menschen Strathpseys und Reels tanzten, während im Hintergrund Moira Anderson und Kenneth McKellar Duette sangen. Martha Sewell hätte diese Version von Schottland verstanden.

Grant Watson trug stets ein Harris-Tweedjackett und stammte aus einem abgelegenen Ort, der entweder mit »Inver« begann oder mit »ness« endete. Er war ein merkwürdig asexuelles Wesen, so etwa wie ein Maulwurf, obschon er irgendwo in Fife eine Frau und zwei Kinder hatte. Er war ein begeisterter Wanderer, manchmal lehrte er sogar in seinen klumpigen, mit Schlamm verklebten Wanderstiefeln aus Leder, als hätte es etwas Tugendhaftes, einen Hügel zu erklimmen, wenn keine Notwendigkeit dazu bestand.

Professor Cousins verschlimmerte Watson Grants übliche Nervosität, indem er ihn mit einem gut gelaunten Lächeln und dem absurden Versuch, mit einem schottischen Akzent zu sprechen, herumscheuchte. »Krrrh«, sagte er, als wollte er Schleim abhusten, »hinweg mit Ihnen, guter Mann.« Grant Watson zögerte unsicher auf der Schwelle von Archies Zimmer, er wollte weder bleiben, noch wollte er gehen – für den Fall, dass Professor Cousins' Anwesenheit dessen Neigung signalisierte, Archie seine Insignien zu übertragen. Sein unschlüssiges Getrappel wurde abrupt von Archie zum Stillstand gebracht, der sagte: »Die Toilette befindet sich am anderen Ende des Flurs.« Watson Grant wurde der Notwendigkeit, eine Antwort zu finden, enthoben, da es zum Unterrichtsende läutete.

Archie ignorierte das Klingeln und sprach weiter, aber alle anderen hörten nicht mehr zu und begannen, sich aus den harten Plastikstühlen zu winden. Einen irreführenden Augenblick lang meinte ich, die flüchtige Gestalt des Jungen-ohne-Namen wie eine Rauchsäule aus einem Stuhl aufsteigen zu sehen. Ich blinzelte, und da war nur der schmierige Ruß der flackernden Kerze am Fenster.

Plötzlich ragte Archie vor mir auf, sein aufgeblähter Zeppelinkörper verdunkelte das wenige Licht, das es gab. Ich war überzeugt, dass er sich nach dem Zustand meiner Arbeit erkundigen wollte, aber er runzelte nur zerstreut die Stirn angesichts der wirren Notizen, die ich gemacht hatte, und sagte: »Können Sie heute Abend babysitten?« Ich erklärte mich halbherzig einverstanden; der nicht existente *Mann oder Missstand* brachte mich vis-à-vis Archie in eine schwierige Position. Ich konnte nur hoffen, dass er statt Babysitterdiensten nicht sexuelle verlangen würde.

Ich war Professor Cousins dabei behilflich, sich von seinem Stuhl zu befreien. Alle waren mittlerweile wild darauf, sich zu bewegen, und strebten zur Tür wie Passagiere, die aus einem brennenden Flugzeug flüchteten. Ich musste Professor Cousins am Ärmel seines abgetragenen braunen Kordsamtjacketts festhalten, damit er nicht von dem Studentenstrom, der zur Tür stürzte, mitgerissen wurde.

Ich entdeckte Marthas Mann Jay Sewell, der sich einen Weg stromaufwärts bahnte. Er war ein großer Mann mit einem breiten Kinn und einem Schopf silberfarbener Haare, den Martha mit »Löwenmähne« bezeichnete, um den ihn jedoch kein vernünftiger Löwe beneiden würde. Jay hatte das Auftreten und die Manieren eines Plantagenbesitzers aus den Südstaaten und stammte tatsächlich aus dem tiefen Süden, was Martha anscheinend sowohl als politische Herausforderung als auch sexuell anziehend empfand.

Jay Sewell grüßte Professor Cousins, ignorierte jedoch die Studenten, als wären sie eine unbedeutende Lebensform. Martha begrüßte er mit einem gefühllosen Kuss auf die Wange. Dann erklärte er, dass Buddy im Wagen wartete und dass er den ganzen Vormittag über krank gewesen wäre.

»Ach, der arme Liebling«, sagte Martha. Ich hätte gern mehr über Buddy erfahren (Ein Hund? Ein Kind? Ein Freund? Eine tote Rock'n'Roll-Legende?), aber Jay schloss die Tür, und Professor Cousins und ich standen im dämmrigen Flur.

»Wohin jetzt?«, fragte er mich frohgemut.

»Also, *ich* muss einen Aufsatz über George Eliot schreiben«, sagte ich, und bei dem Gedanken daran wurde ich so müde wie eine Bewohnerin des Hades, »Sie jedoch nicht. Sie sind kein Student«, erinnerte ich ihn. »Sie können tun und lassen, was Sie wollen.«

Professor Cousins runzelte die Stirn und sagte: »Aber nur innerhalb bestimmter sozialer, physischer und ethischer Parameter«, eine überraschend kohärente Aussage, die nur leicht unterminiert wurde von einem plötzlichen verrückten Stepptanzanfall seiner Füße. »Früher habe ich von einer Bühnenkarriere geträumt«, sagte er und blickte geknickt drein.

»Es ist nie zu spät«, sagte ich vage. Das war natürlich eine Lüge, denn oft ist es leider viel zu spät.

Wir navigierten Arm in Arm wie ein putziges altes Ehepaar durch die stygische Düsternis des Flurs. Professor Cousins war sehr höflich, eilte in Begleitung von Frauen auf Gehsteigen immer auf ihre der Straße zugewandte Seite (vermutlich für den Fall, dass sie von einer Kutsche auf die Straße geschleudert würden), bot ihnen einen Sitzplatz an, öffnete ih-

nen die Tür und behandelte das weibliche Geschlecht generell, als wären wir sehr fragil und aus Glas oder etwas ähnlich Zerbrechlichem, was wir selbstverständlich sind, denn wir bestehen aus Knochen und Fleisch.
Seine gentlemanhafte Präsenz beruhigte mich, da die Haare in meinem Nacken Habachtstellung angenommen hatten. Vielleicht lauerte hier irgendwo Der-Junge-ohne-Namen.
»Ach, wir werden alle beobachtet«, sagte Professor Cousins munter. »Wir wissen es nur nicht.«
Archie dagegen war seit langem davon überzeugt, dass er von der Staatssicherheit beobachtet wurde, allerdings hatte er uns nie darüber aufgeklärt, warum dem so sein sollte. (»Vielleicht ist er beim Staat«, sagte Andrea einmal in einem weniger hellen Augenblick.)
»O ja, aber Archie ist verrückt«, sagte Professor Cousins gut gelaunt. »Wir sind hier alle verrückt. Ich bin verrückt. Sie sind verrückt.«
»Woher wissen Sie, dass ich verrückt bin?«
»Sie müssen verrückt sein«, sagte Professor Cousins, »sonst wären Sie nicht hier.«
Professor Cousins' Büro befand sich am anderen Ende des Korridors – das war schon immer ein gefährlicher Ort voller Risiken gewesen und war es jetzt, da sich der Kampf um seine Nachfolge zuspitzte, umso mehr. Von einem Ende des Flurs zum anderen zu gelangen war wie eine Geisterbahnfahrt, bei der man sich vor den unerwartet auftauchenden Gespenstern und Geistern, die versuchten, einen zu erschrecken, ducken musste.
Heute schienen sie jedoch alle nicht da zu sein. Dr. Dicks Tür war fest verschlossen, während Maggie Mackenzies weit offen stand, als wollte sie aller Welt vor Augen führen, dass sie nichts zu verbergen hatte. Sie selbst war jedoch nirgendwo zu sehen. Watson Grant schien das Gebäude verlassen zu haben. Ich war eine Gefangene der wehmütigen Alters-

schwatzhaftigkeit von Professor Cousins, der eine weitschweifige Geschichte aus seinen Tagen als rüstiger junger Doktorand in Cambridge erzählte, als er auf einem Maiball ein Mädchen verführte, so dass wir Maggie Mackenzie, die wild wie eine Furie durch die Finsternis stürmte, erst bemerkten, als wir praktisch mit ihr zusammenstießen.

Ihre formlose trauerfarbene Kleidung bauschte sich und ihre Haarklammern lösten sich, während sie auf uns zusteuerte. Maggie Mackenzies langes eisengraues Haar begann jeden Tag als eine Frisur vage viktorianischen Stils entweder gebunden, geflochten oder gerollt, aber gegen Mittag hatte es sich bereits von Zwängen und Einschränkungen befreit, und am Nachmittag sah sie aus wie eine knorrige beleidigte Kriegerkönigin, die einen alten britannischen Stamm in die Schlacht führte.

»Doktor Mackenzie, Maggie.« Professor Cousins nickte ihr freundlich zu. Sie starrte ihn wütend an. Maggie Mackenzie, die Literatur des 19. Jahrhunderts lehrte (*Warum Frauen schreiben*), hegte einen bitteren Groll gegen die männlichen Mitglieder der Spezies, einen Groll verursacht von ihrem Exmann, ebenfalls ein Dr. Mackenzie, aus Gründen, über die sie nie sprach, denn »für manche Dinge gibt es keine Worte«.

»Ich glaube, Sie sind mir noch einen Aufsatz schuldig«, begrüßte sie mich streng, und dann fügte sie hinzu: »Wo ist Ihre George Eliot?«, als gäbe es mehrere George Eliots auf der Welt und ich besäße eine von ihnen.

»Ich habe ihn zu Hause gelassen«, (oder vielleicht »Ich habe sie zu Hause gelassen«) sagte ich und zuckte ratlos die Achseln, weil das Leben offenbar vollkommen jenseits meiner Kontrolle lag.

Dr. Dick öffnete plötzlich seine Zimmertür, als versuchte er, jemanden abzufangen. Als er uns drei erblickte, legte er die Stirn in Falten und machte den Eindruck, als hätte er uns am liebsten Grenzlinien für das Herumlungern in der Nähe seines Territoriums zugeteilt. Dr. Dick, der sich auf das 18. Jahrhundert spezialisiert hatte (*1709-1821 – Reim oder Räson*), war der Ansicht, dass er Institutsvorstand werden sollte, weil er der Einzige war, der einen korrekten Stundenplan entwerfen konnte. Wahrscheinlich hatte er damit Recht.

Dr. Dick war bartlos, groß und ziemlich dünn, ein anämisch wirkender Mann, der aussah, als wäre er zu hoch gewachsen für seine Kraft. Er war ein eigenartiger anglo-schottischer Hybride. Sein Vater stammte offensichtlich von derselben Linie ab wie die berühmten Tierärzte namens Dick, aber seine Mutter war einer weniger stammbaumträchtigen Familie von Kurzwarenhändlern in Kent entsprungen, und als die Ehe scheiterte, kehrte sie mitsamt dem jungen Dr. Dick an den Busen ihrer Familie zurück, und so wuchs er in Canterbury auf, wiewohl er in Edinburgh geboren war. Diese grenzüberschreitende Befruchtung hatte in seinem Fall jedoch keine robuste Spezies zur Folge.

Bisweilen war Dr. Dick sogar englischer als jeder Engländer. Er war auf eine kleinere Privatschule in den Home Counties gegangen, bevor er in Oxford studierte, wo er zum Mitbegründer einer Real-Ale-Society wurde. Er konnte mit seinem klangvollen Akzent jedes Mitglied der englischen Kricket-Mannschaft seit Beginn aller Zeiten aufzählen. (»Was für ein Wichser«, lautete Bobs lakonisches Urteil.)

Maggie Mackenzie und Dr. Dick sahen aus, als würden sie Kampfstellung einnehmen. Das war vermutlich eine Möglichkeit zu entscheiden, wer der nächste Institutsvorstand werden sollte.

»Ein Kampf Mann gegen Mann«, flüsterte mir Professor Cousins ins Ohr. »Das würde uns eine Menge Zeit sparen.«

Dr. Dick gab klein bei und ließ seine Aggressionen an mir aus. »Sie haben Ihre Arbeit noch nicht abgegeben«, sagte er kurz und bündig. »Ich will sie augenblicklich.«

Dr. Dick war ein Mann, der seine Hypochondrie in vollen

Zügen genoss, andererseits wollte er so dringend Institutsvorstand werden, dass es ihn krank zu machen schien. Er vergaß mich sofort wieder, abgelenkt von dem plötzlichen Bedürfnis, seinen Puls zu fühlen. »Ich glaube, ich muss mich setzen«, sagte er lahm und zog sich wieder in sein Büro zurück.

»Der Mann ist ein vollkommener Idiot«, sagte Maggie Mackenzie. Dann wandte sie sich zornbebend an mich. »Morgen reicht mir. Ich will Ihre George Eliot morgen Nachmittag um fünf auf meinem Schreibtisch haben« – sie zog die Augenbrauen drohend zusammen – »sonst ...«, und dann stapfte sie den Flur entlang davon.

»So eine Furcht erregende Frau«, sagte Professor Cousins, als sie außer Hörweite war.

Mich überraschte, dass die in eine neue militante Phase getretene Frauenbefreiungsbewegung an der Universität Maggie Mackenzie nicht aufgenommen hatte. Bislang war die Gruppe ein friedlicher Zufluchtsort für Studentinnen gewesen, die Kaffee trinken und sich über ihre Freunde beschweren wollten. Vor kurzem jedoch war sie von einem Mädchen namens Heather gekapert worden, einer jungen Politikstudentin mit einem runden Gesicht und einer Brille, die sie wie eine Eule aussehen ließ. Sie war entschlossen, uns ausnahmslos alle Aspekte des dialektischen Materialismus näher zu bringen, bevor sie starb, was womöglich früher der Fall sein konnte, als sie glaubte.

»Nun ja«, sagte Professor Cousins, der endlich vor seiner Bürotür zu einem wackligen Halt kam. »Ich glaube, ich werde jetzt ein kleines Nickerchen machen. Und Sie?«

Ich war mir nicht sicher, ob er mich bat, mich ihm anzuschließen, oder ob er sich nur ganz allgemein nach meinen Plänen erkundigte; wie auch immer, ich schüttelte traurig den Kopf und sagte: »Ich muss nach Hause und arbeiten.«

»Grüßen Sie diesen Freund von Ihnen.«

»Bob?«

»Wenn das sein Name ist.«

Professor Cousins erblickte Joan, die Institutssekretärin, eine vollbusige Frau mittleren Alters, die eine Vorliebe für Mohair hatte, so dass ich bei ihrem Anblick stets den Instinkt unterdrücken musste, an ihrem pelzigen Busen einzuschlafen. Professor Cousins machte eine kunstvolle Geste, als würde er eine Tasse Tee trinken, und Joan ging geduldig seufzend zum Schrank und holte ihren elektrischen Wasserkessel heraus. Für Zeiten der Not – und in solchen befanden wir uns – hatte sie auch einen kleinen Camping-Gaskocher aufgestellt (auf diese Weise geschehen vermutlich schreckliche Unfälle).

»Ich muss bei Kräften bleiben«, sagte Professor Cousins und lachte. »Jemand versucht mich umzubringen, wissen Sie.«

»Wie bitte?«, sagte ich. Ich glaubte, mich verhört zu haben, aber er hatte bereits die Tür zu seinem Zimmer geschlossen, und ich hörte ihn nur noch auf der anderen Seite der hölzernen Tür vor sich hin kichern.

In dem Keller, der als Cafeteria diente, wurden zahllose hygienische und sicherheitstechnische Bestimmungen missachtet. Es war ungewöhnlich voll, die Luft feucht vom vielen Kondenswasser, und die flackernden Kerzen auf den Tischen verliehen dem Ort eine Art Unterwasserdüsternis, vor allem wenn sie die breughelartigen Gemälde erhellten, die aus unerfindlichem Grund die Wände schmückten.

Wenn Sie sich einen Ort irgendwo zwischen steinzeitlicher Höhle und einem Luftschutzbunker vorstellen können, dann haben Sie sich diese Cafeteria vorgestellt. Eine neue Cafeteria befand sich augenblicklich im Bau – ganz Spiegelglas und offene Räume –, aber ich vermutete, dass sie in kürzester Zeit die gleiche ranzige Atmosphäre erworben hätte, die neuen Teppiche mariniert mit Bier und Zigarettenasche.

Die Cafeteria war in zwei Bereiche aufgeteilt, eine Art Selbstbedienungscafé und eine Bar, an der momentan eine Gruppe Rugby-Spieler – mit großer Sicherheit eine unheilige Allianz aus Medizin- und Ingenieurstudenten – lauthals zwei bis zehn Biere trank. Sie benahmen sich, als wäre es Freitagabend und nicht Montagmittag, kippten Starkbier in einem Zug und sangen schlichte Lieder über bizarre Sexualakte, die sie gewiss nie praktizierten und vermutlich nicht einmal begriffen.

Ich sah Terri an einem Tisch sitzen, gierig rauchen und Robin ignorieren, der den Grenzzaun ihres persönlichen Territoriums zu durchbrechen versuchte. Terris persönliches Territorium war in etwa so groß wie die Insel Mull und erforderte deswegen rigorose Verteidigungsmaßnahmen.

Robin sah aus wie Roy Wood von Wizzard mit einer Spur Rasputin in seinen letzten Tagen, wenn Rasputin burgunderrot gefärbte Hosen mit Schlag und ein in allen Regenbogenfarben gebatiktes T-Shirt getragen hätte. Er las demonstrativ *Das Glasperlenspiel.* Robin verfügte über die Fähigkeit, ungewöhnlich langweilig sein zu können. Seine Creative-Writing-Arbeit für Martha bestand aus einem Einakter mit dem Titel *Lebenslänglich* (post-Beckettisch), in dem entfremdete junge Männer auf Umzugskisten herumsaßen und in unvollständigen Sätzen darüber redeten, wie eintönig alles war. Das Stück war meiner Meinung nach zu realistisch, um Kunst sein zu können.

Andrea aß gepflegt einen Golden Delicious – sie schälte den Apfel und schnitt ihn in ordentliche Segmente – und runzelte angewidert die Stirn angesichts von Kevin, der sich ihr gegenübersitzend eine riesige Blätterteigpastete in den Mund stopfte, wobei fetttriefende Teigflocken an seinen dicken Lippen hängen blieben. Er seufzte unglücklich, nachdem er den letzten Bissen geschluckt hatte, und sagte: »Zwei sind nie genug, stimmt's?« Kevin war missmutig, weil es in der Cafeteria nur kalte Sachen zu essen gab.

Ein großes Mädchen namens Kara machte ein erhebliches Aufhebens darum, sich an ihren Tisch zu setzen. Kara war beladen mit einem Tablett, einem schweren Rucksack, einer gewebten griechischen Umhängetasche und einem dicken, prallen Baby, das sie sich in einem Schultertuch auf den Rücken gebunden hatte.

Kara lebte zusammen mit anderen Studenten – darunter Robin – in einem alten Bauernhof namens Wester Balniddrie draußen in der Wildnis des ländlichen Angus. Sie hielten Ziegen und Hühner und gaben vor, Selbstversorger zu sein, aber sie waren nicht wirklich die Art Leute, mit denen man nach einer Katastrophe zusammen sein wollte; sie brauchten die gesamte Ausstattung der Zivilisation, um zu überleben. Zum Beispiel versetzte sie alles, wofür man Werkzeug benötigte, in Panik. Wären die Bewohner von Balniddrie verantwortlich für die technische Evolution des Menschen gewesen, würden die Leute ihre Habseligkeiten immer noch in an Bäumen befestigten Hängematten aufbewahren.

Schließlich schaffte es Kara, sich hinzusetzen und ein großes längliches Brötchen hinunterzuschlingen, aus dem geriebener Käse und Kresse hingen. In modischer Hinsicht bevorzugte Kara einen bäuerlichen Stil. Heute trug sie einen indischen Baumwollrock, ein Paar große Arbeiterstiefel, einen langen haarigen Pullover, der aussah, als wäre er mit Zeltstangen gestrickt, um den Kopf hatte sie im Stil russischer Leibeigener ein Tuch geschlungen. Ihre Haut war dunkel, als hätte sie sie mit Walnusssaft eingerieben.

Kara stammte ursprünglich aus Kent, obwohl sie aussah wie eine Zigeunerin, und hatte vor, nach dem Studium als Lehrerin tätig zu werden und verkleidet als »Miss Jones« in die Welt der Grundschulkinder einzubrechen. Das Baby, dessen

Vater so unbekannt war wie meiner, hieß Proteus und wurde von Kara überallhin mitgeschleppt, sehr zum Ärger des Lehrpersonals, das zu spät feststellte, dass es keine Vorschriften gab, die die Mitnahme von Babys in Seminare und Vorlesungen untersagten.

Robin hatte es satt, so zu tun, als würde er *Das Glasperlenspiel* lesen, und holte ein Päckchen riesiges Zigarettenpapier der Marke Rizla hervor, um unter dem Tisch einen Joint zu drehen. Robin hatte vor kurzem beschlossen, Buddhist zu werden, was ihn noch langweiliger machte.

»Was is das eigentlich? Der Sinn des Lebens«, sagte Robin und lachte dämlich, wobei seine Schultern wackelten wie die eines Hundes in einem Cartoon.

»Was im Kreis geht, kommt wieder, was?«, sagte Shug und ließ sich auf den Stuhl neben Robin sinken. Andrea lächelte ihn ziemlich jämmerlich an, aber Shug war mehr daran interessiert, seine kalte runde Pastete zu essen. Nora hat mir im Leben nur zwei Ratschläge gegeben, beide auf dem Bahnsteig im Bahnhof von Newcastle, als ich in den Zug stieg, um zum ersten Mal nach Dundee zu fahren:

1. Hüte dich vor Leuten mit blauen Augen.
2. Iss keine Pasteten, weil sie nichts taugen.

Ich habe mein Bestes versucht, diesen mütterlichen Rat zu befolgen – trotzdem er mir in ziemlich schlecht gereimter Form gegeben wurde –, weil ich wahrscheinlich keinen mehr bekommen werde.

»Also, ich habe beschlossen, Vegetarier zu werden«, sagte Robin und starrte fasziniert auf die blassen fettigen Innereien von Shugs Pastete.

Proteus begann zu weinen, und Kara holte ihn aus seinem provisorischen Beutel. Er war fest in eine schmutzige weiße Luftkissen-Decke gewickelt, in der er aussah wie eine große Made. Seine Fäustchen fuchtelten wütend in der Luft herum, bis Kara eine Brust aus ihrer Bluse geholt und ihn daran angeschlossen hatte. Kevin wurde vor Schreck rot und blickte unverwandt auf etwas Faszinierendes an der Decke, bis er Olivia am Nebentisch bemerkte und stattdessen ihre roten Stiefel fixierte.

Olivia saß bei einer Gruppe Sowi-Studenten, die sie alle ignorierten. Sie las *Gormenghast* sehr langsam und betulich, wie Leute lesen, die allein in einem Restaurant essen. Sie stützte den Kopf auf die Hand und entblößte ein schlankes Handgelenk, an dem ein goldenes Armband hing. Ein paar Monate zuvor hatte sie mir, als wir in der Cafeteria Schlange standen, in einem ungewöhnlichen Augenblick von Intimität, anvertraut, dass dieses Armband ihrer Mutter gehört hatte.

»Tot?«, fragte ich sie auf die lässige Art der Halbwaisen (denn, wie Sie festgestellt haben werden, kommt mein Vater in meiner eigenen Geschichte nicht vor), und Olivia sagte, ja, tot und zwar durch ihre eigene Hand. Sie hatte sich unpassenderweise an Olivias zehntem Geburtstag mit Gas vergiftet.

Andrea duckte sich plötzlich unter den Tisch, damit Heather sie nicht sah. Heather – das hochnäsige, ziemlich Furcht einflößende Mädchen, das die Frauenbefreiungsgruppe übernommen hatte – wohnte mit Andrea zusammen in einer dieser Studentenwohnungen, in denen sich am Anfang des Semesters die Leute nicht kennen und am Ende nicht mehr mögen. Es war zudem eine Wohngemeinschaft, in der jeder seine eigenen Vorräte hatte, so dass ihr kleiner Kühlschrank zum Beispiel fünf verschiedene namentlich gekennzeichnete Flaschen Milch enthielt; ständig stritten sie sich über geklaute Butter und verschwundene Cornflakes. Heather ging so weit, den Pegel ihrer Tomatensoßenflasche zu markieren und ihre Margarine zu wiegen.

Heather, die schnurstracks auf die glücklose Andrea zusteuerte, trug einen hautengen, gerippten Pullover mit Polokragen, der ihre kleinen BH-losen Brüste und ihre erstaunlich stark hervorstehenden Brustwarzen betonte, die hypnotisierend auf und ab hüpften, während sie auf uns zukam.

»Sie glaubt, dass ich was von ihrem Schmelzkäse gegessen habe«, schniefte Andrea, »als ob ich so was tun würde. Ein kleines Dreieck hat eine Million Kalorien.« Zum Glück für Andrea wurde Heather von einem betrunkenen Rugby-Spieler abgelenkt, der unaussprechliche Praktiken und unnatürlich Akte im Sinn hatte.

Ich bemerkte, dass Olivia Proteus anstarrte, als versuchte sie ein besonders verzwicktes logisches Problem zu lösen. Wie Bob wollte Olivia sowohl einen Abschluss in Anglistik als auch in Philosophie machen. Im Gegensatz zu Bob war sie entschlossen, eine Eins zu bekommen. Ihre Konzentration auf Proteus gestattete es Kevins gequältem Blick, bis zu ihren Knien zu wandern. Er hielt einen Teil von *Die Chronik von Edrakonia* in Händen, die nunmehr ihren vierten Band erreicht hatte, der sich seinerseits jedoch kaum von den ersten drei Bänden unterschied.

»Die Lady Agaruitha«, sagte er leise zu mir, denn aus irgendeinem Grund hatte er mich vor langer Zeit zu seiner Zuhörerin erkoren, »wird in einem Turm gefangen gehalten –«

»Die Lady wer?«, unterbrach ihn Kara und blickte von einem Stück dungfarbenem Stoff auf, das sie herausgeholt und begonnen hatte zu smoken trotz der Behinderung durch das säugende Baby.

»A-g-a-r-u-i-t-h-a«, buchstabierte Kevin missmutig und wurde rot, denn Agaruitha war Olivia nachempfunden, obschon Olivia vermutlich nicht die Patentochter einer Drachenkönigin war, manchmal aber sah sie aus wie jemand, der in einem Turm gefangen gehalten wurde von »dem bösen Lord Lebaron, bekannt als Drachengeißel –«

Proteus koppelte sich mit einem schmatzenden Laut von Karas Brust ab und schaute gedankenverloren zur Decke, als versuchte er, sich an etwas zu erinnern. Kara ergriff die Gelegenheit, um erneut in ihrem Rucksack zu kramen und diesmal ein paar missgestaltete plastilinfarbene Kerzen hervorzuholen. Manche von ihnen waren mit mutmaßlichen Verzierungen dekoriert – Bohnen und Linsen, kleine Steine und hin und wieder ein Blatt. Die meisten sahen aus, als wären sie in leeren Katzenfutterdosen geformt worden. Die Kerzen waren Balniddries Anwort auf denn derzeitigen Energienotstand.

»Wir mussten die Preise erhöhen«, sagte Kara, »auf Grund der großen Nachfrage.«

»Kapitalistische Profiteure«, sagte Shug.

Weil ich eine brauchte, kaufte ich eine Kerze. Sie war sehr schwer, man hätte damit mühelos jemandem den Schädel einschlagen können.

»Und die Tatwaffe wird verbrannt«, sagte Kevin, »das ist genial.«

Olivia bemerkte Roger Lake nicht, der in der Tür stand und wiederholt versuchte, verstohlene Gesten zu machen, um ihre Aufmerksamkeit zu erregen, ohne Aufmerksamkeit auf sich zu ziehen.

Die Stimmung der Rugby-Spieler an der Bar erreichte einen neuen Höhepunkt, einer von ihnen stand auf einem Tisch und vollzog einen langsamen, überhaupt nicht ansprechenden Striptease. Dann gab es plötzlich wieder Strom, und viele zuckten zusammen und duckten sich wie nachtaktive Tiere, auf die plötzlich Scheinwerferlicht fällt. Die Ingenieure rannten zur Jukebox, wählten »Maggie May«, und der Geräuschpegel in der Cafeteria stieg um mehrere Dezibel.

Als Olivia Roger endlich bemerkte, trübte ein kleines Stirnrunzeln ihre Vollkommenheit. Aber dann lächelte sie ihn an, schlich sich schnell hinaus und folgte ihm in diskretem Abstand.

Die Rugby-Spieler hatten mittlerweile fast allen Sauerstoff verbraucht, und ich hielt es für besser zu gehen, bevor es die ersten Toten gab.

»Ich gehe«, sagte ich zu Terri.

Sie kam mit mir hinaus und sagte, dass sie für eine Weile in den Howff wollte. Der Howff war Terris Lieblingsfriedhof, obwohl ihr jeder Friedhof recht war, wenn sie in der entsprechenden Stimmung war, das heißt immer. Wenn andere Studenten strickten oder lasen oder wanderten, studierte Terri Friedhöfe, erforschte sie die Topografie der Totenstädte – Howff, Balgay, Eastern Necropolis. Der Tod musste sich keine Sorgen machen, dass Terri ihm davonlaufen würde.

Am Eingang zur Cafeteria kamen wir an einem kleinen unscheinbaren Mädchen namens Janice Rand vorbei. Janice war in Marthas Creative-Writing-Kurs und schrieb kurze unscheinbare Gedichte, die an geistlose anglikanische Hymnen erinnerten. Janice hatte einen Tisch aufgestellt, auf dem eine Hand voll schlecht gedruckter blauer Flugblätter lag und an dem ein Spruchband mit der lakonischen Aufschrift »Vergesst nicht die alten Menschen« angebracht war.

Janice roch nach Frömmigkeit und Teerseife. Sie war seit kurzem Christin, Neophytin einer christlichen Studentenvereinigung, deren Mitglieder durch die Flure der Studentenheime Airlie, Belmont und Chalmers streiften auf der Suche nach weiteren Konvertiten (die Ängstlichen, die Einsamen, die Verlassenen) und jenen, die die Bibel brauchten, um den Platz zu füllen, wo eigentlich ihre Persönlichkeit hätte sein sollen.

Die christlichen Studenten hatten einen Freiwilligendienst ins Leben gerufen, der sich um die Alten und ans Haus Gebundenen kümmerte. Janice versuchte, mehr Freiwillige zu rekrutieren.

»Vergesst nicht die alten Menschen und wie weiter?«, fragte

ich neugierig. »Haben im Krieg gekämpft, wissen mehr als wir? Sind ängstlich, einsam und verlassen?«

Janice verzog das Gesicht. »Es gibt kein *und wie weiter*«, sagte sie verächtlich, »vergesst sie nur einfach nicht. Ganz allgemein.«

Wir wandten uns ab, und Janice rief uns nach: »Jesus kann euch retten!« Sie blickte etwas zweifelnd drein, als würde er bei uns eine Grenze ziehen. »Jesus ist der Sohn Gottes«, fügte sie hinzu für den Fall, dass wir es nicht wussten. »Er ist einmal gekommen, um uns zu erretten«, sagte sie, ziemlich pampig, »und Er wird wiederkommen. Vielleicht ist Er sogar jetzt unter uns.«

Ein Schwall kalter Luft blies herein, als jemand mit einem lauten Knall die Tür aufstieß, und wir alle erschraken, insbesondere Janice, die einen winzigen Augenblick lang zu glauben schien, Jesus hätte gerade die Cafeteria der Universität Dundee betreten. Sie sollte ihn davor warnen, dass es nichts Warmes zu essen gab. Es war allerdings nicht Jesus, außer er hatte beschlossen, als vergammelter Student der Sozialistischen Gesellschaft wiederzukehren, der eine Schachtel mit frisch gedruckten Flugblättern dabeihatte – kleine rosa Flugblätter im Gegensatz zu Janices kleinen blauen.

»Weil blau die Farbe des Himmels ist?«, fragte ich sie, aber sie schaute mich nur finster an. Der Junge von der Sozialistischen Gesellschaft drückte mir ein Flugblatt in die Hand. Darauf stand: »Beendet den Krieg jetzt.« Er versuchte, auch Janice eins zu geben, aber sie wollte es nur nehmen, wenn er im Gegenzug eins ihrer Flugblätter nahm, und als wir eilig zur Tür hinausgingen, stritten sie miteinander und bewarfen sich wütend mit Flugblättern.

Nora, die neben dem erkalteten Feuer im Küchenkamin leise geschnarcht hat, wacht auf und gähnt.

– Hab ich irgendwas versäumt?, fragt sie.
»Ein gewisses Ausmaß an Angst und Abscheu, ein klein wenig Paranoia, haufenweise Langeweile, die Lady Agaruitha in einem Turm. Und eine Menge neuer Figuren, die du so gut wie möglich nachholen musst.«
– Keine Drachen?
»Noch nicht.«

Nora hat Augen, die die Farbe wechseln wie das Meer. Heute sind sie von einem schlammigen Felspfützenbraun, denn die Möwen werden von einem entschlossenen Südwestwind landeinwärts getrieben. Der Wind weht so stark auf den Klippen, dass wir bisweilen rückwärts gehen.
Ich fühle mich in dieser salzigen Luft merkwürdigerweise zu Hause, ich bin in meinem Element.
– Du hast das Meer im Blut, sagt Nora, den Ruf der See.
Floss in den Adern der Stuart-Murrays – glücklose Landratten, die die hügelige Scholle von Perthshire beackerten – das salzige Seefahrerblut von Matrosen?
– Ganz im Gegenteil, sagt Nora.
Denn es scheint, dass die Stuart-Murrays, wiewohl die See sie auf geheimnisvolle Weise anzog – Beweise sind unser altes Feriendomizil oder Noras Exkursionen –, nichtsdestotrotz unfähig sind, sich auf dem Wasser zu halten. Es gab einen Stuart-Murray, der laut Nora bei Trafalgar ertrank, und einen an Bord der *Mary Rose*, einen auf der *Titanic* und einen anderen auf der *Lusitania* und einen lang vergessenen Stuart-Murray, der angeblich den Schatz des Königs im Forth verlor, wobei unklar ist, um welchen König und um welchen Schatz es sich handelte.
Mich überrascht, dass Nora in ihrer kleinen *Sea-Adventure* tatsächlich aufs Meer hinausfährt. Denn es scheint, dass sich die Stuart-Murrays nicht einmal auf Schiffen aufhalten müssen, um im Meer zu ertrinken. Von einem von Noras Onkeln glaubt man, dass er im großen schrecklichen Tay-Bridge-Unglück umkam; in

einer jugendlichen alkoholisierten Hochstimmung bestieg er den Zug in Wormit, der letzten Haltestelle vor der Brücke. Da er keine Fahrkarte hatte, tauchte er in den Listen der Toten nicht auf.
– Und nicht nur in deinem Blut, sagt sie, jeder hat es im Blut, woher sollte sonst das Salz kommen?
Nora beobachtet die See durch ein riesiges Fernglas aus dem Ersten Weltkrieg, das sie mit sich herumschleppt. Sie sagt, es hätte früher ihrem ältesten Bruder gehört. Ein Bruder? Sie hat bislang nie einen Bruder erwähnt.
– Ach ja, sagt Nora nonchalant, sie habe ein Menge Brüder und Schwestern gehabt.
»Eingebildete vielleicht?«
– Wirkliche, sagt sie und zählt sie an den Fingern ab, Douglas, Torquil, Murdo, Honoria, Elspeth ... und das sind nur die, die starben, bevor sie geboren wurde. Was für eine vom Unglück verfolgte Familie die Stuart-Murrays zu sein scheinen.
– Ach, das ist noch gar nichts, sagt Nora niedergeschlagen, verglichen mit dem, was später passierte.

Es gibt Orte zwischen Edinburgh und Dundee

Ich habe einen Stein als Wärmflasche, eingewickelt in einen alten Pullover, den ich nachts umarme in dem vergeblichen Versuch, mich warm zu halten. Der Schlaf kommt nur schwer, wenn die Dunkelheit so absolut ist, wenn das gelegentliche Funkeln eines Sterns oder ein matter Strahl Mondschein die einzigen Lichtquellen sind.

Ich erinnere mich an die zahllosen Nächte in meiner Kindheit, als Nora mich allein ließ, wenn sie für eine Saison in einem Pub oder Hotel arbeitete. Ich kann sie jetzt heraufbeschwören, ihren Duft nach billigem Maiglöckchenparfum, als sie sich zu mir beugte und mir einen Gute-Nacht-Kuss gab, ihr extravagantes Haar hochgetürmt auf ihrem Kopf wie ein Eis in der Waffel, ihre Figur betont von einem Barfrauenkleid oder versteckt unter einer strengen Kellnerinnentracht. Ich kann sie noch immer in mein Ohr flüstern und mich bitten hören, brav zu sein – nicht aufzustehen, nicht mit Streichhölzern zu spielen, nicht an einem Bonbon zu ersticken, zu schreien, wenn ein Fremder oder ein Mörder oder ein Verführer durch das Fenster einstieg und mir zu Leibe rückte. Nora befürchtete immer das Schlimmste.

– Aus Erfahrung, sagt sie düster.

Wir kamen und gingen, wie die Gezeiten, wie Treibholz, verbrachten unsere Zeit mit Aufbrüchen und Ankünften (oder Ankünften und Aufbrüchen, je nachdem, wie man es sieht). Ich wuchs auf und wurde eine Kennerin von Pavillons, Wintergärten und Minigolfplätzen. Die Konjugation fremdsprachlicher Verben oder das komplexe Leben von Brüchen mochten mir ein Rätsel sein, aber ich wußte immer, wann Ebbe und wann Flut war. Noras Talente (Klavier, Französisch, schottische Volkstänze) qualifizierten sie für nichts Nützliches, aber sie hatte nie Schwierigkeiten, Arbeit in einem Sailor's Rest Pub oder Crow's Nest Café zu finden.

Für gewöhnlich wohnte Nora, wo immer sie arbeitete, so dass unser »Zuhause« ein kalter Hotelspeicher oder ein heruntergekommenes Zimmer über einer Bar war, in das durch die Bodendielen der Geruch nach Massenverköstigung und abgestandenem Bier kroch und sich mit dem Aroma nasser handgewaschener Wäsche vermischte, die riskanterweise auf einem Durchlauferhitzer trocknete.

Wir ernährten uns von den Resten anderer Menschen – gesalzene Nüsse und Oliven und Maraschinokirschen in Ginpalästen und Hotelbars oder Essensreste in Restaurants, vom Boden der Schachtel gekratzte Hochzeitstorte und bei Tanzveranstaltungen übrig gebliebene Kanapees. Und wir aßen endlos Fish and Chips in essigsaurer Hast aus Zeitungspapiertüten, bevor Nora zur Arbeit ging.

Kein Wunder also, dass ich mir, wo immer wir waren, Freundinnen aus Familien suchte, die mehrere Mitglieder hatten und konventioneller zusammengesetzt waren – Mädchen, die in gewöhnlichen Häusern wohnten (Reihenhäuser aus den dreißiger Jahren mit großen Gärten), eine nicht berufstätige hausbackene Mutter hatten, einen bekannten Vater (Buchhalter oder Lebensmittelhändler), mindestens ein Geschwister, eine Großmutter, einen Hund, eine Tante oder zwei. Familien, die ihr Leben damit verbrachten, Wasser aufzustellen, die Toilette zu spülen, ans Telefon zu gehen (ad infinitum, ad nauseam).

Kaum hatte ich mich in diesen Familien als fröhliches, gefälliges Kind als zum Inventar gehörig etabliert, entwurzelte uns Nora erneut, und wir saßen im Bus unterwegs zur nächsten kleinen Stadt an der Küste, die ziemlich genauso aussah wie die, die wir gerade hinter uns gelassen hatten. Man hätte fast meinen können, wir wären auf der Flucht vor etwas. Und das waren wir natürlich auch.

Ich wache mitten in der Nacht auf und muss feststellen, dass ich nicht mehr weiß, wer ich bin. Ist das normal? Mit großer Sicher-

heit nicht. Die wilden Siamesen veranstalten ein Katzenkonzert, ein manisches Geheul, das jedem Wirbeltier auf der Insel, ob tot oder lebendig, einen Schauder über den Rücken jagt. Vielleicht zeugen sie mehr von ihrer blutsverwandten Art.
– Teufelslaich, sagt Nora gut gelaunt am nächsten Morgen und rührt mit einem alten hölzernen Löffel in wässrigen Frühstücksflocken. Erzähl weiter, sagt sie und klatscht einen Schlag Brei in eine Schüssel vor mir. Was ist als Nächstes passiert?

Ein leiser, trotziger Schrei – »Jesus ist unser Retter« – folgte uns, als wir lustlos die Nethergate entlanggingen. Ein harscher Wind trieb Abfall, Unrat und hin und wieder ein rosa oder blaues Flugblatt über die Straße. Ein niesliger Hochlandregen, so fein wie aus der Sprühflasche, fiel in der falschen meteorologischen Zone.
Terri wollte zur Morgan-Tower-Apotheke, um eine Flasche Collis Brown, Hustensaft auf Opiatbasis, zu kaufen, die sie klebrig einkochen wollte, um sich damit noch mehr zu sedieren, während ich in Frank Russells Universitätsbuchhandlung noch Coles' *Notes on Middlemarch* erwerben wollte.
In diesem Augenblick tauchte (wie so häufig) aus dem Nirgendwo auf der anderen Straßenseite ein Hund auf dem Gehsteig auf. Er fing unseren Blick auf, setzte eine gesellige Miene auf und zottelte auf uns zu, als würde er eine Wiese und nicht eine Straße überqueren. Im gleichen Augenblick raste ein Ford Cortina Baujahr 1963 auf uns zu (soweit ein 63er Cortina rasen konnte) und steuerte unaufhaltsam auf die gleiche Stelle der Straße zu wie der Hund. Als Terri das sah, stürzte sie los, um den Hund vor dem Cortina zu retten.
Zu diesem Zeitpunkt übernahm das erzählerische Schicksal (eine gewaltige Macht). Das Auto-Hund-Mädchen-Szenario – zottelnder Hund, rasendes Auto, dummes Mädchen –

konnte nur in Tränen enden, und obwohl der Cortina im letzten Moment auswich, um Terri nicht zu überfahren, blieb ihm nichts anderes übrig, als den Hund zu rammen. Ich schloss die Augen –

– und als ich sie wieder öffnete, stand der Wagen auf dem Gehsteig und Terri saß auf dem Randstein, der Kopf des Hundes in ihrem Schoß. Wiewohl ihr überhaupt nichts an der menschlichen Rasse lag, mochte Terri Tiere erstaunlich gern, vor allem Hunde – sie war mehr oder weniger von einem Haustier großgezogen worden (ein großer Dobermann namens Max).

Der Hund, der jetzt schlaff in ihren Armen hing, war ein großer gelber Straßenköter mit einem Fell von der Farbe eines alten Teddybären oder eines halb toten Kamels. Der Mann, der lieber einen Hund überfuhr als eine Frau, stieg aus seinem Auto und trottete auf diese Pietà mit Hund zu, nicht ohne unterwegs flüchtig seine vordere Stoßstange zu inspizieren. Er hatte die stämmige Figur eines Rausschmeißers in einer miesen Diskothek, und seine Handrücken waren so dicht behaart, dass man hätte meinen können, er trüge unter seinem zerknitterten Anzug ein Schimpansenkostüm. Er beugte sich steif hinunter, um den Hund zu begutachten, und entblößte dabei ein schrecklich haariges Schienbein. Der billige Stoff seines toffeefarbenen Anzugs spannte sich über seinen bullenartigen Oberschenkeln, als er sich vorbeugte.

»Dafür habe ich keine Zeit«, sagte er, »der verdammte Hund, warum hat er sich nicht umgesehen, bevor er losmarschiert ist? Ich bin spät dran«, sagte er in überaus erregtem Tonfall, »sehr spät.«

Der Hund dagegen war überhaupt nicht erregt. Er lag so still und leblos da, als würde er der Menschenmenge, die sich langsam einfand, die Kunst der Tierpräparatoren demonstrieren. Terri begann den Hund Mund zu Mund zu beatmen, flößte seiner großen, von einem Schäferhund abstammenden Schnauze mit ungewöhnlicher Entschlossenheit Atem ein.

»Ojemine«, sagte eine matte Stimme hinter mir, »gibt es irgendetwas, was ich tun kann?« Die Stimme gehörte Professor Cousins, der einen Regenschirm mit einem Griff in Form einer Ente schwenkte wie ein Mann, der in Gefahr schwebte, eine Karikatur seiner selbst zu werden.

Mit großem Geächze und Gestöhne ging er neben dem Hund in die Hocke und versuchte, seine Reanimation zu unterstützen, indem er das struppige Fell auf seinem bonbonrosa Bauch kraulte, während im Hintergrund die Zuschauer ernsthaft diskutierten, mit welcher Methode man einen toten Hund am besten wieder beleben konnte – die Empfehlungen reichten von »gib ihm was Süßes« bis »gib ihm Saures«.

Wie auch immer, Terris Vampiratem schien in den Lungen des gelben Hundes Wunder zu wirken. Langsam kam er wieder zu sich, beginnend mit seinem langen Schwanz – der so lang war wie der einer Riesenratte –, der heftig auf den Asphalt einschlug. Als Nächstes streckte er die Hinterbeine und fuhr dabei seine abnorm langen Zehen aus, die in großen echsenhaften Krallen endeten. Schließlich schlug er leise seufzend die Augen auf, hob den Kopf und sah sich um. Er schien angenehm überrascht von der Schar interessierter Zuschauer und wedelte noch heftiger mit dem Schwanz, so dass das Publikum spontan in Applaus ausbrach angesichts dieser lazarushaften Auferstehung. Der Hund rappelte sich schwankend auf wie ein frisch geborenes Gnu. Ich fragte mich, ob er sich verbeugen würde, aber er tat es nicht.

Terri beobachtete diese Genesung mit einem gewissen Argwohn. »Wahrscheinlich steht er unter Schock«, sagte sie, ihr kleines weißes Gesicht sorgenverzerrt. »Wir müssen ihn zu einem Tierarzt bringen.«

»Du machst Witze«, sagte der Cortina-Fahrer. »Ich hätte schon vor einer halben Stunde ganz woanders sein müssen.«

Terri begann zu zischen wie ein bösartiger Wasserkessel und entblößte dabei ihre kleinen spitzen Zähne. Eher überrascht als schockiert verfolgte der Hund erwartungsvoll, wie die gegnerischen Parteien über sein weiteres Schicksal entscheiden würden. Es war der Cortina-Fahrer, der schließlich klein beigab. »Na gut«, fügte er sich, »aber dann schnell, ich bin sehr spät dran.« Dann drängte er uns alle in sein Auto.

Der Wagen – der nicht aussah, als hätte er schon bessere Tage gesehen – war rostig weiß, mehr rostig als weiß. Ich stieg hinten ein, gefolgt von Terri und dem Hund, der unbeholfen hereinkletterte und darauf bestand, zwischen uns zu sitzen. Professor Cousins nahm zaghaft auf dem Beifahrersitz Platz und tat so, als wären Automobile eine neue, nicht erprobte Erfindung.

»Eine Spritztour. So ein Spaß«, bemerkte er und streckte dem Fahrer die Hand hin. »Professor Cousins«, sagte er, »hocherfreut, Sie kennen zu lernen. Und Sie sind?«

Der Cortina-Fahrer antwortete widerwillig, als könnte die Information später gegen ihn verwendet werden: »Chick. Chick Petrie.«

»Nennen Sie mich Gabriel«, sagte Professor Cousins und nickte lächelnd.

»Aber so heißen Sie doch gar nicht, oder?«, fragte ich, verwirrt von der plötzlichen Abänderung seiner gewohnten Vornamen Edward und Neville, aber er lächelte nur fröhlich und sagte: »Warum nicht?« Und Chick sagte: »Namen sind Schall und Rauch, was, Prof?«

Professor Cousins strahlte. »Genau! Sie sind ein Mann ganz nach meinem Geschmack, Chick.«

»Sie sind Professor, was«, sagte Chick, »ich habe meine Bildung aus der Schule des Lebens und der Universität der harten Schläge.«

»Und ich bin sicher, das ist eine umfassende und interessante Ausbildung, Chick«, sagte Professor Cousins.

»Das da draußen ist eine Welt, in der ein Hund den anderen frisst«, sagte Chick trübsinnig. Terri hielt dem Hund die

Ohren zu. Chick ließ den Motor an, und sofort begann ein merkwürdiger Geruch das Wageninnere zu erfüllen, der Geruch von etwas Süßem, aber Totem – verfaulende Erdbeeren und verwesende Ratte. Bevor jemand einen Kommentar zu diesem Angriff auf unsere olfaktorischen Empfindlichkeiten abgeben konnte, machte Chick einen ruckartigen Satz vom Gehsteig in den Verkehr auf der Straße, ohne sich umzusehen, ob jemand kam, was ein kakophonisches Hupen die gesamte Nethergate entlang zur Folge hatte.

Professor Cousins machte eine vage Geste und sagte etwas von einem Tierarzt am Ende der South Tay Street, aber bevor er noch ausgeredet hatte, waren wir an der Abzweigung vorbeigefahren und rasten um den Angus-Kreisverkehr, als wäre es eine Gokart-Bahn. Innerhalb von Sekunden befanden wir uns auf der Auffahrt zur Brücke. Terri schrie Chick zu, dass er in die falsche Richtung fuhr, und er schrie zurück: »Die falsche Richtung für dich vielleicht, aber die richtige für mich.« An der Zahlstation hielt er nicht einmal an, sondern verlangsamte nur in einem, wie es schien, geübten Manöver, warf dem Kassierer im Vorbeifahren das Geld in die Hand und beschleunigte auf der langen geraden Brücke. Ich vermutete, dass wir uns in den Händen eines Wahnsinnigen befanden. Terri beugte sich vor und stieß Chick hart in den Nacken. »Was ist mit dem Tierarzt?«

»Mit dem Köter ist alles in Ordnung«, brummelte Chick und blickte im Rückspiegel den Hund an. Es stimmte, der Hund wirkte jetzt kerngesund und so wach wie wir alle auf dem Rücksitz. Aber der Geruch im Wagen war wesentlich schlimmer geworden – ein fauliger Gestank, der immer fauliger wurde, je länger wir unterwegs waren. »Was ist das?«, fragte Professor Cousins.

»Was ist was?«, fragte Chick.

»Der Geruch.«

Chick inhalierte so tief, als würde er Seeluft einatmen. »Indi-

sches Curry«, sagte er. Er dachte zwei Sekunden nach, bevor er hinzufügte: »Und Katze.«
»Katze?«, fragte ich beunruhigt.
»Nur keine Panik«, sagte Chick, »sie ist tot.«
»Niemand von uns will mit Ihnen fahren«, sagte Terri missmutig zu Chick.
»Sind wir entführt?«, sagte Professor Cousins und wurde ganz beschwingt. »Wie aufregend. Da werden wir was zu erzählen haben.«
Terri, die sich mit einer Hand an einem Büschel schmutziggelben Fells festhielt, wurde etwas blass um die Nase. »Das ist ein Verbrechen«, sagte sie, »Leute gegen ihren Willen festzuhalten. Dafür kommt ins Gefängnis.«
Chick schnaubte verächtlich und sagte mit einer gewissen Verbitterung, dass die Leute, die die wirklich schlimmen Verbrechen begingen (Mord, schwere Körperverletzung und so weiter), nicht hinter Gitter säßen, sondern frei herumliefen in Brasilien, Argentinien »oder sogar in Five«.
»Ja, na gut, mir egal«, sagte Terri. »Ich will hier raus.«
»Wie du willst«, sagte Chick und zuckte die Achseln, »raus mit dir.« Und er langte über die Lehne nach hinten, um die rückwärtige Tür zu öffnen, verlor dabei allerdings zeitweilig die Kontrolle über den Wagen.
»Verdammter Widerling«, schnarrte Terri ihn an und biss ihn in den Arm. (Auf diese Weise passieren definitiv Unfälle.)
Chick blieb gelassen, er hatte die Aura eines Mannes, der es gewohnt war, regelmäßig verbal und physisch attackiert zu werden. Er beschleunigte einfach noch mehr und tätschelte liebevoll das Armaturenbrett. »Der gute alte Mark 1«, sagte er. »Standardausführung, 1200 ccm, Höchstgeschwindigkeit 120 Stundenkilometer.«
Wir gelangten ans andere Ende der Brücke. »Das Königreich Five«, verkündete Professor Cousins, als würden wir in ein Märchenland fahren.

»Das langweilige Hochland«, höhnte Chick.
»St. Andrews«, fuhr Professor Cousins verträumt fort, »meine alte Alma Mater.«
»Ich dachte, das wäre Cambridge gewesen«, sagte ich verwundert. Erst vor ein paar Stunden hatte er wie im Delirium Maibälle, Stakwettbewerbe, Biergelage und andere exotische akademische Aktivitäten beschrieben, die in Dundee unbekannt waren.
»Wirklich?«, sagte er.
»Wir fahren nicht nach St. Andrews«, sagte Chick hastig. »Ich bin kein Taxi. Und ich bin verdammt spät dran.«
»Spät wofür?«, fragte ich.
»Überwachung«, sagte er und sprach das Wort mit einer gewissen Abscheu aus.
»Überwachung?«, hakte ich nach.
»Leute beobachten.«
»Ich weiß, was es bedeutet«, sagte ich. »Ich kann mir nur nicht vorstellen, dass Sie das tun.«
Er nahm eine Visitenkarte aus der Innentasche seines Jacketts und reichte sie mir. Verschmiert und schlecht gedruckt stand darauf: *»Erstklassige Nachforschungen – übernehme alle Aufträge, stelle keine Fragen.«* Chick war (von allen unwahrscheinlichen Dingen) ausgerechnet Privatdetektiv.
»Ein Schnüffler«, sagte Professor Cousins nachdenklich.
Chick ignorierte ihn und blickte nervös auf seine Uhr. »Ich werde sie verdammt noch mal verpassen.«
»Wen genau beobachten Sie?«, fragte Professor Cousins.
»Eine Frau«, sagte Chick, »ein eifersüchtiger Ehemann, das Übliche.« Er zündete sich eine Zigarette an (schrecklich mit anzusehen bei dieser Geschwindigkeit). »Der Mann ist natürlich ein Verrückter«, sagte er, »das sind sie immer.«
»Sie haben also keine Skrupel, diese Art Arbeit zu tun?«, fragte Professor Cousins Chick. »Ethische Skrupel, meine ich.«

»Skrupel? Skrupel? Wieso?«

Professor Cousins lachte. »Je öfter Sie das Wort aussprechen, umso lächerlicher klingt es. Das ist oft so mit Wörtern. Skrupel stammt aus dem Lateinischen, Chick – Bedenken, Angst, Zweifel.«

»Faszinierend, Gabriel«, sagte Chick in so sachlichem Tonfall, dass ich mir nicht sicher war, ob er es ernst meinte oder nicht.

Ich beugte mich vor, um mit ihm zu sprechen, und bekam einen Hauch seines Aromas ab – das Aroma eines Mannes mittleren Alters: Old Spice, Schweiß und abgestandenes billiges Bier. Professor Cousins roch, wie mir jetzt zwangsläufig auffiel, leicht nach Rosenessenz.

»Verfolgen Sie *mich*?«, fragte ich Chick.

Er zog erstaunt die Augenbrauen hoch, so dass seine Stirn aussah wie eine Ziehharmonika aus Gummi, und sagte dann verächtlich: »Warum um alles in der Welt sollte ich *dich* verfolgen?«

»Das arme Mädchen glaubt, dass jemand sie verfolgt«, sagte Professor Cousins hilfreich.

Chick warf mir im Rückspiegel einen forschenden Blick zu und sagte: »Wirklich?«

»Ich bilde es mir nur ein«, sagte ich, weil ich wirklich nichts anderes glauben wollte.

»Der arme Christopher – Dr. Pike – glaubte auch, dass er verfolgt würde«, sagte Professor Cousins, »und schaut nur, was mit ihm passiert ist.«

»Was ist mit ihm passiert?«, fragte Chick nach einer Weile, da Professor Cousins keine weiteren Ausführungen machte.

»Er hatte einen Unfall wie unser Freund hier«, sagte Professor Cousins und deutete auf den Hund, der ein Ohr spitzte, weil er wusste, dass über ihn gesprochen wurde.

»Und Sie glauben nicht, dass es ein Unfall war?«, sagte Chick, und Professor Cousins lachte und sagte: »Oh, ich bin sicher, es war ein Unfall, die Mitglieder meines Instituts sind berühmt für ihren Hang zu Unfällen. Ständig ist die Hälfte von ihnen im Krankenhaus. Bald wird es an der ganzen Universität kein Lehrpersonal mehr geben.«

»Professor Cousins glaubt, dass jemand versucht, ihn umzubringen«, sagte ich zu Chick.

»Ihr seid ein großartiges Paar«, sagte Chick sarkastisch, »der Mann, der glaubt, dass ihn jemand umbringen will, und das Mädchen, das glaubt, dass sie beobachtet wird. Und was die kleine Miss Sonnenschein da hinten angeht ... Sie wissen doch, was man sagt, oder?«, wandte er sich an Professor Cousins.

»Nein, was sagt man, Chick?«

»Nur weil jemand paranoid ist, heißt das noch lange nicht, dass sie nicht hinter ihm her sind.«

»Ein Schnüffler«, sagte Professor Cousins vergnügt, »es war einmal ein Detektiv/der Chick sich rief –«

»Ist es weit?«, murmelte Terri. »Ist es weit, wohin wir fahren?«

»Weit genug«, lautete Chicks rätselhafte Antwort.

Schließlich erreichten wir, wohin wir unterwegs waren – es hätte Cupar sein können, aber ich hatte kaum auf die Straßenschilder geachtet; jedenfalls war es ein Ort genau *wie* Cupar. In Five brannten die Lichter, in den Fenstern der Häuser schimmerte kostbares künstliches Tageslicht, um die Düsternis des dunklen Nachmittags zu erhellen. Wir parkten in einer hübschen Straße, gesäumt von Bäumen und den Reihen- und Doppelhäusern eines Vororts; Chick schaltete den Motor aus, lehnte sich in seinem Sitz zurück und zündete sich eine weitere Zigarette an.

»Nun, Chick«, sagte Professor Cousins und rieb sich vor Vorfreude die Hände, »ist das die Überwachung? Was passiert jetzt – bleiben Sie einfach sitzen und beobachten ihre Haustür und folgen ihr, wenn sie herauskommt?«
»Mehr oder weniger«, sagte Chick.
»Woher wissen Sie, dass Sie sie nicht verpasst haben?«, fragte Terri, die sich etwas wiederbelebte, weil wir still standen.
»Ich weiß es nicht«, sagte Chick.
»Müssten Sie nicht einen Behälter mit heißer Suppe dabeihaben?«, fragte ich ihn. »Und Kreuzworträtsel und Kassetten mit klassischer Musik?«
»Und einen Fotoapparat?«, fragte Professor Cousins begeistert und fügte dann hinzu: »Oder ein Fernglas? Einen Notizblock? Und eine Zeitung, um sich dahinter zu verstecken?«
Chick zerrte eine *Racing Post* aus seiner Tasche und wedelte damit in der Luft herum. »Ganz so ist es nicht, Gabriel«, sagte er, »Sie haben zu viele Filme gesehen.«
»Im Gegenteil, Chick«, sagte Professor Cousins etwas betrübt, »ich habe nicht genug Filme gesehen.«
»Wissen Sie«, sagte Chick nach einem mehrminütigen kontemplativen Schweigen, »in diesem Job erlebt man die komischsten Dinge, Gabriel. Ich könnte einen Roman darüber schreiben.«
»Aber gewiss könnten Sie das«, sagte Professor Cousins aufmunternder, als streng genommen nötig gewesen wäre.
»Es heißt doch, dass jeder einen Roman in sich trägt, oder?«, sagte Chick, der sich für das Thema erwärmte.
»Jaa, und da sollte er vielleicht auch bleiben«, brummte Terri. Chick erwiderte etwas Geringschätziges über Studenten, etwas von wegen er würde Steuern zahlen, damit wir den ganzen Tag herumliegen, vögeln und Drogen nehmen könnten.
»Glauben Sie bloß nicht, ich wäre nicht dankbar«, fuhr Terri ihn an, und Chick schlug mit »Fort mit dir und lass dir dei-

nen Kopf einkochen« zurück. Der Wagen war viel zu voll für diese Art von Benehmen, und das begriff zumindest der Hund, wenn auch sonst niemand. Er stieß plötzlich einen langen Walrossseufzer der Langeweile aus, drehte sich mehrmals um die eigene Achse, in dem Bemühen, mich und Terri vom Rücksitz zu verdrängen, ließ sich dann schwer fallen und schloss die Augen.

»Er ist doch nicht etwa gestorben?«, sagte Terri und versetzte dem Hund ängstlich einen Stoß. Er öffnete ein Augen und blickte sie nachdenklich an.

»Verhaltet euch ruhig«, sagte Chick gereizt. »Ihr macht andere auf euch aufmerksam«

»Verheiratet, Chick?«, fragte Professor Cousins nach einer Weile beiläufig.

Chick blickte böse um sich und sagte: »Wen interessiert das?«

»War nur eine Frage.«

»Ich bin ein Liebling der Frauen«, sagte Chick etwas blasiert.

»Aber sicher, das sind wir doch alle.« Professor Cousins lachte.

Nach einer Weile sagte Chick: »Verdammtes Weibsstück, verdammte Moira, blöde Kuh. Hat alles mitgenommen – das Haus, die Möbel, die Kinder –, nicht dass mir die Kinder fehlen würden, diese miesen kleinen Biester«, sagte er nachdenklich. Das erinnerte mich an Dr. Dick, dessen Exfrau ebenfalls eine Moira war, eine zurückhaltende Chemikerin aus Aberdeen, die gerade so viel Gefühl aufgebracht hatte, um die Scheidung einzureichen. Abgesehen von der Assonanz war das vermutlich das Einzige, was Chick und Dick jemals gemeinsam haben würden.

Mit einem entnervten Seufzer legte Chick die *Racing Post* beiseite, drückte seine Zigarette aus, sank in seinen Sitz zurück, schloss die Augen und sagte: »Lasst mich bloß nicht einschlafen.« An wen erinnerte mich Chick?

»Du siehst mich an«, sagte er, ohne die Augen zu öffnen.
»Ich habe gerade überlegt, an wen Sie mich erinnern.«
»Ich bin ein Einzelstück«, sagte Chick. »Nachdem sie mich gemacht hatten, haben sie die Form zerbrochen.« Es fing an zu regnen, dicke Tropfen trommelten auf das Autodach.
»Du lieber Himmel, das ist ja ein Hundewetter«, meinte Professor Cousins. Die Ohren des Hunds zuckten interessiert, aber er machte sich nicht die Mühe aufzuwachen. Ich fragte mich, was mit den Hundeaktien an der Tara-Zanthianischen Börse passierte, wenn dieses spezielle Wetterphänomen auftrat.
Der Regen strömte die Windschutzscheibe hinunter, so dass die Straße nicht mehr zu sehen war. Terri fragte Chick, warum er die Scheibenwischer nicht einschaltete. Mit dem geringstmöglichen Bewegungsaufwand beugte sich Chick vor und drückte auf einen Knopf. Die Scheibenwischer ächzten und bewegten sich dann langsam über die Windschutzscheibe, schrecklich quietschend, als würde man mit einem Fingernagel über eine Schiefertafel kratzen.
»Deswegen«, sagte er, schaltete sie wieder ab und schloss erneut die Augen. »Wie wär's, wenn wir alle den Mund halten und uns Streichhölzer in die Augen stecken würden?«
»Was für eine schreckliche Vorstellung«, murmelte Professor Cousins. Die Luft im Wagen war feucht und vertrug sich weder mit dem üblen Geruch des Hundes noch dem ursprünglichen Gestank, der sich verändert und eine wollige, pilzige Qualität angenommen hatte. Vermutlich war es nur gut, dass die Heizung von Chicks Auto nicht funktionierte, sonst wären wahrscheinlich neue Lebensformen ausgebrütet worden, aber es war eiskalt, und ich war froh um die Nähe des großen warmen, stinkenden Hundekörpers.
»Vermutlich hast du kein Haschisch dabei, oder?«, fragte mich Chick plötzlich.
»Nein, tut mir Leid.«

»Schade.«
»Wir könnten ein Spiel spielen«, sagte Professor Cousins hoffnungsvoll.
»Ein Spiel spielen?«, sagte Chick argwöhnisch. »Wie?«
»Wie nicht?«, sagte Professor Cousins und bewies damit eine unerwartete Meisterschaft der schottischen Sprache.
»Sie meinen Poker?«, fragte Chick.
»Also, ich habe mehr an ein Spiel mit Worten gedacht, Chick« sagte Professor Cousins, »so etwas wie ›Dubletten‹ – da verwandelt man ein Wort in ein anderes, zum Beispiel ›Kopf‹ in ›Schwanz‹.« Alle sahen ihn verständnislos an, und er sagte aufmunternd: »Es ist ganz einfach – Kopf-Knopf-Schopf-Schweif-Schwanz. Seht ihr? Jetzt seid ihr dran – versucht ›Hund‹ in ›Katze‹ zu verwandeln.« Der Hund blickte beunruhigt auf. Terri streichelte ihn, bis er wieder einschlief. Unsere Unfähigkeit, »Dubletten« zu verstehen, wunderte Professor Cousins.
»Lewis Carroll hat das Spiel erfunden«, sagte er etwas traurig.
»War das nicht der, der kleine Mädchen mochte?«, fragte Chick.
»Ich fahre nach Alyth, wo ich Abscheu erregenden Alkohol anpreisen werde«, sagte Professor Cousins.
Chick sah ihn misstrauisch an. »Wir fahren *nicht* nach Alyth.«
Professor Cousins lachte. »Nein, nein, das ist ein anderes Spiel. Versteht ihr, jemand muss an einen Ort fahren und dort etwas tun, was mit demselben Buchstaben anfängt – ich fahre nach Blairgowrie, wo ich bellende Biester beschneiden werde.« Professor Cousins versuchte es noch einmal. »Ich fahre nach Kirkintilloch, wo ich kübelweise Kohlköpfe kaufen werde.«
»Vielleicht sollten wir einfach nach Dundee fahren«, murmelte Terri.

»Und was tun wir dort?« Professor Cousins lächelte aufmunternd. Alle – außer dem Hund und Professor Cousins – wurden in diesem Augenblick ziemlich ekelhaft, besonders als Chick vorschlug, Terri solle sich nach Forfar verpissen und dort etwas Finsteres mit einem Frettchen treiben.
Was die Unterhaltung für gute zehn Minuten zum Erliegen brachte, und dann sagte Terri: »Ich habe Hunger.« Und Professor Cousins sagte: »Und ich hätte nichts dagegen, für kleine Jungs zu gehen.«
»Kleine Jungs?«, sagte Chick und sah ihn von der Seite an.
»Und hier hinten ist es unbequem«, beschwerte sich Terri.
Ich dachte, dass es so sein müsste, wenn man einen Familienausflug mit dem Auto machte (es gab so viele Aspekte eines normalen Familienlebens, die ich versäumt zu haben schien). Aber statt mit einer richtigen Familie – Mutter, Vater, Schwester, Großmutter, Golden Retriever in einem Vauxhall Victor – musste ich mich mit diesem merkwürdigen zusammengeschusterten Haufen zufrieden geben, mit dem mich weder Bluts- noch Seelenverwandtschaft verband.
»Gibt's hier was zu essen?«, fragte Professor Cousins hoffnungsvoll, öffnete das Handschuhfach und holte alle möglichen Dinge heraus – ein zerfleddertes Kartenspiel mit Fotos von fülligen Frauen in unterschiedlichen Stadien der Entkleidung (»Faszinierend«, murmelte Professor Cousins), ein Paar Handschellen, eine Papiertüte mit zerbröselten Farnkeksen, kleine Kekse mit einem Farnblatt aus Zuckerguss, von Goodfellow and Steven, ein Stück Wäscheleine, ein großes Küchenmesser und einen Polizeiausweis mit einem Foto von Chick, auf dem er mehr Haare auf dem Kopf und weniger Fleisch am Körper hatte.
»Fragen Sie mich nicht, wieso ich das Ding noch habe«, sagte Chick.
»Wieso haben Sie das Ding noch?«, fragte Terri.

»Klappe.« Chick stopfte alle Sachen zurück in das Handschuhfach bis auf die Kekse, die er unter den Insassen des Cortinas verteilte.

»Sie waren also bei der Polizei, Chick?«, fragte Professor Cousins, wandte sich zu uns um, grinste und sagte: »Ein ›Bulle‹, nicht wahr?«, als müsste er für uns übersetzen. Laut Chick, der nicht der verlässlichste Informant zu sein schien, war er Kriminalinspektor gewesen, bis es wegen eines Urlaubs in Lanzarote zu einem Missverständnis kam, woraufhin er »in Ungnade fiel«.

»Wenn die blöde Kuh den Mund gehalten hätte, wäre nichts passiert«, sagte Chick.

Die »blöde Kuh« lebte jetzt in Errol, in einem neuen Haus, und besagtes Haus diente als Liebesnest für die blöde Kuh und ihren neuen »Mitbewohner«, ein Gigolo, behauptete Chick, der tagsüber als Gutachter für den Verlust von Versicherungsansprüchen arbeitete – ein Mann, schmähte Chick, der den Kopf voller Haare und einen brandneuen gelben Ford Capri 3000 hatte und meinte, er wäre das Gelbe vom Ei. Die blöde Kuh, der Gigolo und die miesen kleinen Biester hatten eine ökonomische Verschwörung angezettelt, um Chick in den finanziellen Ruin zu treiben. Sagte Chick.

»Das ist ja ein Hundeleben«, sagte Professor Cousins und tätschelte zum Trost seine haarige Hand. Chick zog seine Hand zurück und murmelte etwas von Ingwerbier. Ich konnte nicht umhin zu bemerken, dass Chicks Augenbrauen in der Mitte nahezu zusammengewachsen waren – ein sicheres Zeichen für einen Werwolf. Behauptet zumindest Nora.

Chick sagte: »Gebt mir Bescheid, wenn euch etwas ins Auge springt«, (Professor Cousins schauderte), dann schien er einzuschlafen. Kurz darauf schnarchte Professor Cousins. Als ich zu Terri blickte, sah ich, dass auch sie in ihren gewohnten narkoleptischen Zustand gefallen war. Ich vertrieb mir die Zeit damit, die ruhigen Vorortaktivitäten zu beobachten,

Mütter, die Kinderwagen schoben, alte Frauen, die Wege kehrten. Nach einer halben Stunde kam aus dem Haus, das wir beobachten sollten, eine Frau. Sie hatte nichts von einer Isebel an sich, wenn etwas an ihr bemerkenswert war, dann ihre Gewöhnlichkeit. Sie war in den Dreißigern, hatte kurzes braunes Haar, trug einen unauffälligen Regenmantel und eine Einkaufstasche. Sie sah aus, als würde sie Einkäufe erledigen und nicht Ehebruch begehen wollen. Sie lächelte und grüßte eine Frau, die einen Labrador ausführte, dann stieg sie in einen auf der Straße geparkten Hillman Imp und fuhr davon. Ich weckte Chick nicht. Meiner Ansicht nach hatte die Frau jedes erdenkliche Recht, ihren Angelegenheiten nachzugehen, ohne von vollkommen fremden Personen dabei belästigt zu werden. (Andererseits: Gibt es teilweise fremde Personen?)

Plötzlich schnaubte Chick, blickte auf seine Armbanduhr und sagte: »Genug für heute. Fisch zum Abendessen?« Und mir wurde klar, an wen er mich erinnerte. Wie der Geist der künftigen Weihnacht war Chick jetzt, wie Bob in mittleren Jahren sein würde.

Chick ließ den Motor an, und Terri nahm die angespannte Haltung eines Dummy ein. Wir hielten am nächstbesten Fish-and-Chips-Stand, und Professor Cousins sagte: »Bitte, das geht auf meine Rechnung, es war so ein schöner Ausflug.«

»Sehr nett von Ihnen, Gabriel«, sagte Chick voller Jovialität angesichts einer fremden Brieftasche. »In diesem Fall hätte ich gern einen einzelnen Fisch mehr.«

»Im Gegensatz zu ... einem verheirateten Fisch?«, fragte Professor Cousins zerstreut.

»Ha, ha, ha, verdammt«, sagte Chick und warf sich ein ganzes eingelegtes Ei in den Mund.

Ich dachte, wir würden jetzt nach Hause fahren, aber als wir uns der Brücke näherten, bog Chick plötzlich ab, fuhr nach Newport-on-Tay und parkte den Wagen auf der Straße gegenüber einer Einfahrt, die von dichten Lorbeerbüschen gesäumt war. Nach einer Weile fuhr ein Auto aus der Einfahrt – derselbe Hillman Imp wie zuvor, hinter dem Steuer saß noch immer dieselbe unauffällige Frau. Vielleicht benutzte Chick eine Art sechsten Sinn statt schlichter Beobachtungsgabe, um sie zu verfolgen. Die Frau fuhr Richtung Wormit davon, und ein anderes Gefährt tauchte aus der Einfahrt auf, ein langsamer Leichenwagen, beladen mit einem Sarg. Ihm folgte ein einzelnes Auto. Terri wurde angesichts des Leichenwagens richtig munter.

»Jemand, den Sie kennen?« Professor Cousins machte eine mitfühlende Kopfbewegung in Richtung des Sarges.

»Nicht persönlich«, sagte Chick ungerührt.

Wir fuhren langsam hinter dem Leichenwagen her, und ich entdeckte ein Schild am Ende der Einfahrt, *The Anchorage – ein Heim für ältere Mitmenschen*, und wies Professor Cousins darauf hin, dass Archies Mutter derzeit im Anchorage lebte, und er sagte: »Wirklich? Ich halte ihn immer für jemanden, der keine Mutter hat.«

Als wir vor der Brücke im Kreisverkehr fuhren, sah ich neben der Straße eine Gestalt mit Kapuze, die den Daumen in den Regen hinausstreckte.

»Wir haben keinen Platz«, protestierte Terri, als Chick verlangsamte. Der Tramper mit Kapuze lief zur rückwärtigen Tür des Cortina. Er sah aus wie eine düstere Gestalt aus einem städtischen Mythos, wie jemand, der alle Insassen des Wagens umbringt, mit dem Kofferraum voller Leichen davonfährt und dann ein hübsches Mädchen mitnimmt, das von ihrem Freund sitzen gelassen wurde und nach Hause will, bla, bla, bla. Mich überraschte, dass Chick, der nicht gerade vor Sympathie für seine Mitmenschen überfloss, angehalten hatte, aber vielleicht hatte er auch nur sein jüngeres, unschuldigeres Selbst wieder erkannt, denn der Tramper war niemand anders als –

»Bob!«, rief ich.

»Stecken Sie ihn in den Kofferraum«, sagte Terri hastig zu Chick, aber vergeblich, denn Bob quetschte sich bereits neben mich, zum besonderen Ärger des Hundes, der begriff, dass in einem Cortina nicht genug Platz für so viele Körper war. Der Hund saß schließlich auf Terris Knien, wiewohl es umgekehrt vermutlich einfacher gewesen wäre, da der Hund etwas mehr Raum einnahm als sie.

»Was um alles auf der Welt tust du hier?«, fragte ich Bob.

»Dieselbe Frage könnte ich dir stellen«, sagte er nicht gerade hilfreich. Es stellte sich jedoch heraus, dass Bob aus Versehen den falschen Bus genommen hatte, als er nach Balniddrie fahren wollte, um mit Robin einen angeheiterten Nachmittag auf dem Land zu verbringen, und sich stattdessen in den ihm unbekannteren Gegenden von Five wieder gefunden hatte.

»Transporterversagen«, sagte er und kramte tief in seiner Manteltasche herum, bis er einen Caramac-Riegel gefunden hatte.

Wir waren fast über der Brücke, der Tay unter uns von der Farbe nassen Schiefers. Dundee wurde immer größer, und Professor Cousins seufzte zufrieden und sagte: »Was für ein Tag.«

»Er ist noch nicht zu Ende«, sagte Chick.

Der in Beerdigungstempo dahinkriechende Leichenwagen hängte uns ab, da Chick ein Mann war, der offensichtlich nie ein Ziel auf dem kürzesten Weg ansteuerte und mehrmals einen Umweg fuhr, kaum waren wir in Dundee – Wettbüros, The Golden Fry, wo er eine fritierte Pizza kaufte, und so weiter –, bevor er den Cortina schließlich vor der Phoenix Bar

halb auf dem Gehsteig, halb auf der Straße parkte, nicht weit entfernt von der Stelle, wo er den Hund angefahren hatte. Professor Cousins blickte zur Phoenix Bar und ihrer Aufforderung »zu trinken und von aller Verwirrung zu gesunden« (eine unwahrscheinliche Kombination, sollte man meinen) und sagte in seinem geknödelten Schottisch wehmütig zu Chick: »Zeit für einen kleinen Abschiedstrunk, Chick, alter Kumpel?« Aber Chick war bereits ausgestiegen, lief die Straße entlang und die Treppe der katholischen Kirche in der Nethergate hinauf.
»Wo ist er?«, fragte Professor Cousins und spähte durch die verschmierte Fensterscheibe.
»In der Kirche, ich glaube, er ist in die Kirche gegangen«, sagte ich.
»Er wirkt nicht religiös«, meinte Professor Cousins, »aber philosophisch veranlagt, finden Sie nicht?«
Vor der Kirche parkte ein Leichenwagen; natürlich sehen sie alle gleich aus, aber wahrscheinlich war es der vom Anchorage.
»Ich glaube, er ist zu einer Beerdigung gegangen«, sagte ich.

»Meint ihr, dass alles in Ordnung ist?«, fragte Terri nach zehn Minuten. »Nicht, dass mir etwas an ihm liegt oder so.«
»Wer ist er überhaupt?«, fragte Bob, dessen Neugier nur langsam zu erregen war.
»Ein Schnüffler.« Professor Cousins ließ sich das Wort auf der Zunge zergehen.
»Hä?«
»Ein Privatdetektiv«, erklärte ich.
»Wow.«
Es folgte eine zwanglose Unterhaltung, in deren Verlauf Bob aus Versehen preisgab, dass er bis zu einem gewissen Grad Anglistikstudent sei. Diese Information verwirrte Professor Cousins, der Bob noch nie zuvor gesehen hatte.

»Na ja, ich bin eine Art ... Underground-Student«, führte Bob nicht gerade zufrieden stellend aus. Wir warteten noch einmal zehn Minuten, und dann beschlossen Terri und ich nachzusehen, was mit Chick passiert war.
Die Kirche war tardishaft, das heißt von innen viel größer als von außen, und voller Geräusche, deren Ursprung unsichtbar war – das Echo von Schritten, diskretes Hüsteln –, als würden sich Leute hinter Zwischenwänden oder in den hallenden Krypten des Gebäudes verstecken. Der Sarg stand weit entfernt am Ende eines Gangs, der so lang war wie die Landebahn eines Flughafens. Eine Hand voll Trauernder hatte sich strategisch in einem Meer von Kirchenbänken verteilt, und alle drehten sich um, als wir hereinkamen. Wir setzten uns in die letzte Reihe, und Terri stieß mich an, um mir zu verstehen zu geben, wie glücklich dieser Ort sie machte.
Wegen Stromausfalls war die Kirche von dutzenden von Kerzen erhellt. Der Pfarrer, der den Trauergottesdienst hielt, war alt und dick, seine schwarze schmutzige Soutane spannte sich über seinem dicken, von einer Haushälterin wohlgenährten Bauch. Die Messe schien mir kompliziert und geheimnisvoll und hatte kaum etwas mit der Leiche zu tun, die anscheinend »Senga« hieß.
Auf der für die Frauen bestimmten Seite der Kirche entdeckte ich Janice Rand. Sie war in Begleitung einer christlichen Freundin – ein unansehnliches Mädchen mit den ersten Ansätzen von krankhaftem Haarausfall und einer Brille mit dicker Fassung. Allein aus ihrer Erscheinung war zu schließen, dass sie ihre Jugend in einer kirchlichen Jugendgruppe mit Tischtennisspielen und dem Klimpern von »Kum by yah« auf einer akustischen Gitarre verbracht hatte. Janice hatte eine Handtasche dabei, die aussah, als hätte sie früher ihrer Mutter gehört. Darauf klebte ein alter Wasserwacht-Sticker.

Ganz vorne saß ein Knäuel alter Damen – vermutlich Sengas Freundinnen –, ein paar von ihnen umklammerten Einkaufstaschen, als wären sie zufällig in die Kirche geraten, während sie ihre Einkäufe in Littlewoods erledigten.

Die Atmosphäre war von einer mit Händen greifbaren Bedrücktheit, die vom Sarg auszustrahlen schien. Wenn unglückliche Menschen sterben, setzen sie vielleicht ein Effluvium von Depression frei, wie Grubengas. Was passiert, fragte ich mich, mit den Molekülen der Toten, warten sie, bis sie von einem Passanten absorbiert werden? Ich presste die Hand wie eine Chirurgenmaske auf Mund und Nase, um zu verhindern, dass ich etwas von Senga einatmete.

Der Trauergottesdienst war rasch zu Ende, und die Trauernden schlurften aus ihren Bänken und überließen den Sarg seinem Schicksal. Janice Rand ging grußlos an uns vorbei. Dann gab es plötzlich wieder Strom, und in dem harten Licht wirkte das Kircheninnere wesentlich unattraktiver.

»Was macht *ihr* denn hier?«, fragte Chick, als er uns sah, dann blickte er auf seine Uhr und sagte: »Scheiße – es ist nie die richtige Zeit.« Er blickte himmelwärts und entschuldigte sich murmelnd für seine Ausdrucksweise. Dann machte er hastig das Kreuzzeichen und eilte aus der Kirche.

Überrascht von seinem eiligen Abgang, folgten wir ihm nur langsam, und als wir endlich auf der Straße standen, waren Bob und Professor Cousins aus dem Cortina geworfen worden, der sich bereits vom Randstein entfernte und rücksichtslos in den Verkehr einreihte. Im Rückfenster tauchte das verschlafene Gesicht des Hundes auf. Ich rechnete nahezu damit, dass er zum Abschied eine Pfote heben würde, stattdessen riss er gähnend die Schnauze auf und entblößte dabei erstaunlich wölfische Zähne.

»Ich muss los«, sagte Bob und war verschwunden, bevor ich Zeit hatte zu sagen, dass ich mit ihm gehen würde.

»Ich auch«, sagte Terri und setzte sich auf gut Glück eilig in

Richtung des Cortina und seiner hündischen Geisel in Bewegung.

Professor Cousins und ich standen auf dem Gehsteig wie Leute, die überraschend aus einer Party geworfen worden waren und nicht wussten, was sie als Nächstes tun sollten.

»Hm, das ist wohl das Ende dieses aufregenden Tages«, sagte Professor Cousins ziemlich trübsinnig.

Ich begleitete ihn zurück zur Universität und sah ihm nach, als er den Weg zum Tower hinaufging, sein Rücken gebeugt, seine Beine krumm. Er wirkte zu zerbrechlich und zu alt, um gegen die schneidenden Winde anzukämpfen, die ständig heulend um das Fundament des Tower wehten. Er mühte sich, die große Tür des Gebäudes zu öffnen, bis sich ein Hausmeister schließlich seiner erbarmte und sie für ihn aufmachte.

Ich trottete nach Hause, den ganzen Weg über einen eisigen interstellaren Wind und einen Schatten im Rücken. (»Wir wissen, dass wir gesucht werden«, sagte Archie einmal zu mir, »und rechnen damit, gefunden zu werden.« In meinen Ohren klang das ziemlich biblisch, aber Olivia sagte, dass es aus *Dangling Man* von Saul Bellow war.)

Chez Bob

Ich kämpfte mich nach Hause in die Wohnung in der Paton's Lane. Der Flur war derzeit verstellt von einer Vielzahl von Gegenständen – vier Reifen von einem 1957er Riley 1.5, die Überreste von Bobs katastrophalem Versuch, ein Auto zu besitzen (eine lange Geschichte, die hier nicht erzählt werden muss); eine Art-déco-Stehlampe, die nie funktioniert hatte, und ein ausgestopfter Kaiserpinguin, den im Auktionshaus in der Ward Road zu ersteigern Bob nicht hatte widerstehen können, der jedoch in den Flur verbannt worden war auf Grund des merkwürdigen Geruchs nach Tod und halb verdautem Fisch, den er verströmte.

Trotz all meiner Mühen blieb die Wohnung stets schmuddelig, es roch nach Currypulver und Räucherstäbchen mit einem sonderbaren Unterton von Asafötida. Bob wischte nie Staub oder räumte auf (»Warum gegen Entropie ankämpfen?«), und er schien Unrat aller Art anzuziehen, als wäre er eine wandelnde Mülltonne.

Wesentlicher Bestandteil meines Tagtraums, Bob zu verlassen, war die Wohnung, in der ich ohne ihn leben würde – ein leerer weißer Raum voll nichts außer mir. Und vielleicht ein Beistelltisch. Und eine Schüssel mit makellosen grünen Äpfeln. Joni Mitchell auf dem Plattenteller der Stereoanlage. Und ein weißer Teppich.

Die ganze Zeit über hatte ich erwartet, dass Bob sich ändern, sich in jemand Energisches und Interessantes verwandeln würde – in jemand anders. Mir dämmerte nur sehr allmählich, dass das nie der Fall sein würde.

Anfangs hatte ich Bob gemocht, weil er Bob war (nur der Himmel weiß, warum); jetzt fing ich an, ihn aus demselben Grund nicht mehr zu mögen. Ich lebte mit jemandem, dessen Hobby es war, auf einer Luftgitarre zu spielen, und der ernsthaft daran glaubte, ein Time Lord zu werden, wenn er erwachsen wäre.

»He«, sagte Bob, als er mich sah. Er trug einen Pollunder, den seine Mutter für die größere Version von Bob gestrickt hatte, die sie freundlicherweise vor ihrem geistigen Auge sah, und eng geschnittene Jeans, die ich für ihn zu Hosen mit weitem Schlag umgewandelt hatte, indem ich Dreiecke aus einem alten schmutzig rosa Biberbetttuch eingefügt hatte.

Er lag ausgestreckt auf dem Boden und betrachtete das unschuldige kleine Mädchen auf dem Testbild des Fernsehers mit rührender Hingabe. Die von Fernsehgeräten ausgehenden Strahlen waren elementar für die Fortdauer von Bobs Existenz auf diesem Planeten, so wie es für andere Menschen der Sauerstoff ist. Er behauptete, dass sich die Drei-Tage-Woche nachteilig auf seinen Metabolismus auswirkte. Bob hatte seinen kleinen tragbaren Schwarzweißfernseher von dem Lohn des einzigen Sommerjobs gekauft, den er je hatte – er hatte für die Stadtverwaltung Bäume in Camperdown gezählt. Bob zählte die Bäume nicht wirklich, sondern sah sich einen »ganzen Haufen« davon an und schätzte dann, wie viele es waren, wie zum Beispiel: »Das sieht nach zwanzig Bäumen aus.« Wie man sich vorstellen kann, lag er in der Regel völlig daneben.

»Wo warst du?«, fragte Bob.

»Mit dir zusammen, erinnerst du dich nicht?«

»Nein.« Bob aß die Reste eines zwei Tage alten Biryanis aus dem Lahore in der Perth Road. Das Huhn in dem Biryani hatte eine Besorgnis erregende anatomische Ähnlichkeit mit einer Katze. Bobs Vorstellungen von einer ausgeglichenen Ernährung ließen einiges zu wünschen übrig. Als ich ihn kennen lernte, lebte er von Fisch von The Deep Sea, gelegentlich nahm er eine Dose Hundefutter zu sich (»Warum nicht?«), und er aß gläserweise kalte Babynahrung, Letzteres laut Bob eine besonders vernünftige Art, sich zu ernähren –

kein Kochen, kein Abspülen, keine geistige Anstrengung außer der Entscheidung, ob man »Lamm mit Gemüse« oder »Birnen mit Eiercreme« wollte. Oder beides. An Babys sei sie verschwendet, sagte Bob, und seine einzige Kritik bestand darin, dass Heinz nicht auch Fish and Chips in babygerechten Gläsern herstellte.
Ich brauchte einige Zeit, um ihn an studentischere Mahlzeiten zu gewöhnen – Würstchen mit Pommes, Eier mit Bohnen, Hackbraten mit irgendwas und Fischpasteten – Letztere fand Bob aus unerfindlichem Grund besonders bizarr, und er sagte immer wieder: »Wow, *Fisch*pastete«, bis ich ihn bat, damit aufzuhören. Einmal nahm ich ihn mit zum Einkaufen zu Betty White in der High Street, und er konnte nicht fassen, dass ein Geschäft beides verkaufte, Fisch und Gemüse. »Das ist nicht ... natürlich«, sagte er. Wiewohl, laut Bob, nicht ganz so unnatürlich wie Fischfarmen.

Was wäre, wenn ich Bob nicht verlassen würde? Was, wenn unser Latschen in Richtung Bindung vor dem Traualtar enden würde? Wie wäre es, wenn ich den ehefrauförmigen Raum neben Bob einnehmen würde? Mein Leben als Ehefrau. In einem billigen Siedlungshaus für junge Familien mit einem avocadogrünen Badezimmer und einer dreiteiligen Sitzgruppe aus Leder. Sollten wir je ein Kind bekommen (was für eine kuriose Idee), sollten wir es meiner Ansicht nach Inertia nennen. Aber unsere gelegentlichen einfallslosen Zusammentreffen in der Missionarsstellung schienen nicht leidenschaftlich genug, um etwas so Reales und Bleibendes wie ein Kind zu produzieren, auch wenn es Inertia hieße, und Bob (der sich eher an Mr. Spock als an Dr. Spock wenden würde) war nicht in der Lage, einen mechanischen Rasenmäher zu schieben, geschweige denn ein Baby in einem Kinderwagen.
Ich hoffte inständig, dass Bob so etwas wie eine Kleider-

probe war, eine Pseudobeziehung, eine Scheinprüfung, die mich auf das wahre Erlebnis vorbereiten würde, denn wenn ich mir Bob als Erwachsenen vorstellte, sah ihn nur zusammengesunken auf dem Ledersofa vor mir, wie er mit einem riesigen Joint in der Hand die Kindersendung *Jackanory* sah.

»Jemand hat gerade für dich angerufen«, sagte er und verstreute kalte gelbe Reiskörner auf dem Teppich.

»Wer?«

»Keine Ahnung. Irgendeine Frau.«

»Meine Mutter?«

»Glaub ich nicht.«

Selbstverständlich nicht, wie kam ich bloß auf die Idee, Nora hatte kein Telefon. Nora hatte nicht einmal Strom.

»Sie klang ... sonderbar«, sagte Bob.

»Sonderbar? Du meinst, sie hatte einen sonderbaren Akzent?«

»Ganz genau, Captain.«

Niemand rief mich je an. Der einzige Grund, warum wir ein Telefon hatten, war, weil Bobs Vater und Mutter dafür zahlten – Bob Senior und Sylvia –, so dass Sylvia Bob daran erinnern konnte, sich hin und wieder zu waschen und auf keinen Fall Instantpudding zum Frühstück zu essen.

Obwohl man es ihm nicht ansah, hatte Bob eine mehr als normale Familie in Essex, eine Tatsache, die er für gewöhnlich leugnete, weil sie ein Paradebeispiel für ein solides Vorortleben war. Ich fand Bobs Familie – Bob Senior, seine Mutter Sylvia, seine Schwester Cherry und einen kohlschwarzen Labrador namens Sadie – merkwürdig charismatisch; sie lebten das banale, langweilig alltägliche Leben, nach dem ich mich immer gesehnt hatte – sie aßen Brathuhn, wechselten regelmäßig die Bettwäsche, machten sonntags langweilige Familienausflüge mit dem Auto, schritten über Teppichböden, fuhren in Urlaub nach Spa-

nien, verfügten über eine wohl sortierte Bar. Für mich war sie das Attraktivste, was Bob aufzuweisen hatte.
Wir verbrachten nahezu immer die Ferien bei ihnen in der angenehm beruhigenden Atmosphäre ihres Hauses in Ilford, das so viel normaler war als Noras heruntergekommenes Inselheim. Bob war während dieser Besuche wie immer, er schlief tagsüber, hing am Abend herum, bis seine Eltern ins Bett gingen, damit er sich einen Joint drehen und *Come Dancing* ansehen konnte.
Bob schlief in seinem Kinderzimmer, das trotz Sylvias unermüdlicher Bemühungen um Sauberkeit Bobs Teenagergeruch beibehalten hatte – ein berauschender Duft nach verschwitzten Socken und ungewaschener Vorhaut, nach nächtlichen Samenergüssen und heimlich getrunkenem Lagerbier. An den Wänden hing eine Fußballtapete, und auch seine alten Spielzeugautos und die auf groteske Weise missgestalteten Kuscheltiere, die Sylvia ihm liebevoll gestrickt hatte, lagen noch herum.
Ich wurde immer im Gästezimmer einquartiert, um zu verhindern, dass wir irgendwelche »Faxen« – wie Bob Senior es ausdrückte – machten. (»Als ob«, sagte Bob Junior.) Das Gästezimmer war ein antiseptischer, aber freundlicher Raum mit einer Tapete mit verblühenden Rosen, einem Flickenteppich auf dem Boden, rosa lackiertem Holz und einem leichten Blümchenvorhang, der das orangefarbene Licht der Sodiumstraßenlampen durchschimmern ließ. Ich verbrachte viele Stunden darin, las mich durch die Sammlung des Gästezimmerlesestoffs (alte Ausgaben von *National Geographic*, zerfledderte Krimis von Agatha Christie, *Reader's Digest*) und horchte auf die Geräusche eines geordneten Haushalts. Ich konnte nicht umhin, darüber nachzudenken, wie viel besser es mir als Kind mit Sylvia als Mutter ergangen wäre – ja, ich wäre ein völlig anderer Mensch. Stattdessen war ich während der entscheidenden Jahre Noras nachlässigen Ge-

wohnheiten und ihrer Laisser-faire-Philosophie unterworfen gewesen (»Wenn du nicht willst, dann gehst du eben nicht in die Schule«).

– Ich habe dich gelehrt, dich frei zu entscheiden, sagt Nora mürrisch.

Überraschenderweise bekam ich doch eine Ausbildung in höheren Schulen – Whitley Bay war die letzte Kleinstadt auf unserer Odyssee die Küste entlang. Nachdem mich Nora in Newcastle in den Zug gesetzt und mir nachgewunken hatte, gab sie ihren Job in einem schmuddeligen Hotel auf und kehrte ins Land ihrer Geburt und ins Feriendomizil der Stuart-Murrays zurück.

»Und was hat diese geheimnisvolle Frau gesagt?«, fragte ich Bob.

Er zuckte die Achseln. »Nichts«

»Sie muss doch was gesagt haben. Du kannst nicht einfach sagen nichts.«

»Sie sagte«, meinte Bob theatralisch geduldig, »wohnt bei Ihnen jemand namens Euphemia.«

»Und was hast du gesagt?«

»Nein natürlich.«

Bob war verblüfft, als ich ihm erklärte, das »Effie« die Kurzform von Euphemia war (»Du weißt schon, Bob – Robert?«), und schien ungehalten, dass ich mir nicht schon früher die Zeit genommen hatte, ihm das klarzumachen. Selbstverständlich war das die Person, die während der ersten Wochen unserer Beziehung geglaubt hatte, dass ich »F.I.« hieß wie ein College oder eine Abkürzung für ein Schimpfwort.

Niemand nannte mich je Euphemia, niemand hatte mich je so genannt. Wer kannte mich unter diesem Namen? Wer, wenn nicht jemand aus der schattenhaften Vergangenheit? Noras Gedächtnis war wie die Geschichte – parteiisch, fehlbar, zum Vergessen neigend –, aber bestimmt gab es irgend-

wo andere Menschen, die sich erinnerten – eine beste Freundin, eine Cousine, ein Lehrer.
Es klingelte. Es war Shug, der in die Wohnung latschte, sich auf das Sofa fallen ließ und in einen *Spiderman* Comic vertiefte.
»Kann nich lange bleiben«, sagte er, »muss Dinge erledigen, Leute besuchen.«
»Jaa, ich muss aufs Klo«, sagte Bob, als wäre das eine sinnvolle Erwiderung.
Shug hatte im Gegensatz zu Bob stets etwas zu erledigen oder musste Leute besuchen. Er verbrachte sein Leben damit, geheimnisvolle Reisen und Besorgungen zu machen – nach Whitfield, um »den Mann« zu besuchen, aufs Land, um »einen klaren Kopf zu kriegen« (was üblicherweise mit dem Gegenteil endete), oder in den Süden zu irgendeinem Festival. Das sagte er zumindest – einmal hatte ich Shug in der Stadt gesehen, (bizarrerweise) in eine Armeeuniform gekleidet, ein anderes Mal hatte ich beobachtet, wie er ein kleines Kind auf der Schaukel im Magdalen Yard Green anstieß. Vielleicht führte er ein Doppelleben – vielleicht sollte ich Andrea warnen, bevor sie sich einen Bigamisten anlachte. Andererseits wäre es etwas, worüber sie schreiben könnte.
»Ich muss eine Arbeit schreiben«, sagte ich und ging ins Schlafzimmer, weil ich bei Shug und Bob keine Ruhe finden würde.
Das Schlafzimmer war ein Kühlschrank, und ich musste Handschuhe anziehen, was das Tippen auf der Schreibmaschine nicht gerade erleichterte. Ich schrieb auf einer alten kleinen Underwood, das »t« war aus der Reihe geraten, so dass alles, was ich tippte, beschwingt und verblüfft wirkte, was nur selten den Tatsachen entsprach. Martha hatte mir ein Ultimatum gestellt. Sie wollte die erste Fassung von *Die Hand des Schicksals* am nächsten Freitag »sonst ...«. Ich tippte angestrengt mit einem Finger.

Madame Astarti ging die Promenade entlang zu ihrem Strandkorb. Das Meer war an diesem Morgen eine weite blaue Fläche, es war nicht auszumachen, wo Meer und Himmel zusammenstießen. Es war, als stünde man am Rand der Unendlichkeit.
»Morgen, Rita«, sagte Frank der Fischer, als Madame Astarti ihren Strandkorb aufschloss. Franks Stand war ein Kunstwerk - im Fischgrätmuster angeordnete Heringe, Kreise aus blind dreinblickenden Schellfischen. Den Mittelpunkt bildete an diesem Morgen ein großer silberner Lachs, dem eine Zitrone im Maul steckte und um dessen Hals sich ein Kranz aus Petersilie schlang. Die meisten Menschen nannten Madame Astarti »Rita«, was sie faszinierte, denn sie hieß nicht so.
Madame Astartis Strandkorb war hervorragend platziert, zwischen dem Fischstand und der Bombe. Die Bombe war ein in Zement gegossener Torpedo aus dem Zweiten Weltkrieg, versehen mit einer Plakette zum Andenken an die im Krieg gefallenen Männer aus Saltsea. Der Torpedo war selbstverständlich entschärft worden, aber wenn Madame Astarti in ihrem Strandkorb saß, nur ein paar Meter von dem Metallkoloss entfernt, fragte sie sich hin und wieder: Wie konnte man mit Sicherheit wissen, dass er wirklich tot war? Ob die Leitung unterbrochen worden war?
»Schon von der Leiche gehört?«, fragte Frank gut gelaunt.

Die Musik, die aus dem Nebenzimmer drang, war laut und unbestimmbar. Es klang wie Deep Purple, hätte aber auch alles andere mit einem Schlagzeuger sein können. Ich hörte, wie Bob und Shug langsam in einen Marihuana-Wahn abglitten; sie phantasierten von einer Zukunft, in der sie gemeinsam einen gut gehenden Drogenbedarfsladen besäßen und den ganzen Tag über die Fabulous Furry Freak Brothers diskutierten. Sie rezitierten eine Art Dope-Mantra – »Roter Libanese, blaue Punkte, schwarzer Paki, Marokko null null, THC«. Ich setzte mir Ohrenschützer auf, die bedauerlicherweise aus Kaninchenfell gefertigt waren.

»Einen Pfennig für Ihre Gedanken, Madame Astarti«, flüsterte ihr eine seidige Stimme ins Ohr, und Madame Astarti stieß einen leisen Schrei aus und sprang auf.
»Sie haben mich zu Tode erschreckt«, sagte sie und klopfte sich auf ihr flatterndes Herz (oder die Stelle, an der Madame Astarti ihr flatterndes Herz vermutete – ihr linker Lungenflügel). Lou Rigatoni lachte und lüpfte kurz den Hut, von dem Madame Astarti vermutete, dass es ein Filzhut war.
Lou Rigatoni war Saltseas Annäherung an die Mafia, er kam der Mafia nicht sehr nahe, aber für die meisten Menschen nahe genug. Die Rigatonis hatten ein Eiscreme-Imperium aufgebaut (»Die beste Kugel im ganzen Norden!«), das mittlerweile den nordöstlichen Abschnitt der Küste dominierte (oder die »Riviera von Yorkshire«, wie Vic Leggat, der Vorsitzende des Stadtrats, sich gern ausdrückte), und expandierte jetzt in Ver-

gnügungsparks und Fish-and-Chips-Buden und alles andere, was Profit brachte.

»Schon gehört?«, fragte Lou Rigatoni. »Sie haben eine Leiche im Meer gefunden, eine Frau.« Er stand auf eine Weise herum, die Madame Astarti nervös machte.

»Ja, also, ich muss weiter«, sagte sie und fummelte am Schloss ihres Strandkorbs herum. »Muss Dinge erledigen, Leute besuchen - Sie wissen ja, wie es ist.«

»Genau.« Lou Rigatoni lachte. »Ich persönlich muss zu einem Mann wegen eines Hundes.« Er lüpfte erneut den Hut und ging.

Armer Hund, dachte Madame Astarti.

Ich musste eingeschlafen sein, denn ich erinnere mich, dass mich das Läuten des Telefons weckte. Ich schien allein in der Wohnung zu sein. Ich bahnte mir einen Weg durch die auf dem Boden verstreuten Überreste des Katzen-Biryanis. Als ich den Telefonhörer abnahm, hörte ich nur Schweigen – eine konzentrierte Abwesenheit von Geräuschen, die unausgesprochene Worte und nicht gestellte Fragen zu enthalten schien. Dann hörte ich, wie am anderen Ende der Leitung jemand auflegte und die Verbindung unterbrochen wurde.

Ich fand einen Zettel, auf dem Bob in seiner Erstklässlerhandschrift notiert hatte, dass er und Shug nach New Dines gefahren waren, um John Martin zu besuchen.

Wieder klingelte das Telefon, und ich hob diesmal sofort ab. Philippa McCues nötigender Tonfall hallte in meinen Ohren wider, als sie mich daran erinnerte, dass ich bei ihnen babysitten sollte.

»Das hast du doch nicht vergessen, oder?«, fragte sie.

»Nein«, sagte ich seufzend, »ich hab's nicht vergessen.« Obwohl ich es selbstverständlich vergessen hatte.

Etwas ist faul

Die See um die Landzunge ist ein geronnenes gelbes Gebräu, und die Sonne ist ein anämisches, wässriges Ding, das sich den ganzen Tag über abmüht, in ihrem täglichen Bogen über einen wirbelstürmischen Himmel zu kriechen.

Ich habe mir das Fernglas des toten Douglas ausgeliehen und halte auf den Klippen Wache, obschon es nichts zu sehen gibt außer Robben, die im Sund Wasser treten, ihre schwarzen Köpfe wie Gummibälle auf dem Wasser. Weit weg, auf der wolkig verschwommenen Fläche aus Wasser und Himmel, die in dieser Gegend als Horizont durchgeht, zieht gelegentlich ein Schiff vorbei wie ein Trugbild im Theater – eine Pappsilhouette, die über ein gemaltes Meer gezogen wird. Vielleicht befinden wir uns auf einer *insula ex machina*, ein künstlich erschaffener Ort, den es in der echten Welt nicht gibt – der Hintergrund für die Geschichten, die wir zu erzählen haben.

Ich habe das Gefühl, als würde ich auf etwas warten, weiß jedoch nicht, was es sein könnte. Ich glaube, ich warte schon mein ganzes Leben lang; ich warte darauf, dass mich jemand findet – ein Großvater, der mich als der Familie zugehörig aufnimmt, der Geist meines Vaters, der mir erscheint und seine Geschichte erzählt. Auf der Geburtsurkunde aus Oban (eine Fälschung, wie Nora unbekümmert zugibt) gilt er als »unbekannt«, eine anonyme Person, die Nora irgendwie aus dem Gedächtnis entschwunden zu sein scheint, ein Mann, der so wenig beeindruckte, dass sie sich nicht einmal seines Namens sicher war, und wenn ich sie als Kind nach ihm fragte, sagte sie, er würde Jimmy heißen, manchmal auch Jack, bisweilen sogar »Ernie«. Anscheinend waren ihr jeder Hinz und Kunz recht.

– Es hätte jeder sein können, sagt sie hartnäckig.

»Irgendjemand muss es aber gewesen sein.«

Die Toten vergessen bisweilen die Lebenden, aber die Lebenden vergessen nur selten die Toten. Nicht so im Fall meines Vaters. Die Hälfte dessen, was mich erschuf, fehlt vollkommen – die forensischen Daten meines Vaters sind ein Geheimnis. In Ermangelung ihrer habe ich alle Freiheit, ihn mir vorzustellen, aber sogar in meiner Phantasie verlässt er mich leider – auf dem Deck eines Schiffs, in einem Auto oder aus dem Fenster eines Zugabteils lehnend, sein Gesicht umwölkt vom Dampf der Lokomotive.

Von den wenigen achtlosen Bemerkungen Noras während meiner Kindheit schloss ich, dass unsere mittellose, nicht-sesshafte Existenz in den Meeresblick- und Matrosen-Pensionen entlang der englischen Küste nicht die Art Leben war, zu der sie sich geboren fühlte. Ich fragte mich, ob Nora nicht durch eine heimliche Leidenschaft in andere Umstände versetzt worden war – geschwängert von einem gemeinen Schurken, einem zufällig vorbeikommenden Landstreicher vielleicht, einem Knecht im Stall oder einem Zigeuner im Wald – und ob ihr wütender Vater sie nicht aus dem elterlichen Heim geworfen hatte, damit sie ihren eigenen Weg in der Welt fand. Ich stellte mir vor, wie sie mich – ihre uneheliche Tochter – in Kälte und Schnee, in einem eisigen Verschlag auf die Welt brachte.

»War es so?«, frage ich sie, wie ich sie schon oft gefragt habe.

Nora sieht mich nachdenklich an.

– Nicht ganz, sagt sie.

Ich träumte, dass eines Tages Noras Vater – geläutert und versöhnlich – mich finden und als Enkelin und Erbin annehmen würde, und ich würde an dem mir rechtmäßig zustehenden Ort in einer Welt leben, in der die Menschen sesshaft sind und nachts in ihren eigenen Betten schlafen und unnötige Reisen vermeiden. Selbstverständlich besteht das Leben überwiegend aus Reisen, nötigen und unnötigen, aber meiner Meinung nach vor allem aus unnötigen.

Ich warte darauf, dass Nora mich mir zurückgibt, mir von der Zeit erzählt, an die ich keine Erinnerung habe, als ich noch nicht ich war.

»Vielleicht könntest du mit Douglas anfangen?«, sage ich zu ihr.
– Mit wem?
»Mit deinem Bruder.«
Aber sie ist bereits aufgebrochen, marschiert über die Klippen auf das Haus zu.

Meine Dienste als Babysitter waren erforderlich, weil Philippa und Archie zu einer Dinnerparty im Haus des Dekans eingeladen waren. Als ich bei ihnen ankam, stand Archie an der Küchenspüle und stopfte sich schon mal voll für den Fall, dass es beim Dekan nicht ausreichend zu essen und zu trinken gäbe. Zwischen zwei Bissen von einem kalten Hackfleisch- und Kartoffelbreiauflauf, den er aus den Tiefen des Kühlschranks gezerrt hatte, schluckte er verzweifelt den letzten Rest einer Flasche Bordeaux – Überbleibsel eines Frankreichurlaubs *en famille*.
»Politik«, sagte er zu mir, »so heißt das Spiel – Maggie Mackenzie ist nicht eingeladen. Ebenso wenig Dr. Schlaumeier-Dick. Und was Grant Watson, oder wie immer er heißt, betrifft – der Mann hat keine Chance.«
»Was ist mit dem Professor?«
»Mit wem?«
Archie aß den Auflauf auf und wandte sich erneut dem Kühlschrank zu, aus dem er schließlich einen Teller mit einem Rest Brathuhn und Rosenkohl holte. Ich aß nie etwas aus dem Kühlschrank der McCues, wenn ich bei ihnen babysittete; darin lauerten Dinge, die ich bereits vor zwei Jahren gesehen hatte – ranzige Molkereiprodukte und merkwürdige Lebensformen, die in alten Steinguttöpfen gediehen und sich reproduzierten. Philippa, die am Girton College in Cambridge studiert hatte und als Teilzeitdozentin am Institut für Philosophie arbeitete, war von der schlampigen Sorte und führte einen bemerkenswert schmuddeligen Haushalt.
Zudem hatte sich Philippa vor kurzem mit der Schreibkrank-

heit infiziert und begonnen, einen Roman zu verfassen – eine Arzt/Krankenschwester-Liebesgeschichte (*Die Station der Liebe*), deren Protagonistin auf den unwahrscheinlichen Namen »Flick« hörte und die Philippa Mills & Boon schicken wollte. Der große rustikale Tisch in der Küche schien als Philippas Schreibtisch zu fungieren – überall lagen Papiere, nicht korrigierte Seminararbeiten und Bücher herum. Philippas erstaunlich saubere Philosophenhandschrift war allerorten präsent, vor allem auf einem großen Blatt eng liniertem Papier, dessen fiebrige Aura nahelegte, dass es sich um ihren Roman handelte.

Wörter lösten sich von der Seite – *Haar von der Farbe eines Feldes reifen Weizens … Augen wie Tropfen aus den unendlichen Tiefen eines azurblauen Ozeans* – und regneten auf das weiche Linoleum. Der Hund der McCues, Duke, tappte in die Küche. Duke war ein gedrungener, fassförmiger Rottweiler, bestehend aus Muskeln und festem Fett, gebaut wie ein Ringer, ein Hund, der aussah, als schwebte er beständig in Gefahr, vor Langeweile den Geist aufzugeben. Er schüttelte seinen mächtigen Kopf, als plagten ihn Ohrmilben, und wirbelte ein paar kleine romantische Worte auf wie eine zerrissene Perlenkette.

Duke schnüffelte auf dem Boden herum, als suchte er nach etwas anderem zum Essen als nur Wörter; auf dem Küchenboden fanden sich für gewöhnlich alle möglichen Essensreste. Heute lag da ein rohes Ei, das jemand fallen lassen und nicht aufgewischt hatte. Duke leckte das Ei mit einem Wisch seiner Zunge auf, vermied dabei geschickt die zerbrochene Schale, dann ließ er sich hinplumpsen, als hätten seine Beine nachgegeben, und sabberte angesichts des Hühnerbeins, an dem Archie nagte wie ein Neandertaler.

Zu der allgemeinen Atmosphäre der Unordnung im Haushalt der McCues trugen weitere Tiere bei. Neben Duke lebten hier in absteigender Ordnung der Größe: eine stattliche

Katze namens Goneril; ein Hase (Dorothea); ein Meerschweinchen (Bramwell) und schließlich ein Hamster namens McFluffy, der alle paar Monate, wann immer der alte McFluffy von Goneril gefressen, von Philippa zertreten oder von Duke beim Hinsetzen zerquetscht wurde (oder vice versa), durch einen neuen McFluffy ersetzt wurde. Eine nicht unbeträchtliche Anzahl von McFluffys aber hatte einfach ihren Beutel gepackt, war aus ihrem Gefängnis ausgebrochen und in den Eingeweiden des Hause verschwunden, so dass jetzt hinter den Vertäfelungen und unter den Dielenbrettern ein Stamm wilder Hamster lebte und einen Guerillakrieg gegen den McCue-Haushalt führte.

Der derzeitige McFluffy schlief in einem Nest aus zerrissenen *Evening Telegraphs* in einem Käfig in der Ecke. Der Käfig balancierte gefährlich auf einer großen Weihnachtsdose von Quality Street, in der sich die in fünf Jahren angesammelten, ungeordneten Kochrezepte und eine Ausgabe von Kierkegaards *Furcht und Zittern* befanden.

Goneril schlich in die Küche und wand ihren Körper wie einen dicken Strang Wolle um meine Beine. Goneril war eine gescheckte Königin, deren weiße Flecken uringelb geworden waren wie das Fell eines alten Eisbären, eine unattraktive Katze, die aus dem Mund nach totem Fisch roch und unsaubere, wahrscheinlich von Philippa übernommene Gewohnheiten hatte. Sie war eine Katze, die niemanden mochte, vor allem nicht den jüngsten Sohn Crispin, erst recht nicht nach seinen letzten langen Ferien und einem Zwischenfall mit einer Säuretablette und einer Dose Kit-e-Kat.

Archie stellte seinen Teller in die Spüle, die bereits überfüllt war mit schmutzigen Tellern, verkrusteten Backblechen und hitzeresistenten Glasschüsseln, die dank jahrelangem McCue-Gebrauch eine unappetitliche Patina aufwiesen. Auf der blinden Abstellfläche aus rostfreiem Stahl lag ein riesiger roher Lachs, als würde er auf die Leichenbeschau warten.

»Wir machen eine Party«, sagte Archie und deutete ziemlich mürrisch auf den Lachs. Er sah nicht gerade aus wie ein Fisch, der gern auf Partys ging; seine silbrigen Schuppen mochten im Licht der Küche schimmern, aber sein totes Augenpaar war glanzlos und blind, und Blut war auf die Spüle getropft. Die Katze tat übertrieben so, als würde sie den Fisch nicht bemerken.

»Ja«, rief Philippa plötzlich im Flur, »Effie sollte auch zur Party kommen.« Ein paar Sekunden später stand sie in der Küchentür, eine riesige Dose Hundefutter in der Hand. Sie roch leicht nach Schweineschmalz. Angesichts des Hundefutters wandte Duke seine sabbernde Anhänglichkeit ihr zu, huldigte zu Philippas großen Füßen wie eine geifernde Sphinx.

»Ein paar Studenten einzuladen wäre eine gute Idee«, sagte Philippa zu Archie.

»Warum?«, fragte er zweifelnd.

»Weil«, sagte Philippa ungeduldig, »es gut aussieht, wenn man bei den Studenten beliebt ist.«

»Wirklich?«, sagte Archie und blickte noch zweifelnder drein.

»Bringen Sie eine Freundin mit«, sagte Philippa gebieterisch zu mir. Sie wäre Macbeth eine gute Frau gewesen; wegen ein paar Blutflecken wäre sie bestimmt nicht nervös geworden. Philippa sah Duke erstaunlich ähnlich, wiewohl sie im Gegensatz zu Duke einen Kaftan trug. Sie war noch nicht dazu gekommen, ihn vorne richtig zuzuknöpfen, und deswegen waren ihr reizloser zerknitterter BH wie auch ein großes Stück ihres reizlosen zerknitterten Busens zu sehen. Der Kaftan endete auf halber Höhe der kräftigen Waden und enthüllte Philippas nicht enthaarte Beine, die trotz des unfreundlichen Wetters nackt waren und aus einem Paar roter Lederclogs herausragten, die aus einem Märchen der Gebrüder Grimm zu stammen schienen. Philippa hatte dramatisches Dachshaar – schwarz mit weißen Strähnen –, das sie heute Abend wie eine Squaw zu einem Zopf gebunden trug. Sie war wirklich eine peinliche Person, ständig redete sie von Menstruation und Tampons und vaginaler Selbstbeschau, so dass diese fraulichen Belange wie die Wartung eines Autos klangen. Sie war ein wackeres Mitglied der Frauenbefreiungsgruppe und drängte uns, unsere Genitalien mit einem Taschenspiegel zu besichtigen und aufzuhören, unsere Körperbehaarung zu entfernen.

»Also«, sagte Philippa und ging mit Archie zur Haustür, während ich und die versammelten Tiere ihr folgten, »im Kühlschrank ist was zu essen, wenn du Hunger hast, Effie, keine Süßigkeiten für Maisie, sie soll ihre Hausaufgaben machen, und denk dran, kein Fernsehen – außer *Tomorrow's World*, das ist erzieherisch wertvoll, aber danach muss sie sofort ins Bett –, im Notfall liegt die Telefonnummer des Dekans auf dem Tisch.« Nachdem sie endlich geendet hatte, schlüpfte sie in einen riesigen Poncho im Mexiko-Stil. Noch immer hielt sie die Dose mit Hundefutter in der Hand, und ich fragte mich, ob sie sie statt einer Flasche Wein zur Party mitnehmen wollte. Oder ob sie nur versuchte, Duke in den Wahnsinn zu treiben – ein Geisteszustand, den man nicht aus seinem Ausdruck tödlicher hundlicher Langeweile erschließen durfte, sondern aus der Menge des produzierten Hundesabbers.

Archie bewunderte sich unterdessen im Flurspiegel, strich sich das Haar glatt und zupfte seine geschmacklose fischgrätgemusterte Krawatte zurecht. Obschon er äußerlich einem großen Meeressäuger glich, stand Archie unter dem Eindruck, dass Frauen ihn attraktiv fanden, was aus mir unverständlichen Gründen stimmte. (»Vielleicht bist du keine Frau?«, meinte Andrea.)

»Selbstverständlich«, sagte Archie zu mir via Spiegel, »halte ich nichts von so bürgerlichem Schwachsinn wie Dinnerpar-

tys, sie sind nur Mittel zum Zweck. Also«, sagte er, endlich mit seiner Erscheinung zufrieden, »ich gehe jetzt. Lass dir von du weißt schon wem nichts gefallen.«
»Von wem?«
»Du weißt schon«, sagte Philippa. »Von der alten Schachtel.« (So hörte es sich zumindest an.) Sie war jetzt bereits auf halber Höhe des Gartenwegs, drehte sich um, rief: »Fang!«, und warf mir, ohne die Hand bis zur Schulter zu heben, die Dose Hundefutter zu. Philippa war einst Kapitän der Frauenkricketmannschaft des Cheltenham College gewesen. Und irgendwie war sie es immer noch.

Ich fand Maisie im Wohnzimmer, wo sie eine Wiederholung einer *Monty-Python*-Folge sah. Ich holte einen Riegel Cadbury's Trauben-Nuss-Schokolade aus meiner Tasche, brach ihn entzwei und teilte ihn mit ihr. Er deckte mehrere wichtige Nährwertgruppen ab und war nicht kontaminiert von der Küche der McCues.
»Danke«, sagte sie und stopfte sich das ganze Stück Schokolade auf einmal in den Mund. Maisie war neun Jahre alt und das normalste Mitglied der McCues (in gewisser Weise jedenfalls). Sie war ein unauffälliges Mädchen mit glattem Haar, dünnen Beinen und einer mathematischen Begabung. Auf Fotos, die auf der überheizten Entbindungsstation des DRI aufgenommen waren, liegt die neugeborene Maisie in einem Plastikbettchen, das auch eine deckellose Tupperware-Schüssel hätte sein können, und sieht aus wie ein kleines gehäutetes Säugetier, abgesehen von einem Büschel Mausehaar auf ihrem Kopf. Schon im Alter von sechs Stunden sah sie unerklärlich alt aus.
Maisies vollständiger Name lautete Maisie Ophelia. Ich bin der Ansicht, dass es ein unseliger Brauch ist, Kinder nach Personen zu benennen, die ein böses Ende nahmen. Auch wenn es sich um fiktive Figuren handelt, bedeutet das nichts

Gutes für die armen Dinger. Es gibt zu viele Judes und Tessas und Clarissas und Cordelias. Wenn wir unseren Kindern schon literarische Namen geben, dann die von glücklichen Gestalten, obwohl sie schwerer zu finden sind. (»Ratty« und »Mole« sind Maisies Vorschläge.)

»Musst du Hausaufgaben machen?«, fragte ich sie.

»Nicht wirklich«, sagte sie, ohne den Blick vom Fernseher zu wenden.

»Ich schon«, sagte ich bedrückt und holte George Eliot aus meiner Tasche. Sehr langsam begann ich zu schreiben – *James' Urteil, dass* Middlemarch *ein »mittelmäßiges Ganzes« ist, wird bereits durch eine oberflächliche Lektüre des Romans widerlegt, wenn uns der überaus ausgefeilte Schreibstil, die Funktion der Figuren, die sorgfältig ausgearbeitete und ausgeglichene thematische Struktur und die Illusion der Autogenese in Bann schlagen, etwas, wofür die Parallele von Tat und moralischer Konsequenz* –, aber dann muss ich eingeschlafen sein, denn als Nächstes wurde ich von einem Schrei aus dem Schlaf gerissen, und es dauerte eine Weile, bis ich begriff, dass dieser dem Fernsehgerät entstammte und nicht einem der diversen Hausbewohner.

Maisie war vertieft in einen schwarzweißen Horrorfilm. Die Frau, die schrie – groß und blond, das Haar zu einem perfekten französischen Zopf geflochten und offensichtlich Irma gerufen –, schien (ziemlich spät) gemerkt zu haben, dass sie die Nacht in einer von einem Vampir geführten Frühstückspension verbrachte, obwohl sie sich vorher hätte denken können, dass eine Pension namens »Burg Vlad« nicht unbedingt mit »Meeresblick« oder »Die Pinien« zu vergleichen war.

»Die ist wirklich bescheuert«, sagte Maisie voller Bewunderung.

Ich versuchte, meine Position zu ändern; meine Haltung war unglaublich unbequem – Duke lag schwer auf meinen Füßen, Goneril hatte sich auf meinem Schoß zusammengerollt wie eine große schwere Brosche aus Elfenbein. Zudem bohrte sich Maisies knochiger Körper in meine Seite, während auf der anderen eine alte Frau, die ich noch nie zuvor gesehen hatte, schlief und ihren Kopf auf meiner Schulter abgelegt hatte.

Die alte Frau hatte eine Haut von der Textur und Farbe weißer Marshmellows, und in dem schlechten Licht (und nur solches gab es) hätte man ihr Haar für eine Wolke leicht vergammelter Zuckerwatte halten können. Obwohl sie fest schlief, hielt sie ein Paar Stricknadeln in Händen, an denen ein merkwürdiges formloses Ding hing, vergleichbar einem Netz, das eine unter Drogen stehende Spinne gewebt hatte. Sie wirkte so friedlich, dass es eine Schande gewesen wäre, sie zu wecken.

»Maisie?«, sagte ich leise.

»Hm?«

»Bei uns auf dem Sofa sitzt eine alte Frau.«

Maisie zwang sich, vom Fernseher wegzublicken, sich nach vorn zu beugen, herüberzuschauen und zu sagen: »Das ist nur Oma.«

»Oma?«

»Die Mutter von meinem Vater.« (Wie sonderbar kompliziert das klang.)

Sollte sie nicht eigentlich im Anchorage in Newport-on-Tay sein und aufs Wasser hinausblicken?

»Sie ist abgehauen«, sagte Maisie.

Jetzt, als ich sie betrachtete, kam mir Mrs. McCue vage bekannt vor. Andrea, die glaubte, dass »alle alten Leuten gleich aussehen«, zum Trotz meinte ich, sie heute nachmittag unter der Schar der Trauernden bei »Sengas« Beerdigung bemerkt zu haben. Mrs. McCue erwachte und begann augenblicklich zu stricken. Nach einer Weile hielt sie inne, seufzte, blickte mich aus wässrigen gelblichen Augen an und sagte wehmütig: »Ich könnte sterben für eine Tasse Tee.« Sie schien voll und ganz am gelbsüchtigen Ende des Farbspektrums angesiedelt – das Weiß ihrer Augen war vanillepuddinggelb, und ihre Pferdezähne ähnelten unbedruckten Scrabble-Steinen. Es schien unhöflich, ihren von Herzen kommenden Wunsch nicht zu erfüllen, und deswegen hievte ich Duke von meinen Füßen – keine einfache Aufgabe –, schob Goneril von meinen Knien, so sanft wie möglich, um nicht gebissen zu werden, und befreite mich schließlich von den wie Buchstützen an mir klebenden Körpern von Maisie und der alten Mrs. McCue, die beide sofort den von mir geräumten Platz einnahmen.

Während das Wasser im Kessel heiß wurde, ging ich zur Toilette –

– Im selben Satz?, unterbricht mich Nora, seitdem du angefangen hast, klingelt ständig das Telefon, wird Wasser gekocht, läutet es an der Tür geläutet und geht jemand auf die Toilette.

Ignorieren Sie sie, sie ist heute schlecht gelaunt. Sie will sich nur davor drücken, ihre eigene Geschichte erzählen zu müssen.

– ein Weg, der mich an der offenen Tür des Gästezimmers vorbeiführte, das Archie als Arbeitszimmer benutzte. Ein seltsames Geräusch drang aus dem Raum, ein kleines leises Brrr-Brrr-Geräusch, als würde ein junges Kätzchen schnarchen, und ich spähte neugierig hinein, um die Geräuschquelle ausfindig zu machen.

Es war ein Junge – eigentlich ein Mann –, der auf dem Bett lag, reglos wie eine Leiche. Er war ein Prachtexemplar seines Geschlechts – genau die richtige Form und Größe, ohne merkwürdige Züge oder störende Eigenheiten, nur auf dem linken Wangenknochen hatte er eine ziemlich attraktive Narbe, als hätte ihn ein Tiger mit seiner Kralle zärtlich gekratzt. Hätte er nicht geschnarcht, hätte man ihn für tot halten können.

Ich fragte mich, wer er war (wie hilfreich es wäre, trügen Menschen Etiketten). Sein Haar war dunkel, seine Haut blass, seine Wimpern waren lang, und man hätte meinen können, dass seine Lippen – von Cupido selbst zu einem vollen Schmollmund geformt und etwas feucht vom Schlaf – nur darauf warteten, geküsst zu werden. Aber ich küsste sie nicht, denn das hätte bedeutet, willentlich Ärger heraufzubeschwören, statt darauf zu warten, dass er sich zu gegebener Zeit von selbst einfand.

Er lag auf der Bettdecke, seine Füße waren nackt, ansonsten war er voll bekleidet mit einer Levis, einem alten Pullover und einer abgewetzten Lederjacke, wie sie Motorradfahrer tragen. Sie legte eine dunklere und interessantere Persönlichkeit nahe als Bobs Armeemantel oder Shugs Afghane. Ich schnüffelte den Lanolingeruch seines rauen Wollpullovers und den Tiergeruch seiner Jacke. Ich inspizierte seine Ohren (sauber, muschelförmig), seine Fingernägel (schmutzig, abgebissen), die dünne Schmutzlinie in seinem Nacken, die Ölreste in den Furchen seiner Mechanikerhände und atmete das schwache Aroma von Marihuana in seinem Atem ein.

Er roch, wie das platonische Ideal eines Mannes riechen würde. Verglichen mit dem Geruch nach kleinem Buben, den Bob verströmte, schien er aus ausschließlich testosteronhaltigen Ingredienzien zu bestehen – lederne Autositze, Rasiermesser, Taue und Knoten und Stricke zum Fesseln, Salz, Schlamm und Blut. Er war ganz ... anders.

Ich fragte mich, welche Farbe die Augen unter seinen großartigen schläfrigen Lidern hatten. Er konnte natürlich genauso gut kurzsichtig sein oder schielen oder schlimmer noch – blaue Augen haben. Ich überlegte kurz, ob ich eins seiner halb komatösen Lider öffnen sollte, entschied mich jedoch dagegen. War es möglich, aus seiner Erscheinung auf seinen Charakter zu schließen? Er sah großartig aus, aber er konnte alles mögliche Unangenehme sein. Ein Universitätsdozent zum Beispiel. Vielleicht war er ein Dieb, der durch das Fenster eingestiegen, während seines Raubzugs ermüdet war und sich hingelegt hatte, um auszuruhen. Schließlich geschehen jeden Tag unwahrscheinlichere Dinge.

Das Fenster stand offen, und die Temperatur im Zimmer näherte sich dem Gefrierpunkt. Die Füße des unbekannten Mannes waren blau angelaufen und fühlten sich eisig an, mehr wie das Fleisch einer kalten Leiche als die Extremitäten eines warmen, atmenden Menschen. Hastig zog ich eine Decke über die reglose Gestalt. Er lag auf dem Rücken, Arme und Beine von sich gestreckt wie ein toter Seestern – wenn auch mit weniger Beinen. (Oder Armen oder was immer Seesterne haben.) Er wirkte nicht, als hätte er eine harmlose Verabredung mit dem Sandmann, sondern eher, als wäre er im Land von Nod gestrandet ohne Karte oder Kompass für die Rückkehr nach Hause, und ich fragte mich, ob ich nicht eine Weile über ihn wachen sollte, aber das Vergnügen, einen schlafenden Mann – auch einen gut aussehenden – zu beobachten, ist begrenzt, und so wurde ich bald vom Anblick eines dicken Manuskripts abgelenkt, das halb unter dem Bett hervorschaute.

Die Ränder vieler Seiten schienen von kleinen Tieren angenagt worden zu sein – vermutlich der Clan McFluffy –, und der Titelseite entnahm ich, dass es sich um Archies großen Roman *Das expandierende Prisma des J.* handelte.

»Na ja«, sagte ich zu dem schlafenden Mann, »es kann nicht schaden, wenn ich einen *Blick* darauf werfe.« Worte, die jeder, wie wir alle wissen, irgendwann bereuen wird (Pandora, neugierige Katzen, Lots Frau, Blaubarts gesammelte Frauen und viele, viele andere).

Das expandierende Prisma des J. schien ein Roman ohne Handlung und Figuren (und definitiv ohne Bilder) zu sein. Selbst die schlichtesten Einzelheiten waren in pappige zähe

Syntax verpackt, und die Lektüre von Archies Prosa kam dem Versuch gleich, Klebstoff verstehen zu wollen. Soweit ich begriff, war der eponyme J ein Universitätsdozent, tätig in einer Institution, die verzweigter war als ein Labyrinth von Borges. J hatte keinen eindeutigen oder wahren Charakter, sondern bestand aus Schicht über Schicht undurchdringlicher Metaphern und befremdlicher Nebenbemerkungen. Ich kämpfte mich durch die dichte Sprache der ersten Seiten, und erst danach wurde mir klar, dass J nicht in einer Trambahn durch eine mitteleuropäische Stadt fuhr, sondern perverse Handlungen mit dem Schoßhund seiner Geliebten vollzog. Mir wurde etwas übel, und ich fragte mich, ob Archies Worte womöglich einen toxischen Effekt hatten. Wenn ich bis ganz nach hinten unter das Bett schauen würde, fände ich vielleicht kleine tote Tiere.

Trotz der vielen Worte schien nicht wirklich etwas zu geschehen, obschon nach einer Weile Js Paranoia eine Art Fata Morgana von Handlung erschuf, als würde jeden Augenblick etwas passieren, was dann doch nie eintrat. Ein typischer Absatz (die Auswahl ist völlig beliebig) lautete folgendermaßen –

Ich verspürte eine leise Unsicherheit, welche der finsteren Passagen sein mutmasslicher Peiniger gewählt hatte, um darin zu verschwinden. Er gestattete seiner Phantasie einen kurzen Blick in diese Dunkelheit, um darin was auch immer zu finden, zuckte aber zurück vor dem unerwarteten Anblick von – nicht Verzweiflung oder Wahnsinn, wie er erwartet hatte, sondern von Stumpfheit und Entkräftung, die er dort vorfand. Jetzt wurde er sich des Schreckens voll bewusst, zu dem ihn seine geistigen Spielchen geführt hatten, und er überlegte, ob –

Und so weiter und so weiter. Kein Wunder, dass der Mann auf dem Bett in Tiefschlaf versunken war, da er beständig

Archies einschläfernde Worte einatmete. Eine plötzliche Windbö hob den Vorhang an und ein eisiger Luftschwall wehte in das Zimmer, der Archies Manuskript erfasste und ein paar Seiten durch die Luft wirbelte wie Blätter im Herbst. Ich sprang auf und verfolgte sie durchs ganze Zimmer, erwischte alle bis auf eine, die heiter aus dem Fenster segelte wie ein Flügel ohne Vogel.

Ich versuchte, dem Manuskript einen Anschein von Ordnung zu geben, aber die Seiten waren aus irgendeinem ärgerlichen Grund nicht nummeriert, so dass es unmöglich war, die richtige Reihenfolge festzustellen, und der Text selbst lieferte keinerlei Hinweis. Ratlos blickte ich auf das Blatt in meiner Hand und entdeckte, dass J. gerade eines hässlichen Todes starb. Er stand oben an einer Treppe, und das Geländer, an dem er lehnte, gab nach, und er stürzte in die dunklen Tiefen eines Treppenhauses –

WÄHREND ER IMMER WEITER IN DIE DUNKLEN TIEFEN DES UNBEKANNTEN UND UNERKENNBAREN ABGRUNDS FIEL, KAM IHM DER SCHLUND SEINER EIGENEN PHANTASIE ENTGEGEN, UMFASSTE IHN, UMHÜLLTE IHN, DIE DUNKELHEIT UMFING IHN, TRÜBTE SEINE SINNE UND ERSTICKTE SCHLIESSLICH AUCH NOCH DAS LEISESTE AUFFLACKERN VON ERKENNTNIS UND SPEKULATION –

Was meiner Meinung nach bedeutete, dass er tot war. Ich hatte keine Ahnung, wohin diese spezielle Seite gehörte, da Archie offenbar zu der Sorte Schriftsteller gehörte, die nichts dabei fand, dem Protagonisten innerhalb der ersten fünfzig Seiten den Garaus zu machen. Schließlich packte ich die Seiten irgendwie zusammen und schob den Stapel so weit wie möglich unter das Bett.

Eine weitere Windbö ließ den schlafenden Körper auf dem Bett plötzlich erschauern. Ich deckte ihn noch besser zu und schloss das Fenster –

– Wie viel vernünftiger wäre es doch gewesen, wenn du das gleich zu Anfang getan hättest.

Ich finde, Nora sollte nicht über Vernunft reden, nicht wenn sie auf einem Felsen, gegen den die Flut schwappt, steht, als versuchte sie, dem Meer zu befehlen.

– Vom Fenster aus konnte ich die Brücke sehen – ein Zug fuhr darüber. Ein heller Scheinwerfer an der Lokomotive beleuchtete seine Fahrt vom schwarzen Ufer in Fife über das noch schwärzere Wasser, er wirkte wie ein Botschafter aus einer anderen Welt. Ich zog die Vorhänge zu.

Als ich wieder in der Küche war, war das Wasser im Kessel fast verdampft, und ich musste mit der Prozedur des Teekochens von vorn beginnen –

Nora macht keinen Hehl daraus, dass sie sich langweilt.

– unter den neugierigen Blick des derzeitigen McFluffy, der auf den Hinterbeinen stand und die Stäbe seines Käfigs mit kleinen rosa Pfoten umklammerte. Seine Backen waren voller Essen, und er schien ungewöhnlich wachsam, als wollte er sich demnächst auf die große Flucht begeben. Mir fiel auf, dass dem Lachs, vor kurzem noch unversehrt und unberührt außer vom Tod, ein ziemlich großer Bissen aus der Seite fehlte. Er sollte eigentlich im Kühlschrank liegen, vor allem, da sein Partyauftritt erst am nächsten Tag stattfände. Ich konnte nahezu die Mikroben sehen, die sich fröhlich um seine silberne Leiche sammelten. Als ich mich von dem Lachs abwandte, sah ich plötzlich eine weitere alte Frau am Tisch sitzen. Vermehrten sie sich?

Als sie mich bemerkte, schrie sie leise auf und fasste sich an den Busen. »Hast du mich erschreckt«, sagte sie. Sie war so klein wie eine Schlafmaus und nahezu kugelförmig, man hätte sie wahrscheinlich von einem Ende der Küche zum anderen rollen können. Sie erhob sich mit Hilfe eines Rollators vom Stuhl und stellte sich als »Mrs. Macbeth« vor. Ich vermutete, dass sie Mrs. McCues Freundin und ebenfalls aus dem Anchorage entflohen war.

Ein alter fetter Scotchterrier, der fast so lahm war wie sein

Frauchen, folgte Mrs. Macbeth auf Schritt und Tritt. Sein Fell war chinesischgelb, um den Mund herum sah es rostig aus. Seine Zähne waren so gelb wie die von Mrs. McCue, und auf merkwürdige Weise erinnerte er mich ein bisschen an sie. Als ich ihn ansprach, blickten mich seine altersschwachen Augen – eins braun, das andere auswärts schielend – resigniert an.

»Sie wird Janet gerufen«, sagte Mrs. Macbeth. »Im Anchorage dürfen wir keine Tier haben, aber ich konnte sie nicht loswerden, sie ist seit vielen Jahren meine kleine Freundin.« Sie seufzte, und auch Janet schien zu seufzen, ihre Lungen atmeten pfeifend wie zwei winzige Akkordeons.

»Sie verstecken sie demnach?«, fragte ich und versuchte mir die Schwierigkeiten vorzustellen, einen kleinen Hund versteckt zu halten.

»Ach, es ist ein furchbares Theater«, sagte Mrs. Macbeth. »Dass ich so dick bin, ist natürlich am schlimmsten.«

Das Paar folgte mir ins Wohnzimmer. Mrs. Macbeth bestand darauf, eine Schachtel mit Tunnock's Teekuchen zu tragen, trotzdem sie von ihrem Rollator behindert wurde. Die Hündin hoppelte hinter ihr drein, und als Duke sie erspähte, raffte er sich von der Totenstellung auf, die er auf dem Boden eingenommen hatte, und beschnüffelte das Hinterteil der armen Janet mit bizarrem Enthusiasmus.

»Wer ist der Mann im Gästezimmer?«, fragte ich Maisie.

»Ferdinand.«

»Ferdinand? Dein *Bruder* Ferdinand? Ich dachte, er ist im Gefängnis.«

»Vorzeitig entlassen wegen guter Führung«, sagte Maisie, ohne vom Fernseher wegzublicken, in dem jetzt eine Art Curling-Meisterschaft übertragen wurde.

»Irma ist aus der Burg Vlad geflohen und nach Hause gegangen«, sagte Mrs. McCue zuvorkommend zu mir. »Ferdinand ist eigentlich ein anständiger Junge«, fügte sie hinzu und nickte mir mit ihrem betagten Süßwarenhändlerinnen-Kopf zu. Mrs. Macbeths' alter Hund ließ sich auf die Seite fallen und schlief sofort ein. Beim Atmen gab er merkwürdig knarzende Geräusche von sich.

Mrs. McCue begutachtete die Innenseite ihrer Teetasse und runzelte die Stirn. Zu ihren Füßen lag eine sackartige Tasche aus einem chintzigen Material. Die Tasche sah aus, als enthielte sie ein mittelgroßes totes Tier – eine Hyäne vielleicht –, aber als sie sie ausräumte, war alles Mögliche darin, nur keine Hyäne. Schließlich fand sie, wonach sie suchte – ein Taschentuch, ein kleines mit Spitze verziertes Ding mit aufgestickten Glockenblumen, und rieb damit nachhaltig ihre Tasse sauber.

»Diese Frau führt einen dreckigen Haushalt, überall ist Staub«, sagte sie zu Mrs. Macbeth, die kurz schauderte und dann etwas rätselhaft sagte: »Der Boden.«

»Ich bin eine schlimme Teetante«, sagte Mrs. McCue und goss zittrig Tee aus der schweren braunen Kanne ein.

»Ich auch«, schloss sich Mrs. Macbeth an.

»Warum war Ferdinand im Gefängnis, wenn er so ein anständiger Junge ist?«, hakte ich nach.

Mrs. McCue zuckte die Achseln. »Wer weiß? Das ist aber eine dünnes Tässchen Tee«, sagte sie zu Mrs. Macbeth. Mrs. McCue war in der Lage, gleichzeitig Tee zu trinken, zu stricken und die *Sunday Post* zu lesen.

»Er wurde verwechselt«, sagte Maisie, den Mund voller Teekuchen.

Mrs. McCue griff erneut in ihren Chintzsack und holte eine große Schachtel mit kleinen Keksen der Marke Iced Gems heraus, die aufgeweicht waren, aber wir aßen sie trotzdem. Als Nächstes kramte sie eine Schachtel Players No.6 heraus und hielt sie uns hin. »Ich rauche nur wegen der Gutscheine«, sagte sie zu mir und schüttelte eine Zigarette für Mrs. Macbeth aus der Schachtel.

»Ich bin so frei«, sagte Mrs. Macbeth, und beide zündeten sich ein Zigarette an. Maisie hustete theatralisch, woraufhin Mrs. McCue erneut in ihre Tasche abtauchte und mit einer Schachtel Hustenpastillen für Maisie wieder herauskam.

»Sack und Pack ist da drin«, sagte Mrs. Macbeth und nickte der Tasche anerkennend zu.

Kaum hatte ich mich wieder gesetzt, sprang Goneril erneut auf meinen Schoß und trat im Milchtritt gegen meine Brust. Sie war eine außergewöhnlich schwere Katze – wenn sie den Tara-Zanthianern in die Hände fiele, würden sie sie wahrscheinlich in einen Safe sperren. Als wir alle endlich wieder gemütlich dasaßen, klingelte es plötzlich (wie sonst?) an der Tür, ein belangloses Vorkommnis, das jedoch ein beunruhigend großes Chaos auslöste – Duke rannte bellend zur Tür, unterwegs trat er ungeschickt auf Janet und warf das Milchkännchen um, woraufhin Goneril in einem todesmutigen Satz aus meinem Schoß zu Archies Mutter sprang, die einen kleinen Schreckensschrei ausstieß und die Nadel mit den Maschen ihres planlos gestrickten Netzes fallen ließ. Gott sei Dank gab es kein Baby, das geweckt werden konnte – für gewöhnlich das Letzte in so einer Kette von Ereignissen.

Nach der ganzen Aufregung irritierte es mich, dass niemand vor der Tür stand, als ich sie öffnete. Die Straße war vollkommen verlassen und still, nicht einmal Der-Junge-ohne-Namen war da, nur der Wind heulte, und die Nässe überfror.

Kaum saß ich wieder, klingelte es erneut. Wie langweilig das war.

»Ich gehe«, beharrte Mrs. Macbeth, hievte sich unter großen Schwierigkeiten aus ihrem Sessel und tatterte mit ihrem Rollator zur Haustür. Dann kam sie zurückgehumpelt – sie sah kleiner aus als je zuvor –, einen durchnässten Kevin im Schlepptau, dessen grassamenfarbenes Haar vom Regen an den Kopf geklatscht war. Seit Mittag war mitten auf seiner

Stirn wie ein grelles Kastenzeichen ein riesiger Pickel erblüht.

»Was tust du denn hier?«, fragte er mich zur Begrüßung.

»Babysitten«, sagte ich, was technisch gesehen nicht ganz der Wahrheit entsprach, denn ich passte auf alles Mögliche auf, nur nicht auf ein Baby. Er folgte mir ins Wohnzimmer und setzte sich. Die Gegenwart so vieler Frauen in unterschiedlichen Lebensstadien machte ihn verlegen. Er starrte auf Mrs. McCues Füße, die in stiefelartigen Hausschuhen mit breitem Reißverschluss steckten. Mrs. McCue blickte auf ihre Füße, um zu überprüfen, ob ihnen etwas Interessantes anhaftete.

»Du hast aber einen schönen Furunkel, Junge«, sagte Mrs. Macbeth zu ihm.

»Danke«, sagte Kevin etwas verwirrt. Er putzte sich die Nase, um seine Verlegenheit zu kaschieren – ein lauter Trompetenstoß, der die bereits gereizte Katze noch nervöser machte –, und ließ sich dann schwer in einen Sessel plumpsen (auf diese Weise kommen ahnungslose kleine Nagetiere ums Leben).

Maisie reckte sich, um die Bahn eines Curlingsteins auf einem Bildschirm zu verfolgen, der von Kevins Körpermasse teilweise verdeckt wurde.

»Ich wollte mit Dr. McCue sprechen«, sagte Kevin und inspizierte den Inhalt seines Taschentuchs.

»Er ist nicht da.«

»Das sehe ich.«

Wie alle meine Bekannten wollte Kevin den Abgabetermin für seine Abschlußarbeit (über *Der Herr der Ringe* selbstverständlich) verlängern lassen. »Ich habe zu viel Zeit in Edrakonia zugebracht«, sagte Kevin, wobei ein sehnsüchtiger Ausdruck über sein Gesicht huschte. Der Pickel auf seiner Stirn glühte. »Die Drachen haben ihre Kräfte für einen Gegenaufstand gesammelt.«

»Die Drachen?«, sagte Mrs. Macbeth und sah sich argwöhnisch im Zimmer um.
»Machen Sie sich keine Sorgen«, beruhigte ich sie, »nur Kevin kann sie sehen.« Kevin aß Unmengen Iced Gems auf eine achtlose Weise, die Andrea beunruhigt hätte.
»Erklär mir mal was«, sagte ich zu ihm, denn ärgerlicherweise interessierte ich mich für Edrakonia. »Ich begreife einfach nicht, ob die Drachen gut oder böse sind.«
»Also«, sagte Kevin sehr ernst, »historisch gesehen haben die Drachen von Edrakonia ihr eigenes ethisches System, aber man muss natürlich im Auge behalten, dass es sich dabei um moralphilosophische Grundsätze handelt, die ihrer Natur nach *drachenhaft* sind, und der normale Sterbliche – du, zum Beispiel – kann nicht erkennen, dass sie die simplen Grundsätze von ›gut‹ und ›böse‹ enthalten, die für Drachen –«
»Okay, Kevin, das reicht.«
Aus unerfindlichem Grund wurden Mrs. McCue und Mrs. Macbeth ziemlich aufgeregt, als Kevin ihnen erzählte, dass er »Schriftsteller« sei, und sie drängten ihn, ihnen etwas vorzulesen. Kevin hatte stets ein paar Seiten dabei, als wären es Talismane.
»Na ja«, sagte er zweifelnd, »ich bin mitten in einem Kapitel, und es ist das vierte Buch, ich weiß nicht, ob Sie verstehen werden, was passiert.«
»Macht nix«, sagte Mrs. Macbeth, »der Anfang, die Mitte, das Ende – das ist alles einerlei.« Sie würde in Archies Kurs gut abschneiden.
»Erzähl uns kurz, was bislang passiert ist«, ermunterte ihn Mrs. McCue, »du weißt schon – die Personen, ein winziges bisschen Handlung, und wir werden schon mitkommen.«
»Hat die Geschichte denn eine Moral?«, fragte Mrs. Macbeth.
»Alles hat doch eine Moral«, sagte ich, »vorausgesetzt, man findet sie.«
Kevin zögerte.

»Fang einfach am Anfang an«, drängte Mrs. McCue.

»Und mach weiter bis zum Ende«, fügte Mrs. Macbeth hinzu.

Nach einer kurzen Zusammenfassung (*Und die Düsternis wird sich auf das Land legen. Und das Ungeheuer Griddlebart wird durch das Land ziehen, und die Drachen werden fliehen*) lehnte sich Kevin zurück und begann in unheilvollem Tonfall, der von seinem schmalzigen Akzent etwas unterminiert wurde, vorzulesen: »Herzog Thar-Vint von Malkaron stieg auf sein Ross Demaal und bereitete sich geistig auf die lange Reise vor. Sein treuer Diener Lart ritt neben ihm auf einem der trittsicheren zottigen braunen Ponys, die von den Pferdezüchtern der Berge von Galinth gezüchtet wurden –«

»Sind Berge ein guter Platz, um Pferde zu züchten?«, fragte Mrs. McCue nachdenklich.

»Sie sind ein guter Platz, um trittsichere Pferde zu züchten«, sagte Kevin gereizt. »Kann ich weiterlesen?«

»Ja, nur zu, Junge.«

»Lart hatte seinem Herrn Thar-Vint geholfen, die bronzene Rüstung anzulegen, die von den Herren von Malkaron vom Vater an den Sohn, vom Vater an den Sohn weitergegeben wurde –«

»Ist das grammatikalisch korrekt?«, fragte Maisie, die sich bislang nicht hatte anmerken lassen, dass sie überhaupt zuhörte, da sie in einen spätabendlichen Gälisch-Kurs vertieft schien und lautlos die unergründlichen Worte nachsprach.

»Ich weiß es nicht«, sagte Kevin ungeduldig. »Thar-Vints Gedanken schweiften zu dem großartigen Palast von Calysveron und zu der Lady Agaruitha, der er insgeheim versprochen war, trotz der Einwände ihrer Mutter, der Lady Tamarin –«

»Lady Agga wie?«, fragte Mrs. Macbeth.

»Agaruitha – A-G-A-R-U-I-T-H-A.«

Ich fragte mich, wie viel Zeit Kevin damit verbrachte, sich diese lächerlichen Namen auszudenken. Ziemlich viel, vermutete ich. (Oder andererseits überhaupt nicht viel.)

»›Mein Herr‹, keuchte der Mann, der eilig an seine Seite geritten war. Thar-Vint erkannte in ihm den Lord Vega, dessen Reich sich vom Fluss Voloron bis zu den Provinzen von Celentan und Egadrif erstreckte. Der Lord Vega lüpfte seine samtene Kappe mit der einzelnen Feder und gab seinem Ross die Sporen –«

»Lüpfte«, sagte Mrs. McCue, »das ist ein komisches Wort, oder?«

»Es klingt … historisch«, sagte Mrs. Macbeth, »das Wort hört man heutzutage nicht mehr oft.«

»Weil die Männer nicht mehr so wie früher Hüte tragen«, sagte Mrs. McCue. »Es war einmal«, sagte sie zu Maisie, »eine Zeit, da hatten Hüte Namen – der weiche Filzhut, der steife Filzhut –«

»Der Homburg«, sprang Mrs. Macbeth ihr zur Seite. »Die Schiebermütze.«

»Die Schiebermütze?«, hakte Kevin zweifelnd nach.

»Ja, genau«, bestätigte Mrs. McCue, »die Schottenmütze, die Melone, ein hübscher Panamahut im Sommer.«

»Lüpf«, sagte Mrs. Macbeth verträumt, »lüpf, lüpf, lüpf. Je öfter man es sagt, umso dämlicher klingt es.«

»Das wäre ein guter Name für einen Hund«, sagte Mrs. McCue und blickte zu Janet, die lautstark zu Mrs. Macbeths Füßen schlief.

»Macht es Ihnen etwas aus –«, sagte Kevin. »Und gab seinem Ross die Sporen –« Ich nickte ein. Ich glaube, ich zog es vor, wenn Kevin über die Drachen schrieb.

Als ich aufwachte, war er nicht mehr da.

»Was für ein Idiot«, sagte Maisie, und Mrs. McCue stimmte ihr zu. »Was für ein sehr komischer Kauz«, sagte sie.

Von unschuldigem Small Talk meinerseits verführt (»Haben Sie immer in Largs gelebt, Mrs. McCue?«), durchkämmte Archies auf Achse befindliche Mutter ihr flittriges Gedächtnis und gab ihre Lebensgeschichte zum Besten, eine sehr gewöhnliche Geschichte – ein gebrochenes Herz, ein verlorenes Kind, Tod, Verlassenheit, Einsamkeit, Angst. So lautete die selbstverständlich verdichtete Version ihrer Lebensgeschichte, denn sonst hätten wir über siebzig Jahre herumgesessen. Sie endete mit ihrem derzeitigen Aufenthalt im Anchorage.

Es dauerte nicht lange, und auch Mrs. Macbeth breitete ihr Leben vor mir aus – sie war Jutespinnerin in der Fabrik in der Dens Road gewesen, und als sie zum ersten Mal versuchte zu heiraten, war sie »vor dem Altar sitzen gelassen« worden. Warum hat jeder außer mir ein interessantes und dramatisches Leben?

– Sei dir da nicht so sicher, sagt Nora.

Mrs. Macbeths Verlobter befand sich bereits an Bord eines Emigrantenschiffes nach Kanada, als sie in vollem Brautstaat am Arm ihres Vaters durch die Kirche schritt. Mrs. Macbeth schüttelte traurig den Kopf und sagte, dass sie sich von diesem Verrat nie vollständig erholt habe. »Aber es tröstet mich«, sagte sie und betrachtete ein Iced Gem, »dass er schon gestorben is. Und ich habe Mr. Macbeth geheiratet, und wir waren sehr glücklich.«

»Mr. Macbeth.« Wie sonderbar das klang, als hätte der Than von Cawdor beschlossen, seinen Ehrgeiz fahren zu lassen, sich in einem Vorort anzusiedeln und auf seine Rente hinzuarbeiten.

»Als wäre es erst gestern gewesen«, schloss Mrs. Macbeth betrübt.

»Aber innerlich bist du nicht gealtert«, sagte Mrs. McCue, »innerlich bist du noch immer jung.«

»Wie jung?«, fragte Maisie.

»Einundzwanzig«, sagte Mrs. McCue.

»Fünfundzwanzig«, sagte Mrs. Macbeth.

– Also, ich persönlich, sagt Nora, fühle mich wie hundert.

Aber das muss man meiner Mutter nachsehen, sie hat ein sehr merkwürdiges Leben geführt.

Nachdem sie einmal angefangen hatten, schien weder Mrs. Macbeth noch Mrs. McCue geneigt aufzuhören – vermutlich hat man im Alter jede Menge zu erzählen (ein ganzes Leben), und nach einer Weile ließ ich ihre Wiegenlied-Stimmen über mich hinwegwaschen, ohne ihnen wirklich zuzuhören. Sie sprachen über Leute im Anchorage – Miss Anderson (»ein zänkisches Frauchen«), Mrs. Robertson (»ein nettes Frauchen«) und Billy (»eine arme Seele«). Viele dieser Menschen schienen eigenartige Vorstellungen zu haben. Miss Anderson zum Beispiel hatte schreckliche Angst davor, lebendig begraben zu werden, während Billy davon überzeugt war, dass seine Leiche zu (nicht weiter spezifizierten) ruchlosen Zwecken gestohlen werden würde. Mrs. Macbeth schien von dem Gedanken beunruhigt, dass niemand überprüfen würde, ob wirklich ihre Leiche im Sarg lag und nicht die von jemand anders (obwohl man meinen könnte, dass das etwas Positives wäre).
»Ich will nicht verwechselt werden«, sagte sie. Was für schauerliche Vorstellungen Leute hegten, die doch mit einem Blick aufs Wasser lebten. Irgendetwas, sagte Mrs. McCue, bringe die alten Leute um. Nicht nur das Alter?, fragte ich.
»Nein«, sagte Mrs. McCue leichthin und fuchtelte gefährlich mit ihren Stricknadeln herum. »Ich weiß hundertprozentig, dass jemand versucht, mich umzubringen.«
»O ja«, sagte Mrs. Macbeth fröhlich, »mich auch.« Ich dachte an Professor Cousins, der am Morgen genau das Gleiche zu mir gesagt hatte (was für ein unglaublich langer Tag es war).
»Nur weil jemand paranoid ist«, sagte ich zu Mrs. McCue, »heißt das noch lange nicht, dass sie nicht hinter ihm her sind.«
Sie warf mir einen besorgten Blick zu.
»Wer glaubst du, will dich umbringen?«, fragte Maisie, die dieses Gesprächsthema endlich interessanter fand als das Fernsehprogramm. »Dad?«

Mrs. McCue lachte und sagte liebevoll: »Archie hat nicht das Zeug zum Mörder.«

»Schaut euch nur die arme Senga an«, sagte Mrs. Macbeth und schüttelte den Kopf.

»Gesicht wie eine Kartoffelverkäuferin, aber ein harmloses Frauchen«, sagte Mrs. McCue.

»Glaubst du, dass sie *ermordet* wurde?«, fragte Maisie mit einer Spur Aufregung in der Stimme, aber in diesem entscheidenden dramatischen Augenblick wurden wir (natürlich) unterbrochen, und das Aufschließen der Haustür setzte das übliche Durcheinander von bellenden Hunden, fauchenden Katzen und fallenden Maschen in Gang. Mrs. McCue hielt den Kopf schräg wie ein Hund, ein von Janet sofort nachgeahmtes Verhalten, und sagte: »Da sind sie.« Einen Augenblick lang dachte ich, sie meinte die imaginären Meuchelmörder, aber dann holte mich die Realität ein und mir wurde klar, dass Archie und Philippa nach Hause gekommen waren.

Duke schleppte sich zur Tür, um sie zu begrüßen, während Maisie flüchtete, sich unter ihrer Bettdecke vergrub und so tat, als wäre sie ein Kind, das seit Stunden schlief, nicht ferngesehen, keine Süßigkeiten gegessen und seine Hausaufgaben gemacht hatte. Wir übrigen führten eine Scharade sinnvollen Beschäftigtseins auf – ich holte einen Stift heraus und runzelte die Stirn, während Mrs. McCue ihrem mysteriösen Netz ein, zwei Maschen hinzufügte und Mrs. Macbeth von irgendwo aus ihrer Bekleidung ein gelbes Staubtuch hervorzog und heftig an der Lampe auf dem Tischchen neben ihrem Sessel rieb.

Philippa ging sofort nach oben, während der vom Alkohol glasäugige Archie sich darum bemühte, durch die Tür das Wohnzimmer zu betreten.

»Freut mich, dass Sie endlich Zeit finden, was zu arbeiten«, sagte er zu mir. Angesichts seiner Mutter runzelte er die Stirn. »Immer noch da? Du hast den letzten Bus verpasst.«

»Ach, Junge«, sagte Mrs. McCue liebevoll.
Philippa kam in ihren klappernden Clogs die Treppe wieder herunter. »Schläft wie ein Baby«, verkündete sie.
»Wer?«, fragte Archie, der etwas beunruhigt dreinblickte, als hätte Philippa im ersten Stock gerade einen weiteren McCue zur Welt gebracht.
»Ferdinand«, sagte Philippa in dem Tonfall, den sie für Leute reservierte, die nicht in der Lage waren, die Logik zusammengesetzter Sätze zu begreifen. »Wie hat sich die alte Ma benommen?«, fragte sie mich, als wäre Mrs. McCue nicht anwesend. »Und ihre Freundin?«, fügte sie hinzu und sah dabei Mrs. Macbeth zweifelnd an. Mrs. Macbeth spuckte in das Staubtuch und rieb noch heftiger an der Lampe, als wollte sie einen Geist heraufbeschwören.
»Ich muss jetzt los«, sagte ich hastig. So gern ich mehr über den gut aussehenden Knacki, der oben schlief, erfahren hätte, so hatte ich doch das Gefühl, dass es für heute reichte.
»Komm und besuch uns«, sagte Mrs. McCue. Mrs. Macbeth brachte durch heftiges Nicken ihre Zustimmung zu dieser Einladung zum Ausdruck. »In unserem Gefängnis«, fügte Mrs. McCue genussvoll hinzu.
»Das Anchorage ist ein sehr schönes Heim«, sagte Philippa zu mir. »Es wurde nachdrücklich empfohlen von Grant ... oder Watson ... oder wer immer – die Freundin von der alten Ma da ist seine Schwiegermutter.«
»Und was für ein verschlafenes Kerlchen er ist«, sagte Mrs. Macbeth munter.
Mrs. McCue und Mrs. Macbeth wirkten bei weitem zu rüstig, um in einem Altersheim zu leben, aber Philippa sagte, als ob sie meine Gedanken gelesen hätte (eine schreckliche Vorstellung): »Sie sind nicht so fit, wie sie aussehen. Pausenlos passieren ihnen Unfälle. Die alte Ma fällt ständig hin und bricht sich was. Wir hielten es für besser, sie dort unterzubringen, bevor sie wirklich abbaut.«

»Danke«, sagte Mrs. McCue.

Mrs. McCue und Mrs. Macbeth winkten mir von der Schwelle zum Wohnzimmer nach. Unter Mühen war es Mrs. Macbeth gelungen, Janet hochzuheben, und jetzt winkte sie mit ihrer Pfote, als wäre sie eine Puppenspielerin. Archie begleitete mich durch den Flur und nahm dabei nahezu den gesamten Platz ein, so dass ich mich an ihm vorbei- und zur Tür hinauszwängen musste. Für gewöhnlich benutzte er den Flur für den obligatorischen Angriff auf jede Studentin, die sich in seinem Territorium aufhielt. An diesem Abend handelte es sich um eine halbherzige Angelegenheit, der ich leicht ausweichen konnte dank der Rotweintransfusionen, die Archies Adern den ganzen Abend überschwemmt hatten.

Ich war froh, ins Freie zu kommen, obwohl eine scheußliche Art Graupel fiel (eine andere Bezeichnung dafür ist kalter, harter Regen). Die Perth Road war vollkommen verlassen, aber ich hatte es nicht weit nach Hause, und ich tröstete mich gerade mit der Tatsache, dass es zumindest Strom gab, als alle Straßenlampen erloschen. Und dann wurde mir plötzlich unheimlich zu Mute. Ich hatte überall eine Gänsehaut und wurde überwältigt von einem seltsamen Gefühl des Grauens, als würde mich gleich etwas Bösartiges in Gestalt einer Erscheinung oder eines Gespenstes, eines Wahnsinnigen oder eines Mörders mit einer Axt überfallen. Ich beschleunigte den Schritt.

Eine Frau kam auf mich zu, sie hatte einen langen geschlossenen Regenschirm dabei und trug einen roten Wintermantel, dem die Dunkelheit fast die gesamte Farbe ausgesaugt hatte. Die Frau hatte sowohl etwas Vertrautes als auch etwas Fremdes an sich, als würde sie mich an jemanden erinnern. Sie hatte auch etwas Merkwürdiges – sie torkelte etwas, und ihr Gesicht schien verzerrt. Als sie näher kam, hielt sie mich an und fragte nach der Uhrzeit. Sie war nahe genug, dass

ich ihre Ginfahne und ihr aufdringliches Parfum riechen konnte.
Meine dunkle Vorahnung war mittlerweile so stark, dass ich weitereilte, ohne sie anzusehen, und murmelte, dass ich keine Uhr dabeihätte. Dann blickte ich mich ängstlich um, aber die Frau war verschwunden. Ein plötzliches Aufblitzen von Licht in meinem Rücken ließ mich an den Jungen-ohne-Namen denken, bis ich ein Auto bemerkte, das mir in einiger Entfernung langsam und mit ausgeschalteten Scheinwerfern folgte. Erneut beschleunigte ich den Schritt, und als ich die Paton's Lane erreichte, lief ich. Der Wagen bog nicht ab, um mir weiterhin zu folgen, und ich blieb einen Augenblick vor meiner Haustür stehen und sah ihn an der Einmündung der Straße vorbeifahren. Ich hatte den nachhaltigen Eindruck, dass es sich um einen Cortina handelte.
Mit pochendem Herzen lief ich die unbeleuchteten Steintreppen im Haus hinauf. Auf jedem Treppenabsatz schien die Dunkelheit dichter zu werden, als lauerte dort der Schatten eines Gespenstes. Es roch nach Gebratenem und nach etwas Süßem, Klebrigem. So war es wahrscheinlich, wenn man im *Expandierenden Prisma des J.* gefangen war. Oder in einem Horrorfilm. Mit einem überwältigenden Gefühl der Erleichterung sperrte ich die Tür auf und betrat meine sichere Wohnung.

Bis ins Mark frierend stehen wir in der großen kalten Küche; zwischen den Steinplatten unter unseren Füßen wachsen Flechten. Das alte eichene Barometer im Flur zeigt auf einen verschnörkelten »Sturm«, und Nora, so salzig wie ein alter Seehund, klopft darauf und sagt: »Es fällt.« Und ich verspüre ein melancholisches Ziehen in mir, als verfügte mein Körper über seine eigenen Gezeiten und Strömungen und spürte die Anziehungskraft des Mondes. Was er, wie ich weiß, auch tut.
Nora kocht in einem Kupferkessel auf dem Herd Wasser, ein

komplizierter Vorgang, für den wir erst einmal Treibholz am Strand suchen mussten. Warum lebt sie so? Ich schwöre, im Haus ist es kälter als draußen. Wir wären besser dran, wenn wir ein Iglu bauten. Um diese Idee zu unterstützen, hat es angefangen zu schneien. Nora behauptet steif und fest, dass es hier nie schneit, als hätte sich der Schnee geirrt.

Ich decke den Tisch mit den alten angeschlagenen Tassen und Untertassen von Spode. Wir trinken unseren Tee schwarz, denn wir haben keine Milchkuh und auch keine Henne, nicht einmal eine einzige Honigbiene.

Wir sitzen und trinken unseren Tee am Küchentisch, an dem einst missmutige Dienstboten gesessen haben müssen. Wir wohnen hier wie in einem Volkskundemuseum, wir sind Schauspieler in *Eine gut eingerichtete Küche, zirka 1890*, nur dass uns niemand zusieht. Das hoffen wir zumindest.

– Wohin wird das alles führen?, fragt Nora und starrt in ihre Teetasse wie eine Wahrsagerin.

»Es führt uns schließlich hierher. Wie du weißt.«

– Du machst aber ziemliche Umwege.

»Ich habe keine Landkarte. Wenn du meinst, dass du es besser kannst, dann erzähl mir von Douglas.«

– Von wem?

»Von deinem Bruder.«

Nora schließt die Augen, holt tief Luft, beginnt –

Du musst bedenken, dass das alles passierte, lange bevor ich geboren wurde, ich muss es mir also ausdenken. Es fing gut an. Donald Stuart-Murray hatte ein Haus am Eaton Place, ein anderes in Edinburghs New Town und endlose Weiden nördlich der Grenze, im Zentrum davon sein eigenes Tal – Glenkittrie – und mit den Königen und Königinnen von Schottland und daher auch von England verwandte Vorfahren. Er heiratete die dritte Tochter eines englischen Grafen, ein unscheinbares, ziemlich nervöses Mädchen, dessen Familie erleichtert war, sie losgeworden zu sein. Die Braut trug ein paar edle Familiendiamanten – sie gehörten zur Mitgift als Ausgleich für ihre mangelhaften aristokratischen Qualitäten –, und als sie in der Kirche den Mittelgang entlangschritt, bestaunten die Hochzeitsgäste die Preziosen, so dass die junge Braut, die Evangeline hieß, vor Freude errötete, weil sie glaubte, sie würden wortlos ihrer Schönheit huldigen.

Evangeline wurde bald schwanger und gebar während der ersten zehn Jahre ihrer Ehe jedes zweite Jahr ein Kind. Insgesamt hatten sie fünf Kinder, drei Söhne (Douglas, Torquil und Murdo), gefolgt von zwei Töchtern. Die erste von ihnen, Honoria, wurde von einem Kindermädchen, das später für geisteskrank erklärt wurde, aus einem Fenster im ersten Stock des Hauses am Eaton Place geworfen und landete auf dem Kopf. Honoria war nicht wirklich tot, aber sie lebte auch nicht mehr wirklich, und nach mehreren Monaten hingebungsvoller Pflege seitens ihrer Mutter gab Honoria schließlich den Kampf auf und starb.

Das zweite Mädchen, Elspeth, folgte ihr kurz darauf; im Alter von einem Jahr fiel sie einer Diphtherie-Epidemie zum Opfer.

»Als ob«, sagte Evangeline, »es die kleine Honoria nicht ertragen hätte, dort oben ganz allein zu spielen.« Das war etwas sentimental für Donalds Geschmack. Donald war in Wahrheit kein besonders netter Mann. Barsch und brutal distanzierte er sich von allem Gefühl, da er glaubte, dass Gefühle die Sache von Frauen, Kindern und Schwachsinnigen seien.

Evangeline, die noch nie sonderlich stabil gewesen war, wurde nun zu einem pathologischen Fall. Sie war davon überzeugt, dass ihr die verbliebenen Kinder eins nach dem anderen aus den Armen gerissen würden (womit sie natürlich Recht hatte), und schließlich erfüllte Donald ihren hartnäckigen Wunsch, den Rest der Familie nach Schottland zu bringen, fort von allen großstädtischen Gefahren.

Das Haus – »Woodhaven« in Kirkton of Craigie im Tal – war nicht gerade ein behagliches Heim. Aus örtlichem Stein bestehend und mit alpinen Giebeln verziert, war es kaum mehr als eine bessere viktorianische Jagdhütte, von Donalds Vater Roderick erbaut. Es war ein kaltes Haus, und eine Reihe von Haushälterinnen und Dienstboten scheiterte daran, es aufzuwärmen. Donald hingegen war sehr zufrieden mit dem Umzug, da er jetzt die ganze Zeit damit verbringen konnte, zu schießen und zu fischen und ganz allgemein alles zu töten, was auf seinem verregneten Anwesen lief oder flog.

Evangeline konzentrierte sich darauf, ihre Söhne am Leben zu erhalten, fütterte sie mit Haferschleim, Kartoffeln und gekochtem Huhn und hielt sie fern von Krankheit, Unmoral und Kindermädchen. Besonders wachsam musste sie sein angesichts des vielen Wassers, das sie überall bedrohte. Der Fluss Kittrie floss keine hundert Meter vom Haus entfernt und war teilweise von Roderick umgeleitet worden, um einen kleinen künstlichen See zu speisen, den er angelegt hatte. Darin hatte er eine Unmenge junger Forellen und aus Versehen auch einen rüpelhaften jungen Hecht ausgesetzt, der sich genüsslich von seinen Gefährten ernährte und zu einer Legende wurde. Roderick widmete den Rest seines Lebens dem Versuch, den Hecht zu angeln.

Die Jungen lernten schwimmen, außerdem mussten sie regelmäßig Spaziermärsche unternehmen und jedes Jahr kräftigende Ferien im Urlaubsdomizil auf der Insel über sich ergehen lassen –

»Du meinst hier?«

– Ja, unterbrich mich nicht – und sie wurden gezwungen, jede Nacht zehn Stunden bei weit geöffneten Fenstern zu schlafen, auch im Winter, so dass sie manchmal aufwachten, weil Schnee auf ihr Gesicht fiel. Als Jugendliche waren sie erstaunlich gesund, hatten kräftige Zähne, gerade Knochen, gute Manieren, tadellose Gewohnheiten und gereichten, wie jeder bemerkte, ihrer Mutter und ihrem Land zur Ehre.

Als sie in Glenalmond zur Schule gingen, schrieb Evangeline ihnen jede Woche einen Brief und bat sie, gut zu essen, von schmutzigen Gedanken Abstand zu nehmen und in der Nähe von

Wasser, spitzen Gegenständen und Patienten der Krankenstation besonders vorsichtig zu sein.

Als der Krieg ausbrach und die Deutschen eine gehörige Tracht Prügel verlangten, war Douglas einer der Ersten, der sich bereit erklärte, sie ihnen zu verabreichen. Der Feudalismus war damals noch ein Konzept, das in diesem Teil Schottlands richtig verstanden wurde, deswegen folgte eine Schar von Pächtern seines Vaters Douglas' Beispiel. Drei Monate später ging Torquil nach Frankreich, und Murdo beschloss, sich ihre Abenteuer nicht entgehen zu lassen. Obschon er mit der Maxime aufgewachsen war, niemals zu lügen, schwor er dem Rekrutierungsbeamten, dass er achtzehn Jahre alt sei – er war fünfzehn – und erpicht darauf, den Feind zu bekämpfen. Der Mann zog ihn mit einem verschwörerischen Zwinkern ein.

Sie starben in der umgekehrten Reihenfolge ihrer Geburt. Murdo fiel bei Mons, sauber enthauptet von einer Granate, und ein halbes Jahr später verschwand Torquil für immer, versank im Niemandsland im Schlamm. Donald und Evangeline wurden erst nach einer Weile benachrichtigt, weil Torquils Kommandant glaubte, er würde vielleicht wieder auftauchen, aber nach ein paar Wochen war klar, dass in zukünftigen Jahren seine an Kalzium reichen Knochen insgeheim fremden Boden düngen würden.

Ein Jahr später wurde Douglas aus Versehen von seinen eigenen Landsleuten erschossen. Nachdem die Kugel in sein Hirn eingedrungen war, lebte er noch ein paar Minuten lang, und weil Schnee auf sein Gesicht fiel, glaubte er, dass er zu Hause in seinem Bett lag, der Wind den Schnee von den Hügeln durch das Fenster wehte, seine Brüder wohl behütet in ihren eigenen Zimmern schliefen (was sie auf gewisse Weise auch taten) und von ihrem zukünftigen Leben träumten. Die kleine Honoria war offensichtlich entschlossen gewesen, auf allen ihren Spielgefährten zu bestehen.

Evangeline und Donald nannten ihre verstorbenen Söhne »die Jungs«, als wären sie eine Einheit gewesen und nicht die Individuen, die sie nicht mehr hatten werden können. Donald tröstete sich mit der Vorstellung, er sei ein widerwilliger Abraham, der seine Söhne auf dem Altar des Patriotismus hatte opfern müssen. Evangeline hegte lange Zeit insgeheim die Hoffnung, dass Torquil nicht im Schlamm ertrunken, sondern desertiert war (sie war noch nie eine große Patriotin gewesen) und eines nahen Tages die mit Rhododendron gesäumte Einfahrt entlanggehen würde, so unbeschwert wie zu Lebzeiten. Mit der Zeit wurde diese Möglichkeit immer zweifelhafter, und als der Waffenstillstand verkündet wurde und er noch immer kein Lebenszeichen von sich gab, entschied Evangeline, dass er nun nicht mehr nach Hause kommen würde, ging in die Waschküche im Keller und erhängte sich mit einem Stück Wäscheleine an einem großen Haken in der Wand, dessen Zweck – jetzt vollkommen klar – den Wäscherinnen stets ein Rätsel gewesen war. Ende.

»Wie bitte?«

– Ende.

»Also, das war aber wirklich erheiternd.«

– Mach mich nicht dafür verantwortlich, sagt Nora mit einem unbekümmerten Achselzucken, die Schuld trägt die Geschichte, nicht die Erzählerin. Möchtest du noch Tee?

Chez Bob

Bob schlief fest, als ich die Wohnung betrat. Er hatte die Schlafzimmervorhänge offen gelassen, und als ich sie zuziehen wollte, dachte ich unwillkürlich an Ferdinand – ein Vergleich, der unmöglich zu Bobs Gunsten ausfallen konnte, vor allem da er im Schlaf jetzt etwas von Heringen murmelte. (»Sie haben Messer!«)

Etwas auf der Straße erregte meine Aufmerksamkeit – eine Gestalt stand im Eingang eines Gebäudes. Es war mit Sicherheit die Frau, die mich vor ein paar Minuten nach der Uhrzeit gefragt hatte. Sie entfachte ein Streichholz, um sich eine Zigarette anzuzünden, und ich sah ihr Haar – es hatte die Farbe alter Drei-Penny-Münzen – und ihre ausnehmend gerade Nase. Plötzlich wurde mir klar, an wen sie mich erinnerte – ihre Größe, ihre Haltung, so wie sie mit gespreizten Füßen dastand –, sie war eine ärmliche, magere Version meiner Mutter, ein nicht ganz ausgereifter Prototyp von Nora. Die kleine Streichholzflamme fing noch etwas anderes ein – Bitterkeit in den Gesichtszügen, in die Haut geritzte Enttäuschung.

– Was für eine gute Polizeizeugin du abgeben würdest, sagt Nora ziemlich zynisch.

Die Frau entdeckte mich, wandte sich ab und verschwand in der Dunkelheit.

Ich zitterte in der Kälte und legte mich ins Bett neben Bob, der eine blaue Wärmflasche in Form eines kleinen Teddybären an sich drückte.

»Beweise durch den Einsatz von Vernunft«, murmelte er, »dass die Vernunft selbst nicht zuverlässig ist.«

Ich fragte mich unwillkürlich, ob Bob wirklich bei einem Konzert von John Martin gewesen war. Auf Seite 53 *blickte ich aus dem Fenster im dritten Stock, als hätte ich gerade et-*

was Interessantes gesehen. Ich hatte Bob gesehen, vertieft in ein Gespräch mit einer von Archies Doktorantinnen, eine junge Frau, gebaut wie ein Bleistift, die über *Finnegans Nachtwache* (*Die verlorene Handlung*) promovierte, was sie für Bob völlig untauglich machte. Ich hätte die Sache für eine ganz und gar unschuldige Begegnung gehalten, wenn da nicht Bobs Ausdruck gewesen wäre – wach und interessiert, nahezu – wage ich, es auszusprechen – flirtend. Hatte er mich einst so angesehen? Wenn ja, so erinnerte ich mich nicht mehr daran. Ich hoffte, er plante nicht, mir untreu zu werden, zumindest nicht mit einem so überaus *gewöhnlichen* Mädchen.

»Schiebt Shug 'ne Nummer?«, sagte Bob nachdenklich, als wir mitten in der Nacht von den Geräuschen aus Shugs Wohnung geweckt wurden. »Forever Changes« drang durch die Dielen zu uns herauf, ein sicheres Zeichen, dass Shug angeheitert war. Die Klänge von »Andmoreagain« wurden kontrapunktiert vom undeutlichen Ächzen und Röhren eines Koitus und von einem gelegentlichen Wimmern, das sich verdächtig nach Andrea anhörte.
Wie wir alle wissen, ist es unmöglich zu den Vögel-Geräuschen von jemand anders einzuschlafen (außer vielleicht zu Bobs), und so mussten wir warten, bis sie fertig waren. (»Was *tun* sie nur so lange?«, fragte sich Bob.)
Um uns die Zeit zu vertreiben, schlug Bob ein Spiel vor. Ich legte mein Veto gegen seine übliche Auswahl ein – »Tier, Pflanze, Mineral«, das unvermeidliche »Ich sehe was, was du nicht siehst« und Bobs Lieblingsspiel, nämlich die Sieben Zwerge zu benennen; bislang war es ihm noch nie gelungen, alle sieben Namen auf einmal aufzuzählen. Schließlich einigten wir uns auf »Des Pfarrers Katze ging einkaufen« (»Des Pfarrers Katze ging in die Stadt und kaufte ein Aberdeen-Angusrind« und so weiter), und als unsere Nachbarn einen

Stock tiefer ihren Geschlechtsverkehr beendeten, versuchte die arme Katze, einen großen Walnussholz-Wandschrank durch die Tür des Pfarrhauses zu manövrieren.

Gerade als ich dabei war, erneut einzuschlafen, sagte Bob: »Ach ja, die Frau hat wieder angerufen.«

»Und?«

»Ich habe gesagt, dass du hier wohnst.«

»Und?«

»Sie hat gesagt, dass sie sich wieder melden wird.«

»Und du hast nicht herausgekriegt, wer sie ist?«

»Hätte ich das tun sollen?«

Jemand – Mutter Natur vermutlich – schleuderte Graupel gegen das Fenster wie nassen Sand, ich fröstelte und rückte näher an Bobs unnachgiebigen Körper und dachte an Ferdinand in der Hoffnung, von ihm zu träumen – *ich lieb meinen Liebsten mit F, denn er ist Faszinierend. Ich hass meinen Liebsten mit F, denn er ist Falsch. Ich speis ihn mit Farnkeksen und verbotenen Früchten. Er heißt Ferdinand und wohnt im Fernen Norden* –, aber stattdessen träumte ich die ganze Nacht lang, dass ich eine Möwe wäre, weil Bob seine Ausgabe von *Die Möwe Jonathan*, das einzige Buch, das er in diesem Jahr gelesen hatte (außer *Das Buch der Drogen*), unter mein Kopfkissen gelegt hatte.

Um sieben war ich wieder wach, obwohl es mir vorkam, als wäre es noch mitten in der Nacht. Ich versuchte vergeblich, noch einmal einzuschlafen. Bob schnarchte mit leidenschaftlicher Hingabe – ein kompliziertes und offenbar zufallsbestimmtes Muster von Schnauben und dramatischem Keuchen, als wäre er ein großer Karpfen, der in Luft ertrinkt.

Widerstrebend stand ich auf. Zumindest gab es Strom, wiewohl das die morgendliche Düsternis kaum beeindruckte. Ich machte mir eine Tasse Instantkaffee, wickelte mich in eine Decke, so dass ich einem Wigwam ähnelte, und begann schweren Herzens zu tippen.

Jack Gannet war ein Mann, der glaubte, dass es eine Logik gab, die die Existenz untermauerte, und wenn er die Logik auch nicht entdeckte, so vertraute er doch darauf, dass sie nur nicht zugänglich war und nicht nicht-existent. Das Fehlen von Beweisen, sagte er, bedeutet nicht, dass Beweise fehlen. Einer der Männer, auf die er sich verließ, um diesen Glauben zu stützen, war Henry Machin, der Gerichtsmediziner.

Henry Machin nahm ein Skalpell und betrachtete es liebevoll.

»Was meinen Sie - ein Unfall?«, fragte Jack Gannet hoffnungsvoll. Der Pathologe lachte, ein dumpfer Laut, von dem man sich vorstellen konnte, dass er aus der gleichen Schachtel stammte wie das Geräusch zischelnder Sensen und schwirrender Schwunggewichte. »Das bezweifle ich«, sagte er. Er war einer dieser Menschen, die immer die komische Seite einer Sache sahen, dachte Jack Gannet verdrossen.

Er blickte kurz zu dem neuen Wachtmeister - Collins -, um festzustellen, ob er zu der in Ohnmacht fallenden Sorte gehörte, aber bislang wirkte er normal. Was immer das war. Wachtmeister Collins, der blass war und sich unauffällig im Hintergrund hielt, hatte dabei geholfen, die tote Frau an Land zu bringen, und empfand es nun als seine Pflicht, bis zum bitteren Ende bei seinem

Schützling zu bleiben. Dort, wo ihre Fingerspitzen nicht ganz aufgefressen waren, fanden sich noch Spuren von rotem Nagellack. Er fragte sich, was für Meereslebewesen so etwas taten. Krabben? Wachtmeister Collins mochte Krabben und kaufte einen Kübel davon, wann immer er an die Strandpromenade ging. Fraßen Krabben Menschen? Und wenn man seinerseits Krabben aß, wurde man dadurch technisch zum Kannibalen? Und was war mit Scampi? Seine Frau, die behauptete, vor Langeweile umzukommen - was ein medizinischer Präzedenzfall wäre -, liebte Scampi. Er hatte keine Ahnung, wie Scampi aussahen, wenn sie im Meer herumschwammen.

»Wie lange, meinen Sie, war sie im Wasser?«, fragte Jack Gannet Henry Machin.

»Schwer zu sagen«, erwiderte der Pathologe. »Zu dieser Jahreszeit ist das Wasser warm; der Verwesungsprozess setzt schnell ein. Sie sieht ziemlich mitgenommen aus.«

»So wie ich am Morgen«, sagte Jack Gannet müde. »Fünf Tage vielleicht?« Wenn er über Tote sprach, tat er das mit respektvoll gesenkter Stimme; manchmal hatte er das unheimliche Gefühl, dass sie ihn hören konnten, dass sie noch nicht wirklich … gegangen waren.

Er wusste, dass es sich nicht um einen Unfall handelte, er spürte es wie eine Vibration, wie die wütende Aura eines Schwarms Wespen. Henry Machin schnitt mit dem Skalpell in das tote Meerjungfrauenfleisch wie mit einem heißen Messer in Butter, und

Wachtmeister Collins fiel lautlos in Ohnmacht, um niemanden zu stören.

Die Post fiel durch die Klappe in der Tür. Darunter war ein ziemlich bedrohliches Briefchen, unterschrieben von Joan, der Institutssekretärin, das mich daran erinnerte, dass meine Arbeit für Professor Cousins (*»Tragödie plus Zeit gleich Komödie« Nehmen Sie dazu Stellung.*) mehrere Wochen überfällig war. Ich fragte mich, ob es auch andersherum funktionieren würde – *Komödie plus Zeit gleich Tragödie*? Vermutlich nicht.
Der schroffe, nahezu gefühllose Ton des Briefchens ließ darauf schließen, dass nicht Professor Cousins ihn verfasst hatte, dem nie daran lag, selbst wenn er sich an Versäumnisse und Abwesenheiten erinnerte, den Leuten deswegen Vorwürfe zu machen.
Ich beschloss, statt mit ihm zu sprechen, ihm einen Brief zu schreiben, ihn um Nachsicht zu bitten und als mildernde Umstände eine im Sterben befindliche Großmutter anzuführen. Ist meine Großmutter tot? Oder Großmütter, Plural, denn es muss zwei von ihnen gegeben haben, außer Autogenese läge in der Familie.
– Tot, sagte Nora.
»Und deine Großmütter, was ist mit denen?«
– Mausetot, und ich hatte nur eine.
Aber man kann nicht nur eine Großmutter haben, das ist unlogisch. Jeder hat zwei. Oder?

Reductio ad absurdum

Ich hatte nicht damit gerechnet, Professor Cousins in seinem Büro anzutreffen, da er um diese Tageszeit eine Vorlesung über Rachetragödien halten sollte. Stattdessen kramte er in den Schubladen seines Aktenschrankes. Er schien noch ausgelassener als sonst zu sein, lachte vor sich hin, während er einen endlosen Vorrat an fotokopierten Stundenplänen und Studienführern auf dem Boden verteilte. Ich erinnerte ihn daran, dass er eigentlich eine Vorlesung halten sollte. Er sah mich überrascht an und sagte: »Wirklich?«, als hätte er so etwas noch nie zuvor in seinem Leben getan.

Ich bot mich an, ihm finden zu helfen, wonach immer er suchte, aber das schien ihn nur noch mehr zu amüsieren. »Ich weiß nicht mehr, *wonach* ich suche«, sagte er, »aber machen Sie sich keine Sorgen, ich werde mich erinnern, sobald ich es gefunden habe.« Er warf mir einen neugierigen Blick zu. »Kann ich etwas für Sie tun, wollten Sie mit mir sprechen?«

Ich erklärte Professor Cousins, dass ich gekommen sei, um ihm eine Notiz zu schreiben, und er gestikulierte wild in Richtung seines Schreibtisches und sagte: »Nur zu, meine Liebe, nur zu.« Es schien mir das Einfachste zu sein, ihm Folge zu leisten, deswegen zwängte ich mich hinter seinen Schreibtisch, holte einen Block heraus und begann zu schreiben.

Professor Cousins' Schreibtisch war sehr unordentlich, überall lagen kleine Zettel herum, auf denen er sich in seiner spitzen schrägen Handschrift Dinge zur Erinnerung notiert hatte – »Kaufe Fisch!«, »Suche Handschuh!«, »Schreibe Brief!«

»›'s ist ein Jammer, dass sie eine Hure ist‹«, rief er unvermittelt und genau in dem Augenblick, als Martha Sewell an der offenen Tür vorbeiging. Sie warf ihm einen nicht dechiffrierbaren Blick zu. Professor Cousins winkte ihr. »Darüber sollte ich jetzt eigentlich sprechen, stimmt's?«, fragte er mich.

»Ja.«

Er seufzte und blickte sehr niedergeschlagen drein.

»Ich bin ja auch nicht im Vorlesungssaal«, sagte ich in dem schwachen Versuch, ihn zu trösten. Er machte eine Geste der Ratlosigkeit und kehrte zu seinem Aktenschrank zurück, wobei er etwa Folgendes murmelte: »Mammeri, Flammeri, Mimsie, Wimsie, bla, bla, bla«, bevor er auf den Korridor hinausschlenderte und Joans Namen in dem lächerlichen hilflosen Tonfall blökte, von dem er meinte, sich damit Joans Zuneigung erwerben zu können, während er sie tatsächlich damit auf die Palme trieb. Nachdem er gegangen war, legte ich meine Notiz zwischen »Geh zu Draffens!« und »Joans Geburtstag!« und steckte unauffällig den Zettel ein, der besagte: »Benote Abschlussarbeiten!«

Martha zu sehen war ein Schlag gewesen, da ich gehofft hatte, ihren Creative-Writing-Kurs um vierzehn Uhr meiden zu können, aber da sie mich nun gesehen hatte, vermutete ich, dass ich mich würde blicken lassen müssen. Ich schaute auf und staunte nicht schlecht, als ich Watson Grant in der Tür stehen sah.

»Himmel, was ist denn mit Ihnen passiert?«, sagte ich, denn sein Kopf war bandagiert, und er hatte ein blaues Auge, das ihn männlicher aussehen ließ, als er in Wirklichkeit war.

»Überfall«, sagte er elend. »Ich habe eine Gehirnerschütterung und kann von Glück reden, dass ich noch am Leben bin.«

In diesem Augenblick kehrte Professor Cousins zurück, in der ausgestreckten Hand eine von Joan gebraute Tasse Tee. »Guter Gott, Mann«, rief er, als er Grant Watson sah, »was um alles in der Welt ist Ihnen passiert?« Nachdem Watson Grant seine Erklärung abgegeben hatte, sagte Professor Cousins: »In der Dunkelheit von einem anonymen Fremden überfallen, was?« Er bot ihm ein Karamellbonbon an, aber Grant Watson lehnte ab. »Gehirnerschütterung«, sagte Professor Cousins verträumt, »ich hatte auch einmal eine Gehirnerschütterung – während des Kriegs oder *eines* Kriegs. War fast eine Stunde lang bewußtlos. Als ich wieder zu mir kam, konnte ich mich an nichts erinnern und hatte keine Ahnung, wer ich war. Im Nachhinein muss ich sagen, dass es mir gefallen hat.« Er seufzte bedauernd. »Eine *Tabula rasa*, ein weißes Blatt Papier. Ein Neuanfang.«

»Und wissen Sie jetzt, wer Sie sind?«, fragte ihn Watson Grant mit mehr als nur gewöhnlicher Strenge. Professor Cousins wirkte nachdenklich. »Also, ich weiß, wer ich zu sein *glaube*.«

Ich, ich bin Euphemia Stuart-Murray. Die letzte meines Geschlechts. Meine Mutter ist nicht meine Mutter.

Es scheint ein wenig hart, dass sie mir das jetzt, nach einundzwanzig Jahren, erzählt. Andererseits habe ich immer vermutet, dass etwas nicht ganz stimmt, dass eine Leiche darauf wartet, aus dem Schrank zu fallen. Wenn sie nicht meine Mutter ist, woher hat sie mich dann?

»Hast du mich gestohlen? Hast du mich gefunden?«

– Ganz so war es nicht.

»Wie war es dann, um Himmels willen?« Meine Mutter starrt in den leeren Kamin. Nicht meine wirkliche, tatsächliche Mutter natürlich, denn die ist – offenbar – tot. Ich habe mich demnach auf der ganzen Linie getäuscht – ich bin kein Halbwaise, ich bin Vollwaise, ganz und gar. Ich gehöre zu niemandem.

Ich entschuldigte mich und ging, bevor Grant Watson einfiel, dass ich ihm noch eine Arbeit schuldete. Als ich den Aufzug betrat, rief eine Stimme: »Warte auf mich«, und ein atemloser Bob hastete herein und sagte: »Beam mich rauf, Scottie. Und zwar schnell.«

»Ich fahre runter, nicht rauf, und was machst du überhaupt hier?«

»Ich war gerade in einem Philosophieseminar«, sagte Bob. Das nicht vertraute Wort kam ihm nur schwer über die Lippen. Bob hatte keine Ahnung, wie er fünf von acht Pflichtscheinen in Philosophie erworben hatte, und nahm an, dass er sie einem verwaltungstechnischen Fehler verdankte. Und selbstverständlich zog Philosophie die für Bob vollkommen ungeeignete Art Mädchen an – ernste Intellektuelle zum Beispiel, die über Foucault und Adorno und andere von Bob nach Möglichkeit ignorierte Leute diskutieren wollten. Wenn Bob ein Mädchen hätte entwerfen können, hätte er als Erstes auf ihre Stimmbänder verzichtet. In Bobs idealer Welt wäre Bobs ideales Mädchen nicht ich, sondern Leutnant Uhura oder Honeybunch Kaminsky. Oder – noch besser – Shug.

Bob betrachtete stirnrunzelnd ein fotokopiertes Blatt, das er in dem Seminar bekommen haben musste, und begann mich auszufragen. »Hast du schon mal was von den Sekundären Schlussregeln gehört?«

»Nein.«

»Vom Gesetz vom ausgeschlossenen Dritten?«

»Klingt wie von Gilbert und Sullivan.«

»Heißt das Nein?«

»Ja.«

Er sah mich zweifelnd an. »Monadisches Prädikat?«

»Nein.«

»Hypothetische Syllogismen?«

»Nicht wirklich.«

»Nicht wirklich?«, sagte Bob. »Was für eine Antwort ist das?«

»Na gut – dann eben Nein.«

»Das Gesetz der Identität?«

»Also ... »

»Ja oder Nein?«

»Nein«, sagte ich gereizt, »das ist langweilig.«

»Du sagst es. Reductio ad absurdum?«

»Endlos.«

Bob fuchtelte mit einem Bündel alter Prüfungsfragen vor meinem Gesicht herum und sagte: »Das Zeug ist unglaublich. Hör zu.« (»Zeug« war Bobs Allzweckwort für alles.) Er las in gewichtigem Tonfall eine Prüfungsfrage vor –

Stellen Sie folgende Sätze in der Symbolsprache der Prädikatenlogik dar:

(a) Cupar ist nördlich von Edinburgh.

(b) Dundee ist nördlich von Edinburgh.

(c) Cupar ist nicht nördlich von Dundee.

(d) Cupar ist zwischen Edinburgh und Dundee.

(e) Es gibt Orte zwischen Edinburgh und Dundee.

(f) Wenn sich ein Ort südlich von einem zweiten Ort befindet, dann befindet sich der zweite nördlich vom ersten.

(g) Wenn sich ein Ort zwischen zwei anderen und nördlich vom ersten befindet, befindet er sich südlich vom zweiten.

(»Nxy« bedeutet »x ist nördlich von y«; »sxy« bedeutet »x ist südlich von y«; »bxyz« bedeutet »x befindet sich zwischen y und z«; »c« ist gleich »Cupar«; »d« ist gleich »Dundee«; »e« ist gleich »Edinburgh«; Geltungsbereich: Orte.) Beweisen Sie durch eine formale Ableitung, dass (a), (d), (f) und (g) zusammen (b) implizieren. Gegebenenfalls müssen Sie eine weitere Prämisse einführen, die eine der oben erwähnten Eigenschaften von »ist nördlich von« zum Ausdruck bringt.

Bob schüttelte auf Fischfarmart den Kopf. »Wow, wer denkt sich so ein Zeug aus? Was haben die vor?«
Wir hatten den Aufzug mittlerweile natürlich wieder verlassen, denn es dauert nicht länger als einen Satz, um vom zweiten Stock ins Erdgeschoss zu fahren, und man braucht einen länglichen Absatz, um zur Cafeteria zu gehen, wo ich, zu einer scheinbar endlosen Diät von »American Pie« in der Jukebox, Bob zu einem (schottischen) Pie mit Bohnen nötigte in dem Bemühen, ihn aufzuheitern. Terri schlief an einem der Tische. Sie trug einen langen, von Motten zerfressenen Umhang, hochhackige schwarze Stiefeletten mit einem kleinen Persianerbesatz um die Knöchel und hielt einen von Motten zerfressenen schwarzen Spitzensonnenschirm in der nervenlosen Hand. Sie sah aus wie jemand, den Jack the Ripper attraktiv finden würde. Ich bat Bob, Terri auszurichten, dass sie mich um vierzehn Uhr im Tower treffen solle, dann überließ ich ihn seinem Tischfußballspiel, während ich zu einem Treffen der Frauenbefreiungsbewegung ging.
»Befreit wovon?«, sagte Bob und verdrehte die Augen. »Das ist es, was ich nicht verstehe.«

»Bevor wir eine Blaupause für die Praxis erstellen können, müssen wir den ideologischen Überbau des revolutionären Bewußtseins verstehen –« Heather unterbrach ihre einseitige Unterhaltung, um mir mitzuteilen, dass ich spät dran sei. »Du bist spät dran.«
»Na und?«, sagte ich.
Heather hatte vor kurzem erklärt, dass die Zukunft der Frauen im Separatismus liege und die logische Schlussfolgerung daraus sei, dass wir alle lesbisch werden müssten. Heather hatte Mühe, jemanden zu finden, der ihr in der Theorie, ganz zu schweigen von der Praxis folgen wollte, obschon sich Philippa als Freiwillige gemeldet hatte (»Na gut, ein Versuch

kann nicht schaden«), als ginge es darum, eine neue Lacrosse-Regel auszuprobieren.

Heather starrte mich finster an und fuhr dann fanatisch fort: »Unser eigentliches Thema ist die Unterwerfung und Unterdrückung der Frauen im Kapitalismus. Wir wissen alle, dass männliche Hegemonie zur Unterdrückung und Knechtschaft der Frauen führt.« Kara nickte heftig, ohne von ihrer in Arbeit befindlichen Petit-Point-Stickerei aufzublicken.

– Wer ist Kara?, fragt Nora.

»Die hast du verschlafen.«

Proteus war aus einem Moseskorb geschält worden und schaukelte jetzt auf Olivias Knien. Er roch nach saurer Milch und sabberte Olivias Samtkleid voll wie ein Hund. Dummer-, ironischer- oder riskanterweise – nahezu jedes Adverb wäre dieser Situation angemessen – saß Olivia neben Sheila, Roger Lakes nicht berufstätiger Frau. Sheila hatte keine Ahnung, dass Roger eine Affäre mit Olivia hatte, eine Tatsache, die bei diesen Treffen eine gewisse Anspannung bei allen anderen zur Folge hatte. Bevor sie eine separatistische Lesbe wurde, hatte auch Heather eine flüchtige Affäre mit Roger gehabt – eine Affäre, von der Sheila Lake wusste –, was die Treffen noch angespannter machte.

Olivia duftete nach Miss Dior, während Sheila nach Babyduft roch, ein aus Babyflaschen-Sterilisierungsmittel, Milch und Kotze zusammengesetztes Parfum. Die jüngste Lake lag im Korridor in einem alten Silver-Cross-Kinderwagen, der wie ein Panzer gebaut war.

»Engels sagt, dass die Emanzipation der Frauen unmöglich ist, solange sie von sozial produktiver Arbeit ausgeschlossen sind ...« Es war wie in einem Seminar von Archie, nur dass ich Heather den Mund verbieten konnte, wenn sie zu aufdringlich wurde.

»Eine Hausfrau leistet also keine sozial produktive Arbeit?«, fuhr Sheila Heather an. Proteus wandte den Kopf und sah sie überrascht an.

»Also, Sheila«, sagte Heather vorsichtig, »in einer Gesellschaft, die definiert wird von den weißen Männern der westlichen herrschenden Klasse –«

»Genau«, sagte Kara. In diesem Augenblick platzte Philippa in den Raum, einen Stapel Seminararbeiten und eine Tüte mit Hamsterstreu im Arm, und entschuldigte sich laut für ihr spätes Kommen. »Ich habe mit den Erstsemestern den Kartesischen Kreis durchgenommen«, sagte sie, und aus ihrem Munde klang es wie ein exotischer osteuropäischer Volkstanz oder ein vergessenes Stück von Brecht.

»Wir sprachen vom sexuellen Imperialismus der Hausarbeit«, sagte Heather.

»*Du* hast davon gesprochen«, sagte Sheila bissig.

Meiner Meinung nach hätte diesen Treffen die Anwesenheit von ein paar Männern nur gut getan. Der Anblick von Philippa erinnerte mich an Ferdinand – ich fragte mich, ob er mittlerweile wach war und ob ich wohl Zeit finden würde, heute bei den McCues vorbeizuschauen und ihm zufälligerweise über den Weg zu laufen.

Von diesen angenehmen Gedanken wurde ich durch die Beobachtung abgelenkt, dass Heathers Brustwarzen wie die Augen in manchen Gemälden über die unheimliche Fähigkeit verfügten, einen durch ein Zimmer zu verfolgen. Hat man so etwas erst einmal beobachtet, ist es nicht mehr rückgängig zu machen. Leider.

»Ein paar von uns müssen zu Hause bleiben und die Kinder großziehen«, spuckte Sheila Heather an. »Wenn es nach dir ginge, würde die menschliche Rasse aussterben.«

»Es wird sowieso nicht mehr lange dauern, und Männer werden nichts weiter sein als eine biologische Fußnote«, sagte Philippa leichthin und fuhr dann zusammenhangslos fort: »Wir machen heute Abend übrigens eine Party, ihr seid alle eingeladen.« Meiner Erfahrung nach ist eine Party schlichtweg eine Einladung ans Unheil, aber alle im Raum nickten begeistert. Alle außer Sheila, die sich wie eine Kobra vor Heather aufrichtete und sagte: »Du hältst es wohl für ein Zeichen von Gleichberechtigung, jeden zu vögeln, der dir in den Kram passt.«

»Also, Sheila«, erwiderte Heather larmoyant, »wenn du der Privatbesitz eines Mannes sein willst, bitte, nur zu.«

»Besser Privatbesitz als eine öffentliche Hure«, zischte Sheila triumphierend. Heather griff unvermittelt nach einem Stuhl, näherte sich damit Sheila wie eine Löwenbändigerin (so passieren Unfälle) und schrie: »Zumindest weiß ich, wie Geburtenkontrolle funktioniert.«

Ich beschloss, dass Mut überwiegend aus Diskretion besteht, und verabschiedete mich: »Ich muss eine Arbeit schreiben.«

Olivia folgte mir hinaus, gab vorher jedoch Proteus an Kara zurück, die auf den Moseskorb zu ihren Füßen deutete. Olivia legte ihn in den Korb und schob ihn so weit wie möglich unter Karas Stuhl, um ihn vor Schaden zu bewahren.

Das Letzte, was ich hörte, bevor sie die Tür schloss, war ein hohes Wehgeschrei, als hätte jemand ein Baby mit einer Nadel gestochen.

»Ich weiß nicht, warum die Leute Kinder in die Welt setzen«, sagte Olivia. »Sie scheinen sie nicht zu lieben, und es geht so schrecklich zu auf der Welt.«

»Hast du eine Arbeit über George Eliot, Olivia?«, fragte ich sie (ziemlich gefühllos, wie ich jetzt finde).

»Tut mir Leid«, sagte sie, »ich habe ein anderes Thema genommen. Ich habe eine Charlotte Brontë, wenn dir das was nützt.« Sie wollte noch etwas sagen, aber dann wurde sie ganz blass und stürzte auf die Toilette. »Tut mir Leid«, sagte sie, »ich glaube, ich muss mich übergeben.«

Ich folgte ihr und hielt ihr das schöne blonde Haar aus dem Gesicht.

»Danke«, sagte sie höflich.
»Möchtest du jetzt einen Kaffee?«, fragte ich sie, aber sie schüttelte den Kopf und sagte, sie wolle nach Hause. Olivia lebte in einer zivilisierten Wohnung in der Perth Road, die sie sich mit drei anderen Mädchen teilte. Alle vier konnten kochen und eine Nähmaschine bedienen, und sie veranstalteten »Dinnerpartys«, benutzten gemeinsam Enthaarungscreme und Weichspüler, wuschen sich gegenseitig das Haar und putzten, wenn nötig, die Kotze der anderen auf. Olivia hatte ein freundliches dunkelgrün gestrichenes Zimmer voller hübscher Dinge wie Öllampen und gesunde Pflanzen und alte bestickte Leinenstoffe vom Markt in der Dens Road. Olivia saß in ihrem freundlichen Zimmer, hörte Bach und Pachabel, arbeitete hart und wartete darauf, daß Roger Lake sie in seinen Zeitplan zwängte.

Hinter dem Tower drückte mir ein Student, der den *Socialist Worker* verkaufte, ein gelbes Flugblatt in die Hand. In ungelenken schwarzen Buchstaben stand darauf: »SCHLUSS MIT DEM FASCHISMUS! – Alle Interessierten treffen sich um 18 Uhr in New Dines.« Eine plötzliche Windbö riss es mir aus der Hand.
Terri saß auf einem Sofa im Foyer des Tower – ein warmer Ort, zur Gänze mit rostbraunem, glänzend lackiertem Holz vertäfelt. »Ich war im Heim«, sagte sie und blickte noch niedergeschlagener als gewöhnlich drein.
»Im Heim?«
»Im Tierheim. Um den gelben Hund zu suchen. Aber er war nicht da.«
Vielleicht hatte Chick beschlossen, den gelben Hund zu sich nach Hause mitzunehmen und ein Haustier aus ihm zu machen, aber das erschien mir irgendwie unwahrscheinlich. Ich konnte mir nicht einmal vorstellen, dass Chick ein Zuhause hatte, geschweige denn einen Hund.

Wir saßen im Foyer und diskutierten die möglichen Aufenthaltsorte des Hundes, als es zwei Uhr schlug und Studentenscharen in Veranstaltungen strömten, aber erst um zehn nach zwei konnten wir uns aufraffen, in Marthas Kurs zu gehen.
Wir wurden aufgehalten von Dr. Dick, der uns im Flur des Anglistikinstituts wegen ungeschriebener Arbeiten und nicht besuchter Kurse eine Strafpredigt hielt, sich schließlich unterbrach und sich für krank erklärte. Er sah wirklich ziemlich krank aus – seine Haut war weiß und so wächsern wie eine Weiße Gartenlilie –, andererseits sah er immer so aus.
»Was für Symptome haben Sie?«, fragte ich ihn. »Halsschmerzen? Kopfweh? Geschwollene Drüsen?«
»Kopfweh«, sagte er hoffnungsvoll.
»Klopfen, Pochen hinter den Augen? Oder ein dumpfer Schmerz im Hinterkopf?«
Er wirkte unsicher. »Na ja, ein heißer stechender Schmerz in den Schläfen.«
»Gehirntumor«, sagte Terri.
»Legen Sie sich hin«, schlug ich mitfühlend vor, »und versuchen Sie, nicht ans Korrigieren zu denken.« Glücklicherweise nahm er sich diesen Rat zu Herzen und ging davon, die Hand an der Stirn und leise vor sich hin stöhnend.
»Ah, da sind Sie ja«, sagte Professor Cousins, sprang aus seinem Zimmer und tanzte eine kleine Gigue vor mir. »Ich hatte gehofft, ich würde Sie heute treffen«, sagte er. »Ich wollte mich nach unserem gemeinsamen Freund erkundigen.« Es schien sinnlos, Professor Cousins darauf hinzuweisen, dass wir uns erst vor ungefähr einer Stunde gesehen hatten, da Zeit, wie wir alle wissen, etwas Subjektives ist.
»Unser gemeinsamer Freund?«, sagte ich.
»Der Hund von gestern. Und Chick natürlich auch«, sagte Professor Cousins liebenswürdig. »Ein ziemlicher Witzbold, was?«

»Wir müssen jetzt in Marthas Creative-Writing-Kurs«, erklärte ich ihm. »Wir sind schon spät dran.«
»Ich komme mit«, sagte Professor Cousins. »Ich wollte schon immer wissen, was Creative Writing eigentlich ist. Und gibt es das Gegenteil davon?« Er lachte, manövrierte sich zwischen uns und hakte sich bei uns unter, als wollten wir einen komplizierten Reel tanzen.

»Aha, ihr seid es«, sagte Martha, »ihr seid so spät dran, dass ihr fast schon wieder zu früh dran seid. Es ist jetzt zwanzig nach«, sagte sie streng, »das heißt, ihr kommt zwanzig Minuten zu spät, falls euch das Rechnen schwer fällt. Wollen Sie uns mal wieder Gesellschaft leisten?«, fügte sie an Professor Cousins gewandt scharf hinzu.
»Es macht Ihnen doch nichts aus, oder?«, sagte er. »Ich interessiere mich ganz schrecklich für das, was Sie hier machen.«
Martha wies uns immer an, unsere heillos unbequemen Stühle im Kreis aufzustellen, als wären wir in einer Therapiesitzung oder würden eins dieser Kennenlern-Spiele spielen – »Ich heiße Effie, und wenn ich ein Tier wäre, wäre ich ein –« Aber was wäre ich? Bestimmt kein Haustier, ständig den Launen und Forderungen von jemandem ausgesetzt, der glaubt, einen zu besitzen, und auf gar keinen Fall ein Tier auf der Weide, das nützlich ist wegen seiner Milch, seinem Fleisch und seiner Haut. Ein scheues Geschöpf vielleicht, tief im wilden Wald versteckt?
Es folgte das übliche Aufrufen der Namen – Andrea, Kevin, Robin, Kara, Janice Rand, Davina. Davina war eine eifrige reife Studentin aus Kirkcaldy, eine geschiedene Frau und eine der wenigen Erwachsenen an der Universität. Shug hatte den Creative-Writing-Kurs nicht belegt, da er der Meinung war, dass die wöchentliche Einkaufsliste seiner Mutter ein kreativeres Stück Literatur war als alles, was an der Uni-

versität produziert wurde. Bob hatte den Creative-Writing-Kurs belegt, er wusste es nur nicht. Wochenlang hatte Martha zu Beginn jeder Stunde vor den Studenten gestanden und stirnrunzelnd und verständnislos die Namensliste betrachtet. »Robert Sharpe? Kennt jemand von euch einen Robert Sharpe?« Ich meldete mich nicht, ich wollte nicht wirklich zugeben, dass ich Bob kannte.

Ich saß neben Terri – eine durch die Nacht schleichende schwarze Wölfin. Terri musste für Martha Gedichte verfassen. Terris Gedichte liefen unter dem Titel *Mein liebster Selbstmord*, den Inhalt kann man sich wahrscheinlich ausmalen, obschon einige davon (zweifellos von sekundärer Bedeutung) erstaunlich fröhlich waren –

ich trank das Glas
Milch, das du auf dem
Nachttisch stehen ließest.
Sie war sauer. Danke.

Martha trug ein großes Kaschmirschultertuch in den matten Farben der Unendlichkeit, das sie im Stil einer Toga um sich geschlungen und mit einer Brosche befestigt hatte, die – bedenklicherweise – aus der Kralle eines Wildgeflügels, eines Moorhuhns oder eines Schneehuhns vielleicht, bestand und mit einem Amethyst besetzt war.

Andrea machte viel Aufhebens um das Spitzen ihrer Bleistifte und die Anordnung der Dinge auf ihrem kleinen Tisch, während Kevin auf die Stelle am Boden starrte, die Olivias Füße eingenommen hätten, wäre sie da gewesen.

»Ich denke, wir sollten mit einer kleinen Übung anfangen, um unsere Schreibmuskeln aufzuwärmen«, sagte Martha sehr bedächtig, als stünde sie unter verschreibungspflichtigen Drogen, aber ich glaube, sie versuchte nur, mit Menschen zu kommunizieren, die sie für weniger intelligent als

sich selbst hielt. Wie öde das alles war. Ich war mir nicht sicher, ob ich die ganze Stunde über würde still sitzen können.
»Schreibt in nur zehn Minuten«, sagte Martha klar und deutlich, »einen Absatz, der folgende drei Worte enthält – *Brakteat, Hohlspatel* und *verunglimpft.*«
»Das sind vier Worte«, warf Robin ein, der im Kreis auf der anderen Seite von mir saß. Robin trug einen Trenchcoat aus Leder, der offensichtlich einst einem Mitglied der *Waffen SS* gehört hatte.
Martha bedachte ihn mit einem nachsichtigen Blick. »Nicht das ›Und‹«, sagte sie schließlich.
»*Nicht das ›Und‹*«, sagte Professor Cousins kichernd, »ein sehr merkwürdiger Satz. Er kann höchstens im Kontext einen Sinn ergeben, nicht wahr?« Martha gab einen Laut der Resignation von sich und kramte in ihrer Aktentasche.
Professor Cousins saß zwischen Kara und Davina. Davina schrieb etwas Historisches über Shakespeares Mutter, Wordworth' Schwester oder Emily Brontës bislang nie erwähnte uneheliche Tochter – ich konnte mir nie merken, über wen. Ich persönlich bin der Ansicht, dass es nicht angeht, etwas über reale Personen zu erfinden – obschon es vermutlich ein schlagendes Argument ist, dass man als Toter keine reale Person mehr ist. Aber dann müssen wir definieren, was wir unter »real« verstehen, und niemand will diesen qualvollen Weg gehen, weil wir alle wissen, wohin er führt (in den Wahnsinn oder zu einem Einser-Examen oder zu beidem).
Martha wandte sich wieder der Klasse zu und sagte streng: »Einen Absatz, der Struktur aufweist, kein abstraktes freies Assoziieren. Keinen Unsinn.«
Ich schrieb *Brakteat, Hohlspatel* und *verunglimpft* auf und starrte dann die Worte an. Ich glaubte mich zu erinnern, dass ich diese Übung in einer der vielen Grundschulen meiner Kindheit gemacht hatte, allerdings mit sinnvolleren Wörtern (*Sand, Eimer, rot* oder vielleicht *Haferschleim,*

Schüssel, heiß). Ich hatte keine Ahnung, was *Brakteat* bedeutete. Es klang wie eine Art Wasserschlingpflanze. Ich kritzelte ratlos herum.

Professor Cousins arbeitete unterdessen emsig drauflos, zeichnete seltsame explodierende Diagramme mit spinnenartigen Verbindungslinien. Er saß zu weit weg, als dass ich von ihm hätte abschreiben können; das Licht in diesem Raum war spärlich. Kara, die neben ihm saß, beugte sich verstohlen vor, um zu lesen, was er schrieb, aber Professor Cousins legte wie ein kleiner Junge schützend einen Arm um sein Gekritzel. Der Moseskorb mit Proteus stand mehr oder weniger in der Mitte unseres Kreises, als wäre er der Mittelpunkt eines Voodoo-Rituals.

Kara schrieb eine Novelle im Stil von D. H. Lawrence über eine Frau, die aufs Land zurückkehrte, um ihre emotionalen und sexuellen Wurzeln zu suchen, eine Reise, die unnötig große Mengen Dung und Schlamm und Samen aller Art, vor allem aber männlichen zu erfordern schien. Merkwürdigerweise konnte die elegante Martha damit etwas anfangen. Sie beschloss plötzlich, uns »daran Anteil haben zu lassen«, dass sie zu einer früheren Zeit in ihrem Lebens im Staat New York ein kleines Anwesen bewirtschaftet hatte zusammen mit ihrem ersten Mann, einem berühmten Bühnenautor, von dem wir noch nie gehört hatten, was sie wiederum nicht glauben konnte. Martha sagte, sie und dieser erste Mann hätten »das beständige Nebeneinander von Intellektualität und Animalität im Landleben als sehr stimulierend« empfunden. Während sie uns »daran Anteil haben ließ«, fingerte sie ständig an der Vogelkralle an ihrem Hals herum und blickte in die Ferne.

Wie auch immer, schloss sie mit einem wehmütigen Seufzer, letztlich war sie doch zu einem städtischen Lebensstil zurückgekehrt und hatte sich (bedauerlicherweise) von dem Bühnenautor scheiden lassen müssen, weil dieser zügellos

Ehebruch beging, aber sie hatte auch (glücklicherweise) ihre erste Gedichtsammlung *Hühner Geister* veröffentlicht. »Ein Achtungserfolg bei der Kritik, aber kein Bestseller. Aber was könnte einem lieber sein?«

»Ein Bestseller?«, sagte Andrea.

Martha hatte vor, aus dem Lyrikghetto auszubrechen. Sie trug, behauptete sie, einen ungeschriebenen Roman in sich, was mir wie ein Widerspruch in sich selbst erschien (wie das unausgesprochene Wort). Marthas Roman handelte von einer Schriftstellerin, die ihre Schreibblockade überwindet dank der Entdeckung, dass sie in einem früheren Leben Plinius der Ältere gewesen war – also wahrscheinlich auch kein Bestseller.

»Es heißt doch, jeder trage einen Roman in sich, oder?«, meldete sich Janice Rand plötzlich.

»Aber nicht jeder kann ihn auch schreiben, Janice«, gab Martha unnachgiebig zu bedenken.

Draußen ging irgendetwas vor sich, hin und wieder war der Ruf »Ho, Ho, Ho Chi-Minh« zu hören, und ich fragte mich, ob die Demonstranten wussten, dass er tot war, und ob es etwas ändern würde. Martha schaute aus dem Fenster und runzelte die Stirn angesichts dessen, was sie sah.

Ich versuchte es mit einer anderen Reihenfolge der Wörter – *Hohlspatel, verunglimpft, Brakteat* –, aber auch das brachte keinerlei Inspiration mit sich. Martha drängte uns immer, »über etwas zu schreiben, womit wir uns auskennen« (wie langweilig wären Bücher, wenn sich jeder an dieses Prinzip halten würde!), aber obschon *verunglimpft* ein Wort war, mit dem ich mich wohl fühlte, war mein Wissen über *Brakteat* und *Hohlspatel* begrenzt. Ach, trüge man nur ständig ein gutes etymologisches Wörterbuch mit sich herum.

Nora hat kein Wörterbuch, auf der Insel gibt es überhaupt keine Bücher außer der Bibel neben meinem Bett. Nora scheint Bücher verbannt zu haben, abgesehen von de[illegible] das sie jeden Tag führt, ihr »Tagebuch«. Aber wie kann man ein Tagebuch führen, wenn nie etwas passiert, außer dass das Wetter sich ändert?

– Ja, aber es gibt so viele verschiedene Wetter, sagte Nora.

Die Wörter waren keine große Hilfe, sie lösten sich von der Seite und hingen herum wie gelangweilte Fliegen, vergrößerten die Instabilität der Welt der Phänomene. Terri, die in der dämmrigen Welt der Zombies lebte, schrieb die drei Wörter immer wieder auf. Sie wirkte ziemlich zufrieden.

Martha schlenderte zum Fenster und lehnte die Stirn gegen das Glas, als würde sie versuchen, das Tageslicht zu absorbieren. (Mich wunderte, dass wir nicht alle Rachitis hatten.) Andrea nutzte die Gelegenheit, sich zur Seite zu neigen und mir zuzuflüstern, dass sie glaubte, *Brakteat* sei ein Tier, möglicherweise ein Frosch. Was in meinen Ohren wie Wunschdenken klang. Nora glaubt natürlich, dass wir alle ein Totemtier haben, eine Manifestation unserer spirituellen Natur in der Welt der Tiere. (»Deine Mutter klingt ziemlich cool«, sagte Andrea. Irrigerweise.)

Andrea flüsterte mir ins Ohr, dass sie meinte, ihr Totemtier sei eine Katze. Wie vorhersehbar. Warum halten sich Mädchen immer für Katzen? Ich nahm nicht an, dass Andrea Vergnügen daran fände, die Innereien von winzigen hilflosen Säugetieren herauszureißen oder ihren Unterleib abzuschlecken oder von verrückten Hunden gejagt zu werden oder Katzenfutter ohne Besteck zu essen.

Kevins Brille war auf seiner Nase heruntergerutscht, während er *Brakteat, Hohlspatel* und *verunglimpft* anstarrte. Wenn wir Tiere wären (was wir sind, ich weiß), wäre Kevin ein Schwamm – eine Seegurke vielleicht oder etwas Runderes, Weicheres. Aber was ich sein könnte, weiß ich nicht. (Ich liebe ein- bis zweisilbe Wörter. Sie haften besser auf dem Papier.)

»Aber Schwämme sind doch keine Tiere?«, fragte sich Andrea.

»Was sind sie deiner Meinung nach dann?«
»Pflanzen?«
Es war ein bisschen, als würde ich mit Bob »Tier, Pflanze, Mineral« spielen oder – schlimmer – Bob Fragen zu seiner Allgemeinbildung stellen. (Frage: »Wie heißt Formosa heute?« Antwort: »Käse?«)
Andrea gab auf und malte stattdessen die Buchstaben aus.
»Also«, sagte Martha plötzlich, »zehn Minuten sind vorbei.«
Erst zehn Minuten waren vergangen? Was für ein Alptraum, wie lange würde es dauern, bis eine Stunde vorbei wäre? Ich rechnete unglücklich nach – bei diesem Tempo nahezu dreitausend Worte, mehr als zehn Seiten. Zeit für Auslassungen und Kürzungen. Gewiss würde niemand zum Beispiel neun Sätze zum Thema »Der Mann *verunglimpft* die *Brakteat-Hohlspatel*« vermissen. Und so weiter.
»Ich habe nicht um einen Satz gebeten«, warf uns Martha gereizt vor, »ich wollte einen Absatz. Ich wollte einen *Text*. Wisst ihr, was ein *Text* ist?« Man merkte ihr an, dass sie irgendwo in diesen Satz am liebsten das Wort »Trottel« eingefügt hätte.
»Also, laut Proust«, sagte Professor Cousins hilfsbereit, »ist es ein Geflecht.« Professor Cousins hatte trotz seiner Diagramme nicht einen einzigen Satz zu Stande gebracht.
»Heißt das«, fragte er Martha in wehleidigem Tonfall, »dass ich alle Hoffnung fahren lassen soll, jemals ein Schriftsteller zu werden?«
»Ja«, sagte Martha.
»Gott sei Dank«, sagte Professor Cousins.
»Wenden wir uns euren Hausaufgaben zu«, sagte Martha gereizt.

Als die Glocke um fünf vor drei läutete und niemand aufstand, dämmerte mir eine schreckliche Erkenntnis – der Kurs dauerte zwei Stunden. Ich dachte kurz daran, in Ohnmacht zu fallen, aber das war Andreas übliche List, um sich unangenehmen Situationen zu entziehen.

Martha sprach gerade über eine Passage aus Karas Novelle, die sie für besonders bedeutungsvoll hielt. Die Passage beschrieb auf intime Weise die Schlachtung eines Huhns. Der arme Vogel war bislang gejagt, erdrosselt und gerupft worden, und die Kara ähnliche Erzählerin hatte ihre Hand gerade im Eierstock (oder wie immer der korrekte Ausdruck lautet) des Tiers und rettete ungelegte Eier.

»Diese letzten kleinen Dotter«, sagte Martha und nickte verständig, »hervorragend geeignet für eine Eiercreme.«

Das miauende Geräusch, das Proteus die ganze Zeit über gemacht hatte, steigerte sich zu einem lauten Gebrüll, und Kara riss ihn aus seinem Korb und steckte ihm achtlos eine Brust in den Mund. Wir wandten uns rasch Davina zu und machten uns auf extreme Langeweile gefasst. Davina konnte durchaus schreiben, aber sie hatte nichts zu sagen. Andrea war auch nicht viel besser. »Anthea hat in letzter Zeit nicht viel getan«, sagte Andrea, die ziemlich schwächlich wirkte.

»Tut sie jemals viel?«, fragte Robin.

»Na gut, na gut«, sagte Andrea und begann widerwillig zu lesen. »Sie hörte die Bienen, bevor sie sie sah.«

»Hast du schon angefangen?«, fragte Kara.

»Ja, natürlich habe ich schon angefangen«, sagte Andrea mürrisch. »Soll ich noch mal anfangen?«, fragte sie Martha.

»Wenn es sein muss.«

»Sie hörte die Bienen, bevor sie sie sah. Das Mädchen, das sich aus dem Fenster lehnte, dachte daran, was sein Vater beim Frühstück gesagt hatte, und machte sich – unvernünftigerweise, das wusste sie – Sorgen, dass ihr die Bienen ins Haar fliegen würden –«

»Die Bienen?«, sagte Martha. »Wie in Honig?«

»Sie zog es vor, nicht darüber nachzudenken, woher

ihre Ängste rührten. Sie stand, obwohl sie es nicht wusste, kurz vor einer unheilvollen Entdeckung. Hätte es ihr etwas bedeutet, wenn sie es gewusst hätte? Und doch, in gewisser Weise wusste sie bereits alles.«

Martha unterdrückte ein Gähnen.

»Sie ist also allwissend?«, fragte Davina. »Aber man muss der Erzähler sein, um allwissend zu sein, oder? Sie erzählt nicht ... sie wird erzählt.«

Ich werde erzählt, deswegen bin ich. Was wäre das – die Erzähltwordene? Das ist kein richtiges Wort. Es klingt wie ein Meerestier. Die jungen Erzähltwordenen sprangen und tollten im Schlepptau des Schiffes. Die Erzähltwordenen schwammen in verspielten Kreisen.

»Effie?«, sagte Martha. »Möchten Sie uns an etwas Anteil haben lassen?«

»Nein, nicht wirklich.«

»Ihre Hausaufgabe?«

»Befindet sich in einem problematischen Stadium, ich muss die Metastruktur noch weiter bearbeiten.«

Martha hob einen perfekten Zirkumflex von einer Augenbraue und warf mir einen mitleidigen Blick zu. »Versuchen Sie es«, sagte sie.

Ich seufzte und begann zu lesen –

»Einen Pfennig für Ihre Gedanken, Madame Astarti«, sagte eine Stimme hinter ihr.

»Ich wäre eine reiche Frau, Jack Gannet«, erwiderte Madame Astarti, »denn ich habe heute sehr viele Gedanken.«

»Wie wär's mit einem Spaziergang die Promenade entlang?«, fragte Jack Gannet und bot ihr seinen Arm an.

»Immer ein Gentleman, Jack«, murmelte Madame Astarti anerkennend. »Gentleman Jack«

war auf Grund seiner guten Manieren sein Spitzname bei der Polizei von London gewesen, aber Jack Gannet mochte ihn nicht, er klang ihm zu kriminell. Und Jack Gannet war einer der ehrlichsten Polizisten überhaupt. Jack Gannet und Madame Astarti kannten sich seit langem, seit ihrer Zeit in Sheffield, und das war wirklich sehr lange her. Während seines Aufstiegs zum Chefinspektor hatte ihm Madame Astarti gelegentlich geholfen, wofür er ihr dankbar war, was er allerdings nur ungern zugab.

»Es ist nicht das richtige Wetter für einen Mord«, sagte Jack Gannet, seufzte und wischte sich über die Stirn.

»Mord?«, fragte Madame Astarti schneidend.

»Die Frau aus dem Meer, habe gerade den Bericht des Gerichtsmediziners bekommen. Die Leiche ist natürlich schnell verwest, im Meer halten sich Leichen nicht lange, besonders nicht bei diesem Wetter. Eis?«

Madame Astarti war verwirrt. War die Frau mit Eis getötet worden?

Jack Gannet blieb plötzlich stehen, und Madame Astarti, deren Bremsweg ziemlich lang war, stieß mit ihm zusammen.

»Rigatoni's« sagte Jack gut gelaunt, »die beste Kugel des Nordens.« Sie standen vor der großen Rigatoni-Eisdiele an der Promenade, das Flaggschiff der Kette, und er hielt Madame Astarti die Tür auf und bat sie hinein zu einem Tisch am Fenster. Eine dralle Kellnerin kam zu ihnen und lächelte Jack Gannet an.

»Hallo, Deidre«, sagte er. »ich glaube, wir hätten beide gerne einen Eisbecher mit fünf Kugeln und Früchten, ein Sundae-Spezial, bitte, auch wenn heute Samstag ist.« Deidre lachte, viel zu laut, dachte Madame Astarti, für so einen schwachen Witz.
»Wie wurde sie umgebracht?«, fragte Madame Astarti wissbegierig und tauchte ihre fächerförmige Waffel mitten in ihren Eisbecher.
»Das ist nur schwer mit Gewissheit zu sagen.« Jack Gannet runzelte die Stirn. »Aber es sieht so aus, als wäre sie erwürgt worden.«
»Verbrechen aus Leidenschaft«, sagte Madame Astarti nachdenklich.
»Tja«, sagte Jack Gannet, »Sie kennen doch den Frosch -«
– Der Frosch ist groß und grün und fühlt sich kühl an.
– Das ist kein Frosch, sagt Nora, das ist eine Kröte. Sie, die Krötenfrau, streichelt sie und küsst sie vorsichtig auf den Kopf, ein unwürdiges Verhalten, das die Kröte schweigend über sich ergehen lässt. Als sie sie zu ihren Füßen auf den Boden setzt, betrachtet die Kröte sie eine Weile lang, als würde sie sie anbeten, dann hüpft sie langsam aus der Tür.
– Ich muss Nesseln pflücken, sagte sie, für die Suppe.
»Es ist Winter, es gibt keine Nesseln.«
– Na, dann pflücke ich eben irgendwas anderes, sagt sie vage. Sie will vermeiden, mir ihre Geschichte erzählen zu müssen. Ich weiß warum – es ist keine schöne Geschichte.
»Wenn ich Sie wäre«, sagte Martha zu mir, »dann würde ich mir ernsthaft überlegen, einen Sekretärinnenkurs zu machen, damit Sie einen Job kriegen, wenn Sie Ihr Studium abbrechen.«

Und wenn sie ich wäre, würde sie nicht so gemeine Dinge sagen.

Janice Rand las ein Gedicht vor, das etwas mit der Sonne am Himmel und vorüberfliegenden Vögeln zu tun hatte, und niemandem fiel etwas ein, was er dazu hätte sagen können.
»Robin?«, sagte Martha und seufzte.
»Okay«, sagte Robin. »Ich habe eine Szene aus *Lebenslänglich* überarbeitet, ich war vorher nicht wirklich zufrieden damit. Ich lese alle Rollen, ja? Oder will jemand anders mit lesen? Nein? Okay, also es ist die Szene, in der Dod, Jed und Kenny darüber diskutieren, ob es richtig war, was Rick getan hat –« Robin holte tief Luft und schloss die Augen. Ziemlich lange herrschte Schweigen, und dann fing er plötzlich an zu lesen:

DOD Ja, aber ich meine –
JED Mann, es hat keinen Sinn.
DOD Ich meine –
JED Es ist jetzt eh gelaufen. Es ist vorbei, wir wissen's nur nicht.
DOD Einen Augenblick lang habe ich gedacht, du –
JED Jaa.
DOD Ich meine –
KENNY Es ist bedeutungslos. Es bedeutet wenig. Wenig und weniger. Wozu die Mühe?
DOD Aber wisst ihr überhaupt, wovon ich spreche? (Schreie) Wisst ihr, was ich meine?

Und so weiter (ad infinitum, ad nauseam), bis die Zuhörer starben, einer nach dem anderen, den Tod tausend kleiner Worte.
»Was hat Rick eigentlich getan?«, fragte Andrea, aber Robins Antwort ging in dem Stöhnen derjenigen unter, die sich

nicht erinnern wollten. Kara klopfte Proteus heftig auf den Rücken, bis er entgegenkommend rülpste, dann drehte sie ihn um und legte ihn an die andere Brust. Ich hörte, wie draußen jemand mit ausdrucksloser Stimme »Where have all the flowers gone« sang, begleitet von zwei Akkorden einer akustischen Gitarre.

Ich kramte in meiner Tasche nach einem Taschentuch – ich war mir sicher, dass ich eine Erkältung bekam, ich war etwas benommen –, als ich ein zerknülltes Blatt Papier fand. Ich breitete es auf dem kleinen Tisch aus und stellte fest, dass es sich um die Seite von *Das expandierende Prisma des J* handelte, auf der J über das Geländer fällt. Ich wünschte, ich hätte es früher gefunden, ich hätte es Martha geben und sagen können, ich hätte es geschrieben – ich vermutete, dass es genau die Art von Literatur war, die ihr gefiel.

»Meinen Sie, Sie könnten zuhören?«, sagte Martha zu mir, deswegen knüllte ich das Papier zu einer Kugel zusammen und steckte es wieder in meine Tasche.

»Dann also zu Kevin«, sagte sie und blickte widerstrebend unseren Fantasy-Autor an. »Was ist in dieser Woche los in Edrakonia, Kevin?« Martha hatte versucht, Kevin davon zu überzeugen, dass sein *magnum opus* als Seminararbeit nicht geeignet wäre, und hatte ihm klipp und klar zu verstehen gegeben, dass sie ihn durchfallen lassen würde, sollte er nicht aufhören, »Schund« zu schreiben, aber in letzter Zeit schien sie sich an Edrakonia gewöhnt zu haben. Auf Kevin war zumindest insofern Verlass, als dass er jede Woche etwas schrieb, und der beflissene Ausdruck seines Kuhgesichts hatte etwas so Mitleid Erregendes, dass man nicht umhin konnte, die einzige Freude in seinem Leben zu unterstützen.

Kevin las mit einer Art Benny-Hill-Akzent –

»Herzog Thar-Vint und sein treuer Diener Lart, der selbst einer adligen Familie angehörte dank des Blutes seiner Mutter, Martinella, Tochter von Si-Jagdar –«

»Martinella – ist das so was wie eine weibliche Form von ›Martin‹?«, fragte Robin.
»Nein«, sagte Kevin.
»Denn wenn es so ist«, beharrte Robin, »ist es ein echter Scheißname.«
»Halt den Mund.«
»*Herzog Thar-Vint und sein Diener Lart* –«
»Treuer Diener«, sagte Kara.
»Danke«, sagte Kevin sarkastisch, »*treuer Diener Lart waren unterwegs in das Tal von Tyra-Shakir, um dort die großen Feierlichkeiten des Festes von Joppa zu begehen* –«
»Das gehört zu Edinburgh«, warf Andrea ein. »Sie werden doch nicht diese große epische Reise auf ihren blöden gefleckten Bergponys unternehmen, um nach Edinburgh zu reiten, oder?«
Kevin ignorierte sie. »*Die Reise würde beschwerlich werden, aber das Fest musste gefeiert werden* –«
Kevin unterbrach sich ausnahmsweise selbst, um zu erklären, dass »Partys eigentlich eine prä-Düsternis-Sache sind, die Düsternis ist so was wie das Protektorat Cromwells«, sagte er, »es wird weder gesungen noch getanzt und so.«
Professor Cousins schien erstaunt. »Demnach ... sind die Drachen also Royalisten?«
»Nein, nein, nein.« Kevin warf ihm einen finsteren Blick zu. »Die Drachen fühlen sich niemandem zugehörig.« Sein Gesicht nahm einen verträumten Ausdruck an. »Vor der Düsternis war der Herzog Thar-Vint berühmt für seine Feste – das Essen war hervorragend, natürlich –«
»Natürlich«, sagte Martha.
»Die Lustbarkeiten waren spektakulär – die berühmten Akrobaten von Hartha-Melchior, die Jongleure von Wei-Wan, die dressierten Pferde aus den Ebenen von –«
»Kevin«, sagte Martha, die übermäßig gequält dreinblickte, »könnten Sie nicht einfach weiterlesen?«

»Wenn der Herzog Thar-Vint nicht den Schatz von Alsinelg gestohlen hätte, säße er jetzt nicht so in der Patsche«, sagte Kara.

»Ja, aber darum geht es doch«, sagte Kevin beleidigt.

»Kevin«, warnte ihn Martha.

»Der Herzog Thar-Vint suchte den unermesslichen Horizont nach Gefahrenzeichen ab. Die Reise würde gefahrvoll werden, das wusste er – die größte Prüfung seiner Tapferkeit und seines Einfallsreichtums. Es war Frühling, doch weit und breit war keine grüne Knopse zu sehen. In früheren Zeiten, bevor die Düsternis sich über das Land legte, hätten die Steppen von Chargap in voller Blüte gestanden, die Verduna-Blumen wie kleine blaue Sterne und die Rykil, die die weisen Frauen der Steppe wegen ihrer Heilkräfte pflückten und verwendeten.

Sein treues Ross, Demaal, schnupperte in der Luft –«

– Wie lange willst du ihn noch weitermachen lassen, ohne ihn aufzuhalten?, fragt Nora ziemlich gereizt. Du verschwendest Worte.

»Es gibt keinen begrenzten Vorrat an Worten.«

– Woher willst du das wissen? Sie könnten dir plötzlich ausgehen, und dann wirst du deine Geschichte nicht beenden –

Chez Bob

James kann das Gespenst des allwissenden Autors nicht ignorieren, noch kann er die Einmischung in das innere Drama des Romans billigen. Die historische Perspektive vorausgesetzt, glaube ich, dass es leichter ist, diesen Aspekt des Buches als eine Vorbedingung der Art von Realismus anzuerkennen, der sich George Eliot verschrieb.

Ich war mir nicht sicher, ob ich den letzten Satz verstanden hatte. Ich hatte ihn aus einem Buch abgeschrieben, aber das hieß nicht unbedingt, dass er auch gut war. Ich probierte ihn an Andrea aus, die mit mir nach Hause gekommen war, statt für *Annasach*, die Studentenzeitschrift, zu arbeiten, und jetzt unglücklich in der Paton's Lane herumhing in der Hoffnung, dass Shug auftauchen würde. Sie legte auf dem voll gestellten Tisch Tarotkarten.

»Du kannst nicht einfach eine Seminararbeit für mich herbeizaubern?«, fragte ich sie.

»Zauberei darf nicht für eigennützige Zwecke oder persönlichen Gewinn missbraucht werden«, sagte sie feierlich, als würde sie aus dem Lehrbuch eines Geisterbeschwörers vorlesen.

Mir war noch immer leicht unwohl von Marthas Kurs. Vielleicht ging ein Virus um. In der Wohnung war es außergewöhnlich kalt, obwohl das elektrische Feuer im Kamin brannte. Das Feuer verströmte einen unangenehmen Geruch nach geschmolzenem Staub und durchbrennenden Sicherungen.

»Thermounterwäsche«, sagte Andrea, als ich sie fragte, ob es weise wäre, bei diesem Wetter Lochstickerei zu tragen.

»The Court of the Crimson King« dröhnte laut aus den Lautsprechern der Stereoanlage, und wann immer ich die Musik leiser stellte, schlenderte Bob herein und drehte ganz unschuldig wieder auf. Er aß Marmite direkt auf dem Glas und wunderte sich.

Bob unternahm seit kurzem inkohärente Versuche zu lernen und lebte jetzt in einem chaotischen Meer von Lehrbüchern und Seminararbeiten. Die Bücher – Descartes' *Abhandlung über die Methode*, Woozleys *Theorie des Wissens*, Ayers *Grundlagen empirischen Wissens* – waren überwiegend gestohlen – Bob hielt den Diebstahl von Büchern nicht für eine kriminelle Handlung (»Die Gedanken sind frei, oder?«) – und blieben dauerhaft geschlossen, als hoffte er, ihren Inhalt über Osmose aufnehmen zu können.

Das Durcheinander der Seminararbeiten stammte von Leuten, von denen ich noch nie gehört hatte – »*Kann der wissenschaftliche Fortschritt beweisen, dass wir nie wirklich frei sind?*« von jemand mit dem unwahrscheinlich klingenden Namen Wendy Darling Brandy; »*Gibt es einen Kartesischen Kreis?*« von jemandem namens Gary Seven und »*Was hat Hume über unseren Glauben an Wunder zu sagen?*« von einer Audrey Baxter.

Bob runzelte beim Anblick einer Liste mit englischen Themen die Stirn. »Hast du zufälligerweise eine Arbeit über George Eliot?«, fragte er mich.

Bobs Methode, Arbeiten zu schreiben, war einfach: Er schnitt die Arbeiten anderer Leute auseinander und klebte die Stücke in zufälliger Reihenfolge wieder aneinander. Natürlich plagiieren und fälschen wir auf die eine oder andere Weise alle, wenn auch nur in Gedanken, und Bobs Schnitttechnik, die gelegentlich Blödsinn ergab, fand im Allgemeinen die Zustimmung unseres etwas benommenen und verwirrten Lehrkörpers.

Bob hielt eine Liste von »Abschlussthemen, 1971-72« in Händen und las laut in seinem monotonen Tonfall vor: »*Wann immer Hume sich seiner selbst bewusst ist, ist er sich einer Wahrnehmung bewusst; und wenn er sich keinerlei*

Wahrnehmung bewusst ist, hat er keine Vorstellung von sich selbst. Diskutieren Sie diese Behauptung.« Er stieß sich verwundert den Finger ins Ohr. »Ich habe keine Ahnung, worum es geht.«

»So ist das Leben, Bob«, sagte ich, »aber nicht wie du es kennst.« Er hob Kants *Die Unmöglichkeit eines ontologischen Beweises* auf und hielt uns das Buch hin, als wäre es etwas, was wir noch nie zuvor gesehen hatten.

»Es ist ein Buch«, sagte Andrea zu Bob.

»Ich weiß«, sagte Bob und schüttelte müde den Kopf. »*Ist das Selbst nur ein Bündel von Wahrnehmungen?*«, las er bedauernd aus einer Philosophiearbeit vor. »*Wenn ja, was hält das Bündel zusammen? Diskutieren Sie.*« Bob kaute das Marmite wieder. »Mit wem soll man es diskutieren? Mit sich selbst?«

»Ja.«

»Du hast einen langen Weg vor dir«, sagte Andrea beiläufig zu ihm und drehte eine Hand voll Tarotkarten um, »wirst häufig scheitern und einen schrecklichen Tod sterben.«

»Ja, ja«, sagte Bob.

Shug und Robin tauchten auf. »Wo warst du?«, sagte Andrea.

»Hier und da«, sagte Shug unbekümmert, »Dinge erledigen, Leute besuchen.«

Andrea wollte die Nachmittagsvorstellung von *Die Regenschirme von Cherbourg* sehen (die Bob voll und ganz verschlafen hatte), während Shug in den Filmclub und *W.R. Die Geheimnisse des Orgasmus* sehen wollte. Robin drehte einen Joint und begann laut aus dem *Dandy* vorzulesen. Würde ich den Rest meines Lebens mit diesen Leuten verbringen? *James glaubt, dass* Middlemarch *eine alles umfassende Einheitlichkeit fehlt, dass es nur eine Folge disparater Ereignisse ist, dem ein echtes dramatisches Ziel fehlt –*

Es klingelte, und Andrea ließ Terri herein. Sie war ungewöhnlich aufgeregt. »Ich habe ihn gesehen«, sagte sie atemlos zu mir.

»Wen?«, fragte ich.

»Den Hund, den gelben Hund. Er ist diesem komischen Mädchen nachgerannt, der Medizinstudentin, die in Balniddrie wohnt.«

»Miranda«, sagte Robin.

»Robin«, sagte Terri, die ihn erst jetzt bemerkte. Sie setzte sich neben ihn auf das Sofa und machte etwas Seltsames mit ihrem Gesicht. Es dauerte eine Weile, bis ich begriff, dass sie versuchte, ihn anzulächeln. Er wich ängstlich vor ihr zurück. »Wie geht es dir, Robin?«, fragte Terri. Er starrte sie an wie ein zu Tode erschrockener Hase und stotterte: »Was willst du?«

»Hm«, sagte sie schmeichelnd, »willst du bald nach Hause fahren?«

»Ja, warum?«, sagte er und wich noch weiter zurück. »Willst du etwa mitkommen?«

»Ja.«

»Sie will nur eine Mitfahrgelegenheit«, erklärte ich ihm, weil er aussah, als würde er sich gleich übergeben oder ohnmächtig werden.

»Ein Ausflug aufs Land?«, sagte Shug. »Das wäre echt cool.«

»Hört euch das an«, sagte Bob und las vor: »*Stellen Sie folgendes Argument in den Symbolen des Logikkalküls dar und beweisen Sie seine Gültigkeit (durch die Konstruktion einer formalen Ableitung, durch Erstellung einer vollständigen Wahrheitstafel oder einer indirekten Wahrheitstafel): Wenn ich existiere, existiere ich als fühlendes Wesen; wenn ich existiere und es nicht weiß, existiere ich nicht als fühlendes Wesen. Wenn ich weiß, dass ich existiere, bin ich mir dieser Tatsache sicher und kann es beweisen; aber obwohl ich beweisen kann, dass ich existiere, zweifle ich doch daran. Deswegen existiere ich nicht. (›E‹, ›F‹, ›W‹, ›S‹, ›B‹).«*

In diesem Augenblick explodierte zum Glück Bobs Gehirn.

– Entwicklung der Handlung?, murmelt Nora leise, nahezu zu sich selbst.

»Ist in diesen postmodernen Zeiten nicht nötig«, sage ich bestimmt.

Im Dunkel leben

»Computerlogbuch der USS Enterprise, Captain Kirk: Sternzeit 5818.4«, verkündete Bob, als wir unbeholfen in das Transportmittel für unseren Ausflug aufs Land kletterten. Unser Chauffeur, Robin, hatte vor kurzem neue »Räder« erworben. Leider waren die Räder nicht an seinem mageren Körper angebracht, sondern an einem alten Leichenwagen. Der Leichenwagen schien nicht offiziell außer Dienst gestellt – so war zum Beispiel noch immer die Sargladefläche eingebaut, was es für Fahrgäste im rückwärtigen Teil des Wagens unbequem machte, außer man hatte wie Bob nichts dagegen, flach zu liegen und Leiche zu spielen. Terri setzte sich neben Robin auf den Beifahrersitz und brütete die ganze Fahrt über düster vor sich hin. Jetzt, da sie ihr Ziel – eine Mitfahrgelegenheit nach Balniddrie – erreicht hatte, war sie nicht länger geneigt, Robin wie ein menschliches Wesen zu behandeln.

Als ich mich auf einen Trauerkranzplatz neben Bobs Leichnam zwängte, musste ich plötzlich an Senga denken, wie sie in ihrem Sarg in der katholischen Kirche aufgebahrt worden war. Jetzt lag sie vermutlich für immer unter der Erde. Andrea und Shug quetschten sich mir gegenüber neben Bob, so dass wir eine irische Totenwache hätten sein können, jedoch ohne etwas zu trinken, dafür aber mit einer Leiche, die gelegentlich Dinge wie »Können Sie die Triebwerke des Raumschiffs rechtzeitig reparieren, Mr. Scott?« vor sich hin murmelte.

Einen Leichwagen zu fahren machte ihm nichts aus, erklärte Robin (obwohl ihn niemand danach gefragt hatte), weil er als Buddhist dem Tod gleichgültig gegenüberstand. »Weil ich weiß, dass ich wieder geboren werde.«

»Als was?«, fragte Terri. »Als Protozoa?«

»Du wirst irgendwann feststellen«, entgegnete Robin, »dass Protozoa die Pluralform ist, es müsste also Protozoon heißen.« Vielleicht befand sich Robin aber auch auf einer so langweiligen karmischen Reise, dass er als er selbst wieder geboren würde. Gewiss war es kein Zufall, dass sein Name nahezu ein Anagram von »boring«, langweilig, war.

»Reinkarnation«, sagte Shug mit heiserer Stimme. »Was im Kreis geht, kommt wieder, was?« Er zündete einen Joint an, der das allzu kleine Wageninnere sofort mit einem beißenden Dunst erfüllte. Wenn wir irgendwo dagegen führen, wie könnte man meiner Mutter die Umstände meines Todes erklären? (Oder vielmehr der Frau, die sich die letzten einundzwanzig Jahre als meine Mutter ausgegeben hat.) Vielleicht wäre es ein Trost, dass ich ihr den Leichenbestatter und die damit verbundenen Kosten erspart hätte.

»Wenn man weiß, was es ist, dann ist es das nicht«, sagte Robin salbungsvoll und aus heiterem Himmel. Terri stieß ihren mottenzerfressenen Schirm drohend in seine Richtung.

»Dinge, die sich untereinander gleichen, sind gleich«, steuerte ein gnomischer Bob bei.

»Pythagoras?«, fragte Robin.

»James T. Kirk.«

Robin manövrierte den Leichenwagen weg vom Randstein, und Bob rief glücklich: »Warpgeschwindigkeit, Mr. Sulu.« Was für ein schlichtes Geschöpf er doch war. Wenn es meinen Bedürfnissen doch nur ebenso an emotionaler Komplexität mangeln würde wie seinen.

»Östliches Zeug«, sagte Robin bobhaft, »ist echt viel mehr in Verbindung mit dem, was wirklich wirklich ist. Ohne Materialismus und intellektuelle Scheiße. Zum Beispiel der Haiku.« Robin haute begeistert auf das Lenkrad des Leichenwagens. »Vergleicht das nur mal mit den zum Aussterben verurteilten Strukturen englischer Gedichte.«

»Was ist ein Haiku?«, fragte Andrea.

»Das ist ein dreizeiliges Gedicht mit fünf, sieben und wieder fünf Silben«, sagte Robin, »so schlicht, so wesentlich. Der Plural von Haiku lautet Haikai«, führte Robin aus, der sich für sein Thema erwärmte, »das bezieht sich zumindest auf eine zusammenhängende Serie von Haiku. Der Haiku war ursprünglich –«

»Der riesige Hund steckte in einer Vase weißer Pfingstrosen«, sagte Bob.

»Was?« Robin warf Bob einen besorgten Blick im Rückspiegel des Leichenwagens zu.

Bob hob den zottligen Kopf von der metallenen Ladefläche und rezitierte auf feierlich poetische Weise:

»Der riesige Hund
steckte in einer Vase
weißer Pfingstrosen.

Das ist ein Haiku. Ich bin ein Dichter.« Er lachte. »Und ich weiß es.«

Bob hatte selbst einmal versucht, Buddhist zu werden – das Geräusch des Ein-Hand-Klatschens beschäftigte ihn tagelang –, hatte es jedoch letztlich wieder aufgegeben, weil er keinen Grund dafür sah. Andererseits hatte viel von dem, was Bob tat, eine kuriose Zen-Note, und wenn man manches von dem, was er von sich gab, als Koans und nicht als unsinniges Gebrabbel betrachtete, wirkte er nahezu weise. Nahezu. Zum Beispiel Nacktschnecken, eine Spezies des Tierreichs, die Bobs Vater, ein passionierter Gemüsezüchter, besonders hasste. Wäre es nicht weniger aufwendig, schlug Bob Junior bei einem Besuch zu Hause vor, als Bob Senior eine Bierfalle nach der anderen für seinen lästigen Feind aufstellte, wäre es nicht weniger aufwendig, wenn sie das Gemüse links liegen ließen und gleich die Schnecken äßen?

»Und Meditation«, sagte Bob und starrte das Dach des Leichenwagens an, »müsste doch eigentlich ganz einfach sein. Man denkt doch nur an nichts, oder? Aber wenn man versucht, an nichts zu denken –« Bob verfiel in ein geheimnisvolles Schweigen, dem nachgeholfen wurde von einem in seiner Manteltasche gefundenen extrem langen Curly-Wurly-Riegel.

Auf der Perth Road fuhren wir mit einer wesentlich höheren Geschwindigkeit, als sie normalerweise mit Exequien in Verbindung gebracht wird, und verursachten nicht unerhebliche Konsternation bei unseren Autofahrerkollegen, vor allem wenn wir sie überholten. Ein dahinzuckelnder Wolseley mit einem ältlichen Paar auf den Vordersitzen fuhr bekümmert auf den Gehsteig, und eine einzelne Nonne auf der Riverside bekreuzigte sich entsetzt. Obendrein fuhren wir im Konvoi mit einem weiteren Bewohner von Balniddrie, einem übermütigen ehemaligen Harrow-Schüler namens Gilbert, der hinter dem Steuer eines alten Krankenwagens saß – so dass es schien, als würden wir zum Nachspiel eines schrecklichen Unglücks rasen, statt einen harmlosen Ausflug aufs Land zu machen. Bob allerdings stand aus unerfindlichen Gründen unter dem Eindruck, dass wir uns auf einer galaktischen Expedition befanden, um das Element Zienit zu sammeln.

»Gott«, sagte er, kaum dass ihm das Curly-Wurly wieder zu sprechen gestattete, »glauben Buddhisten an Gott? Und was ist Gott überhaupt? Wer kann behaupten, ich wäre nicht Gott?«

»In Balniddrie stehen Megalithen«, sagte Andrea und ignorierte dieses metaphysische Gebrabbel. »Es sollen einmal sieben Schwestern gewesen sein, die oben auf dem Hügel tanzten und von einem verärgerten Zauberer in Steine verwandelt wurden.«

»Warum war er verärgert?«, fragte Shug.

»Ach, das sind sie immer«, sagte sie niedergeschlagen.

In Anbetracht der Tatsache, dass sie beide in Balniddrie lebten, mangelte es Robin und Gilbert bedauerlicherweise selbst an den fundamentalsten Kenntnissen, wie wir dorthin gelangen sollten, so dass wir mehrmals unseren Weg kreuzten und einmal sogar durch die Flussebene von Gowrie (oder entlang der neutralen Zone der Romulaner, je nachdem, wer man war) fuhren. Die Insassen des Leichenwagens waren von keinerlei Hilfe, denn niemand von uns schien über einen Orientierungssinn zu verfügen. Bob hatte einmal legendärerweise den Ringbus genommen und war darin stundenlang herumgefahren, und ich irrte natürlich schon mein ganzes Leben lang herum.

»Wow«, sagte Bob, der wie ein neugieriger Leichnam durch das Fenster spähte, »Kühe.«

Andrea runzelte die Stirn und sagte zu mir: »Er kommt nicht viel raus, oder?«

Robin kehrte an der nächsten Abzweigung todesmutig um. Kurz darauf begann es zu hageln, große Mottenkugeln aus Eis prasselten auf die Windschutzscheibe. Die Hagelkörner sammelten sich und verhinderten die Sicht auf die Straße, weil die Scheibenwischer des Leichenwagens schon vor langer Zeit den Geist aufgegeben hatten.

Der bislang mysteriöse Zweck zweier Stricke wurde jetzt von Robin offenbart. Ein Strick hing zum Fenster auf der Fahrerseite, der andere zum Fenster auf der Beifahrerseite ins Wageninnere. Robin zog an seinem Strick, und ein Scheibenwischer setzte sich in Bewegung.

»Verstanden?«, sagte Robin hoffnungsvoll zu Terri. »Jetzt bist du dran.« Ihre Antwort fiel prägnant und negativ aus.

Schließlich ließ Robin dem Leichenwagen die Zügel schießen, und er suchte sich geduldig seinen Weg durch das Hinterland des Flusses und entlang der geraden Alleen von Angus.

»Wow, Schafe«, sagte Bob.

Dann folgte der Leichenwagen einem Schild, auf dem »Wester Balniddrie« stand, nach links und fuhr eine holprige Straße entlang zu einem flachen schachtelförmigen Bauernhaus, das etwas dunkler als der Himmel gestrichen war, das heißt grau.

»Beamen Sie uns runter, Dr. McCoy«, sagte Bob, »damit wir nach neuen Lebensformen suchen können.«

Wir fuhren an einem Vorgarten vorbei, der aussah, als wäre er einst ein ordentlicher Teppich aus Buchshecken und geschnittenen Eiben gewesen, jetzt aber eine Wildnis aus Nesseln und verrosteten Objekten war. Robin stellte den Leichenwagen in einem steinernen Hof hinter dem Haus ab, wo sich eine Reihe verfallener Nebengebäude zusammenkauerte, um sich vor dem Wetter zu schützen. Als wir dem Inneren des Leichenwagens und dem anhaltenden Geruch nach Balsamierungsmittel und Chrysanthemen entstiegen, musste ich feststellen, dass es hier noch kälter war als in der Stadt. Frost hatte die Steine im Hof bereits mit einer dünnen Eisschicht überzogen.

Bob war während des Parkmanövers eingeschlafen und musste durch die Hecktür des Leichenwagens wie ein verschlafener Bär im Winter aus seiner Höhle geholt werden.

»Magic Bob – wie geht's uns denn so?«, sagte Gilbert, als er ihn sah.

Gilbert war der Spross einer alten aristokratischen Familie, die etwas in Verruf geraten war. Die Scheidung seiner Eltern war skandalumwittert gewesen, Gilbert behauptete, seine Mutter hätte sich wegen Bestialität scheiden lassen, ich jedoch *glaube*, er meinte, dass sein Vater seine Mutter tierisch gemein behandelt hatte. Dank seines verkümmerten Körpers und seiner etwas inzüchtigen Augen wirkte er ein bisschen zurückgeblieben, aber er hatte ausgezeichnete Manieren und war sehr süß, und außerdem war er reich. Hätte er nicht

diese angeborene Ähnlichkeit mit einer Bohnensprosse gehabt, hätte ich Bob augenblicklich für ihn verlassen.
»He«, sagte Bob zu Gilbert, und die beiden schlenderten gemeinsam davon.
Shug war bereits verschwunden, Andrea folgte ihm auf den Fersen wie ein liebeskrankes Hündchen. Ich versuchte, Robin zu meiden, und ging über eine baufällige, verschalte Veranda ins Haus und durch einen steinernen Korridor, der mit Schuhen, Gummistiefeln, Fahrradteilen, der oberen Hälfte eines Skeletts (die Hinterlassenschaft von Medizinstudenten, die früher hier gewohnt hatten), einem nahezu vollständigen Motor eines kleinen Autos, dem ausgestopften und präparierten Kopf eines Hirsches und einer Reihe von Ballon- und Korbflaschen voll gestellt war – manche davon waren leer, in anderen fermentierten riskante Dinge, die in Hecken wuchsen. Ein Regal voll alter Irn-Bru-Flaschen, verkorkt und mit »Holunderblüten-Champagner« beschriftet, stand uns bedrohlich im Weg wie eine Breitseite leichter Artillerie. Ein Unfall, der nur darauf wartete zu passieren, meiner Meinung nach.
Der Korridor führte in die Küche, ein riesiger Raum, der einst warm und voller bäuerlicher Kochdüfte gewesen sein musste, jetzt aber gletscherkalt war und beherrscht wurde von einem mächtigen Aga-Herd, vor dem Miranda, die Medizinstudentin (eine Berufung, die mehr von der Verfügbarkeit von Drogen getrieben schien als vom Wunsch, Kranke zu heilen), lustlos herumstand, wie jemand aus einem Märchen, der dazu verbannt war, stumpfsinnige Plackerei auf sich zu nehmen.
»Der Hund, der heute Nachmittag bei dir war«, sagte Terri ohne Einleitung, »wo ist der jetzt?«
Miranda, die aussah, als hätte sie sich Valium intravenös gespritzt, sagte: »Welcher Hund?«
»Der Hund, der dir nachgelaufen ist.«

»Mir ist ein Hund nachgelaufen?«, sagte Miranda. »Warum?« Terris Fragen an Miranda versandeten, nachdem sie jede nur erdenkliche Möglichkeit der Miranda/gelber-Hund-Verbindung vollständig ausgelotet hatte. (»Vielleicht liegt er auf deinem Bett, und du hast ihn nur nicht bemerkt?« »Vielleicht hast du ihn in deinem Kleiderschrank versteckt, weil du nicht willst, dass die anderen ihn sehen?« Und so weiter.) Hätte Miranda mehr Energie gehabt – sie sah so asthenisch aus wie das Opfer eines Vampirs –, hätte sie Terri vermutlich geohrfeigt.

Widerwillig bot sie uns etwas zu trinken an. Terri entschied sich für Kaffee, der jedoch aus Hafer und Gerste oder vielleicht auch aus Bohnen gebraut war, und sie würgte unhöflich daran herum. Mir erging es nicht viel besser mit dem Tee, der im Kamin vor sich hin köchelte; die Blätter waren hart wie Eisenspäne, und die Milch schmeckte ekelhaft nach Ziege.

Gilbert kam herein, *sans* Bob, dafür in Begleitung von Kevin, der aus dem Nirgendwo aufgetaucht war. Mich wunderte, dass er hier war, denn obwohl er auf dem Land geboren und aufgewachsen war, war er dem ländlichen Charme gegenüber immun (»Grün, grün, grün – was ist daran so toll?«). Er trug einen kurzen braunen Anorak, der noch aus den Tagen stammen musste, als er Züge gezählt hatte.

Miranda war ihrer Aufgabe überdrüssig geworden und überließ den Aga Gilberts Obhut. Sie zog einen weißen Kittel an und sagte als Erklärung: »Gebuhi und Gynä.«

»Vergiss nicht, dass du heute Abend die Ziege schlachten musst«, sagte Gilbert mit seinem schrecklichen Oberschicht-Akzent zu ihr, als sie zur Tür hinausging.

»Warum muss ich das tun?«, fragte sie verdrossen.

»Weil«, sagte Gilbert voller Logik, »du die Ärztin bist.«

Die Bewohner von Balniddrie wechselten sich mit dem Kochen ab (Miranda war normalerweise davon ausgenommen, weil im Haus das paranoide Gerücht ging, dass sie sich zu sehr für Toxikologie interessierte), und heute war offensichtlich Gilbert an der Reihe.

»Zu Hause kochen immer die Dienstboten«, sagte er, »das ist also ein Riesenspass für mich.« Er öffnete eine Tür des Aga und gab den Blick frei auf einen schweren Laib dunkles Brot, der eine ziemliche Schlagseite hatte. Er holte eine große Steingutschüssel und entfernte das schmutzige Geschirrtuch, das sie bedeckte. »Joghurt«, sagte er, als wollte er uns mit ihm bekannt machen. Der Joghurt roch noch stärker nach Ziege als die Milch und hatte sich in gallertartigen Quark und dünnflüssige geschmacklose Molke getrennt.

»Meinst du, dass er so sein soll?«, fragte er Terri, die fast vom Stuhl fiel vor Überraschung, weil ihr noch nie zuvor jemand eine kochtechnische (oder andere) Frage gestellt hatte. Dankbar tat sie ihr Bestes. »Versuch's mit Marmelade«, sagte sie.

»Was für eine *phantastische* Idee«, sagte Gilbert und holte ein Glas Marmelade aus der dunklen schimmeligen Speisekammer, die ich noch nie von innen hatte sehen wollen. Es handelte sich um Holundermarmelade mit vielen kleinen Stängeln. Und für Marmelade war sie erstaunlich sauer. Er rührte sie begeistert in den Joghurt.

»Irgendwo ist noch mehr Joghurt«, sagte er, riss eine andere Tür des Aga auf und fand zu seiner eigenen Überraschung einen Stapel (wir müssen es hoffen) sauberer Windeln.

»Sie sind dort zum Lüften«, sagte Kara, die plötzlich in der Tür stand, ihr Körper von Proteus' Gewicht in der Hüfte nach unten gezogen.

»Ich habe auch nicht geglaubt, dass sie zum Kochen gedacht sind«, murmelte Gilbert, aber so leise, dass sie ihn nicht hörte. Gilberts Kindermädchen hatte ihm eine Heidenangst vor Frauen eingeimpft, eine Angst, die Harrow zur Kunst verfeinerte.

Kara setzte sich an den Küchentisch und begann, Proteus zu stillen, der im Augenblick in einem schmuddeligen Strampelanzug steckte. Ein weiterer Bewohner Balniddries folgte ihr in die Küche, eine Frau namens –

– Um Himmels willen, sagt Nora mürrisch, nicht noch eine Figur. Es sind bereits viel zu viele, und alle diese Nebendarsteller, wozu? Du führst sie ein, stattest sie mit einer Spur Charakter aus und gibst sie dann wieder auf.

»Wen? Mit wem habe ich das gemacht?« Ich sehe, dass sie sich das Gehirn zermartert, um jemanden zu finden, aber schließlich sagt sie:

– Davina.

»Wer?«

– In dem Creative-Writing-Kurs. Ich wette, dass sie nicht wieder auftaucht.

»Wie viel?«

– Ein Pfund.

»Das Leben ist voller Nebendarsteller – Milchmänner, Zeitungsverkäufer, Taxifahrer. Kann ich weitermachen?«

– Und was ist mit dem Jungen ohne Namen?

»Nein«, korrigiere ich sie, »es ist Der-Junge-ohne-Namen.«

– Wie auch immer, ich weiß nicht, wozu du ihn eingeführt hast – jemand, der überhaupt nicht mehr existiert. Es wäre besser, du würdest ihnen keine Namen geben, sie überdauern nur kurze Zeit.

»Sei still.«

– eine Frau namens *Jill*, die eine dreijährige Tochter mit einem gälischen Namen hatte, den keiner mehr richtig aussprechen konnte, nachdem er ihn geschrieben gesehen hatte. Jill setzte sich neben Kara, die nicht länger stillte, sondern einen riesigen schlaffen Joint aus selbst angebautem Gras drehte.

»Du hast nicht zufälligerweise eine George-Eliot-Arbeit?«, fragte ich Jill. Sie bedachte mich mit einem geringschätzigen Blick und holte eine Dose Golden Virginia, die mit einer Schicht kleiner ordentlich gedrehter Joints voll gepackt war wie mit Sardinen. »Ich studiere Jura«, sagte sie und nahm einen winzigen Joint aus der Dose.

Gilbert hatte mit lautem Pfannengeklapper angefangen, eine Art Essen zu kochen. Es konnte sich um das Mittagessen oder aber auch um das Abendessen handeln, das war nicht festzustellen – draußen war es so dunkel, dass man unmöglich sagen konnte, wie viel Uhr es war, und ich hatte mittlerweile jegliches Zeitgefühl verloren.

Kara zog an ihrem Joint, als hinge ihr Leben davon ab. Hin und wieder explodierte ein Samen wie ein leiser Schuss aus einer Pistole, und ein glühend roter Funke fiel auf den Tisch oder auf ein nicht brennbares Stück Babybekleidung (auch so passieren Unfälle). Jill und Kara tauschten ihre Joints aus. Sie diskutierten hitzig darüber, wann man mit dem Stillen aufhören sollte. Jill meinte mit zwei Jahren, während Kara der Ansicht war, dass »man sie selbst entscheiden lassen sollte«. Eine Entscheidung, die sie vielleicht bereuen würde, wenn Proteus ein dreißigjähriger Beamter war, der täglich von Tring zu ihr fuhr.

In diesem Augenblick stürmte ein kleines Mädchen in die Küche und stieß einen Schrei aus, der einem das Blut in den Adern gefrieren ließ. Ich sprang erschrocken auf – der Schrei war so grässlich, dass ich einen Moment lang glaubte, das Kind würde brennen, und mich nach etwas umsah, was ich über sie werfen könnte. Niemand sonst in der Küche schien von dem Schrei beeindruckt, niemand außer Terri, die verstohlen einen Fuß ausstreckte, über den das Kind stolperte. Es hörte abrupt auf zu schreien, und ich erkannte es als Jills Tochter wieder.

»Wenn du Hunger hast, musst du warten«, sagte Jill zu ihr. Das Kind holte einen Nachttopf aus Plastik unter dem Tisch hervor und schleuderte ihn durch die Küche.

»Vergesst nicht, dass wir die Ziege schlachten müssen«, sagte Gilbert und warf einen zweifelnden Blick zu der genervten Kara. In der Hierarchie von Balniddrie – Hackordnung wäre vielleicht der angemessenere Ausdruck – war Kara die uneingestandene Führerin. Die zu schlachtende Ziege war ein kleines Böckchen, und »Ziegenböckchen«, erklärte Jill, »sind zu nichts nütze.«
»Ich wusste gar nicht, dass wir umgebracht werden, wenn wir zu nichts nütze sind«, sagte Terri. »Ich wusste nicht, dass *Nützlichkeit* das Kriterium ist, das über Leben oder Tod entscheidet.« (Ein ziemlich langer Satz für Terri.)
»Wir reden nicht von Menschen, wir reden von *Ziegen*«, sagte Kara.
»Ziegen, Menschen – was ist der Unterschied?«, sagte Terri und blickte drein, als würde sie Kara gleich mit der Spitze ihres Schirms attackieren.
»Es wird ein humaner Tod«, versuchte Jill, Terri zu beschwichtigen. »Miranda wird's tun. Sie ist die –«
– Entschuldige, sagt Nora, aber wo ist Kevin? Hast du vergessen, dass er in der Küche ist?
Kevin, der bislang erstaunlich still gewesen war (im Gegensatz zu Nora), half Gilbert auf langsame, tollpatschige Art dabei, Kartoffeln und Karotten zu schälen. Er öffnete eine Dose McEwan's-Bier und sagte: »Dafür gibt es doch Tiere, sie existieren, damit wir sie essen können. In der großen Küche des Palastes von Calysveron wird immer ein Tier am Spieß gebraten – Kaninchen, Hasen, Kapaune, ein schöner Hirsch, ein Wildschwein und für die Festlichkeiten ein großer Ochse.«
»Und das ist doch auch ein ganz realer Ort, stimmt's?«, höhnte Jill. »Der Palast von Callyscheiß?«
»Calysveron«, korrigierte Kevin sie. »Ja, ganz real.«
»So real wie dieser Tisch?«, fragte Jill. Kevin betrachtete den Tisch, als überlegte er, ob er ihn kaufen wollte, und sagte

dann: »Ja, so real wie dieser Tisch.« Dieser Dialog wäre noch fortgesetzt und dabei langweiliger geworden (wiewohl die Prämisse nicht uninteressant war), wenn das Kind sich nicht wieder mit derselben hektischen Geschwindigkeit wie zuvor auf seine Runde durch die Küche gemacht und erneut um sein Leben geschrien hätte. Diesmal stürzte es schnurstracks auf den Aga zu und wurde im letzten Moment von einem modifizierten Rugby-Manöver seitens Gilberts daran gehindert, sich selbst zu verbrennen. Vielleicht könnten sie statt des Ziegenböckchens das Mädchen in dem satanischen Ritual opfern, das sie für später geplant hatten. Ein Kind statt eines Ziegenböckchens.

Bevor die Düsternis noch düsterer wurde und wir uns der alptraumhaften Mahlzeit, die Gilbert uns servieren würde, aussetzen mussten, beschlossen Terri und ich, eine Tour durch den Garten zu machen. Terri klammerte sich noch immer an die Hoffnung, dass der Hund sich hier irgendwo herumtrieb. Im Garten gab es wenig zu sehen; die Kombination von endlosem Winter und kläglicher Landschaftspflege ließ nichts gedeihen außer einem dichten Büschel Löwenzahn, ein paar robusten Erdartischockenstängeln und giftigem Schierling, der die Ufer des Bachs am Ende des Gartens überwucherte.

Die Hühner liefen in diesem winterlichen Garten frei herum, allerdings waren die vernünftigen unter ihnen jetzt bereits im Hühnerstall. Kara hatte uns erzählt, dass eine Art Hühnerpest die Hennen dezimiert hatte, und die wenigen Verbliebenen, die in der Dämmerung noch herumirrten, sahen in der Tat reichlich mitgenommen aus, die Federn zerzaust, die Augen glanzlos. Terri gluckte und machte put-put-put, aber es lag ihnen nichts an einer Unterhaltung.

Neben dem Garten befand sich eine unebene Wiese voller mutierter Disteln, denen die Winterkälte nichts anhatte. Hier hielten sich die Ziegen auf, wenn sie nicht für die Nacht in einen Schweinestall gesperrt wurden. Es waren anglonubische Ziegen mit hängenden Hasenohren und Teufelsaugen – zwei Mütter und zwei Kinder, ein größeres und ein kleineres, Letzteres vermutlich das Opfertier.

»Armes Baby«, sagte Terri und versuchte es zu küssen.

Obwohl sie etwas niedergeschlagen wirkten, waren die Ziegen durchaus freundlich, jedenfalls freundlicher als die Hühner, und so streichelten und bemitleideten wir sie für eine Weile, bis es richtig dunkel und zu kalt wurde, um auf einer Wiese herumzustehen, deswegen gingen wir zurück in die Küche, aus der ein unappetitliches Aroma drang.

Jill deckte den Tisch und versuchte Platz zu schaffen zwischen den Kerzen und den Utensilien zum Kerzenmachen, die überall herumlagen.

»Das ist mein Schmuckstück«, sagte Gilbert und deutete stolz auf eine besonders hässliche Kerze – eine braune Pyramide, verziert mit Klumpen von mauvefarbenem Wachs. »Wir könnten ein paar Kerzen anzünden«, sagte er zu Kara, »das wäre schön.«

»Die sind zum Verkaufen«, fuhr sie ihn an, »und außerdem haben wir Strom, Mann.«

Robin kam aus dem »Weinkeller«, eigentlich ein weiterer Schweinestall, mit mehreren Flaschen selbst gekeltertem Wein – Hagebutten-, Holunder- und einem ziemlich giftig aussehendem Pastinakenwein.

»Ich mach schon mal die Roten auf«, sagte er, »damit sie eine Weile atmen können.«

Plötzlich sah ich einen entnervenden Augenblick lang den höflichen Schuljungen in der behaarten Puppe lauern – Robin, der bei einer elterlichen Cocktailparty aushalf, gesalzene Nüsse herumreichte und Tonic in große Mittelklasse-Gins goss.

»Ja«, gab Robin zu und wurde rot, »Surrey. Dad gehört eine Immobilienmaklerfirma.«

»Du Glücklicher.«

Andrea und Shug tauchten wieder auf, ihre Pupillen erweitert entweder von Drogen oder einer Runde sexueller Aktivitäten – oder – am wahrscheinlichsten – von beidem. Auch Bob war wieder da, wo er gewesen war, war allerdings weniger klar – vermutlich ein weiteres Transporterversagen.

»Ich bin keine Nummer«, flüsterte er mir trotzig zu und sah sich nach einer riesigen Sprechblase um, die ihn offensichtlich verfolgt hatte.

Weitere Personen, die ich noch nie zuvor gesehen hatte, aber vermutlich alle Balniddrianer waren, erschienen auf der Bildfläche.

»Balniddrianer«, sagte Kevin und schrieb das Wort in ein winziges Notizbuch. »Guter Name.«

Das Essen bestand aus einem sonderbaren urzeitlichen Matsch aus halb identifizierbaren Zutaten – brauner Reis, Kartoffeln, Karotten, etwas, was ein Gemüse hätte sein können oder auch nicht. Es schmeckte leicht nach Ziege, obwohl nicht ein Stückchen Ziegenfleisch darin war gemäß einem Schwur beim Leben seiner Mutter, den Terri Gilbert auf den Knien schwören ließ.

»Was hast du mit der Pfanne Wachs gemacht, die auf dem Herd stand?«, fragte Jill Gilbert, der so tat, als würde er sie nicht hören.

Laut Kara schlief Proteus »irgendwo«, aber Jills unaussprechliche Tochter war lange über die normale Zeit hinaus auf und musste mit Reis-Karotten-Wachs-Schlick zwangsernährt werden, bevor sie mit dem Kopf auf dem Tisch einschlief. Zu diesem Zeitpunkt hatte sie ein nahezu fiebriges Aussehen angenommen.

»Du solltest es mit Heinz-Babynahrung versuchen«, sagte Bob ernst zu Jill, die ebenso ernst antwortete: »Nie im Leben.«

»Babys sollten essen, was wir essen«, sagte Kara.

»Ich finde, wir sollten essen, was Babys essen«, sagte Bob.

»Ich finde, wir sollten Babys essen«, murmelte Terri, eine Bemerkung, die zu ihrem Glück niemand hörte.

Bevor er sich's versah, nahm der ahnungslose Bob an der »In welchem Alter soll man mit dem Stillen aufhören«-Diskussion teil und argumentierte irgendwann sogar vehement gegen Stillen auf Verlangen, weil das eine Generation von Faulenzern und Bummelanten zur Folge hätte.

»Pass auf, Bob«, sagte Shug und legte ihm eine beruhigende Hand auf den Arm, »du wirst noch zu einem Klingonen.« Vielleicht steckte ein anderer Bob in Bob – eine konventionelle Person, die erwachsen und ein Lehrer werden, die Liberalen wählen und sich Sorgen um seine Rente machen würde. Ein Bob, der sich eines Tages die Gummimaske des falschen Bob vom Gesicht reißen und seinen Platz in der Welt der Wecker, Burton-Anzüge und mittäglichen Schlangen vor den Bankschaltern einnehmen würde.

»Gibt es einen Nachtisch?«, fragte Kevin, der versuchte, die ganze unappetitliche Unterhaltung über Babyernährung zu ignorieren.

»Aber klar«, sagte Gilbert. »Ich habe ihn schon vorher gemacht, ha, ha.« Er holte einen Teller mit Schokoladenkeksen, die sich als erstaunlich gut erwiesen.

»Sie sind ganz hervorragend«, sagte ich zu ihm.

»Oh, danke«, sagte er und ergriff meine Hand. »Das ist nett von dir, dass du das sagst.«

Miranda kehrte zurück, lethargischer als zuvor, aber nicht so apathisch, als dass sie nicht Andreas Anteil der Kekse hätte essen können.

»Und?«, sagte Kara zu ihr, und Miranda verzog das Gesicht, holte eine schmale lange Schachtel aus ihrer Tasche, öffnete sie und brachte ein glänzendes Skalpell aus chirurgischem Stahl zum Vorschein.

»Wow – Phaser auf Betäubung schalten, Mr. Spock«, sagte Bob beunruhigt.
»Ich glaube nicht, dass Captain Kirk ›Wow‹ sagen würde«, sagte Shug.
»Das ist nicht logisch, Captain«, stimmte ihm Bob zu. (Bob sah sich im Geist, wie Sie sicher bemerkt haben werden, nicht nur als ein bestimmtes Mitglied, sondern als die gesamte Besatzung von *Raumschiff Enterprise.*)

Ich weiß nicht warum, aber ich hatte angenommen, dass wir nach dem Essen nach Hause fahren würden, das Glück war mir jedoch nicht hold. Dafür, dass sie eigentlich eine Ziege schlachten wollten, waren alle ungewöhnlich heiter und entspannt.
»Diese Frau hat heute Morgen wieder angerufen«, sagte Bob unvermittelt zu mir, »du warst in der –«
»Universität?«
»Genau.«
»Und?«, hakte ich geduldig nach.
»Und ... sie sagte, sie wollte heute Abend vorbeischauen. Um dich zu besuchen.«
»Und das fällt dir erst jetzt ein?«
»Es gibt einen Bus«, sagte Robin gleichgültig. »Die Straße ist gleich hinter dem Hügel.«
Niemand, so schien es, kam mit mir. Robin spielte eine Partie Go mit Kevin – vermutlich das langweiligste Brettspiel, das je erfunden wurde –, und Terri wollte unbedingt bleiben, um die zum Tode verdammte Ziege zu retten, indem sie sie (natürlich) entführte. Ich konnte mir allerdings nicht vorstellen, was sie in ihrer Wohnung im vierten Stock mit einem Ziegenböckchen anfangen wollte. Andrea bot sich untypischerweise an, mir den Weg zur Busstation zu zeigen, aber nur, wie ich zu meinem Leidwesen feststellen musste, um ununterbrochen über Shug zu reden.

Unser Weg führte offenbar an den Megalithen vorbei, die laut Andrea »irgendwo da drüben« waren. Sie deutete in die Dunkelheit und marschierte los, bevor ich mich nach ihren Orientierungsfähigkeiten erkundigen konnte.

Wir stolperten über Gestrüpp, fielen halb in Bäche, rutschten auf dick mit Reif überzogenem Gras aus und stießen mit schlecht geparkten Kühen zusammen, bevor wir auf eine steile Anhöhe trafen, auf die wir uns gegenseitig hinaufziehen mussten, bis wir gleichzeitig schwitzten und froren. Die ganze Zeit über stellte Andrea Fragen zu Shug – *Meinst du, dass er mich mag? Meinst du, dass er mich wirklich mag? Meinst du, dass er mich liebt? Meinst du, dass er mich wirklich liebt?* Und so weiter.

Als wir die Sieben Schwestern erreichten, bestand Balniddrie nur noch aus winzigen Lichtpunkten in der Ferne. Einen Augenblick lang dachte ich, ich würde einen seltsamen heidnischen Singsang hören – »Schlachtet die Ziege! Schlachtet die Ziege!« –, gefolgt von einem Schrei, aber Andrea sagte, dass hätte ich mir nur eingebildet, und ich hoffte, dass sie Recht hatte.

Unbekümmert, ob hier vielleicht ein böser Zauber lauerte, begann Andrea in einem selbstvergessenen Reel für acht um die Steine zu tanzen. »Himmelsmagie«, sagte sie atemlos.

Die Steine, von denen nur noch vier wirklich aufrecht standen, waren ungefähr so groß wie Andrea, grob behauen und so spitz wie die Zähne einer gigantischen Katze. Andrea schlang auf dramatische Weise die Arme um einen stehenden Stein, hielt ihn fest und sagte: »Spür die Magie der Erde.« Ich umarmte den nächsten Stein versuchsweise, erlebte jedoch keine Thaumaturgie – der Stein fühlte sich an wie ein Stein, nasskalt und mit Flechten überzogen. Was tat ich hier, mitten im Nirgendwo, mit einem Felsblock im Arm? Ich hätte mich an ein Paar warmer Arme klammern sollen statt an einen kalten Megalithen.

»Bist du sicher, dass es hier zur Bushaltestelle geht?«, fragte ich sie, aber bevor sie antworten konnte, bemerkte ich etwas Verblüffendes. Ich entwickelte eine astronomische Haut! Die Rückseite meiner Hand war wie ein Gitternetz, ein vollkommenes Netzwerk aus Spitze, das darauf wartete, mit Sternen bestückt zu werden. Andrea suchte auf dem Boden nach Achaten und plapperte weiter über die mystischen Eigenschaften von Steinen, aber ich starrte wie hypnotisiert auf meine Hand – die Haut breitete sich unter meinen Augen aus und vergrößerte sich zu einer riesigen Fläche Pergament. Meine Poren waren winzige ferne Sterne, und die Linien auf der Hautoberfläche waren geisterhafte Bahnen von Himmelskörpern. Mein kosmisches Selbst würde gleich einen Blick auf die Immanenz werfen.

»Wow!«, flüsterte ich (ich konnte nicht anders). »Das ist ja irre, Andrea.«

»Du hast die Schokoladenkekse gegessen, oder?«, sagte sie müde.

Ich weiß nicht, wie lange ich meinen himmlischen Körper betrachtete, aber als ich mich zwang aufzublicken, war Andrea nicht mehr zu sehen. Ich rief nach ihr, erhielt aber keine Antwort, nur das Echo hallte in der eisigen Luft wider. Ich suchte hinter den Steinen, ich sah die Steine an – vielleicht waren sie ja wirklich verfluchte Jungfrauen. Sie ließen sich jedoch nicht anmerken, ob ihnen versteinerte Mädchen innewohnten. Vorsichtig berührte ich einen, ging aber nicht so weit, ihm »Andrea?« ins bemooste Ohr zu flüstern.

Dann musste der Strom ausgefallen sein, denn die Häuser und Höfe auf den umgebenden Hügeln strahlten kein tröstliches Licht mehr aus, von der Topografie war überhaupt nichts mehr zu erkennen. Es war so still, dass ich eine Maus durch das steife Gras hätte rascheln hören oder den Flügelschlag einer Eule, aber keine Maus raschelte und keine Eule schlug mit dem Flügel.

Die Stille erwachte zu einem unangenehmen Leben mit einem obszönen Stöhnen – einem schlaffen Schnauben, das zu etwas Missgebildetem und Monströsem gehören musste. Hinter dem Hügel stiegen gräuliche Atemwolken in die kalte Luft, und um die steinernen Schwestern begann ein unirdischer Lichtbogen zu phosphoreszieren wie ein alptraumhafter Sonnenaufgang. Ich unternahm nichts, um die Quelle dieses merkwürdigen Glühens ausfindig zu machen, sondern stolperte so schnell wie möglich den Hügel hinunter.

Das schnarchende Geräusch – es hörte sich an wie eine angestrengte Dampfmaschine – folgte mir, aber ich sah mich nicht um. Es wurde jetzt begleitet von einem schrecklichen Gestank nach übel riechender Stinkmorchel und mit hart gekochten Eiern belegten Broten. Ich blieb an einer Wurzel hängen und fiel in etwas Kaltes, Matschiges, von dem ich hoffte, dass es nichts Schlimmeres als ein Bächlein war, aber ich spürte feuchten eisigen Schlamm. Eine Sekunde lang glaubte ich, in der Dunkelheit etwas aufblitzen zu sehen – etwas Silbernes oder Bronzenes, etwas Fischiges und Schuppiges, aber dann war es wieder verschwunden, und alles war still.

– Das ist also magischer Realismus?, fragt Nora.

»Nein, das ist frei erfunden.«

Oder eine Art Wahnsinn. Als ich mich beruhigt hatte, sah ich ein Stück entfernt eine Bushaltestelle an der Straße und hastete darauf zu. Ein Fahrplan hing darin, aber es war zu dunkel, um die klein gedruckte Schrift zu entziffern. Ich setzte mich auf die schmale, harte Bank und wartete, obschon die Vorstellung, dass demnächst ein Bus kommen würde, irgendwie absurd schien.

In der Ferne tauchte ein Licht auf, weniger fremdartig und monströs als zuvor, trotzdem hüpfte es über die dunkle Landschaft wie ein Phantom. Als das Licht näher kam, stell-

te es sich nicht, wie ich gehofft hatte, als Bus heraus, sondern als Auto. Das Auto hielt neben der Bushaltestelle an, der Fahrer lehnte sich zur Seite und öffnete die Beifahrertür.
»Du hast den Bus versäumt«, sagte eine bekannte Stimme. »Steig ein.«
Ich stieg ein und schloss die Tür. »Sie verfolgen mich, stimmt's?«
»In deinen Träumen«, sagte Chick.
Bis vor sehr kurzem war Zeit für mich ein langsames, verschwommenes Nichts gewesen; aber jetzt waren meine Tage zum Überlaufen voll; eine Wendung der Dinge, die mir überraschenderweise überhaupt nicht willkommen war.
»Ein Drachen?«, sagte Chick nachsichtig, als hätte ich etwas so wenig Bemerkenswertes wie »Tür« oder »Dandie Dinmont« gesagt.

Um uns die Zeit zu vertreiben, während wir die Meilen auf der Straße nach Dundee zurücklegten, gab mir Chick widerwillig einen kurzen Überblick über seinen Leben: »Polizeischule Tullidelph; drei Jahre als Dorfpolizist im langweiligen Hochland, weil die blöde Kuh eine Vorliebe dafür hatte, Geburt der Kinder, Umzug nach Dundee, als die blöde Kuh das langweilige Hochland satt hatte, dort bei Kriminalpolizei, Lanzarote, bla, bla, bla, der Rest ist Geschichte.«
»Bla, bla, bla?«
Chick holte eine Halbliterflasche Bells aus der Tasche, trank einen großen Schluck und reichte sie mir. Der Whisky schmeckte sauer, und ich musste würgen, behielt ihn aber bei mir.
»Braves Mädchen«, sagte er. Eine Weile lang schwiegen wir, und dann sagte Chick nachdenklich: »Ich war ein guter Polizist, weißt du.«
»Ich glaube Ihnen. Haben Sie berühmte Fälle bearbeitet?«, fragte ich ihn und dachte dabei an *Die Hand des Schicksals.*

Vielleicht konnte Chick mir mit polizeilichen Vorgehensweisen, Ermittlungstechniken und so weiter behilflich sein. Er warf mir von der Seite einen Blick zu und sagte nach einer Weile: »Ich habe den Glenkittrie-Fall bearbeitet. Hast du davon gehört?«

»Nein.«

»War berühmt zu seiner Zeit.« Er trank den Whisky aus.

»Erzählen Sie mir davon.«

»Ein anderes Mal«, sagte er und schaute in die leere Flasche, als versuchte er mehr Whisky heraufzubeschwören.

Als ich Nora anschaue, sehe ich, dass sie so bleich geworden ist wie jede Leiche in dieser harmlosen Geschichte.

– Du musst auf eine Party gehen, erinnert sie mich, so wie jemand, der das Thema wechseln will.

Ich hatte die Party der McCues vollkommen vergessen und keinerlei Absicht hinzugehen.

Ich musste eingeschlafen sein.

»Du hast geschlafen«, sagte Chick, als ich aufwachte. Ich saß unbequem da, den Kopf gegen die Wagentür gelehnt. Vor Kälte war ich ganz klamm, und der Whisky hatte einen schlechten chemischen Geschmack in meinem Mund hinterlassen. Chick las im Licht einer Taschenlampe den *Evening Telegraph*. Er zündete sich an der glimmenden Kippe seiner Zigarette die nächste an.

Die Straße, in der wir parkten, kam mir irgendwie bekannt vor, aber ich brauchte ein paar verschlafene Sekunden, bevor mir klar wurde, dass wir in Windsor Park standen, vor dem Haus der McCues.

Die McCues waren *en fête* – von wo ich saß, hatte ich ihr hell erleuchtetes Wohnzimmer im Blick. Leise hörte ich das vibrierende Bum-bum von Rockmusik. Ein paar Leute, die aussahen, als hätten sie zum letzten Mal zu Zeiten der Suez-Krise getanzt, hüpften zur Musik herum – aber auf zurückhaltende Art, sie scharrten mit den Füßen und machten gelegentlich wagemutige Bewegungen mit den Ellbogen. Grant Watson war einer von ihnen, er war rot vor Anstrengung, seine Gliedmaßen nicht im Rhythmus der Musik herumzustoßen. Ich beschloss, dass ich im Haus der McCues in größerer Gefahr schweben würde als in den Händen (oder was immer) eines wilden Drachens.

Die Party wirkte furchtbar, obschon ich nicht weiß, ob es so etwas wie eine gute Party gibt. Vielleicht gibt es so etwas wie vollkommene Fröhlichkeit, aber was ihre Bestandteile sind, weiß ich nicht und kann ich mir auch nicht vorstellen.

– Feuerwerk, sagt Nora verträumt, und Lampions, die in Bäumen hängen, und der Mond spiegelt sich im Wasser wider.

Ich sah, wie Philippa den Dekan zum Tanzen aufforderte. Sie sprang in einem zeltartigen Kleid herum, das mit psychedelischen purpurnen und braunen Wirbeln bedruckt war. Der Dekan gab vor, woanders zu sein – in der Caird Hall vielleicht, wo er einem Konzert des Scottish National Orchestra lauschte oder vorzugsweise fest schlafend in seinem Bett, neben dem in Flanell gehüllten Körper seiner Angetrauten, einer großen matronenhaften Frau namens Gerda, derzeit in Rayon gekleidet und von einem schwankenden Archie zum Tanzen genötigt.

Ein anderes *tableau vivant* präsentierte sich durch das daneben befindliche Fenster des Esszimmers. Ich sah, wie Professor Cousins geziert an einem Glas Sherry nippte, während er sich mit Martha Sewell unterhielt, die in schlichtes Schwarz gekleidet war. Im Hintergrund erkannte ich Dr. Dick, der wütend mit Maggie Mackenzie stritt.

»Warum sind wir hier?«, fragte ich Chick.

Er zuckte die Achseln. »Wer weiß?«

»Nein, ich meine, warum sind wir *hier*?«

»Warum nicht?« Wie langweilig Chick war. Wie merkwürdig bobhaft. Als ich ihn davon in Kenntnis setzte, dass auch ich zu der Party eingeladen war, wollte er mich aus dem Wagen und in das Haus scheuchen (damit ich nachprüfte, ob irgendwas Faules passierte, natürlich). Ich weigerte mich standhaft, obwohl mir klar war, dass ich viel narratives Material im Haus vorfinden würde – der betrunkene *Fauxpas*, die falsch zusammengesetzten Paare, der verbotene Sex, sogar ein Fortschreiten der Handlung –, aber nichts davon reichte aus, um mich ins Haus zu locken.

Im Esszimmerfenster tauchte eine Frau auf, ein Glas Rotwein in der Hand. Sie blickte gedankenverloren auf die Straße. Einen Augenblick lang wusste ich nicht, woher ich sie kannte, weil sie so fehl am Platze wirkte, aber dann erinnerte ich mich – es war die Frau mit dem Hillman Imp, die Frau, die wir in Five beobachtet hatten.

»Das ist die Frau mit dem Hillman Imp«, zischte ich Chick zu, und er erwiderte hinter seinem *Evening Telegraph*: »Ich weiß.«

»Was tut sie hier?«, fragte ich ihn. »Ich verstehe es nicht.«

Sie entfernte sich vom Fenster. Im nächsten Augenblick tauchte sie im Zimmer nebenan auf und näherte sich Watson Grant. Er unterbrach sein unbeholfenes Getanze und schlurfte betrunken auf sie zu, zog sie in seine Arme und begann, ihren Nacken zu küssen – eine aufdringliche Aktivität, die sie geduldig über sich ergehen ließ.

»Sie hat also doch eine Affäre«, sagte ich. »Das ist der Beweis. Sie hat eine Affäre mit Grant Watson. Sie sollten sie fotografieren oder so.«

»Nah«, sagte Chick und zog an einer Embassy, »das ist seine Frau.«

Chez Bob

Unglaublich, aber es war erst acht Uhr, als ich nach Hause kam. Ich aß kornische Waffeln mit Philadelphia Käse; ich sah die Nachrichten, schaltete jedoch aus, als Bäume mit Napalm bombardiert wurden. Ich las *Me and Miss Mandible* und hörte *After the Gold Rush*; ich wusch eine Strumpfhose und nähte einen Knopf an. Ich aß noch mehr Waffeln, aber ich hatte keinen Philadelphia Käse mehr. Ich schrieb einen halbherzigen Satz über Henry James (*James impliziert nicht nur, dass der Roman episodisch und fragmentarisch ist, sondern auch dass die Autorin viel zu sehr auf analytische und philosophische Weise interveniert* –), bis ich schließlich ins Bett ging, nur um zwei Stunden später von Shug und Bob geweckt zu werden, die mit zwei Verkehrsleitkegeln und etlichen warmen Brötchen von Cuthberts auch nachts geöffneter Bäckerei hereinkamen. Kein Zeichen von meiner versprochenen geheimnisvollen Besucherin.

»Kannst du dir denken, wer sie ist?«, frage ich Nora, die auf einem Cracker aus einer Schachtel herumkaut, die sie ganz hinten im Schrank in einer Dose gefunden hat. Ich rieche sein Alter. Nora hat ihr Haar nachlässig aufgetürmt, und ich sehe trotzige wilde Strähnen in ihrem Nacken. Heute ist unser Haar sehr rot wegen des Regens, der uns droht. Wir leben in einer Regenwolke. Nora behauptet, dass sie das rheumatische Wetter in den Knochen spürt. Sie sagt, sie sei ein menschliches Barometer.

»Erkennst du sie?«

– Meinst du, da sind Maden drin?, fragt sie und starrt den Cracker an.

Bob und Shug begannen eine erbarmungslose Runde Diplomacy, bis sie von einem drogeninduzierten Heißhunger nach Süßem überwältigt wurden und hinaus in die Dunkelheit gingen auf der Suche nach Marsriegeln. Der Wecker neben dem Bett zeigte auf sechs. Ich frage mich, ob es Morgen oder Abend war. Es spielte keine Rolle, ich war hellwach. Es schien mir nichts anderes übrig zu bleiben, als zu schreiben.

Madame Astarti aß für gewöhnlich früh zu Mittag. Sie schlenderte zu einem kleinen Laden namens »The Catch of the Day« in einer Seitenstraße, um sich Fish and Chips zu kaufen. Er lag abseits der Touristenstrecke und wurde überwiegend von Ortsansässigen frequentiert. Es war eine gemütliche, altmodische Kneipe mit Kachelbildern von Fischen und einem Hinterzimmer mit Kohleofen. Madame Astarti brauchte eine Weile, um zu bemerken, dass es nicht mehr der Chip-Laden war, den sie kannte, sondern jetzt »The Codfather« hieß und in Edelstahl und hellblauem Plastik eingerichtet war.
»Bitte, jeweils einmal, Sharon«, sagte sie. »Und vielleicht eine extra Portion Chips«, fügte sie hinzu.
»Grieben?«, fragte Sharon.
»O ja, Grieben«, erwiderte Madame Astarti.
»Weich gekochte Erbsen?«
»Na gut«, sagte Madame Astarti.
»Eingelegte Zwiebel?«
»In Ordnung.« Madame Astarti sagte Nein zu einem eingelegten Ei. Irgendwann musste man schließlich Nein sagen.
Das Fischessen kam auf einem Tablett aus Pappe und mit einer Plastikgabel. »Was ist hier passiert?«, fragte Madame Astarti.

»Moderne Zeiten«, sagte Sharon, »die sind passiert.« Der Schatten Lou Rigatonis, wenn sich Madame Astarti nicht irrte. Er war eindeutig der Typ Mann, der erst zufrieden war, wenn er die gesamte Küste aufgekauft hatte.
Madame Astarti setzte sich auf eine Bank am Pier und aß Fish and Chips vom Tablett. Sie überblickte den Teil des Hafens, der von der Polizei mit blau-weißem Band, das aussah wie Flaggentuch, abgesperrt worden war, aber es hatten sich nur wenige Schaulustige eingefunden, weil es nichts mehr zu sehen gab. Es war Ebbe, und auf dem jetzt breiten Strand lagen Körper in verschiedenen Schattierungen von Pink herum wie gekochte Krabben. Sie sahen tot aus, aber Madame Astarti nahm an, dass sie nicht tot waren.
Bei den Verladekränen entdeckte sie den Stadtrat Vic Leggat in ein Gespräch mit einem von Lou Rigatonis Gefolgsmännern vertieft. Was hatten sie vor?, fragte sie sich. Nichts Gutes wahrscheinlich.

»Computerlogbuch der USS Enterprise, Captain Kirk, Nachtrag«, verkündete Bob, als er bei Tagesanbruch wieder einlief, »Subjekt ist in *Pon Farr* eingetreten, den Paarungszyklus der Vulkanier. Du bist die wunderschöne T'Pring – möchtest du vögeln?« Ein Angebot, das ich auf der Stelle ablehnte, und Bob fiel bald darauf in den tiefen Schlaf des unschuldigen Narren.
Madame Astarti watschelte den Pier entlang. Oje, oje, dachte sie bei sich selbst

(aber bei wem sonst sollte man denken?), da rollt ja eine schöne Waschküche heran. Eine große weiße Wand aus Nebel zog landeinwärts, dahinter war alles dunkel und verschwommen, und davor schien die Sonne gleißend auf den Strand und die Urlauber. Ein paar von ihnen hatten die Nebelwand gesehen und waren beunruhigt aufgesprungen. Sie sah aus wie aus einem Horrorfilm, ein bösartiges Etwas, das alles verschlang. Das Nebelhorn tutete, ein tiefes, aufregendes Vibrieren, das Madame Astarti bis in die Knochen spürte. In Schottland nannten sie diese Art Nebel »Haar«. Es war ein komisches Wort. Sie war einmal mit einem schottischen Soldaten, einem Jock, dort oben gewesen. Ein Jock namens Jock. Haar, haar.

»Nasser Fisch!«, rief Bob im Schlaf und begann unkontrolliert zu lachen, bis ich ihn mit einem Kissen erstickte.

Die Kunst des Romans

Keine Frau ist eine Insel außer meiner Mutter, ihre Beine wachsen in den Felsen, ihr Kopf ist von Wolken umhüllt, ihre Haut ist mit Entenmuscheln bedeckt, und ihr Atem enthält das Wetter. Aber vielleicht bilde ich mir das auch nur ein.

Sie hat hässliche schwarze Gummistiefel an, die sie irgendwo in einem Schrank gefunden hat. Die Gummistiefel sind ihr zu groß, aber das ist ihr gleichgültig. Sie hat das Gesicht dem weiß benebelten Himmel zugewandt und riecht das Wetter wie ein Tier.

Vom Meer zieht Nebel heran, Welle über Welle, weiß. Eine Waschküsche. Ich sehe zu, wie sie näher kommt. Wir gehen, blind vom Nebel, den Weg oben auf den Klippen entlang.

– Ein schöner Haar, sagt Nora, als wäre er etwas Bewundernswertes. Aber er verschlickt den Klang ihrer Stimme. Sie löst sich im weißen Dunst auf, verschmilzt damit.

– Ich habe gerade an den Tag gedacht, an dem du geboren wurdest, und wie ich ... umbrachte –

Ihre Stimme wird leiser, vom Nebel verschluckt. Wie ein kaltes, nasses Leichentuch drückt er gegen mein Gesicht. Als ich mich umblicke, kann ich den Haar und Nora nicht mehr unterscheiden. Ein merkwürdiges klagendes Geräusch durchdringt das dicke weiße Kissen.

– Wale, sagt Nora, die sich im Meer verirrt haben.

»Verirren sich Wale im Meer? Was für eine seltsame Vorstellung.«

– Wir verirren uns an Land. Warum sollten sie sich nicht im Meer verirren?

Ich versuche, sie einzuholen. »Also«, rufe ich ihr durch die neblige Luft zu, »alle in deiner Familie sind gestorben, und dann wurdest du geboren?«

– Mehr oder weniger, sagt sie, eine ferne, körperlose Stimme.

»Erzähl weiter.« Ich will ebenso ihre Stimme wie ihre Geschichte hören. Ich weiß nicht, wo die Klippen abstürzen, ich weiß nicht, wo ich bin. Ich habe Angst vor dem Nebel, er ist wie etwas aus einer Horrorgeschichte. Ihre Stimme ist der Faden, der mir Sicherheit verleiht.

– Nun gut, sagt Nora nachdenklich, es war folgendermaßen: Marjorie war eine große, grobknochige, rothaarige Frau aus einer Soldatenfamilie in Perthshire, deren Vorfahren überall kämpften, auf der falschen Seite bei Culloden und auf der richtigen Seite bei Corunna. Im Alter von fünfunddreißig Jahren heiratete sie Donald Stuart-Murray; niemand sonst wollte sie, und ihr fiel nichts anderes ein, was sie hätte tun können, wiewohl Donalds erste Frau noch warm im Sarg lag und seine Liste persönlicher Katastrophen lang war.

Die Prinzessin von Wales höchstpersönlich war anwesend gewesen bei Donalds erster Hochzeit mit Evangeline, die im vergangenen Jahrhundert in London stattgefunden hatte, aber nur ein Herzog konnte für die zweite weniger extravagante Eheschließung in St. Giles in Edinburgh aufgetrieben werden. Marjorie trug Evangelines Diamanten, aber unter dem tristen Himmel von Edinburgh funkelten sie ebenso wenig wie die neue Braut.

Donald ging daran, seine verstorbenen Kinder zu ersetzen, zuerst mit einem Mädchen, Deidre, die nahezu sofort zu einer Spielgefährtin Honorias wurde, dann mit einem Jungen, Lachlan, rasch gefolgt von Effie und schließlich vierzehn Jahre später von einem Nachzögling, Eleanor, eine –

»Du meinst dich? Ich finde, du solltest in der ersten Person von dir sprechen.«

– Warum?

»Damit es realer klingt.«

– Mir wäre es lieber, wenn es weniger real wäre.

Schweigen.

»Ist das alles?«, rufe ich in den Nebel, erhalte jedoch keine Antwort.

Als ich schließlich zum Haus zurückfinde, kocht Nora einen Mischmasch aus Widerwärtigem in einem alten Tuch.
– Teufelsknödel, sagt sie. Erzähl weiter, na los.

Philippa stand in der Küche und rührte in einem Riesenkessel mit Suppe, ein Eintopf aus allem, was sie hatte finden können, nicht alles notwenigerweise essbar.
»Mit allem Drum und Dran«, sagte sie und lachte. Die Suppe war dünn, sah eklig aus, roch nach verfaulten Kohlblättern, und etwas Lebendiges schien darin zu schwimmen.
»Willst du probieren?« Philippa hielt mir die Suppenkelle hin.
Sie trug eine von Archies Hosen und einen Fischerkittel aus einem dicken braunen maulwurfsfellähnlichen Material, um die Stirn hatte sie sich auf Indianerart einen indischen Seidenschal gebunden. Sie suchte in der Tasche des Kittels nach etwas und zog einen neuen und sehr schläfrigen McFluffy an Land. Nach dem vergeblichen Versuch, ihn aufzuwecken, steckte sie ihn zurück in die Tasche. Von irgendwo aus den Tiefen des Hauses drang das Geräusch energischen Staubsaugens.
Ich saß an einem Ende des großen Küchentisches aus Kiefernholz und nippte widerwillig an einem beißend riechenden Kaffee, den Philippa mir aufgezwungen hatte. Goneril, die im Morgenlicht zu schielen schien, lag dick und fett auf einer Seminararbeit mit dem Titel »*Wie kann ich entscheiden, ob das, was eine Erinnerung von mir zu sein scheint, tatsächlich eine ist?*«. Sie putzte sich träge, hin und wieder schwebten kleine fedrige Löwenzahnbüschel felinen Felles durch die Luft. Eins davon landete direkt in der Suppe.
»Ich glaube, sie hat so was wie Krätze«, sagte Philippa und kraulte die Katze unterm Kinn.
Der etwas mitgenommene Lachs – nur noch die Hälfte davon war übrig – nahm die Mitte des Tisches ein. Er war für

die Party pochiert worden, und in dem Versuch, ihn wieder zum Leben zu erwecken, waren seine Silberlaméhaut durch Gurkenscheiben und sein totes Auge durch eine gefüllte Olive ersetzt worden. Er war nicht mehr voll angezogen; viele Gurkenschuppen waren abgefallen und entblößten das rosa Fleisch darunter. Hier und dort hingen noch Hautfetzen daran wie ein Grind aus Sternen. Entlang seines Rückens lag eine Reihe Krabben, vielleicht als Verzierung gedacht, vielleicht als fehlgeschlagener Versuch, sein Rückgrat wiederherzustellen.

»Du bist nicht zu unserer Party gekommen«, schalt mich Philippa und warf eine große Hand voll Salz in die Suppe.

»Tut mir Leid. Ich musste eine Arbeit schreiben.«

Es war kalt in der Küche am Windsor Place, eine schreckliche, feuchte Kälte, die einen unvermittelt melancholisch werden ließ. Alle Fenster waren beschlagen von den Dämpfen der Suppe und dem Wäscheständer voll nasser Sachen, der neben dem Heizkörper stand. Ich warf einen flüchtigen Blick auf die Wäsche und fragte mich, ob etwas davon Ferdinand gehörte, ein intimes Kleidungsstück, das seine Haut berührt hatte, aber ich entdeckte nur eine große, angegraute Feinrippunterhose von Archie und schaute schnell wieder weg. Kein Wunder, dass alle McCues immer leicht nach Küche rochen. Außer Ferdinand natürlich.

»Wie geht's Ferdinand?«, fragte ich und versuchte, beiläufig zu klingen.

»Ach, du kennst Ferdinand?«, sagte Philippa. »Wie nett.«

Das Geräusch des Staubsaugers wurde lauter, bis schließlich Mrs. McCue am Ende eines Goblin-Zylinders in die Küche kam. Ihr folgte Mrs. Macbeth, die ein Einkaufsnetz an ihrem Rollator befestigt hatte, das als Behältnis für Putzmittel diente – eine Dose Mansion House Wachs, eine Schachtel Flash, eine große Flasche Parazone, eine rosa Flasche Windolene –, Dinge, die wahrscheinlich noch nie zuvor das In-

nere des McCue-Hauses gesehen hatten. Als Letzter stapfte Duke in die Küche. Es hätte mich nicht gewundert, wenn er einen Staubwedel im Maul gehabt hätte.
Mrs. McCue schob den Staubsauger geräuschvoll über das Linoleum und saugte alles auf, was ihr in den Weg kam – Eierschalen, Kohlstrünke, abgebrochene Bleistifte, Steine, Katzenfellbüschel, gelegentlich ein Rosenkohlröschen. Schließlich schaltete sie zu meiner großen Erleichterung den Staubsauger aus und sagte: »Das reicht für heute.«
Philippa, die die Notwendigkeit einer Erklärung spürte, sagte: »Die gute alte Ma putzt für mich. Und ihre Freundin natürlich auch.«
»Wir machen uns nur ein bisschen nützlich«, sagte Mrs. McCue.
»Dieses Bad«, sagte Mrs. Macbeth *sotto voce* zu mir und schüttelte ungläubig den Kopf. Sie fuchtelte mit der Flasche Parazone herum, als wäre es ein Molotowcocktail.
»Sie haben Sie also wieder rausgelassen?«, fragte ich.
»Sie halten sie nicht hinter Schloss und Riegel«, sagte Philippa gereizt, »es ist kein *Gefängnis.* Und außerdem sind sie ständig draußen. Sie sind nie *drin.*«
Mrs. McCue murmelte etwas vor sich hin, als sie sich neben mich setzte. Goneril öffnete ein bösartiges Auge und taxierte sie furchtlos.
»Mittagessen«, sagte Philippa. Ich versuchte zu flüchten – ich konnte mir nichts Schlimmeres vorstellen, als Philippas Suppe zu essen –, aber Mrs. McCue legte mir eine schwere Hand auf den Arm und sagte: »Ich freue mich wirklich, dich zu sehen.«
Philippa schüttete Suppe in Schüsseln und warf eine große Packung in Scheiben geschnittenes Toastbrot auf den Tisch, das so laut aufprallte, dass Goneril zusammenzuckte, sich jedoch nicht von der Stelle bewegte.
»Unhygienisch«, zischte Mrs. McCue und zwickte verstohlen

die Katze. Goneril drückte ihren Körper tiefer in die Seminararbeit, als wollte sie sich für die Dauer der Auseinandersetzung darin eingraben. Maisie stürmte in die Küche, rief, dass sie am Verhungern sei, zerriss die Hülle des Toastbrots und stopfte sich weiche teigige Stücke davon in den Mund. Sie wurde begleitet von einem hohläugigen, leicht drüsenkranken Mädchen – Lucy Lake, Roger und Sheilas älteste Tochter, die mit Maisie in eine Klasse ging. Sie wirkten beide gleich vernachlässigt mit ihren ungekämmten Haaren und den ungepflegten Schuluniformen. Mrs. Macbeth konnte dem Drang, in ihr Taschentuch zu spucken und Lucy Lake schnell abzureiben, nicht widerstehen.

»Wir können auch noch was von dem Lachs essen«, sagte Philippa und verteilte Teller und Besteck, »der muss weg.«

Mrs. McCue beäugte zweifelnd den Lachs. Das Gefüllte-Oliven-Auge des Fisches erwiderte ihren Blick mit einer gewissen Undurchdringlichkeit.

»Fischvergiftung«, wisperte Mrs. McCue, als Philippa ihre Aufmerksamkeit wieder dem Suppentopf zuwandte. »Dem steht ›Salmonelle‹ auf die Stirn geschrieben.«

»So ein nettes Wort«, sagte Mrs. Macbeth. »Das wäre ein schöner Mädchenname. Salmonella.«

»Heißt das so wegen der Krankheit?«, fragte Maisie den Raum im Allgemeinen, und Philippa antwortete: »Nein, es ist der Name des Mannes, der sie endeckt hat.«

»Mr. Salmon?«, sagte Maisie skeptisch.

»Haben Fische eine Stirn?«, fragte Mrs. Macbeth.

»Jedenfalls haben sie Finger«, sagte Lucy Lake und grinste blöd.

»Wirklich?« Mrs. Macbeth schien besorgt.

Maisie nahm eine kleine nackte Krabbe vom Lachs und musterte sie. »Was fressen Krabben?«, fragte sie nachdenklich. »Meint ihr, dass sie ertrunkene Leute fressen?«

»Aus dir wird noch eine richtige Philosophin«, sagte Philippa strahlend.

Maisie bot einer Krabbe die Stirn, biss sie vorsichtig entzwei und beschrieb sie als »reinen Fisch«. Mrs. McCue meinte, sie könne sich überhaupt nicht vorstellen, wie im Meer herumschwimmende Krabben aussähen, und Lucy Lake sagte: »Wie Insekten wahrscheinlich.« Philippa klatschte in die Hände und sagte: »Schluss jetzt, es reicht«, denn alle sahen aus, als wäre ihnen schlecht.

Philippa holte den neuen McFluffy aus ihrer Kitteltasche und betrachtete ihn neugierig. Er wirkte sehr schlaff und leblos. Sie schüttelte ihn kurz, und er wachte erschrocken auf. Maisie nahm ihn ihrer Mutter ab, setzte ihn sich auf die Schulter und legte den Kopf schräg, damit er es sich an ihrem Hals bequem machen konnte.

»Das sieht sehr unbequem aus«, sagte Mrs. Macbeth.

»Ist es auch«, sagte Maisie und löffelte mühsam ihre Suppe.

– Ich denke, Suppe trinkt man, sagt Nora. (Aber ihr wurde eine richtige Erziehung zuteil, wohingegen ich irgendwie großgezogen wurde.)

Wir nahmen die Suppe alle mit einem unterschiedlichen Adverb zu uns. Philippa verschlang sie hungrig, Mrs. Macbeth entschied sich für schlampig, Mrs. McCue für draufgängerisch, ich hingegen votierte für vorsichtig. Lucy Lake für überhaupt nicht.

»Was ist das?«, fragte Mrs. Macbeth und deutete auf das Manuskript auf dem Tisch.

»Ich schreibe an einem Roman«, sagte Philippa.

»Warum?«, fragte Mrs. Macbeth.

»Warum nicht? Es ist ein Arztroman, ich werde ihn an Mills & Boon schicken. Archie meint natürlich, dass ich mich mit meiner Kunst prostituiere«, sagte Philippa fröhlich (ein allgemeiner Aufschrei), »aber was mich betrifft, ist das ein Scheinargument, das auf der Prämisse beruht, dass alle

Kunst ihrem Ursprung nach didaktisch ist. Meinen Sie nicht auch?«, sagte sie an Mrs. Macbeth gewandt.

»Hmm«, sagte Mrs. Macbeth und blätterte in dem Manuskript. Um eine nicht beantwortbare Frage nicht beantworten zu müssen, begann sie laut vorzulesen: »*Flicks kornblumenblaue Augen funkelten boshaft. Jake McCrindle mochte sich für etwas Besseren halten, weil er ein erfolgreicher Arzt und sie nur eine Schwesternschülerin im ersten Ausbildungsjahr war, aber sie würde es ihm bald zeigen.* ›Flick‹?«, sagte Mrs. Macbeth. »›Flick‹? Sind Sie sicher?«

»Gibt es nicht ein Pferd, das Flick heißt?«, fragte Lucy Lake.

»Nein, das heißt Flicka«, sagte ich zu ihr. »*Meine Freundin Flicka.*«

»Du hast eine Freundin namens Flicka?«, fragte Philippa interessiert.

»A-häm [oder so ähnlich]«, sagte Mrs. Macbeth, »*Flick arbeitete erst seit zwei Tagen auf der chirurgischen Männerstation und war schon zweimal mit dem arroganten Doktor McCrindle zusammengestoßen, der sich für ein Geschenk Gottes zu halten schien sowohl für das Krankenhaus St. Vernon als auch für die Schwestern, die dort arbeiteten.*«

»Gab es einen heiligen Vernon?«, fragte Mrs. McCue, die versuchte, gleichzeitig zu stricken und Suppe zu essen.

»Vielleicht haben Sie an die Fußballtoto-Annahmestelle gedacht?«, schlug Mrs. Macbeth vor.

»Das spielt keine Rolle«, sagte Philippa wegwerfend, »es ist doch sowieso frei erfunden.«

»*›Nun, Dr. McCrindle‹, sagte Flick und war sich ihrer Wirkung auf ihn nur zu bewusst, ›wie lautet Ihre Diagnose?‹*
Er lächelte sie wölfisch an –«

»Ich glaube nicht, dass Wölfe lächeln können«, unterbrach Maisie sie, aber in diesem Augenblick begann Mrs. Macbeth zu würgen und zu husten und so pinkfarben wie der Lachs anzulaufen. Ihre Augen tränten, und ihr Mund formte ein überraschtes Oval, während sie um Atem rang. Philippa schrie: »Heimlichmanöver!«, fasste Mrs. Macbeth von hinten und schüttelte den winzigen Körper, bis sie einen Schwall Worte – *schwelend, schmerzend, stechend* – und eine große Fischgräte ausspuckte.

»Das war knapp«, sagte Mrs. Macbeth heiser und sank auf ihrem Stuhl zurück – als wäre ein kurzer Zusammenstoß mit dem Tod Teil ihrer täglichen Routine. Sie betrachtete die Gräte. »Eine Gräte«, sagte sie und schüttelte verständnislos den Kopf. »Woher kommt die bloß?«

»Von einem Fisch?«, schlug Lucy Lake (ein sarkastisches Kind) vor. Der Lachs schwieg. Mrs. McCue reichte Mrs. Macbeth eine Zigarette, um ihre Erholung zu beschleunigen, und zündete sich selbst ebenfalls eine an. »Ich spare auf einen Philips-Toaster«, sagte sie, »da muss ich eine ganze Menge rauchen.«

Eine Tür wurde geschlossen, und ich hörte oben Wasser laufen. Ich fragte mich, ob das die Anwesenheit Ferdinands irgendwo im Haus signalisierte. Ich entschuldigte mich und schlich auf Zehenspitzen die mit Unrat übersäte Treppe hinauf. Bedauerlicherweise befand sich Ferdinand nicht im Bad, obwohl es nach dem ungewöhnlichen Duft männlicher Sauberkeit roch – Zahnpasta, Rasierschaum, Seife der Marke Lifebuoy –, als hätte es gerade jemand verlassen, der regelmäßigere Anstaltsgewohnheiten hatte als der Rest der McCues. Unter den Gerüchen körperlicher Hygiene entdeckte ich schwache Spuren von Ferdinands persönlichem animalischem Duft, und wenn ich mich anstrengte, konnte ich fast das leise Echo seines Herzschlags hören.

Das Badezimmer war ganz im Geschmack der sechziger Jahre eingerichtet, von der kränklich primelgelben sanitären Einrichtung mit den Armaturen aus durchsichtigem Acryl bis zu der Kiefernholz-Wandtäfelung im Fischgrätmuster, die sich auch auf die Decke erstreckte, in der eingelassene

Lampen matt schimmerten. Die Abflüsse waren mit seifigen Haaren verstopft, die Badewanne wies einen schleimig grauen Rand auf, die Toilette einen krustig braunen, und eine anämische Grünlilie kämpfte auf dem Fensterbrett ums Überleben, die Blätter von einer dicken Schicht Talkumpuder niedergedrückt. Die gesammelte Lektüre der McCues lag in willkürlicher Reihenfolge auf dem Wasserkasten – *Rubber Monthly*, *Beano* und alte Ausgaben des *Philosophical Quarterly*.

Von Ferdinand jedoch keine Spur. Ich schaute in allen Zimmern nach, hoffte seine schlafende Gestalt im Gästezimmer zu entdecken, wo ich ihn zum ersten Mal gesehen hatte, fand jedoch nichts außer Mrs. Macbeth' alter Hündin Janet, die auf dem Bett schlief. Sie schnarchte laut, ihr Atem rasselte in ihrer Brust, aber sie wachte auf, als ich mich auf das Bett setzte, und drückte mir ihre trockene schwarze Nase in die Hand. (»Ach, sie ist so ein kleines Häschen«, sagte Mrs. Macbeth merkwürdigerweise.)

Ich hörte Stimmen unten im Flur, spähte über das Treppengeländer und erhaschte einen Blick auf Ferdinand. Wach wirkte er wilder, er hatte etwas Hungriges an sich, als würde er gern rohes Fleisch essen und, wenn nötig, kleinen Tieren das Rückgrat brechen. Leider verließ er gerade das Haus, küsste Mrs. McCue auf die Backe und sagte: »Tschüs, Oma.«

– Wohin, meinst du, geht er?, fragt Nora.

»Ich weiß es nicht.« Wer weiß schon, wohin Romanfiguren gehen, wenn sie gerade nicht gebraucht werden? In eine Art Gefängnis vermutlich. Wie der Tod oder ein Traum. Vielleicht traf er den gelben Hund, der so mühelos aus den Seiten verschwunden ist.

– Wo könnten sie sein?, fragt Nora, die sich für diese Idee interessiert. St. Andrews, am Strand? Das wäre nett.

»Wie zum Beispiel – ›Der gelbe Hund lief dem Mann voraus, der den langen leeren Strand entlangging, den Kragen gegen den

stechenden Wind aufgestellt, die Hände tief in den Taschen seiner Lederjacke vergraben‹ – so etwas in der Art?«
– Das Wetter müsste besser sein.
»›Der gelbe Hund tollte in den Wellen einem Mann voraus, der den Strand entlangschlenderte. Seine nackten Füße schwelgten in der Wärme des Sandes und des Wassers, sein Gesicht tankte die Sommersonne.‹ Wie wär's damit?«
– Du könntest dich ein bisschen um die Handlung bemühen, sagt Nora. Weiß Gott, du könntest sie gebrauchen. Irgendetwas könnte *passieren*.
»Zum Beispiel?«
– Ein Flugzeug könnte vom Himmel fallen, eine Frau könnte aus dem Wasser waten, eine Bombe könnte explodieren.
»So ein Buch schreibe ich nicht.«
– Du könntest aber.

»Okay, ich muss jetzt los«, sagte Philippa und holte aus dem Haufen von Schrott, mit dem der Flur der McCues voll gestellt war, ihr Fahrrad heraus. »Ich habe einen Zweitsemesterkurs über die Existenz Gottes. Wer kommt mit, vielleicht bis zur Bushaltestelle?« Sie sah Mrs. McCue und Mrs. Macbeth hoffnungsvoll an.
»Ich nicht«, sagte Mrs. McCue und schaltete den Staubsauger wieder ein, um weitere Diskussionen zu unterbinden.
»Ich mach ne kleine Runde durch die Küche«, sagte Mrs. Macbeth und griff nach dem Ajax.
»Passen Sie auf, was Sie den Studenten beibringen«, riet ich Philippa und wich in den Flur zurück, weil Mrs. McCue versuchte, mich aufzusaugen.

Philippa fuhr langsam die Perth Road entlang, ein Fuß auf dem Pedal, der andere auf der Straße, während Maisie, Lucy Lake und ich forsch neben ihr her trotteten, um mit ihr Schritt zu halten.

Ein Menschenschwarm umschwirrte den Tower, die meisten von ihnen wirkten ziemlich ziellos. Jemand trug wie ein Zenturio ein Plakat vor sich her, auf dem stand: SCHLUSS MIT DEM AMERIKANISCHEN IMPERIALISMUS! Allerdings schien das etwas, was außerhalb der Entscheidungsbefugnis des Senats der Universität lag.

Wir hielten vor dem Bestattungsunternehmen gegenüber an, um uns voneinander zu verabschieden.

»Wenn sie nur genauso viel Begeisterung für philosophische Logik aufbrächten«, sagte Philippa und beugte sich mechanisch vor, damit Maisie ihr einen Abschiedskuss auf die Backe drücken konnte. »Sie sind spät dran«, sagte Philippa liebevoll, während wir Maisie und Lucy Lake nachsahen, die die Park Place entlang zur Schule gingen.

Die Rückseite des Tower, wo normalerweise eine ständiges Kommen und Gehen von Studenten herrschte, wurde heute von ihnen blockiert. Die einen versuchten, ins Gebäude zu gelangen, um Kurse oder Vorlesungen zu besuchen, während andere sie unbedingt daran hindern wollten. Ich entdeckte Heather, die ein Plakat mit der Aufschrift NEIN ZUM FASCHISMUS! schwenkte.

Ein stämmiger Rugbyspieler, mit dem Andrea einst eine hektische Nacht verbracht hatte, kämpfte sich durch die schmale Passage zwischen Cafeteria und Tower und schaffte es unter Schlägen und »Streikbrecher«-Rufen das Gebäude zu betreten, und wie Moses, der das Rote Meer teilte, bahnte er einen Weg auch für andere.

»Also, bis dann«, sagte Philippa und versetzte mir einen aufmunternden Schlag auf den Rücken, der mich beinahe umwarf. Sie stieg auf ihr Fahrrad und fuhr überaus wacklig ein paar Meter, bis sie auf der Small's Wynd zu einem Gleichgewicht fand und verschwand.

Ich hastete durch das Rote Meer, bevor sich das Wasser wieder schloss.

»Danke«, sagte ich gehetzt zu dem Rugbyspieler, gerade als Heather ihm mit dem Kriegsschrei der Sioux auf den Rücken sprang und ihn ins Ohr biss.

»Die einzige Möglichkeit, wie eine Frau den Respekt oder auch nur die Aufmerksamkeit eines männlichen Protagonisten gewinnen kann, besteht darin, sich von einer absoluten kindlichen Unschuld zu erweisen –« Maggie Mackenzie schritt vorne im Vorlesungssaal auf und ab wie ein ruheloses Tier im Zoo, ihr Haar hatte sich bereits verselbständigt. »– eine Regression, die wie im Fall von Clarissa die extreme Form des Todes annimmt –«

»Wovon spricht sie?«, flüsterte mir Andrea ins Ohr. Ich zuckte die Achseln, weil ich auch keine Ahnung hatte. Ich war dem Missverständnis erlegen, dass Maggie Mackenzie über *Middlemarch* sprechen würde, sonst wäre ich nie gekommen.

»Ich dachte, sie würde über *Middlemarch* sprechen«, zischte Andrea.

»Vielleicht spricht sie darüber, und wir merken's nicht.«

Andrea sah sehr gouvernantenhaft aus in einem Phantasie-Milchmädchen-Ensemble von Laura Ashley, für das Marie Antoinette ein Vermögen gegeben hätte. Man sah ihr nicht an, dass sie sich vor ein paar Stunden noch in Krämpfen der Lust hin- und hergewälzt hatte. (»Schon wieder?«, sagte ein verblüffter Bob, als wir zwischen unseren leidenschaftslosen lila Laken zu schlafen versuchten.)

»Wie kann der Tod eine Regression sein?«, flüsterte Kevin in mein anderes Ohr. »Das verstehe ich nicht.«

Ich war der Belag in dem von Kevin und Andrea dargestellten Sandwich in der letzten Reihe des Vorlesungssaals, in dem eine Ansammlung von Faulenzern normalerweise vor sich hin döste.

»Ich weiß es nicht.«

Ich kramte in meiner Tasche nach einem Taschentuch. Ich kriegte definitiv eine Erkältung, aber statt eines Taschentuchs fand ich ein zerknülltes Blatt Papier, das ich nach kurzer Verwirrung als eine weitere Seite von *Das expandierende Prisma des J* erkannte. Wie kamen sie in meine Tasche? Steckte sie jemand hinein – oder vielleicht klebten sie, so wie Fliegenpapier.

J, so stellte ich fest, war noch immer so paranoid wie zuvor und schien sich mit einem wütenden mythischen Ungeheuer angelegt zu haben (ein anscheinend allgemein verbreitetes Vorkommnis) – SCHNAUBEN, SCHNAUBEN UND DAS UNHEIL BRINGENDE SCHNÜFFELN VON ETWAS GEWICHTIGEM UND MÄNNLICHEM, DAS UNGEHEUER SEINER PHANTASIE MANIFESTIERTE SICH IN MUSKEL, SEHNE UND AUFGEBÄUMTER GESTALT, GESCHUPPT WIE DIE SÜNDIGE SCHLANGE, DER BLUTDURST DER ZEITEN IM GROSSEN SCHUB DER –

Ich vermutete, dass das wütende mythische Ungeheuer eine Allegorie oder ein Metapher war, aber wer weiß – vielleicht war es real, soweit Fiktion real sein kann, was sie sein muss, denn sie existiert, außer es kann etwas existieren, ohne real zu sein. Und auch wenn es bloß in Form von Worten existiert, müssen doch Worte existieren, oder wir könnten sie nicht benutzen, und Wittgenstein selbst –

»Miss Andrews?« Maggie Mackenzie ging die Stufen hinauf und hinunter auf der Suche nach schlechtem Benehmen. »Ich glaube nicht, dass Sie es sich leisten können, vor sich hin zu träumen.«

Terri stahl sich in den Vorlesungssaal. Sie trug schwarze fingerlose Handschuhe und ein in Auflösung befindliches Taftcape und sah aus, als wäre sie erst kürzlich exhumiert worden. Aus ihrer Miene schloss ich, dass sie die Ziege am Vorabend nicht hatte retten können. Maggie Mackenzie wies ihr unnachgiebig einen Platz in der ersten Reihe zu. »Dort kann ich wenigstens dafür sorgen, dass Sie wach bleiben.« Offenbar wusste sie nicht, dass Terri mit offenen Augen schlafen konnte. Olivia, eine geborene Erste-Reihe-Studentin, lieh Terri Papier und Stift (die Terri nicht benutzte), bevor sie sich wieder ihren extensiven Notizen zuwandte.

»Roland Barthes«, fuhr Maggie Mackenzie fort, »sagt –«

»Nicht der schon wieder«, sagte Andrea seufzend. Ein leiser bekümmerter Schrei erhob sich mitten zwischen den Studenten und signalisierte die Anwesenheit von Proteus. Kara saß auf der anderen Seite des Vorlesungssaals, weit entfernt von der Quelle des Schreis. Sie trug einen Pullover in Regenbogenfarben, der aussah, als hätte ihn ein Gorilla für einen Gorilla gestrickt.

»– behauptet, dass das klassiche Erzählen auf dem männlichen ödipalen Drama beruht –«

Andrea lehnte sich zu mir und fragte, vermutlich mehr aus Boshaftigkeit als aus echter Neugier: »Beruht Edrakonia auch darauf, Kevin?«

Kevin verdrehte die Augen wie eine Kuh im Schlachthof und sagte ziemlich laut: »Blöde Frage.« Ein paar Leute drehten sich um, darunter Maggie Mackenzie, die ungeduldig mit dem Fuß aufstampfte und auf die Art von Lehrern überall in der Welt sagte: »Haben Sie uns etwas mitzuteilen, Mr. Riley?« Und dann sprach sie weiter, ohne eine Antwort abzuwarten –

»Wie Althusser sagt, sind wir alle ›innerhalb‹ einer Ideologie –«

»Wovon spricht sie bloß?«, murmelte Andrea.

»Ich weiß es nicht. Ich weiß überhaupt nichts. Hör auf, mir Fragen zu stellen.« Ich verspürte die ersten Kopfschmerzen.

Vor uns saßen Janice Rand und ihre unter Haarausfall leidende christliche Freundin. Ich musste das Bedürfnis unterdrücken, Dinge auf sie zu werfen. Gelegentlich schoben sie sich kleine, fest gefaltete Zettel mit Notizen zu.

»Freud ... der glaubte, dass Frauen weniger mächtig sind, weil sie wissen, dass sie kastriert sind –«

»Wie bitte?«, sagte Andrea und schien beunruhigt.

»– und in Besitz eines weniger entwickelten Superegos.«

Janice und ihre Freundin tauschten jetzt wie wild Zettel aus. Mir gelang es, einen zu lesen, auf dem stand: »Was ist ein Superego?« Schwarz auf weiß sah das Wort höchst sonderbar aus wie der Name einer Spaghettisauce oder eine musikalische Tempoangabe – *spiritoso, sforzando, superego.* Meine Kopfschmerzen wurden schlimmer. Ich wünschte, ich hätte ein Anadin dabei gehabt (ein ziemlich poetischer Schmerzenschrei). Ich war zu müde, um mich zu konzentrieren.

»Selbstverständlich«, sagte Kevin zu niemandem im Besonderen, »hat die Forschung bewiesen, dass sich niemand länger als höchstens zehn Minuten konzentrieren kann, die letzten fünfundzwanzig Minuten waren also umsonst.«

»Mr. Riley? Möchten Sie einen Beitrag leisten?«, sagte Maggie Mackenzie ärgerlich. Kevin rutschte auf seinem Sitz nach unten und versuchte auszusehen, als wäre er taubstumm.

»Die passive Heldin in dem phalluszentrierten Mythos –«

Ich begann versehentlich von Ferdinand zu träumen. Ich machte im Geist eine Liste von den Dingen, die ich über ihn wusste – er war nett zu alten Damen, er schlief wie ein Toter, er hatte vielleicht blaue Augen (ich hatte sie immer noch nicht gesehen), er war ein verurteilter Verbrecher. Ich hatte Schwierigkeiten, aus diesen Einzelteilen einen ganzen Charakter zusammenzusetzen.

Andrea malte seltsame magische Symbole in ihr Notizbuch – Swastiken, Ing-Runen, Äskulapstäbe und so weiter. Vielleicht handelte es sich um die Hausaufgabe, die ihr der Zauberer in Forfar aufgegeben hatte. Janice sah eine Swastika und erschrak so sehr, dass sie nicht länger stumm bleiben

konnte und ihrer christlichen Freundin zuflüsterte, Andrea sei »eine Nazi«.
Kevin, der heimlich eine Banane aß, wandte sich an mich, nickte in Maggies Richtung und murmelte: »Glaubst du, dass sie über George Eliot reden wird?«
Eine verärgerte Maggie Mackenzie warf ein Stück Kreide in Richtung der hintersten Reihen des Vorlesungssaals. Es traf Janice voll an der Schläfe, und sie schrie auf empörte Märtyrerart auf.
»Nein, das glaube ich nicht.«
Auf Janices Schrei hin begann Proteus verzweifelt zu wehklagen, als würde er über den Rand der Welt fallen (wer weiß schon, was Babys denken?), und Kara musste sich einen Weg durch eine Reihe Studenten bahnen wie eine lästige, zu spät gekommene Theatergängerin – »Tut mir Leid, Entschuldigung, tut mir Leid« –, um zu ihrem Kind zu gelangen. »Er muss gewickelt werden«, verkündete sie aller Welt.
»Ich glaube, ich werde ohnmächtig«, murmelte Andrea.

Die Studenten strömten aus dem Vorlesungssaal. Kevin trottete zielstrebig hinter Andrea her, zupfte an ihrem Milchmädchenärmel und sagte atemlos: »Ich muss etwas klarstellen, die Drachen haben keine psychologischen Komplexe, Ödipus oder Elektra oder irgend so ein blödes Zeug. Die Drachen sind alle weiblich, verstehst du.«
»Wie vermehren sie sich dann?«
Kara kam aus dem Vorlesungssaal. Sie roch nach Erde, als wäre sie gerade ausgegraben worden. Ihr langes glattes Haar war unter einem Kopftuch verborgen, sie trug schwarze Gummistiefel, einen baumwollenen Dirndlrock und hatte auf der Backe einen Dreckstreifen – oder Schlimmeres. Der moschusartige, unangenehme Geruch nach Hühnerfutter und Kamille haftete ihr an.
»Vergiss dein Kind nicht«, erinnerte ich sie, obwohl man an-

nehmen sollte, dass man das nicht konnte. Und auch nicht sollte.

Terri holte mich ein und sagte, dass sie Chick suchen und ihn fragen wollte, was er mit dem gelben Hund getan hatte. Ihr folgte Olivia, die argwöhnisch einen Bogen um Kevin machte, der seinerseits noch immer mit Andrea über die Unlogik von Edrakonia stritt. »Aber wenn die Drachen unsterblich sind und Griddlebart ist es nicht, warum warten sie dann nicht einfach, bis er stirbt, und ergreifen dann wieder die Macht?«

»Das ist lächerlich.«

»Warum?«

»Weil«, sagte Kevin laut, als wäre Andrea taub, »es eine Frage der Ehre ist, nicht eine der Zweckmäßigkeit. Ehre bei Drachen ist –«

»Trinken wir zusammen Kaffee?«, fragte mich Olivia. Sie trug ein hochgeschlossenes Samtkleid mit kleinen Samtknöpfen, die vom Hals bis zum Saum reichten, so dass man einer handlichen Trefferleiste folgen musste, um es zu öffnen. Sie sah bleich und ätherisch aus, als würde sie normalerweise in einer Ballade leben und an ihrem Hochzeitstag versehentlich in einen Sarg gesperrt oder ihre Gänsedaunenmatratze aufgeben und mit einer Gruppe Zigeuner davonlaufen –

»Effie?«

»Ja, richtig, Kaffee –« Aber uns war die wuchtige Maggie Mackenzie entgangen, die auf uns zusteuerte. Und jetzt war es zu spät. Terri sagte: »Ich muss zu einem Mann wegen einem Hund«, und verschwand in ratsamer Eile.

»George Eliot?«, bellte mich Maggie an, als wäre sie ein Feldwebel.

»Fast fertig«, log ich.

»Lügen Sie nicht, Miss Andrews. Wo ist sie?« Ich machte eine Geste in Richtung der Welt außerhalb der Mauern des Anglistikinstituts, als würde meine George Eliot in der Bibliothek arbeiten oder in der Cafeteria Tischfußball spielen.

»Kommen Sie mit«, sagte sie bestimmt, machte auf der Stelle kehrt und hastete zum Aufzug, so dass ich laufen musste, um mit ihr mitzuhalten.

»Später«, keuchte ich Olivia zu. Im Aufzug war kaum Platz für zwei, und ich versuchte, mich in eine Ecke zu drücken, um nicht Maggie Mackenzies tintigen Geruch einatmen zu müssen.

Ich folgte ihr in ihr Büro, wo sie vor den übervollen Bücherregalen auf und ab marschierte, hier und dort rasch ein Buch herauszog und es mir gab. Ein Buch aus der *Casebook*-Serie über *Middlemarch*, ein Buch mit dem Titel *Literature in Perspective* über George Eliot. »Das sind keine schwierigen Bücher«, sagte sie, »sie werden Ihr Hirn nicht *zu* sehr anstrengen.« Sie bemühte sich sichtlich, mich zu ermutigen. »Sie müssen es versuchen, Sie verschwenden Ihr Leben.«

»Nein, das tue ich nicht«, sagte ich, ohne auch nur im Geringsten davon überzeugt zu sein.

»Sie haben während des gesamten Semesters nicht eine Arbeit produziert«, sagte sie streng. Maggie Mackenzie gehörte zu den Menschen, die glauben, dass es nichts gibt auf der Welt, was nicht mit ein bisschen Anstrengung bewältigt werden könnte. (Ich vermute, sie hatte Recht.) Ich blickte zu Boden und sah, dass der Saum meines aus einem alten Sari genähten Rocks aufgetrennt und zerrissen war, ein paar der winzigen Spiegel hingen nur noch an einem Faden. Ich war eindeutig ein Mädchen, das ihre Arbeiten nie rechtzeitig abgeben würde.

»In Seminaren lassen Sie sich kaum blicken«, fuhr sie fort. »Schön und gut, wenn Sie Ihr Leben jetzt genießen wollen, aber in zwanzig Jahren –«

Draußen hatte ein holpriger, unkoordinierter Singsang eingesetzt:

»Was wollen wir?«
»Frieden!«
»Wann wollen wir Frieden?«
»Jetzt!«
»Das ist ein Anfang«, sagte Maggie zufrieden.
»Was?«
»Das Ende.«
– Aber jetzt doch noch nicht?, sagt Nora. Es ist doch noch nichts *passiert.*
»Also, ich muss diese Arbeit fertig schreiben«, sagte ich und versuchte, mich verstohlen aus dem Zimmer zu schleichen. Aber ich erschrak, als Maggeie Mackenzie plötzlich rief: »Um Himmels willen, reißen Sie sich zusammen, Mädchen – bevor es zu spät ist! Was meinen Sie, was aus Ihnen werden soll?«
Ich rechnete damit, dass ich alt werden und dann sterben oder, wenn ich Pech hätte, jung sterben würde, aber das sagte ich nicht, denn es war nicht das, was sie hören wollte, stattdessen murmelte ich etwas Unverständliches, und sie ergriff das nächste Geschoss in ihrer Reichweite – eine Ausgabe von *Cranford*, obwohl ich nicht glaubte, dass die Wahl des Buches von Bedeutung war – und schleuderte es durch den Raum in meine Richtung. Sie zielte wie gewöhnlich schlecht, der Wurf mehr von Ärger denn von Aggression bestimmt, und *Cranford* traf die Wand und sandte einen Furcht erregenden Druck von Frida Kahlo zu Boden. Hätte Philippa McCue geworfen, hätte sie mich genau zwischen den Augen getroffen und dann den Abpraller von Frida aufgefangen.
»Ich will die Arbeit um zehn Uhr am Freitagvormittag auf meinem Schreibtisch haben«, sagte sie scharf, »oder sonst. Sie werden mir später dankbar sein.«
Das bezweifelte ich, aber ich hielt den Mund, weil es sinnlos gewesen wäre, sie noch weiter zu erzürnen, und zumindest

schien sie meine Zukunft im Auge zu haben, und das war mehr, als alle anderen einschließlich meiner selbst taten.
Als ich davonhastete, hörte ich einen merkwürdigen muhenden Laut aus Martha Sewells Zimmer. Ich blieb stehen, um zu horchen, und hörte mehr Tierlaute, gefolgt von bekümmertem Schluchzen. Ich zögerte vor ihrer Tür und klopfte dann.
Jay Sewell öffnete; Martha saß hinter ihm auf ihrem Schreibtisch. Sie trug einen grauen Poncho, der aus verfilztem Eichhörnchenfell zu sein schien, und hielt sich in verzweifeltem Leid die Hand an die Stirn.
»Wir haben Buddy verloren«, erklärte Jay.
»Tut mir Leid«, sagte ich höflich. Buddy war vor ein paar Tagen krank gewesen, und jetzt war er tot. Es schien ein sehr plötzliches Dahinscheiden. Natürlich wusste ich immer noch nicht, wer Buddy war.
»Wir haben keine eigenen Kinder«, sagte Jay, und Tränen stiegen ihm in die Augen, »und Buddy war wie ein Sohn für uns.« Ich wollte nicht wirklich so vertraulich mit den Sewells werden, und der Anblick der verzweifelten Martha, die bislang keinerlei Gefühle an den Tag gelegt hatte, war beunruhigend. Jay hatte mich irgendwie in den Raum manövriert, und als Martha mich wahrnahm, schluchzte sie noch lauter. Ich streckte widerstrebend eine Hand aus, tätschelte ihre Schulter und sagte besorgt: »Ich bedauere Ihren Verlust.«
Plötzlich stand sie auf, stieß mich beiseite und kreischte ihren Mann an: »Wir müssen ihn finden, wir müssen Buddy finden.«
»Er ist nicht tot?«, fragte ich vorsichtig.
Martha sah mich entsetzt an. »Wie kommen Sie darauf?«
»Aber wie sieht Buddy aus?«, sagte ich hastig. »Vielleicht habe ich ihn gesehen.«
»Er ist sehr hübsch«, sagte Jay.
»Und er hat wunderschöne blaue Augen«, fügte Martha hin-

zu. Sie hatte sich ein bisschen beruhigt und betupfte geziert ihr Nase mit einem Taschentuch.
»Also, eigentlich sind sie grün«, korrigierte Jay sie sanft.
»Unsinn«, sagte Martha, »sie sind nicht grün. Vielleicht eine Spur grün«, gestand sie zu. »Wasserblau ist vielleicht der beste Ausdruck. Auf Wasserblau könnten wir uns einigen.«
Jay schien nicht willens, einen Kompromiss einzugehen. »Nicht wasserblau«, sagte er stirnrunzelnd, »tiefblau vielleicht.«
»Zyan«, sagte Martha wie eine Bridgespielerin, die ein letztes gewagtes Gebot macht.
»Zyan?«, sagte Jay nachdenklich. »Wie wäre es mit bläulichgrün?«
Wer immer Buddy war, er wäre zu Staub zerfallen, bevor sich Jay und Martha auf seine Augenfarbe einigen könnten.
»Sagen wir doch einfach blaugrün«, schlug ich hilfreich vor.
»Grünlich blau«, sagte Jay Sewell als letzte Alternative.
Professor Cousins steckte den Kopf zur Tür herein. »Ich habe Stimmen gehört. Kann ich behilflich sein?« Er sah mich, lächelte und sagte: »Ich würde Sie gern vorstellen, aber ich kann mich an Ihren Namen nicht erinnern.« Er lachte Jay an. »Ich kann mich nicht einmal an meinen Namen erinnern, geschweige denn an ihren.«
»Cousins«, sagte Jay ernst, »Sie heißen Cousins.«
»Ich habe nur Spaß gemacht«, sagte Professor Cousins etwas verlegen.
»Sie haben Buddy verloren«, erklärte ich. »Er ist wie ein Sohn für sie. Und er hat bläulichgrüne, grünlichblaue Augen.«
»Und einen prächtigen Pelz«, sagte Martha.
»Einen Pelzmantel? Ich hatte mal einen Pelzmantel«, sagte Professor Cousins wehmütig. »Der war wirklich prächtig.«
Martha hörte nicht zu, sie wurde lyrisch. »Wie geschmolzene Milchschokolade. Beinahe hätten wir ihn Hershey genannt«, fügte sie traurig hinzu.

»Wirklich?«, fragte Professor Cousins höflich.
»Ein kleiner leichtherziger Scherzbold«, sagte Jay feierlich.
»Sie könnten sich bei der Heilsarmee erkundigen«, sagte Professor Cousins. »Es heißt, sie kennen sich aus mit vermissten Personen.«
Jay und Martha wandten sich ihm zu. »Buddy ist ein Hund«, sagte Jay nachsichtig.
»Ein Weimaraner mit Stammbaum«, führte Martha aus.
»Weimaraner«, sagte Professor Cousins, »wie in Weimarer Republik?«
»Ich muss eine Arbeit schreiben«, sagte ich und zog mich leise zurück.
»Halten Sie ein Auge offen für Buddy«, rief Jay mir nach, und als ich die Tür hinter mir schloss, hörte ich Professor Cousins murmeln: »Was für eine schreckliche Vorstellung.«

Umweg

Schließlich schaffte ich es, aus dem Anglistikinstitut hinaus in die Kälte und das störende Tageslicht der wirklichen Welt zu flüchten. Ich war bis zum Grosvenor Pub in der Perth Road gekommen, als ich merkte, dass jemand hinter mir her kroch. Als ich stehen blieb, hielt neben mir eine bekannte Rostlaube an, und die Beifahrertür des Cortina wurde geöffnet. »Willst du ne Spritztour machen?«, fragte Chick.
Ich lehnte ab; der Cortina sah mittlerweile aus, als wäre er in Verwesung übergegangen. Auch Chick wirkte heruntergekommener als beim letzten Mal.
»Mach schon, steig ein«, sagte er auf eine Art, die er wohl für überzeugend hielt. Einmal bei ihm einzusteigen mag als Dummheit durchgehen, das zweite Mal war schiere Notwendigkeit gewesen, aber das dritte Mal würde von purem Wahnsinn zeugen.
»Ich muss eine Arbeit über George Eliot schreiben«, sagte ich und stieg in den kalten stinkenden Wagen.
»Ach ja? Nie von ihm gehört«, sagte Chick, legte hässlich quietschend den ersten Gang ein und fuhr los.
»*Sie* ist eine Frau.«
»Wirklich?«, sagte Chick. »Ich kannte mal ne Frau, die hieß Sidney, sie hat als Heizer aufm Schiff gearbeitet, kannst du dir das vorstellen?«
Ein fettiges Fischessen lag auf dem Armaturenbrett. »Pommes?«, fragte Chick und hielt mir etwas Kaltes und Schlaffes hin. »Aber ich«, sagte er, nachdem ich abgewunken hatte. Er aß die Pommes, während er fuhr. »Wie geht's dem Prof? Netter Typ. Und der Amerikanerin?«
»Terri.«
»Das ist ein Männername«, sagte Chick.
»Sie ist kein Mann.«

Chick aß die Tüte leer, warf sie aus dem Fenster und rieb sich dann die Hände an den Knien ab. Wir fuhren auf einer offenbar vom Zufall bestimmten Route durch Dundee, die uns die Hawkhill entlangführte, dann nach Hilltown, zurück zu den Sinderins und erneut in die Hawkhill. Dabei hielten wir an einem Zeitungskiosk, zwei Wettbüros, einer Telefonzelle, einer Spirituosenhandlung, fuhren mysteriös langsam an einem Polizeirevier vorbei und machten dann eine kurze Tour durch die Docks. Aus einem der Wettbüros sah ich Watson Grant kommen. »Schauen Sie«, sagte ich und stieß Chick in die Rippen, weil er in die *Racing Times* vertieft war (interessanterweise steuerte er dabei immer noch den Cortina), »da ist Grant Watson.«

»Wer?«

»Watson Grant, Sie arbeiten für ihn, haben Sie das vergessen? Sie beobachten seine Frau.«

»Nicht mehr«, sagte Chick, »er konnte seine verdammte Rechnung nicht zahlen. Mister Mittelklasse-Universitätsdozent«, sagte Chick angewidert, »er ist ein verdammter zwanghafter Spieler.«

»Nein!«

»Doch.«

»Vielleicht hat seine Frau deswegen eine Affäre«, sagte ich und dachte an Aileen Grants bekümmerte Gesichtszüge.

»Du kannst Gift darauf nehmen, dass sie ihn verlassen wird«, sagte Chick, »dann sitzt er *wirklich* in der Patsche.«

»Warum?«

»Die Versicherungspolice«, sagte Chick, »seiner Schwiegermutter.«

»Mrs. Macbeth?«

»Du kennst sie?«, fragte Chick argwöhnisch.

»Grant Watson hat also eine Versicherung für Mrs. Macbeth abgeschlossen?«

»Nein, das hat seine Frau getan, wie heißt sie gleich wieder?«

»Aileen.«
»Aileen, sie hat die Versicherungspolice, aber die geht mit ihr.«
»Ich *glaube*, ich verstehe. Wenn Mrs. Macbeth *jetzt* sterben würde oder wenn Aileen jetzt sterben würde, dann würde Watson Grant das Geld kriegen. Aber wenn Aileen sich scheiden lässt, kriegt er nichts, wenn Mrs. Macbeth stirbt, oder?«
– Das gefällt mir, sagt Nora, alles schwarz auf weiß erklärt. Das solltest du öfter tun.
»Ja, aber«, sagte Chick, »schwarz-weiß gedacht –« Aber dann wurden wir unterbrochen, weil er seine brennende Zigarette auf seinen Schoß fallen ließ und nur knapp an einer Straßenlampe vorbeischrabbte, die »im Weg stand«.

Alles, was Chick tat, schien mir verdächtig, obwohl sein Verhalten wahrscheinlich überwiegend harmlos war. Er hielt vor der öffentlichen Bedürfnisanstalt in der Castle Street an, um »zu püschern«. Dann fuhr er zu Wallace's, um sich den klassischen Dundee-Imbiss zu holen – eine schlichte Fleischpastete und ein »ingininiaa« (»und eine Zwiebel, wenn Sie so freundlich wären«). Ich lehnte ab. Nachdem wir durch den Busbahnhof am Seagate gefahren waren – zum größten Missfallen eines Busfahrers, der versuchte, einen Bus nach Perth zu wenden –, blieben wir in der Nähe der Highschool stehen, durch deren breites neoklassizistisches Portal sich ein Schülerstrom wälzte.
Ein großes hübsches Mädchen trat aus der Masse und ging auf den Wagen zu. Sie hatte kurz geschnittenes dunkles Haar und sah in ihrer Schuluniform so sauber und ordentlich aus, dass ich das Gefühl hatte, ich müsste mich anerbieten, eine Strafarbeit zu schreiben. »Der erste Eindruck lässt sich nicht zweimal machen«, und so weiter. Sie trug eine große Mappe mit Hausaufgaben, und auf ihren Blazer-

ärmel waren die gelben Streifen einer Vertrauensschülerin genäht.
Als sie näher kam, kurbelte Chick das Fenster herunter, und ich überlegte, ob ich sie nicht warnen sollte, vor allem, als er eine Schachtel Pfefferminzbonbons hervorholte und sie ihr hinhielt. Chick sah haargenau so aus wie in staatlichen Informationsfilmen der Fremde, von dem man keine Süßigkeiten annehmen soll. Das Mädchen nahm ein Bonbon, beugte sich vor, küsste Chick auf die Backe und sagte: »Danke, Dad«, winkte und ging weiter.
Ich war baff. »*Das* war ›die miese kleine Range?«
»Eine davon«, sagte er verdrossen, legte knirschend den Gang ein und fuhr los. Er holte das Mädchen ein und sagte: »Soll ich dich mitnehmen?«
»Nein danke«, sagte sie. »Nicht nötig.«
»Auch gut«, sagte Chick, »ich bin nämlich kein verdammtes Taxi.«
Das Mädchen lachte.
»Sie müssen ziemlich schwache Gene haben«, sagte ich zu Chick.

Der nächste Hafen, den wir anliefen, war ein Bestattungsunternehmen in Stobswell, wo wir auf das schalteten, was ich mittlerweile als Beobachtungsmodus wieder erkannte, das heißt, Chick drückte seine Zigarette aus, legte die Zeitung weg und schloss die Augen.
»Gibt es etwas, wonach ich mir die Augen aus dem Kopf gucken soll?«, fragte ich ihn und spürte, wie ein abwesender Professor Cousins entsetzt erschauerte.
»Nach allem, was faul ist«, sagte Chick. Innerhalb von Sekunden schnarchte er.

Niemand kam oder ging und nichts Faules geschah, solange Chick schlief.

Als er aufwachte, sagte er: »Na gut, dann gehen wir jetzt und schauen nach.« Dann hievte er sich aus dem Wagen.
Ich folgte ihm in das Bestattungsinstitut, wo wir von einem geschäftsmäßigen Bestattungsunternehmer begrüßt wurden. Was für eine Schande, dass Terri nicht dabei war, sie hätte an diesem Besuch größten Gefallen gefunden. Bestattungen wären wahrscheinlich der ideale Beruf für sie. Die nichtssagende Atmosphäre im Inneren hätte sie jedoch enttäuscht; es wirkte eher wie der mit Raumspray ausgesprühte Empfangsraum eines Klempnereibedarfsgeschäfts und nicht wie ein Haus des Todes.
»Wir möchten die Tote sehen«, sagte Chick zu dem Bestattungsunternehmer.
Allerdings beherbergte das Institut zeitweilig mehrere Tote, und Chick wusste nicht genau, welche wir sehen wollten. »Die aus dem Anchorage«, versuchte er es. Der Mann war höflich, aber misstrauisch, und erst als Chick kurz seinen nicht mehr gültigen Polizeiausweis zückte, durften wir schließlich die auserwählte Leiche sehen.
»Ich kann nur hoffen, dass es niemand ist, den ich kenne«, warnte ich Chick. Ich hatte noch nie zuvor eine Leiche gesehen, nie jemanden gekannt, der gestorben war –
Nora zählt wieder ihre Toten an den Fingern ab, und ich bitte sie, damit aufzuhören. Sie zuckt die Achseln. Sie trocknet die nassen Strähnen ihres Haars vor dem Feuer aus harzigem grünen Holz, das wir am Strand gesammelt haben.
Wir warten darauf, dass eine Kartoffelsuppe einen halbwegs essbaren Zustand erreicht, und vertreiben uns die Zeit, indem wir einen eigenartigen Schnaps trinken, den Nora in einem Destillierapparat selbst gebraut hat.
»Aus?«, frage ich zweifelnd. Das Zeug sieht aus und riecht wie der Grund eines Süsswasserteichs.
– Tang.
Das spärliche Flackern ist heute Abend unsere einzige Lichtquel-

le. Wir haben hier selbstverständlich keine Elektrizität. Sie wurde vor langer Zeit unterbrochen. Wir schonen unsere Vorräte, denn wir haben nur noch ein paar Kerzen und eine Dose Paraffin. Wir brauchen Nachschub, aber die See ist zu rau für die kleine *Sea Adventure*. Noras Seefahrerqualitäten sind außergewöhnlich und überraschend – sie kann das kleine Boot meilenweit rudern, ohne müde zu werden, sie kann mit Hilfe der Sterne navigieren, sie kennt die Strömungen und Gezeiten und Untiefen ihrer heimatlichen Gewässer. All die Jahre, die wir am Meer lebten, habe ich sie nicht einmal auf dem Wasser gesehen. Wo hat sie den Umgang mit den Booten gelernt?
– Von meiner Schwester, sagt sie, sie war ein Wasserbaby.
Die schöne Effie, die an dem Tag ertrank, als ich geboren wurde? Wie ertrinken Wasserbabys?
– Nur mit Mühe, sagt Nora grimmig. Du bist in dem Bestattungsunternehmen, erinnert sie mich wie jemand, der das Thema zu wechseln versucht, du wirst gleich deine erste Leiche sehen –
Dankenswerterweise war der Raum kaum erleuchtet. Ich blieb neben der Tür stehen, denn der Gedanke, dem Tod ins Antlitz zu schauen, entsetzte mich plötzlich. Mein Herz schlug so laut, dass sogar die Leiche es gehört haben musste. Chick betrachtete den Inhalt des Sargs so gelassen, als sähe er einen Fisch in einem Aquarium. Hatte Chick schon viele Leichen gesehen?
»Ich habe meinen Teil gesehen«, sagte er kurz angebunden, als gäbe es für jeden eine Quote. »Miss Anderson«, sagte er zu mir, als wollte er mich der Toten vorstellen. Ich näherte mich vorsichtig dem Sarg. »Sie beißt nicht«, sagte Chick. Das stand zu hoffen. Chick fasste mich am Ellbogen und schob mich näher vor.
Der Sarg war weiß ausgeschlagen wie ein Kaffeewärmer, und die Leiche einer alten Frau, die ich Gott sei Dank nicht kannte, lag darin. Die Haut im Gesicht der alten Frau war wie talgiges Kerzenwachs, und ihre Lippen waren auf eine Weise ge-

schürzt, die nahelegte, dass sie mit einer Beschwerde auf den Lippen gestorben war. Miss Anderson, so erinnerte ich mich, war laut Mrs. McCue »ein zänkisches Frauchen«.

»Sie meinen also, dass jemand sie umgebracht hat?«, flüsterte ich Chick zu.

»Warum sollte ich das meinen?«, sagte Chick.

»Warum sind wir sonst hier? Und warum waren Sie bei Sengas Beerdigung?«

»Sie war meine Tante«, sagte Chick. »Tante Senga.«

»Tante Senga?« Vielleicht stimmte das, aber nichts, was Chick sagte, klang so, als wäre es wahr.

Ich erzählte ihm, dass Miss Anderson laut Mrs. Macbeth eine schreckliche Angst davor gehabt hatte, lebendig begraben zu werden, und Chick sagte: »Ja?«, holte ein Taschenmesser aus seiner Jackentasche und stach ihr damit, ohne zu zögern, in eine ihrer harten geäderten Hände. Ich schrie auf, aber leise angesichts der gedämpften Atmosphäre des Bestattungsunternehmens und der unzweifelhaft illegalen Natur von Chicks Tat.

»Sie ist eindeutig tot«, sagte Chick, als hätte er mir gerade einen Gefallen getan. Aber ich war bereits hinausgegangen.

Als Nächstes fuhren wir die gewundene Straße zum Law hinauf, dem erloschenen Vulkan, auf dessen aschenen Abhängen Dundee erbaut wurde. Wir parkten wie Touristen oder Verliebte (und wir waren definitiv weder das eine noch das andere), stiegen aus und gingen im Kreis herum, um das gesamte Dreihundertsechzig-Grad-Panorama zu besichtigen. Auf den Sidlaws lag Schnee, und der Tay war von der Farbe polierten Zinns.

»Ach, das ist ein schöner Ort«, sagte Chick, »aus der Ferne jedenfalls.« Er holte eine weitere Halbliterflasche Bell's aus der Tasche – ich erinnerte mich vage und mit einem ziemlich mulmigen Gefühl daran, dass ich die letzte ausgetrunken hatte.

»Nur zu«, sagte Chick, »davon wachsen dir Haare auf der Brust. Wie Sidney«, fügte er hinzu und lachte – ein merkwürdiges gurgelndes Geräusch, das in einen stoßweisen Husten und ein unangenehmes Würgen überging, die offensichtlich nur durch das Anzünden einer Zigarette beschwichtigt werden konnten.

»Sie meinen also, dass jemand die alten Leute umbringt?«, fragte ich noch einmal.

»Habe ich das gesagt?«

»Vielleicht ist es Watson Grant. Vielleicht hofft er, Mrs. Macbeth umbringen zu können, bevor Aileen ihn verlässt, und er ermordet die anderen alten Leute, um die Aufmerksamkeit vom eigentlichen Opfer abzulenken – Mrs. Macbeth.«

»Du hast zu viele Bücher gelesen.«

Es begann zu schneien – kaltes, nasses Zeug, das im Fallen taute. »Genug frische Luft«, sagte Chick und stieg schnell wieder ins Auto.

Die Schneeflocken wurden dichter, und der Wind oben auf dem Law wirbelte sie wild herum, so dass mir schien, als befände sich das Auto in einer riesigen Schneekugel. Dundee verschwand hinter einem weißen Schleier, während Chick standhaft die Whiskyflasche austrank. Das Merkwürdige am Zusammensein mit Chick – merkwürdig angesichts seiner schwerwiegenden charakterlichen Mängel – war, dass ich mich mit ihm sicher fühlte, als ob mir in seiner Anwesenheit nichts Böses widerfahren könnte. Vielleicht war es so, wenn man einen Vater hatte. Aber woher sollte ich das wissen?

Ich versuchte, ihn zu ermuntern, mehr von sich zu erzählen. Diese Bitte hatte ein Sperrfeuer mieser Gefühle zur Folge, Chick verfluchte wieder einmal die blöde Kuh und den Verlustgutachter, vor allem aber den kanariengelben Capri des Verlustgutachters.

– Wie begutachtet man einen Verlust?, fragt Nora und verteilt

Kartoffelsuppe, die auf Grund der viel zu vielen Stärke ekelhaft schmeckt.
»Vielleicht indem man ihn achtet«, schlage ich vor.
– Das glaube ich nicht.
Nora ist heute Abend entschieden düsterer Stimmung – vielleicht liegt es an dem Aperitif aus Tang.

Wir fuhren zurück in die Stadt. »Du hast genug von meiner Zeit verschwendet«, sagte Chick. »Ich hab noch was anderes zu tun, auch wenn das für dich nicht zutrifft.«
»*Sie* verschwenden *meine* Zeit«, sagte ich. »Ich muss eine Arbeit –«
– Zu viel Dialog, sagt Nora und seufzt. Ich ziehe deskriptive Passagen vor.
Als wir die Nethergate entlangfuhren, begleitete uns ein großartiger winterlicher Sonnenuntergang, der sich am westlichen Himmel in wilden Farben abspielte – Blutorange und Vaskulärviolett –, als würde irgendwo flussaufwärts ein schrecklich bestialisches Massaker stattfinden. Die Strahlen der sterbenden Sonne, reflektiert vom Wasser, ließen den Tay (ausnahmsweise) aussehen, als bestünde er aus geschmolzenem Gold. Ein harter Frost überzog das Land, und es roch nach Schnee.
»Gefällt dir das besser?«
– Ja.
Es muss eine unglaubliche Heldentat himmlischer Ingenieurskunst sein, dass die Sonne jeden Tag auf- und untergeht. Selbstverständlich weiß ich, dass es nicht ganz so mechanisch abläuft. Aber der Gedanke gefällt mir. Innerhalb von Sekunden glitt die Sonn außer Sichtweite, zog zu den Antipoden oder wohin auch immer sie zieht, und uns blieb eine dunklere Art von Dunkelheit.
– Jetzt lässt du deinen Launen freien Lauf, sagt Nora stirnrunzelnd.

»Das war ein klasse Sonnenuntergang«, sagte Chick. »Wie wär's mit einem chinesischen Abendessen? Wir könnten ins Gold Lucky gehen.«
»Na gut ... okay«, sagte ich.

»Hast du Geld dabei?«, fragte Chick, als wir gegessen hatten – er hatte sich zweimal Bananenfritter bestellt, »mir scheint, ich habe meine Brieftasche vergessen.«

Das Meer im Sund ist heute Morgen grau und kabbelig und so wenig einladend wie altes Badewasser. Sogar die verspielten Erzähltwordenen sind zu wärmeren Gewässern aufgebrochen. In letzter Zeit hat der Wind zu häufig geweht, unseren Verstand durcheinander gebracht, unsere Gedanken zersetzt. Die Luft hält die Feuchtigkeit wie ein Stück Stoff.
Wir sind in der Küche, sitzen neben einem Feuer aus feuchtem Treibholz und verlassenen Vogelnestern. Auf dem Boden der Teedose liegt nur noch Staub. Vielleicht werden wir hier an Hunger und Durst sterben.
– Es gibt genügend Wasser auf der Insel, sagt Nora.
Es gibt nichts *als* Wasser, der Regen prasselt seit Tagen gegen die Felsen, die Bäche treten über die Ufer, die kleinen Wasserfälle wurden zu Katarakten, vermutlich wird bald der Meeresspiegel ansteigen. Meine Mutter ist ein Mörder. Oder eine Mörderin. Habe ich es schon erwähnt? Offenbar sind wir in einem grässlichen Plot gefangen, dem wir nicht entkommen können.
– Ein Sturm zieht auf, sagt Nora und schnüffelt in der Luft wie ein Hund.
Aber das sagt sie immer.
»Du bist dran«, sage ich und werfe ein weiteres Holzscheit ins Feuer. »Na los.«
– Muss ich?, fragt Nora. Kann ich nicht auf die Toilette gehen oder Tee kochen, das klingelnde Telefon abnehmen oder etwas vergleichbar Langweiliges tun?

»Nein. Und wir haben kein Telefon.« Nicht einmal der Briefträger klingelt hier, nicht ein einziges Mal. »Erzähl mir von deiner schönen Schwester, die an dem Tag starb, an dem ich geboren wurde.«

Nora stößt einen Seufzer aus, so tief wie der Grund des Sunds.

– Die Geschichte klingt so weit hergeholt, warnt sie mich, dass du sie nicht glauben wirst. Also ... zuerst war da Deidre – die starb –, dann Lachlan, und ein Jahr später wurde Effie geboren, gezeugt während eines Gewitters, geboren während eines Erdbebens.

»Ein Erdbeben in *Schottland?*«

– Ein kleines. Das kommt vor. Wenn auch selten.

»Sehr selten.«

– Sie wurde zur Wintersonnenwende geboren, als es kein Licht gab auf der Welt und sich alles in die Erde zurückgezogen hatte. Sie wurde geboren, als die Erde schlief, aber Effie ruhte nie und hatte bald eine ziemlich zerbrechliche Marjorie aufgearbeitet. Wenn man Effie ansah, konnte man meinen, dass sie von einer Salamandernatur besessen war, dass Luft und Feuer oder eine andere immaterielle Materie ihre Elemente waren, aber in Wahrheit stammte sie von einem dunklen Ort unter der Erde. Sie war ein boshafter Kobold, ein heimtückischer Wassergeist. Nur Lachlan konnte es mit ihr aufnehmen, weil er aus dem gleichen fehlerhaften Material war. Wenn sie zusammen waren, kam ihr wahres Selbst am deutlichsten zum Vorschein.

Die beiden waren wilde, undisziplinierte Geschöpfe. Weder Marjorie noch Donald wussten, wie sie mit ihnen fertig werden sollten. Marjorie hatte sich nie wirklich davon erholt, in drei Jahren ebenso viele Kinder auf die Welt gebracht zu haben, und suchte bald bei der Ginflasche Trost, und Donald war natürlich schon ziemlich alt und hatte sich noch nie besonders für seine Kinder interessiert. Deswegen lag Lachlans und Effies Erziehung in den Händen einer Reihe von Kindermädchen, die alle schnell vertrieben waren. Es ging sogar das Gerücht, dass ein Kindermädchen ins Krankenhaus gebracht werden musste – es hatte etwas zu tun mit Fliegenpapier und Kakao –, jedenfalls war ein Dienstmädchen mit einem eingegipsten Arm ausbezahlt worden. Sie waren die Sorte Kinder, die sich immer in der Nähe eines Unfalls herumtrieben. Marjorie nannte es Boshaftigkeit und trank einen weiteren Gin.

Schließlich wurden sie in die Schule geschickt, Lachlan der Familientradition folgend nach Glenalmond, Effie nach St. Leonard. Auf die Trennung hin verbesserte sich ihr Verhalten ein wenig, trotzdem gleicht es einem Wunder, dass sie nie der Schule verwiesen wurden. Aber nach wie vor verbrachten sie die Ferien zusammen, tobten herum und quälten jedes lebende Wesen.

Sie rannten durch die Wälder und Wiesen wie Zigeuner, steckten Nadeln in Raupen, schnitten mit ihren Taschenmessern Würmer entzwei, fingen Fische und zerschmetterten sie an einem Felsen. Es gab einen Vorfall mit der Katze des Wildhüters – sie wurde an einem Baum hängend gefunden, mit abgeschnittenem Schwanz –

»Bist du sicher, dass du das nicht erfindest?«

– Warum sollte ich das tun?

Ihr Lieblingsplatz war der kleine See. Niemand sonst ging dorthin. Es war ein düsterer Ort, die Ufer von Weiden bewachsen, das Wasser schwarz, auf allen Seiten umgeben von dichtem Wald. Im Lauf der Jahre waren die von Menschenhand geschaffenen Zu- und Abflüsse des Sees verstopft, so dass über ihm ständig eine reglose übel riechende Luft hing. Hin und wieder schwamm ein langer, dunkler lanzenförmiger Schatten durch das trübe Wasser wie ein kleines feindliches U-Boot.

Im Alter von sieben Jahren warf Lachlan seine Schwester in den See – so ein Junge war er. Als sie zwischen den halb verfaulten Binsen aus dem Wasser kroch, hatte sie schwimmen gelernt. So ein Mädchen war *sie*.

»Von da an war sie das Wasserbaby?«

– Ja.

»Und dann?« Meine Mutter (die nicht meine Mutter ist) ist nicht sehr gut im Geschichtenerzählen, stimmt's? »Und sie war wunderschön?«, sage ich, was Nora widerwillig bejaht. »Auf welche Weise?«

– Die übliche – blaue Augen, tizianrotes Haar, runde Gliedmaßen, straffe Brüste. Ich persönlich war immer der Ansicht, dass ihre Augen zu weit auseinander standen. Das verlieh ihr etwas von einem Frosch. Sie kaute sich die Fingernägel bis aufs Fleisch ab.

»Und ihre Persönlichkeit?« Nora zuckt die Achseln. Das ist wie Zähneziehen. »Wenn's nicht anders geht, tun's auch unvollständige Sätze«, dränge ich sie. »Versuch es mit Adjektiven. Fang einfach mit ›A‹ an.«

Nora holt tief Luft –

– Abstoßend, brutal, chaotisch, doppelzüngig, eitel, furchtlos (oder furchtsam), großspurig, hässlich (innerlich), intolerant, jähzornig, karmisch (schlechtes Karma), linkshändig, missgünstig, nachlässig, oligarchisch, psychopathisch, querulantenhaft, rücksichtslos, schlau, tyrannisch, ungeduldig, verarmt (geistig), wahnsinnig, xenoglossisch –

»Wirklich?«

– Hätte sie zumindest sein können. Eine (ziemliche) Yachtsfrau, ein Zombie. Eine lebende Tote.

»Keine Eigenschaften, die das alles wieder gutmachen?«

– Nein.

Ein schlimmer Fall von geschwisterlicher Rivalität, scheint mir. Aber Effie war vierzehn Jahre alt, als Nora geboren wurde, und lebte im Internat. Und wie schafften es die mit Gin abgefüllte Marjorie und der alternde Donald noch ein Kind zu zeugen, selbst einen »Nachzögling«?

»Nur zu, erzähl deine unwahrscheinliche Geschichte weiter.«

– Effie wurde schließlich erwachsen. Heiratete, ließ sich scheiden (zweimal), starb. Ende der Geschichte.

»Das kannst du nicht machen.«

– Wir leben in postmodernen Zeiten. Ich kann tun und lassen, was ich will.

Meine Mutter ist nicht meine Mutter. Ihre Schwester ist nicht ihre Schwester. Und siehe, wir sind so wild durcheinandergewürfelt wie die Kekse in einer Schachtel.

Chez Bob

»Du bist zurück!« Brians Stimme dröhnte ihr aus den Tiefen des Crab and Bucket entgegen.

»Ich war überhaupt nicht weg, du blöder Trottel«, sagte Madame Astarti und kämpfte sich an den aufgehängten Fischernetzen und den Glaskästen vorbei, mit denen das Innere des Crab and Bucket dekoriert war - oder vielmehr das Crab, wie die Einheimischen die Kneipe liebevoll nannten. Es war die Sorte Pub, das die Urlauber aufsuchten, weil sie es für authentisch und interessant hielten (es roch nach rohem Fisch), und das sie überstürzt wieder verließen, ohne das Glas auch nur einmal an die Lippen geführt zu haben.

Das lag nicht so sehr an dem düster grünen Unterwasserlicht oder den toten ausgestopften Fischen in den Glaskästen an den Wänden als vielmehr an der unangenehmen Feindseligkeit der Eingeborenen. Hätte Custer die Stammgäste des Crab and Bucket an seiner Seite gehabt, hätte er noch einen Tag länger standgehalten.

Madame Astarti musste nicht einmal in die Richtung des Barmanns - ein melancholischer Mann namens Les (oder Les Miserables, wie die Einheimischen ihn hinter seinem Rücken nannten) - blicken, und schon nahm er ein Glas und füllte es mit reichlich Gin und einem Pro-Forma-Spritzer Tonic.

»Ich dagegen«, sagte Brian gut gelaunt, »habe der Hölle einen Besuch abgestattet.«

»Übertreib nicht, du warst mit Sandra beim Einkaufen in Scarborough«, sagte Madama Astarti und hievte sich auf den Barhocker neben Brian. »Wo ist sie überhaupt?«

»Unterwegs«, sagte Brian, steckte das Gesicht so weit wie möglich in sein Glas und inhalierte Bierdämpfe. Ein Ausdruck des Schmerzes huschte kurz über Brians Gesicht, und er sagte: »Habe meine verdammten Einlagen nicht in die Schuhe getan.« Madame Astarti zeigte ihr Mitleid mit ihm. »Ach, Rita«, sagte Brian, »warum habe ich dich nicht geheiratet?«

»Weil ich dich nicht genommen hätte«, sagte Madame Astarti und haute ihm fest auf die Fingerknöchel mit ihrer –

– was? Ihrer fächerförmigen Waffel? Ihrer Kristallkugel? Ach du meine Güte, es war so ermüdend. Ich fühlte mich fiebrig, mir war abwechselnd heiß und kalt. Ich nahm zwei Paracetamol, legte mich mit Bobs blauer Teddybärwärmflasche ins Bett und las *The Indian Uprising*. Dann musste ich eingedöst sein, denn als Nächstes lag Bob neben mir im Bett und behauptete, den Abend in der Tavern – eine besonders verderbte Studentenkneipe – verbracht zu haben, was sonderbar war, denn von dort hatte Shug vor einer Stunde angerufen und mich gefragt, ob ich wüsste, wo Bob sei.

»Wenn Alice kommt«, sagte Bob vollkommen ernsthaft zu mir, »und entweder Bernard oder Charles kommt, wird auch Dotty auftauchen. Bernard und Edward kommen entweder beide oder bleiben beide fort, und Alice wird nur erscheinen, wenn Charles und Edward beide da sein werden. Dotty wird also nicht kommen, wenn Alice nicht kommt.«

»Bob, wovon sprichst du?«
»Frag mich nicht«, sagte er. »Ist auf Grund oben angeführter Prämissen Folgendes möglich:
(a) Können alle fünf Personen kommen? Können nur vier kommen, und wenn ja, welche vier? Können nur drei kommen, und wenn ja, welche drei? Nur zwei, und wenn ja, welche zwei? Nur einer, und wenn ja, wer? Kann keiner kommen?
(b) Unter welchen Umständen wird Alice kommen?
(c) Wessen Abwesenheit ist ausreichend, um das Nicht-Kommen von Bernard zu garantieren?
(d) Ist es möglich, dass Bernard kommt und Alice oder Edward nicht?«
Zu diesem Zeitpunkt war ich natürlich schon eingeschlafen.

In Madame Astartis Kopf pochte es. Sie spähte argwöhnisch in ihr Glas. Sie war bereits jetzt verkatert, dabei hatte sie noch nicht einmal aufgehört zu trinken. Vor langer, langer Zeit hatte ein Mann versucht, sie betrunken zu machen, um sie als weiße Sklavin zu verkaufen, und seitdem meinte sie, immer besonders wachsam sein zu müssen, wenn sie trank. Wiewohl es unwahrscheinlich war, dass heutzutage noch jemand hinter ihr her wäre für den weißen Sklavenhandel.
»Ich hab noch nie richtig verstanden, was das ist«, sagte Sandra. Madame Astarti schien, als würden Sandras schmale rote Lippen die Worte erst ein, zwei Sekunden, nachdem sie sie gehört hatte, formen, und sie neigte sich vor, um Sandra zu sagen, dass sie nicht synchron mit sich selbst

sei, aber sie strauchelte und wäre fast vom Stuhl gefallen.

»Was genau verstehst du nicht, mein Liebling?«, fragte Brian Sandra. »Das Wort ›weiß‹, das Wort ›Sklaven‹ oder das Wort ›Handel‹?«

Sandras Hals und Dekolleté waren im Lauf der Jahre mager geworden, so dass Teile von ihr jetzt einem Huhn ähnelten. Sie schlug ein künstlich gebräuntes Bein über das andere und ließ einen in einer Sandale mit goldenen Riemen steckenden Fuß kreisen. »Wirst du dir diese Saison die Show ansehen, Rita?«

»Als ob ich die versäumen würde«, sagte Madame Astarti. Brian und Sandra waren nicht nur Brian und Sandra, sondern auch »Der große Pandini und seine reizende Assistentin Sabrina« - Massenfutter bei Sommershows und Ferienlagern im ganzen Land. Jeden Abend legte Brian seinen British-Home-Stores-Pullover und seine Polyesterhose ab und verwandelte sich in eine vampirhafte Gestalt dank eines Zylinders und eines weiten schwarzen Umhangs mit rotem Satinfutter »von Remnant Kings um fünfundsiebzig Pence der Meter - das sind fünfzehn Schilling pro Meter für dich und mich«, sagte Sandra zu Madame Astarti. Sandra kleidete sich in Fischernetze und schwarzen Satin, ließ sich in zwei Teile sägen und wegzaubern.

»Dickie Henderson«, sagte Sandra, »das war wirklich ein großer Künstler.«

»Ist er tot?«, fragte Brian.
»Kann sein«, sagte Madame Astarti düster. Die Hitze und der Lärm im Crab and Bucket begannen Madame Astarti zuzusetzen.
»Noch einen?«, fragte Brian gut gelaunt mehr sich selbst als die anderen.
»Du hast schon zu viel getrunken«, sagte Sandra. »Ich will einen Port mit Zitrone, du kriegst eine Halbe, nicht mehr. Rita?«
»Hab nichts dagegen.«
»Fluppe?«
»Her damit.«
»Hast du von der Frau gehört?«, fragte Sandra. Ihr Gesicht verschwamm und wurde wieder scharf. »Die aus dem Meer? Schreckliche Sache.«
»Wissen sie schon, wer sie ist?«, fragte Brian, schüttete die Halbe hinunter und starrte hoffnungsvoll in das Glas, als wartete er darauf, dass das Bier zurückkäme.
»War, Brian, war«, verbesserte Sandra ihn. »Sie ist nicht mehr. Ich glaube, sie hieß Anne-Marie Devine.«
»Wie bitte?«, sagte Madame Astarti und verschüttete ihren Drink.
»Anne-Marie Devine«, wiederholte Sandra, »eine Dame der Nacht. Alles in Ordnung, Rita?«
»Eine Dame der Nacht?«, sagte Brian.
Sandra nahm sich ebenfalls eine Zigarette aus der Schachtel. »Gib uns Feuer«, sagte sie zu Brian.
O nein, dachte Madame Astarti, sie fingen an zu -

»Arme Kuh«, sagte Brian. »Wie sie wohl ausgesehen hat?«
»Ungefähr meine Größe«, sagte Sandra, »angeblich nicht gerade schlau.«
»Mann, was für ne Frau.«
»Mittlerweile ziemlich grau.«
Madame Astarti stöhnte, der Raum begann sich zu drehen, sie musste diesem Alptraum entkommen.

Der Wind heult, die See grollt. Nora steht auf der Landspitze wie die Galionsfigur am Bug eines Schiffs. Ich glaube, sie versucht einen Sturm heraufzubeschwören. Das ist ein Ablenkungsmanöver – sie wird alles tun, nur um ihre Geschichte nicht beenden zu müssen.
Meine Mutter ist nicht meine Mutter. Mein Vater ist nicht mein Vater. Noras Vater ist nicht ihr Vater. Und siehe, wir sind so wild durcheinander gewürfelt wie die Kekse in einer Schachtel.

Welt ohne Ende

Im Erdgeschoss des Tower herrschte Aufruhr – eine rüpelhafte Menge trieb sich herum, die nicht genau wusste, was sie hier sollte. Viele davon waren natürlich nur hier für den unwahrscheinlichen Fall, dass etwas Aufregendes passieren würde.

– Aufregung wird bei weitem überschätzt.

Ein paar störten Roger Lake, der auf der Treppe zur Bibliothek stand und deklamierte. Er predigte einer aufmerksamen Gruppe militanter Studenten, die meisten davon Apparatschiks der Sozialistischen Gesellschaft. Viele von ihnen saßen im Schneidersitz auf dem Boden, was den Anschein vermittelte, dass Roger eine Grundschulklasse unterrichtete. In diesem inneren Kreis wurde lautstark gebrüllt, und eigentlich hätten alle kleine rote Bücher schwenken sollen. Ich bekam wieder Kopfschmerzen.

Dann entdeckte ich Olivia, die abseits der Menge stand. Sie sah merkwürdig abwesend aus, als stünde sie unter Hypnose. Hinter Roger Lakes Kopf schwenkte jemand ein Plakat, das behauptete: AUFSTAND IST EINE KUNST, UND WIE JEDE KUNST UNTERLIEGT ER GESETZEN.

Ich meinte, dass wahrscheinlich Heather sich das ausgedacht hatte, aber Olivia sagte: »Nein, das stammt von Trotzky.«

»Was geht hier vor?«, fragte ich sie.

»Ich glaube, dass Roger dazu aufruft, das Establishment umzustürzen«, sagte sie und blickte ziemlich müde drein, »und stattdessen eine ›Universität der Straße‹ oder so etwas Ähnliches zu gründen.«

»Der Straße? Ich dachte, sie protestierten gegen den Krieg. Oder war es die Regierung?«

Olivia zuckte gleichgültig die Achseln, und dann sagte sie –

in einem exemplarischen *non sequitur*: »Ich bin schwanger.« Ihre Haut war weiß wie Milch.
»Tut mir Leid.« Ich zögerte. »Oder soll ich dir gratulieren? Was auch immer.«
»Ja«, sagte sie zweideutig.
Roger rief etwas, was seine Kohorten in Wallung brachte, und Olivia sagte: »Kann ich mit dir reden?«
»Mit mir?« Aber in diesem Augenblick hüpfte Robin auf uns zu, in einer roten Kordsamtlatzhose und einem blau-weiß gestreiften langärmeligen T-Shirt, als würde er die Kindersendung *Playschool* moderieren. An einem Latzhosenträger steckte ein kleines Schild mit der Aufschrift »Vertrauensschüler«.
»Das ist ein ironischer Kommentar zum Wesen der Macht«, sagte er, als ich ihn fragte, ob er tatsächlich Vertrauensschüler gewesen wäre.
»Wir sehen uns später«, sagte Olivia und verschwand in der Menge.
»Das ist rcal«, ricf Robin hitzig, »das ist wichtiges Zeug.«
»Ich wusste gar nicht, dass sich Buddhisten für Politik interessieren«, sagte ich.
»Buddhisten?«
»Gestern warst du Buddhist.«
»Ja, kann sein, heute bin ich Maoist. Du weißt wirklich überhaupt nichts«, fügte er hinzu. Was stimmte.
Ich erspähte Bob und Shug, die sich durch die Menge drängten.
»Anarchie regiert«, sagte Shug lakonisch. Bob hatte eine braune Papiertüte in der Hand, aus der er Magic Mushrooms aß, als wären es Zitronendrops. Er hielt die Tüte Robin hin.
»Ihr Typen engagiert euch für rein gar nichts, stimmt's?«, sagte Robin und warf sich eine Hand voll Psilocybin in den Mund. »Ihr seid faule Hedonisten, euch interessiert nur euer winzig kleines Leben.«

»Er wurde politisiert«, erklärte ich Bob und Shug.
»Wow«, sagte Bob, »hat es wehgetan?«
Heather tauchte neben Robin auf. »Direkte Aktion«, sagte sie, ihre Brustwarzen wippten fieberhaft, »nur so können wir etwas verändern.«
»Ganz recht«, sagte Robin.
»Ihr seid voll von Scheiße«, sagte Shug, ziemlich treffend fand ich.
»Wenn die Revolution ausbricht«, spuckte Heather ihn an, »werden Leute wie du als Erste an die Wand gestellt.« Robespierre, Stalin, Heather – ihr Stammbaum war klar. Sie ließ eine polemische Tirade vom Stapel, wie Studenten die Welt beherrschen würden, und sagte dann etwas, was ich nicht ganz verstand, über die örtlichen Timex- und Sunblestarbeiter, die die Geisteswissenschaftliche Fakultät übernehmen würden (was vermutlich nicht schlecht wäre).
»Ich dachte, es geht um Vietnam? Oder die Bergarbeiter?«, wunderte ich mich.
Robin seufzte angesichts meiner mangelnder Aufklärung. »Es geht um *alles.*«
»Alles? Das ist eine Menge Zeug.«
»Du klingst wie dein Freund«, sagte Robin gereizt.
Bob sah mich erstaunt an.
»Das bist du«, sagte ich zu ihm.
»Wir haben hier einen *Aufstand*«, sagte Robin. »Verantwortungslose Typen wie euch brauchen wir hier nicht.«
»Ebenso wenig die fünfte Kolonne«, fügte Heather hinzu und sah mich dabei drohend an.
Nichts von all dem tat meinen Kopfschmerzen gut. Außerdem hatte ich jetzt Gliederschmerzen, und meine Mandeln fühlten sich an, als hätte jemand sie mit Sandpapier bearbeitet.
Bob und Shug erklärten, sie wollten »herumhängen« und sehen, was passieren würde, aber ich bahnte mir durch das

Gedränge und Geschiebe einen Weg hinaus in den Flur und hoffte, dass ich nicht Maggie Mackenzie begegnen würde. Als hätte der Gedanke an ihren Namen sie heraufbeschworen, hörte ich plötzlich ihre durchdringende Stimme und flüchtete auf die Damentoilette.

Wo ich Terri vorfand. Sie saß auf dem Sims vor den Spiegeln, überraschenderweise in Begleitung eines neuen Hundes. Er war seidenglatt und sehr elegant, eindeutig irgendein Rassehund und ein unendlich exquisiterer Vertreter der Kanidenwelt als der flüchtige gelbe Hund, den Chick angefahren hatte. Der neue Hund aß mit Terri Hundesckokobonbons – eins für ihn, eins für sie und so weiter. Der Hund leckte die Schokobonbons aus Terris Handfläche wie ein eifriges Pferd.

»Das ist Hank«, sagte Terri stolz, als hätte sie ihn gerade auf die Welt gebracht. »Ich habe ihn gefunden«, fuhr sie fort und rieb die nasse Nase des Hundes mit ihrer etwas trockeneren. »Ist er nicht toll?« Der Hund sah mich an, ziemlich betrübt, aus einem Paar wunderschöner meergrüner Augen. Ein schrecklicher Gedanke ging mir durch den Kopf. »Was ist das für eine Rasse?«, fragte ich.

»Himmel, bist du ungebildet – das ist natürlich ein Weimaraner.«

»Das habe ich mir schon gedacht.« Irgendwie brachte ich es nicht über mich, ihr neu gefundenes Glück zu zerstören und sie über Hanks mutmaßliche Herkunft aufzuklären, denn wer sollte er sein wenn nicht Buddy? Terri hatte ein Stück Wäscheleine um den Hals des Hundes gebunden, und jetzt stand sie auf und zog leicht daran. »Wir müssen los«, sagte sie. »Wir müssen Zeug besorgen.«

»Zeug?«

»Ja – Hundezeug.«

»Soll ich mitkommen?«

»Nein, ist schon in Ordnung.« Terri hüpfte von dem Sims herunter, der Hund folgte ihr wie ein Schatten, und dann setzte sie sich zielgerichtet in Bewegung, ein Adverb, das noch nie zuvor auf sie zugetroffen hatte. Sie nahm sogar ihre Ray-Ban-Sonnenbrille ab. Vielleicht lauerte ein echtes amerikanisches Mädchen hinter der Vampirmaske, ein fröhliches, erfindungsreiches Kind (eine Art Highschool-Queen, die babysittet). Jemand, der mich nicht mehr zu brauchen schien.

War ich wirklich so leicht zu ersetzen, fragte ich mich, als ich aus der Toilette in den Flur trat. Und obendrein von einem Hund? Vielleicht war das die Lösung für mein Problem mit Bob – ich konnte ihm einen Hund als Ersatz für mich beschaffen. Ein Hund würde ihn bestimmt besser behandeln als ich. Er konnte vielleicht nicht kochen, aber er würde ihn auch nicht bewerten.

Ich war so in diese Idee vertieft – ich stellte mir Bob in Gesellschaft eines munteren Border Terriers vor, der einfache Aufgaben im Haushalt übernehmen konnte –, dass mir Maggie Mackenzie entging, die wieder einmal durch die Düsternis eilte, bis ich frontal mit ihr zusammenstieß. Ich war außer Atem, aber sie blieb ungerührt.

»Miss Andrews«, sagte sie formell, »da Sie so unfähig sind, werde ich den Abgabetermin für Sie noch einmal verlängern. Sie haben Zeit bis übermorgen zehn Uhr vormittags.«

Mein Gehirn war so verwirrt, dass ich kaum begriff, was das bedeutete.

»Wenn Ihre George Eliot zu diesem Zeitpunkt nicht bei mir vorliegt, werde ich den Dekan davon in Kenntnis setzen müssen, dass Sie für die Abschlussprüfungen nicht zugelassen werden können.«

Die Cafeteria war voll aufgeregter Menschen, die von Hausbesetzungen, Umsturz und dem Erstürmen der Bibliothek sprachen. Nicht jedoch Andrea und Kevin, die sich gegenseitig verdrossen ertrugen und ausführlich über ein geheimnisvolles Gesetz in Edrakonia stritten. Andrea trug einen Gazekittel und quälte sich mit der Entscheidung ab, ob sie Kartoffelchips mit Salz und Essig essen sollte.

An der Bar brach ein Handgemenge zwischen einem Haufen Rugbyspieler und den Kadern irgendeiner Revolutionären Kommunistischen Gruppe aus, und Kevin sagte ärgerlich: »Sie sind wirklich alle erbärmlich. Slogans und Jargon, mehr ist es nicht. Wenn die Leute von Edrakonia an etwas glauben, sind sie willens, ihr Leben dafür zu opfern. Sie haben richtige Waffen – das Rapier, den Dolch, das Toledoschwert. Waffen aus feinstem Stahl, mit Bronze verziert und mit Gold und Silber gepunzt. Das Stilett, das Breitschwert, das Krummschwert, die Bombarde, das Falkonett –«

Ich entschuldigte mich und fand Olivia schließlich an der Theke, wo sie Schlange stand und versuchte, gleichzeitig ein Tablett, den unnachgiebigen Körper von Proteus und einen neumodischen, blau-weiß gestreiften und wie einen Regenschirm zusammengefalteten McLaren-Buggy zu balancieren. Ich bot mich an, das Tablett zu tragen, sie sagte »Danke« und gab mir stattdessen Proteus. Er hatte einen knallroten Ausschlag auf den Backen, weil er zahnte, und eine kleine Boxerfaust steckte in seinem Mund, als wollte er sich selbst auffressen.

»Hast du vielleicht Kara gesehen?«, fragte Olivia. »Sie hat mich gebeten, ihn eine Minute zu halten, aber das war vor Stunden.«

»Nein, tut mir Leid.«

Sie stellte Milchtüten und diverse Kellogg's-Schachteln auf das Tablett. »Meinst du, das kann er essen?«, fragte sie mich. »Es gibt hier keine Babynahrung.«

Wir fanden Platz am Ende eines Tisches. Olivia setzte sich Proteus auf die Knie, und dann versuchten wir, ihm löffelweise Kellogg's einzuflößen, was er sowohl beunruhigend als auch aufregend fand. Jedes Mal, wenn der Löffel sich ihm näherte, sperrte er den Mund auf wie ein riesiges Vogeljunges, und dann erlitt er einen Anfall, schlug mit Armen und Beinen um sich und kreischte, weil alles neu für ihn war. Hin und wieder spuckte er Schokoreis und Honigpops aus wie Hagelgeschosse. »Ich bin sicher, es ist sowieso an der Zeit, dass er abgestillt wird«, sagte Olivia ziemlich kleinlaut.

»Tun wir das nicht gerade?« Ich wusste wirklich überhaupt nichts.

»Roger will, dass ich das Baby behalte«, sagte Olivia.

»Das Baby?«, wiederholte ich verwirrt. Ich hatte vergessen, dass sie schwanger war, und glaubte einen Augenblick lang, sie spräche von Proteus.

»Er sagt, dass ich bei ihm und Sheila einziehen soll.« Sie schüttelte verwundert den Kopf. »Kannst du dir das vorstellen?«

Konnte ich nicht. »Weiß Sheila es?«

»Nein, aber das spielt auch keine Rolle«, sagte sie tonlos. »Ich werde abtreiben.«

»Bist du sicher? Ich meine, du kannst wirklich gut mit Babys umgehen.«

»Ich finde es falsch, Babys in diese schreckliche Welt zu setzen«, sagte sie traurig. »Ich meine, alles, was man will, ist, dass sie glücklich werden, und das ist genau das, was niemand ist, stimmt's? Ich könnte es nicht ertragen, dass mein Kind unglücklich ist. Und wenn sie alt sind – ein hilfloser alter Mann oder eine kleine alte Frau –, kann man sich nicht mehr um sie kümmern, weil man schon tot ist.« Ich wünschte, mir würde etwas Heiteres als Antwort auf diesen ziemlich tragischen Ausbruch einfallen, aber in diesem Moment stieß Proteus einen störrischen Schrei aus, und wir starrten ihn beide an, als hielte er den Schlüssel zu irgendeinem Geheimnis in der Hand, aber er steckte nur wieder seine Faust in den Mund und blickte drein, als würde er gleich in Tränen ausbrechen.

»Er ist glühend heiß, das arme Lämmchen«, sagte Olivia und legte ihm ihre kühle blasse Hand auf die Stirn. »Ich bring ihn besser hier raus.« In der Cafeteria war es laut und verraucht, was wahrscheinlich nicht gut für ein Baby war und bestimmt nicht gut für mich, und so folgte ich ihr hinaus.

»Danke«, sagte Olivia, »du bist eine richtige Freundin.«

Daraufhin fühlte ich mich schuldig, weil ich uns nicht wirklich als Freundinnen betrachtete.

»Bis bald«, sagte sie.

Maisie trieb sich in voller Schulmontur vor der Tür zur Cafeteria herum. »Da bist du ja«, sagte sie in dem entnervten Tonfall einer viel älteren Frau.

»Warum – waren wir verabredet? Und solltest du nicht in der Schule sein?«, fragte ich sie, als ich mit ihr die Straße entlangging.

»Ja auf beide Fragen. Komm schon, wir sind spät dran.«

Ein leiser Schrei machte uns auf die schmächtige Gestalt von Professor Cousins aufmerksam, der auf dem Gehsteig, so schnell er konnte, auf uns zu trottete. »Hallo«, keuchte er. Ich setzte ihn auf eine Bank vor Seabraes, damit er sich erholte, und wir betrachteten den Verladebahnhof und den Tay (der heute wie mattes Zinn aussah), bis er wieder Luft geschöpft hatte.

»Wir müssen gehen«, sagte Maisie.

»Das ist Dr. Lakes Tochter, nicht wahr?«, sagte Professor Cousins zu ihr. Er schnalzte mehrmals mit den Fingern. »Nein, sag es mir nicht, der Name wird mir gleich einfallen.« Er wand seinen gesamten Körper in einem eigenartigen Versuch, sich zu erinnern.

»Sie meinen Lucy«, sagte Maisie.

»Genau!«, rief er.

»Wir werden zu spät kommen«, sagte Maisie, die noch ungeduldiger wurde.

»Gehen wir an einen schönen Ort?«, fragte Professor Cousins hoffnungsvoll.
»Nein.«

Chick nickte mir über Miss Andersons offenes Grab hinweg kurz zu. Wir standen im Balgay Friedhof und wohnten Miss Andersons Beerdigung bei. Er hatte seine Bestattungsmiene aufgesetzt – irgendwo zwischen Bluthund und Vincent Price. Das Grab befand sich zwischen den neuen Gräbern am Fuß des Hügels, es wehte ein bitterkalter Wind, der die Robe des Pfarrers blähte, und ich fürchtete, er würde davonfliegen wie Löwenzahnsamen, wenn er nicht aufpasste. Es begann zu nieseln, und der Tay färbte sich dunkel wie Blei.
»Wäre es nicht schrecklich, wenn sie nicht tot wäre?«, flüsterte mir Maisie aufgeregt zu, nachdem sie in Miss Andersons neue, schlammige Heimstatt gespäht hatte. »Stell dir vor, man wacht auf und liegt in einem Sarg. Lebendig begraben«, fügte sie genussvoll hinzu und machte mit den Händen kratzende Bewegungen, wie sie vermutlich eine Leiche machen würde, die ihrem Sarg zu entkommen sucht, allerdings sah sie dabei aus wie eine wahnsinnige Katze. Ein paar der versammelten Trauergäste warfen besorgte Blick in ihre Richtung.
»Sie ist tot, glaub mir«, zischte ich und dachte an Chicks makaberen Taschenmessertest.
»Liebe Lucy«, sagte Professor Cousins liebevoll, »ganz die Grabschänderin.«
Mrs. McCue, auf deren Einladung hin Maisie anwesend war – Gott weiß warum, wahrscheinlich irgendein Initiationsritus in die Weiblichkeit –, legte eine beruhigende Hand auf die knochige Schulter ihrer Enkelin, die in ihrer Begeisterung in Gefahr schwebte, in das offene Grab zu fallen.

Mrs. McCue trug ihren Beerdigungshut – schwarzer Filz mit Krempe –, den sie mit einem Plastikkopftuch gegen den Regen schützte.

Professor Cousins winkte Chick fröhlich zu. Er schien sich zu amüsieren. Angesichts der Tatsache, dass Mrs. Anderson angeblich ein »zänkisches Frauchen« gewesen war, hatten sich ziemlich viele Trauergäste eingefunden. Selbstverständlich waren auch Mrs. Macbeth sowie ein Minibus voll Anchorage-Bewohnern da.

»Wie ein Ausflug mit dem Bus«, sagte Mrs. McCue missbilligend. »Niemand von denen hat sie gemocht.«

»Und du auch nicht«, erinnerte Mrs. Macbeth sie.

Ein kleiner Kreis von Verwandten der Verschiedenen war anwesend, die, im Gegensatz zu den Bewohnern des Anchorage – alle eindeutig Beerdigungsveteranen –, keine angemessene Trauerkleidung besaßen und verlegen in Pflaumen- oder Marineblau oder Grau herumstanden. Manche betupften sich die Augen mit Taschentüchern, andere starrten ernst auf den Sargdeckel. Alle wirkten wie Schauspieler, die zu oft geprobt hatten.

»Nahe Familienangehörige«, höhnte Mrs. McCue, »›nah‹ ist nicht das Wort, das ich wählen würde. Als sie noch lebte, haben sie sich nicht um sie gekümmert, ich weiß nicht, warum sie jetzt, wo sie tot ist, so betroffen sind.« Mrs. McCue schien es auf sich genommen zu haben, die üblichen Begräbnisplattitüden von sich zu geben.

Der Regen begann sich jetzt ernst zu nehmen, und Professor Cousins spannte seinen Schirm mit dem Entengriff auf und holte mich und Maisie mit darunter.

Auch Janice Rand hatte sich an die alte Dame erinnert, aber gerade eben erst, da sie spät und atemlos ankam, nichtsdestotrotz eine spirituell überhebliche Miene zur Schau trug, als würde sie höchstpersönlich Mrs. Anderson zu ihrem Schöpfer zurückschicken.

Eine plötzliche Windbö drohte Professor Cousins davonzuwehen, so dass ich ihn am Arm festhalten musste. In diesem Augenblick spürte ich die Augen in meinen Rücken (»Nein!«, sagte Professor Cousins beunruhigt).

Die Frau, die mich verfolgte, war da. Sie stand oben auf dem Hügel zwischen den alten Gräbern, beobachtete feierlich das Begräbnis wie eine ausgeschlossene Trauernde oder ein unbemerkter Geist. Sie hielt einen Regenschirm, der sie teilweise verdeckte, aber ihr roter Mantel leuchtete wie ein Signal. Das war bestimmt die Person, die mich auf Schritt und Tritt verfolgte – oder führte ihr Leben sie an dieselben unwahrscheinliche Orte wie mich meines? Oder vielleicht verfolgten mich zwei Personen – die eine konnte ich sehen, die andere nicht.

Meine Aufmerksamkeit wurde abgelenkt von Mrs. McCue, die eine Handvoll klebriger Erde auf den Sargdeckel warf, wo er mit einem dumpfen Geräusch auftraf, das Professor Cousins zusammenzucken ließ (Maisie wiederholte für mich die kratzenden Handbewegungen), und als ich wieder hinsah, war die Frau verschwunden.

»Nun, ich weiß nicht, was mit euch ist«, sagte Mrs. Macbeth, als alle Miss Anderson den Rücken wandten, »aber ich könnte ein kleines Tässchen Tee vertragen.« Mrs. McCue hatte eine Einkaufstasche aus Raffiabast auf dem Boden abgestellt. Auf einer Seite der Tasche standen in bunten Bastbuchstaben die Worte »Ein Geschenk aus Mallorca«. Die Tasche sah aus, als würde sie eine Tonne wiegen, und schien immer mal wieder zu erbeben. In einer Ecke tauchte ein eierschalenfarbenes Ohr auf.

»Janet«, flüsterte Mrs. Macbeth, »hat mal wieder zu schwache Beine.«

»*Achtung*«, murmelte Mrs. McCue, als sich uns eine große schlanke Frau näherte, »*mein Führer* kommt.«

Mrs. Macbeth schob ihren Rollator vor die Einkaufstasche,

während Mrs. McCue für mich übersetzte: »Die Heimleiterin – Mrs. Dalzell.«

Mrs. Dalzell legte ein aufmunterndes Mary-Poppins-Verhalten an den Tag, und sie hatte tatsächlich die gleiche Frisur wie Julie Andrews in *Meine Lieder, meine Träume* (oder vielmehr in fast allen ihren Filmen), schritt herrschaftlich um das Grab, kontrollierte, ob alle zufrieden waren oder nicht, und lud die Verwandten zu einem »kleinen Imbiss« ins Anchorage ein.

Unbemerkt von Mrs. Dalzell war Janet aus ihrer Einkaufstasche entkommen und stürzte jetzt geradewegs auf Miss Anderson zu. Mrs. Dalzells Mary-Poppins-Lächeln wurde etwas kleiner, als sie den Hund sah. »Wem gehört der Hund?«, bellte sie und blickte ihre Schützlinge einen nach dem anderen prüfend an. Janet scharrte wild in einem Erdhaufen neben dem Grab, als wollte sie den Sarg gänzlich mit Erde bedecken. »Das ist Ihr Hund, oder?«, sagte Mrs. Dalzell vorwurfsvoll zu Mrs. Macbeth und runzelte die Stirn. »Das ist doch Janet. Hatten Sie sie irgendwo versteckt?«

Maisie lief vor, nahm den verdreckten nassen Totengräberhund auf den Arm und sagte: »Sie gehört mir. Mrs. Macbeth hat mir den Hund geschenkt.« Maisie schmollte auf eine höchst unattraktive Art und tat so, als wäre sie ein kleines Mädchen, während sie in Wirklichkeit, wie wir alle wissen, eine siebzigjähre Frau war, gefangen im hilflosen Körper eines kleinen Kindes.

Mrs. Dalzell schien nicht vollkommen überzeugt, aber sie begann ihre Herde zusammen- und zum Tor hinaus Richtung Minibus zu scheuchen.

»Erster Halt Spandau«, sagte Mrs. McCue laut, als Mrs. Dalzell sie zur Eile antrieb.

Ich folgte ihnen aus dem Friedhof, während Maisie den Weg entlangtänzelte. Wir kamen gerade noch rechtzeitig, um zu sehen, wie Professor Cousins auf den Minibus zugetrieben wurde. Ich rief vergeblich seinen Namen, aber Chick fasste ihn an seinem dünnen Ellbogen und dirigierte ihn fort.

»Wenn er einmal dort drin ist, kommt er wahrscheinlich nie wieder raus«, sagte er laut vor sich hin. Dann wurde mittels eines bizarren Taschenspielertricks Janet erneut in die Einkaufstasche gestopft und heimlich ihrer rechtmäßigen Besitzerin zurückgegeben – Mrs. McCue und Mrs. Macbeth verhielten sich dabei wie zwei ziemlich schlechte Laienschauspielerinnen, die einen James-Bond-Film nachstellen.

Chick beobachtete Maisie, die ohne Kreidefelder Himmel-und-Hölle spielte. »Vermutlich muss man dich nach Hause bringen«, sagte er barsch zu ihr, »wer immer du bist.«

»Sie heißt Lucy Lake«, sagte Professor Cousins hilfsbereit.

Wir stiegen in den Wagen und brachen zu dem gewohnten narrativen Umweg auf – Wettbüros, Spirituosenläden und so weiter, dazwischen sogar ein längerer Aufenthalt von Professor Cousins und Chick in der Galleon Bar des Tay Centre Hotel, den Maisie und ich lieber im Auto aussaßen. Wir vertrieben uns die Zeit, indem wir mit den politisch unkorrekten Karten »Switch« spielten.

Die Route nach Windsor Place führte uns an der Universität vorbei, jetzt eine Brutstätte von Aktivität, beständig kamen und gingen Leute mit einem ruhelosen Tatendurst, der auf diesem Gelände bislang völlig unbekannt gewesen war. Vor dem Tower hatte sich eine Menschenmenge versammelt, vom Balkon im vierten Stock hing ein Laken, auf dem in roter Farbe, die aussah wie Blut (vermutlich aber keines war), die Worte standen: DIE TIGER DES ZORNS SIND WEISER ALS DIE PFERDE DES UNTERRICHTS.

»Was zum Teufel soll der Scheiß heißen?«, sagte Chick und verlangsamte, als eine Gruppe Leute auf die Straße trat. »Scheißstudenten.« Er entdeckte Maisie im Rückspiegel und fügte hinzu: »Entschuldige mein Französisch.«

»Hab schon Schlimmeres gehört«, sagte Maisie phlegmatisch. »Schaut – da ist Dad«, rief sie und deutete auf eine Gestalt, die auf dem Rasen vor der Cafeteria stand. »Dad« war Roger Lake – der aufgebracht auf eine kleine Gruppe Studenten einredete, schrie und gestikulierte.

Sollte Maisie diese Scharade noch lange weiterspielen, würde sie vergessen, wer sie wirklich war. »Er ist nicht wirklich dein Vater«, erinnerte ich sie.

»Tatsächlich?«, sagte Professor Cousins zu ihr. »Und dabei siehst du ihm so ähnlich.«

Professor Cousins kletterte aus dem Auto und bahnte sich im Schneckentempo einen Weg zum Tower. In diesem Augenblick bemerkte ich einen Krankenwagen, der vor uns parkte, die Straße versperrte und die durchweg dramatische Stimmung auf dem Universitätsgelände noch vergrößerte. Chick drückte ungeduldig auf die Hupe des Cortina. Ein Sanitäter starrte ihn zornig an und formte mit den Lippen etwas, was ich nicht verstand, aber die Geste, die er machte, war eindeutig. Er schob mit seinem Kollegen eine Bahre zum Krankenwagen, auf der ein anscheinend bewusstloser Mensch lag.

»Oh, schaut nur, das ist Spotty Dick«, sagte Maisie aufgeregt. »Meint ihr, dass er tot ist?«

Ich verrenkte mir den Hals, um besser zu sehen – sie hatte Recht, auf der Bahre lag Dr. Dick. Er war in eine rote Decke gewickelt, wodurch er noch blasser als gewöhnlich wirkte, ja, ziemlich tot aussah. Ich stieg aus und ging zu seiner schlaffen Gestalt. »Alles in Ordnung?«, fragte ich ihn.

»Kennen Sie ihn?«, fragte einer der Sanitäter.

»In gewisser Weise«, gab ich widerstrebend zu. »Was ist mit ihm passiert? Wurde er bei der Demonstration verletzt?«

»Bei welcher Demonstration?«, sagte der Sanitäter und schaute sich um. Er bemerkte das Bettlaken und las laut vor:

»*Die Tiger des Zorns sind weiser als die Pferde des Unterrichts* – was soll das denn heißen?«
Der Sanitäter war zwar ziemlich klein, aber er war jung, hatte sandfarbenes Haar, freundliche Augen und das kompetente Auftreten aller Männer in Uniform.
»Was bedeutet schon etwas?«, sagte ich und lächelte ihn an. Auch er lächelte.
»Entschuldigung«, sagte Dr. Dick und kämpfte sich in eine sitzende Position, »soll ich hier auf der Straße dahinscheiden, während Sie mit diesem« – er suchte nach dem richtigen Wort – »mit diesem *Mädchen* flirten?«
Der Sanitäter sah zu Dr. Dick und sagte sanftmütig: »Für jemanden, der dahinscheidet, wirken Sie ganz schön lebendig.«
»Eine sehr professionelle Diagnose«, sagte Dr. Dick schmollend und ließ sich wieder auf die Bahre zurücksinken.
»Was ist mit Ihnen passiert?«, fragte ich ihn. »Sind Sie zwischen die Demonstranten geraten?«
Dr. Dick blinzelte mich auf unattraktive Weise an. Ein Glas in seiner kleinen akademischen Brille hatte einen Sprung, wodurch er merkwürdig albern aussah. Seine Wimpern waren blass und kurz, wie die eines Schweins. »Machen Sie sich nicht lächerlich«, sagte er. Allerdings schien er nicht gewillt zu erklären, wie er auf der Bahre gelandet war, aber schließlich erzählte mir der Sanitäter, dass Dr. Dick auf dem vereisten Gehsteig ausgerutscht war und sich den Knöchel gebrochen hatte. Dr. Dick verzog das Gesicht, aber ich war mir nicht sicher, ob er es wegen der Schmerzen in seinem Knöchel oder wegen der wenig heldenhaften Natur seiner Verletzung tat.
– Vereist?, sagt Nora. Vor kurzem hat es noch geregnet.
»Du bist nicht die Einzige, die Kontrolle über das Wetter hat.«
»Deswegen müssen Sie sich nicht schämen«, sagte der Sanitäter. »Die Unfallstation ist voller alter Frauen, denen das Gleiche passiert ist.«

»Danke«, sagte Dr. Dick. Er winkte mich zu sich und zischte mir ins Ohr: »Ich glaube, ich wurde gestoßen. Ich glaube, jemand wollte mich umbringen.«

»Vom Gehsteig gestoßen?«, fragte ich ungläubig. »Würde man Sie nicht von etwas Höherem stoßen, wenn man Sie umbringen wollte?«

»Kommen Sie mit«, sagte der Sanitäter zu mir. Ich zögerte.

»Ja. Bitte«, sagte Dr. Dick flehentlich.

Ich versuchte mir einen guten Grund einfallen zu lassen, um nicht mitzufahren (ich hatte mehrere), als Chick mit einem lauten Krachen des Getriebes an mir vorbeirauschte und laut hupte, als er den Krankenwagen überholte.

»Was für eine Kiste«, sagte der Sanitäter.

Maisie winkte mir fröhlich zu, als sie vorbeirasten. Ich dachte an den gelben Hund, der auf die gleiche Weise fortgeschafft worden war, und fragte mich, wie groß Maisies Chancen waren, je wieder nach Hause zurückzukehren.

»Danke«, murmelte Dr. Dick, »Sie sind ein braves Mädchen.«

Im Krankenhaus verbrachten wie erst einmal einige Zeit mit Formalitäten, hauptsächlich weil Dr. Dick sich nicht entscheiden konnte, wen er als nächste Verwandte angeben sollte. Die Chancen standen in etwa gleich zwischen seiner Exfrau Moira und mir, und trotz meines Einspruchs, dass ich nicht verwandt mit ihm sei, entschied er sich schließlich für mich. An der Aufnahme stand zudem eine spanisch aussehende Frau, der ein Nagel in der Hand steckte. Als ich einen Blick auf das Formular warf, das sie ausfüllte, sah ich, dass sie in die Zeile »nächste Verwandte« den Namen »Jesus« schrieb. Vielleicht war sie eine Freundin von Janice Rand. Sie verpasste Jesus auch einen Familiennamen (Barcellos), meines Wissens mehr als jeder andere Mensch getan hatte.

Nach einer langen Wartezeit, die Dr. Dick zu einem überaus wirren Gespräch nützte – er erzählte vor allem von seinen

Kinderkrankheiten (Masern, Röteln, Keuchhusten, Windpocken, Mumps, Pfeiffersches Drüsenfieber, Pest) –, kam eine Krankenschwester und sagte: »Dr. McCrindle wird Sie sich jetzt anschauen.« Dann fuhr sie Dr. Dick in eine Art Kabine, wo er hinter schrecklichen geblümten Vorhängen untersucht wurde, die seinen Geschmackssinn beleidigen mussten.

Eine lange Zeit verging, ohne dass etwas geschah. Der abblätternde beige Anstrich der Wartezimmerwände wurde nur von einem Poster aufgelockert, das mich aufforderte, mir nach jeder Mahlzeit die Zähne zu putzen. Dr. McCrindle kam aus Dr. Dicks Kabine und lächelte mich wölfisch an. Mehr Zeit verging. Eine Schwesternschülerin lief den Flur entlang und rief: »Jake, komm zurück.« Noch mehr Zeit verging. Ich las mich durch einen Stapel *People's Friend*, überflog meine George-Eliot-Arbeit, mit der ich bis zu *James' Abneigung für George Eliots stilistische Methode wird mit der seltsamen Behauptung rationalisiert »Dank ihrer Weitschweifigkeit ... ist sie eine zu wortreiche Dosis Literatur«* gekommen war, das heißt überhaupt nicht weit, und beschloss mit der *Hand des Schicksals* weiterzumachen –

»Guten Morgen, Rita«, sagte Lolly Cooper gut gelaunt, »ein wunderschöner Tag, nicht wahr?« Cooper's war eine altmodische Bäckerei, Lollys Mann Ted buk noch immer in den rückwärtigen Räumen. In Saltsea gab es Gerüchte zuhauf über Teds schreckliches Temperament. Er war eine mehlbestäubte Erscheinung, eine Art weiße Eminenz, der die ganze Zeit über auf eine Weise pfiff, die Madame Astarti als etwas bedrohlich empfand. Lolly andererseits war eine rüschige Person mit flauschigem Haar, die Peter-

Pan-Kragen oder auch große, weiche kokette Schleifen trug, die im Nacken gebunden waren. Madame Astarti glaubte, dass Lolly Cooper einen sehr ordentlichen Haushalt führte, mit einem stets gut gefüllten Kühlschrank und zueinander passenden Handtüchern im Bad, etwas, was Madame Astarti ihrer eigenen Einschätzung nach nie gelingen würde.

»Was soll's denn heute sein, Rita?«, fragte Lolly und rang dabei die Hände wie eine Frau, die ein fürchterliches Geheimnis zu verbergen hat, ihr Ausdruck allerdings zeugte von extremer, nahezu exzessiver guter Laune.

»Ein kleines weißes Bauernhaus, bitte«, sagte Madame Astarti, lachte und fügte dann hinzu: »Vielleicht sollte ich dafür besser zu einem Immobilienmakler gehen.« Aber Lolly sah sie ausdruckslos an, das Lächeln in ihrem Gesicht unverändert.

»Macht nichts«, sagte Madame Astarti seufzend.

»Was Leckeres fürs zweite Frühstück?«, sagte Lolly, und gemeinsam vollzogen sie das Ritual, die Tabletts mit den süßen Stückchen und Torten durchzugehen.

»Croissant mit Marmelade?«, sagte Lolly. »Eccles Kuchen?« Aus dem Hintergrund drang eine leise Medlodie, ein etwas unsicheres Pfeifen. In Madame Astartis Ohren klang es wie »Oh mein Papa«. Nie zuvor hatte sie dieses Lied als Furcht einflößend empfunden.

»Nusshörnchen?«, fuhr Lolly fort, einen wahnsinnigen Ausdruck im Gesicht. »Schokoladeneclairs? Teekuchen mit Zuckerguss? Windbeutel mit Quarkfüllung?«

Ich schloss die Augen, und als ich sie wieder öffnete, stand die Frau vor mir, die mich im Balgay Friedhof beobachtet hatte. Ich zuckte zusammen und kam zu schnell auf die Beine, so dass mir schwindlig wurde.
»Warum verfolgen Sie mich?«, fragte ich sie. Aus der Nähe sah ich ihre Alkoholikerhaut, gesprenkelt wie ein Reptil, die Falten in ihrem von der Sonne gegerbten Gesicht. Ihr Haar war messingfarben und grün, als würde sie zu viel Zeit in Schwimmbädern mit zu hohem Chlorgehalt verbringen.
»Entschuldigen Sie«, sagte sie, ihr Akzent klang hart und gepresst, südafrikanisch vielleicht oder rhodesisch. »Vielleicht können Sie mir helfen – ich suche meine Tochter.«
»Wer sind Sie?«
»Effie.«
»Nein, ich bin Effie«, sagte ich. Mir wurde langsam schlecht. In diesem Krankenhaus war es so heiß wie in einem Gewächshaus.
Die Frau lachte, aber auf gedrosselte, falsche Weise, und mir schoss der Gedanke durch den Kopf, dass sie vielleicht wahnsinnig war.
Ich bemühte mich, sie zu verstehen. »Sind Sie die Schwester meiner Mutter, Effie? Dann sind Sie tot«, fügte ich ziemlich unhöflich hinzu.
»Nein«, sagte sie, »nicht ihre Schwester.« Aber dann kam eine forsche Krankenschwester herein und sagte zu mir: »Sie können jetzt reingehen und Ihren Vater sehen.«
»Meinen Vater?«, sagte ich verwirrt. Die Frau zog sich zurück, ihre zu hochhackigen Schuhe klapperten auf dem Krankenhauslinoleum. »Warten Sie!«, rief ich ihr nach, aber

sie war bereits durch die Schwingtür gegangen und verschwunden.
Ich fühlte mich schwach, als ob ich gleich in Ohnmacht fallen würde. Wahrscheinlich sollte ich hier im Krankenhaus bleiben, nicht Dr. Dick. (Wen würde ich unter der Rubrik »nächste Verwandte« angeben? Meine Mutter ist nicht meine Mutter. Ihre Schwester ist nicht ihre Schwester. Ihr Vater ist nicht ihr Vater. Mein Vater ist nicht mein Vater. Meine Tante ist nicht meine Tante. Et cetera.)
»Kabine drei«, sagte die Krankenschwester.
Selbstverständlich wusste ich, dass in Kabine drei Dr. Dick lag und nicht mein anonymer Vater, der sich diesen bizarren Ort für seine Auferstehung von den Toten ausgesucht hatte, aber einen Augenblick lang, als ich die Hand ausstreckte, um den Vorhang beiseite zu ziehen, war ich doch aufgeregt. Wenn dort tatsächlich mein Vater läge, was würde ich zu ihm sagen? Und wichtiger noch, was würde er zu mir sagen?
Dr. Dick betrachtete den Gips um seinen Knöchel. »Ich bin sicher, dass noch mehr gebrochen ist«, jammerte er, ohne mich anzusehen, »und sie wollten nichts davon hören, als ich ihnen erklärte, dass ich unter Herzrasen leide, sie hätten zumindest ein EKG machen können. Und ich bin mit dem Kopf aufgeschlagen, woher wollen sie wissen, dass ich keine Gehirnerschütterung habe.«
»Haben Sie der Schwester gesagt, dass Sie mein Vater sind?«, unterbrach ich ihn.
»Selbstverständlich nicht«, sagte Dr. Dick empört. »Ich bin nicht einmal alt genug, um Ihr Vater zu sein, obwohl ich mich so fühle«, fügte er hinzu und ließ sich zurück in die Kissen sinken. Er nahm seine Brille ab und rieb sich die Nasenwurzel. »Mein Kopf schmerzt«, sagte er noch einmal. Ich musste zugeben, dass er schlecht aussah. Ich empfand ungewöhnlicherweise Mitleid mit ihm, ergriff seine Hand und hielt sie fest. Er roch nach Desinfektionsmittel.

»Sie sind ein braves Mädchen«, murmelte er. Wie alle Hypochonder war Dr. Dick zutiefst bekümmert, dass mit ihm tatsächlich etwas nicht stimmte, und er machte so ein Theater, dass der Dienst habende Arzt (»Ist er oft hysterisch?«) beschloss, es wäre einfacher, ihn über Nacht im Krankenhaus zu behalten, statt ihn zu überreden, nach Hause zu gehen.

Ich wurde von einer Schwester mit einer Bettpfanne weggescheucht, die ausgesprochen theatralisch die Vorhänge um das Bett zuzog, als wollte sie Dr. Dick mit einem Zaubertrick verschwinden lassen. Ich blieb eine Weile stehen, unsicher, was ich jetzt tun sollte, bis die Schwester plötzlich den Kopf durch die Vorhänge steckte und sagte: »Das kann eine Weile dauern. Machen Sie sich keine Sorgen.« Und dann fügte sie mit professioneller Munterkeit hinzu: »Wir werden gut auf Ihren Vater aufpassen.«

Mir kam es sehr spät vor, aber der Uhr in der Aufnahme entnahm ich, dass es erst neun war.

»Wiedersehen«, sagte die Frau in der Aufnahme gleichgültig, »passen Sie auf sich auf.«

Draußen schneite es, große nasse Flocken, die dramatisch im Wind herumwirbelten, aber tauten, kaum waren sie auf dem Boden gelandet. Sie fanden ihren Weg in den Kragen meines Mantels, während ich gegen einen starken Wind die Dudhope Terrace entlangtrottete. Ein Bus segelte an mir vorbei wie eine gespenstische Galeone. Dudhope Castle, in einen Schneewirbel getaucht, schien unheimlich zu glühen, als ich daran vorüberging. Die Straße war menschenleer, und in mir begann Angst aufzusteigen. Ich blickte über die Schulter, aber der Schnee bildete phantasmagorische Gestalten in der Dunkelheit, und das machte mich noch nervöser, deswegen senkte ich den Kopf und schlurfte weiter. Wo war Chick, wenn man ihn brauchte? Oder noch besser, Ferdinand, der

schon viel zu lange in dieser Geschichte nicht mehr aufgetreten ist.
– Ja, hol Ferdinand zurück, drängt mich Nora. Du hast ihn am Strand gelassen, es ist Zeit, dass er zurückkommt. Er ist der einzige auch nur entfernt sexuell interessante Mann in der ganzen Geschichte.
[Sie müssen den Eifer meiner Mutter (die nicht meine Mutter ist) verzeihen. Bedenken Sie – sie ist eine Jungfrau. Ganz zu schweigen davon, dass sie auch eine Mörderin und Diebin ist.]
Wir müssen kurz innehalten. Wir sind an einer kritischen Gabelung des Wegs angelangt. Wenn ich zwischen zwei weißen Rittern auf Schlachtrossen, die gekommen sind, um mich zu retten – zugegebenermaßen nur vor dem Wetter, aber das Wetter war wirklich schlecht –, wählen müsste – wen würde ich vorziehen, Chick oder Ferdinand? Was für eine dumme Frage, denn es kann nur eine Antwort geben –
Der Schnee blieb jetzt liegen, und es waren kaum mehr Autos unterwegs, aber ich sah die gelben Scheinwerfer eines Wagens, der in der Lochee Road langsam auf mich zufuhr. Der Schnee verschluckte das Auto nahezu, als es auf der anderen Straßenseite leicht schleudernd zum Stehen kam. Es war ein Wolseley Hornet. Das Fenster auf der Fahrerseite wurde geöffnet, und in dem weißen Kaleidoskop aus Schnee nahmen Ferdinands hübsche Züge Gestalt an.
»Steig ein«, sagte er. Ein kurioses Echo der Worte, die der Sanitäter früher am Abend gesprochen hatte. Das war mal ein außergewöhnlicher Fall von Glück.
Der Hornet bildete einen Kontrast zu Chicks Cortina, wie er größer nicht hätte sein können. Das neu riechende Wageninnere war warm, und der kleine Motor tuckerte tapfer durch einen jetzt ausgewachsenen Blizzard. Er verfügte sogar über einen Kassettenrecorder, aus dem passenderweise John Martins »Bless the Weather« klang.
Ferdinand wirkte etwas nervös. Er hatte sich seit längerem

nicht rasiert, wodurch er älter und gefährlicher aussah. Zu meiner Erleichterung waren seine Augen grün, die dunklen Ringe darunter deuteten auf Schlaflosigkeit, und der Verbrecher in ihm war irgendwie offensichtlicher als zuvor. An seinem marineblauen Matrosenpullover klebten, wie ich jetzt bemerkte, dicke gelbe Hundehaare. Auf dem Boden war Sand verstreut, und jetzt fiel mir auch der leicht brackige Geruch nach Meer auf, den ich nur zu gut kannte.

»Wohin willst du?«, fragte er. Er klang heiser, als hätte er Halsweh, und ich bot ihm ein Strepsil an, das er jedoch ablehnte.

»Also?«, sagte Ferdinand und schlug mit der Hand ungeduldig auf das Lenkrad.

»Also?«, wiederholte ich zerstreut.

»Also, wohin willst du?«

»Irgendwohin.«

Es warf mir einen komischen Blick zu, deswegen grenzte ich meine Angaben auf Terris Adresse in der Cleghorn Street ein, weil wir in der Nähe waren und sie den Faktor Bob aus der Ich-Bob-Ferdinand-Gleichung erfolgreich eliminierte. Während wir fuhren, sah Ferdinand immer wieder argwöhnisch in den Rückspiegel, aber es waren keine anderen Fahrzeuge auf der Staße, sogar die Busse hatten den Betrieb eingestellt. Ich versuchte, höflichen Smalltalk mit ihm zu machen, obschon er ausgesprochen wortkarg, wenn nicht gar missmutig wirkte. Schließlich gab er jedoch die Information preis, dass er auf der Suche nach einem Hund durch die Straßen fuhr.

»Gelbe Promenadenmischung, heiteres Temperament?«, fragte ich.

»Woher weißt du das?« Er sah mich erstaunt an, kniff die Augen zusammen, und seine Miene wurde bedrohlich. »Du verfolgst mich doch nicht, oder?«

»Selbstverständlich nicht, Ferdinand«, sagte ich.

»Woher kennst du meinen Namen?«

– Ich finde, du solltest ihn küssen, bevor er wieder von der Bildfläche verschwindet, wirft meine flatterhafte Mutter (die nicht – et cetera) ein.

Ich persönlich finde es besser, wenn sich solche Dinge zwischen zwei Menschen natürlich entwickeln und nicht auf Grund von Intervention. Andererseits wird sich mir diese Gelegenheit vielleicht nie wieder bieten.

Plötzlich und ohne jede Vorwarnung beugte sich Ferdinand zu mir, drückte mir seine heißen Lippen auf den Mund und begann mich leidenschaftlich zu küssen.

– Hoffentlich hat er den Wagen geparkt.

Glücklicherweise hielten wir gerade an einer Ampel, die lange auf Rot stand. Ferdinands Küsse schmeckten nach einer Kombination von mehreren Dingen – Marihuana und Irn-Bru, Terpentin und Tunnock's Teekuchen und ein leichter Unterton von gebratenen Zwiebeln –, eine merkwürdige Mischung, die man wahrscheinlich gewinnbringend hätte vermarkten können, besonders bei Kindern. Der Himmel weiß, wie es weitergegangen wäre, wenn nicht in diesem Augenblick die Ampel umgeschaltet hätte.

Ein Stück weiter hielt Ferdinand ziemlich achtlos vor einem noch geöffneten Laden in der City Road an und sagte: »Bin sofort wieder da.«

Ein anderes Auto tauchte schemenhaft aus dem Schnee auf und hielt lautlos hinter dem Hornet, aber es schneite zu dicht, als dass ich hätte sehen können, wer darin saß.

Ich nickte gerade ein, als Ferdinand aus dem Laden kam, aber kaum trat er auf den verschneiten Gehsteig, als zwei Männer aus dem Wagen hinter mir stiegen und sich ihm näherten. Einer sagte etwas zu ihm, das ich nicht hörte, und sofort darauf schlug der andere Ferdinand in den Bauch. Er knickte vornüber vor Schmerz und ging in die Knie. Ich öffnete die Wagentür, wiewohl ich keine Ahnung hatte, was ich tun wollte, sie wirkten nicht wie Männer, die auf weibliche Vorhaltungen höflich reagierten. Aber bevor ich noch aussteigen konnte, knallte einer der Männer die Tür wieder zu. Ich stieß mit der Stirn gegen die Fensterscheibe und spürte sofort, wie sich eine Beule bildete.

Der Mann beugte sich vor, so dass sein Gesicht im Fenster auftauchte. Er grinste mich an, entblößte dabei verfaulte krumme Zähne und zog plötzlich ein Messer heraus, ein großes Jagdmesser, mit dem man einen Bären hätte umbringen können, gebogen wie ein Krummsäbel und mit einer gezackten Schneide, die im Licht der Straßenlampe aufblitzte. Er klopfte damit böse gegen das Fenster und grinste die ganze Zeit wie ein Bandit aus dem Märchenbuch. Die Botschaft war eindeutig und musste nicht in Worte gefasst werden.

Dann zerrten die Männer Ferdinand auf die Füße, rissen ihm die Arme auf den Rücken, stießen ihn in ihren Wagen und fuhren in einem großen Schneegestöber davon, schleuderten um die Ecke in die Milnbank Road und waren verschwunden.

Das sah gar nicht gut aus. Ich saß eine Weile da und wartete darauf, dass sich mein Puls etwas beruhigte, ich machte mir Sorgen, dass mein Herz die Sache nicht durchstehen würde. Ich wusste nicht, was ich als Nächstes tun sollte – den Zwischenfall der Polizei melden war das Erste, woran ich dachte, aber ich käme nicht weit, wenn ich versuchte, bei diesem Wetter zu Fuß zu gehen, und ich würde es schon gar nicht bis zum Polizeirevier in der Bell Street schaffen, ohne der Hypothermie zum Opfer zu fallen. Auch der Wagen würde es vermutlich nicht schaffen, denn mittlerweile war die ganze Welt weiß, und außerdem hatte ich kein Auto mehr gesteuert, seit ich in Bobs altem, vom Unglück verfolgtem Riley 1.5 Fahrstunden genommen hatte (eine Geschichte, die noch immer nicht erzählt werden muss).

– Was ist mit dem Laden?, sagt Nora. Der Ladenbesitzer wird ein Telefon haben.
Aber, nein, nicht möglich, weil der Laden jetzt völlig dunkel ist, alle Türen und Gitter verschlossen.
– Klopf bei einem Fremden an die Tür.
Das wollte ich gerade tun, aber bevor ich aussteigen konnte, tauchte aus dem Schnee das Blaulicht eines Polizeiautos auf. Ich konnte gerade noch denken, was für ein gutes Timing es doch seitens der Kräfte von Recht und Ordnung war, als ich aus dem Wagen gezerrt, mit Handschellen gefesselt und hinten in das Polizeiauto gestoßen wurde, woraufhin mich ein Polizist – auf höfliche, desinteressierte Weise – davon in Kenntnis setzte, dass ich verhaftet sei wegen Besitzes eines gestohlenen Wagens und Beihilfe zum Raub.
»Raub?«
Der Polizist machte eine Kopfbewegung in Richung des Ladens, der jetzt wieder hell erleuchtet und geöffnet war. Der Besitzer stand auf der Schwelle und weidete sich zufrieden an meiner misslichen Lage.
Der andere Polizist blickte auf seine Uhr und sagte: »Leider werden Sie die Nacht in einer Zelle verbringen müssen.« Dann ließ er den Motor an und –

»Mehl«, sagte Henry Machin und betrachtete die neue Leiche, die auf seinem Seziertisch lag wie ein frisch gefangener Fisch. Der Pathologe fuhr mit dem Finger über die Haut der toten Frau und studierte dann die Spur staubigen weißen Pulvers auf seinem Finger.
»Mehl?«, wunderte sich Jack Gannet. »Normales Mehl oder mit Treibmittel?«

Oder sonst

Nein, nein, nein, das ist lächerlich. Ich habe offensichtlich die falsche Abzweigung genommen. Versuchen wir es noch einmal, auch wenn ich dafür den Kuss opfern muss.
– Es gibt ihn, er steht auf dem Papier.
Offenbar nicht, denn ich erinnere mich nicht daran. Wenn er mich nur noch einmal küssen könnte, ohne dass ich auch den Rest erleben müsste.

Der Schnee blieb jetzt liegen, und es waren kaum mehr Autos unterwegs, aber ich sah die gelben Scheinwerfer eines Wagens, der in der Lochee Road langsam auf mich zufuhr. Der Schnee verschluckte das Auto nahezu, als es auf der anderen Straßenseite leicht schleudernd zum Stehen kam. Es war der Cortina. Das Fenster auf der Fahrerseite wurde geöffnet, und in dem weißen Kaleidoskop aus Schnee nahmen Chicks hässliche Züge Gestalt an.
»Steig ein«, sagte er. »In so einem Wetter kann man umkommen.«
Ich stieg ein, und wir kämpften uns durch den Schnee, außer uns war niemand auf der Straße. Was für ein heldenhaftes Gefährt der Cortina doch war. Und wie vertraut er mir war, wie vertraut Chick mir war.
»Wie kommt es, dass Sie immer in der Nähe sind, wenn Sie mich nicht verfolgen, Chick?«
»Vielleicht verfolge ich dich doch«, sagte Chick, zündete sich eine Zigarette an und hielt mir die Schachtel hin. »War nur ein Scherz«, sagte er, als er meine Miene sah. »Ha, ha.«
»Ist Maisie gut nach Hause gekommen?«
»Wer?«
Der beißende Geruch der Embassy Regal erfüllte den Wagen und überdeckte zeitweise den Gestank nach toter Katze.

»Warst du im Krieg?«, sagte Chick. Als ich fragte, was er damit meinte, deutete er auf meine Stirn. »Das ist ne schöne Beule, die du da hast.« Er drehte den Rückspiegel so, dass ich mich sehen konnte, und tatsächlich, eine blaue Beule so groß wie ein Rotkehlchenei befand sich auf meiner Stirn, wo die Tür des Hornet dagegen geschlagen war. Wie merkwürdig. Denn keine Spur seines Kusses fand sich auf meinen Lippen.

Der Cortina hatte sich zur Kreuzung Dudhope Terrace und Lochee Road vorgekämpft, als mir etwas einfiel. Es dauerte etwas, bis ich Chick davon überzeugt hatte, zu wenden und zum Krankenhaus zurückzufahren.

»Schon wieder da?«, sagte die Frau am Empfang munter, aber mit einem argwöhnischen Blick angesichts meiner derangierten Erscheinung.

»Ich habe was vergessen«, sagte ich und suchte im Wartezimmer, bis ich fand, wonach ich suchte. Die George-Eliot-Arbeit lag unter einem Stuhl auf dem Boden, zwischen einem *Woman's Journal* und einer *Weekly News*.

»Passen auch Sie auf sich auf«, sagte ich zu der Frau, als ich wieder ging, aber sie blickte nicht auf.

Chick setzte mich am Anfang der Cleghorn Street ab. An einem Abend wie diesem schaffte es nicht einmal der schneidige Cortina ins Zentrum. Die Rücklichter des Wagens verschwanden rasch in einer Wand aus Weiß.

Terri war, seitdem ich sie zum letzten Mal gesehen hatte, zur Hausfrau geworden. Die schmuddlige Wohnung in der Cleghorn Street hatte sich in ein gemütliches kleines Liebesnest verwandelt. Auf dem Kaminsims brannten Räucherstäbchen der Duftnote Patschuli, »Liege and Lief« lief auf ihrem Plattenspieler, im Kamin brannte ein Feuer, Kirchenkerzen erhellten die Dunkelheit, und auf dem Herd köchelte gesittet ein *Boeuf Bourguignonne*. Hank, die Ursache all dieser Häuslichkeit, lag ausgestreckt auf der Matratze, die als Terris Bett diente. Die schmutzigen Laken waren durch frische ersetzt worden, und Terri hatte ein Stück roten Samt als herrschaftliche Tagesdecke für ihren neuen Gefährten erworben.

»Ziemlich heimelig, was?«, sagte Terri und legte Holz nach, das sie in einem Korb auf der Straße gefunden hatte. Sie trug etwas, was wie eine Krinoline aussah, und roch nach Sandelholzseife und Fleisch, eine eigenartige, etwas beunruhigende Mischung, die für Hank bestimmt sein musste. Sie hatte sogar Wurstbrötchen gemacht (»Geht ganz einfach«). Sie hatten Hundebissengröße, und hin und wieder warf sie eins davon in Hanks Richtung.

Sie saß am Rand der Matratze, konsultierte ein Buch mit dem Titel *Kochen für zwei* und biss sich vor Anstrengung, ein Rezept zu studieren, auf die Lippe.

»Wie wäre es mit Apfeltaschen zum Nachtisch?«, fragte sie. Ich war mir nicht sicher, ob die Frage an mich oder an Hank gerichtet war. Es würde nicht lange dauern, und sie würde ihn, wenn er von der Arbeit nach Hause käme (»Hallo, Liebling«), an der Tür begrüßen mit einem Martini und einem Kuss, ihr Haar frisiert, das Make-up aufgefrischt und ein breites Mary-Tyler-Moore-Lächeln im Gesicht.

Ich taute vor dem Feuer auf, während wir den Rest des Don Cortez austranken, den Terri für das *Boeuf Bourguignonne* verwendet hatte, und machten dann eine Flasche Piat d'Or auf, der draußen auf dem Fensterbrett stand. Als Terri das Fenster öffnete, um den Wein hereinzuholen, schwebten Schneeflocken herein und fielen auf uns wie kaltes Konfetti, das eine unsichtbare Hand verstreute.

Wir tranken den eiskalten Wein, während Terri mir das »Hundezeug« vorführte, das sie gekauft hatte – eine walisische Decke (ein wollenes Waffelmuster in rosa und grün von

Draffens) und von der Tierhandlung in der Dock Street ein hirschledernes Halsband, eine lederne Leine und einen Fressnapf aus braunem Ton, auf dem seitlich das Wort HUND geprägt war. Vielleicht sollte sich Terri eine dazu passende Schüssel mit dem Wort MÄDCHEN darauf zulegen. Zudem hatte sie eine Hundemarke erworben, in die Hanks Name und Adresse graviert waren. Mir fiel auf, dass Hank Terris Nachnamen angenommen hatte, nicht umgekehrt.

»Hallo, Süßer«, sagte sie und streichelte die Flanke des Hundes, die im Licht der Kerzen und des Feuers glänzte. Dann malte sie ihm flüsternd ihr zukünftiges Leben aus, die Besuche am Strand von Broughty Ferry, die Tagesausflüge nach St. Andrews, das Hasenjagen im Wald von Tentsmuir, der tägliche Spaziergang im Balgay Park und den Spaß, den sie zwischen den Gräbern der toten Bürger von Dundee haben würden. Hank wälzte sich und stöhnte beim Wort »Spaziergang«.

Als Terry in die Küche ging, um nach dem Abendessen zu sehen, versuchte ich es bei Hank mit einem leisen experimentellen »Buddy?« Die Wirkung war erstaunlich und unerwünscht – Hank sprang von seinem Bett auf, wedelte mit dem Schwanz, umkreiste mich mehrmals und schnüffelte begeistert an mir, als würde ich Nachrichten von weit weg bringen.

»He, ihr kommt ja gut miteinander aus«, sagte Terri großzügig, als sie zurückkehrte und sah, wie der Hund in einer flehenden Geste elegant eine Pfote hob und mir in die Augen blickte, als wartete er darauf, dass ich ihm etwas Tiefsinniges mitteilte. Ich fragte mich, ob es der rechte Zeitpunkt wäre, Terri von Hanks anderem Leben als Buddy zu erzählen – aber letztlich würde es den rechten Zeitpunkt sowieso nie geben –, als sie sich auf die Knie fallen ließ, ihn in die Arme schloss und sagte: »Ich kann dir gar nicht sagen, wie glücklich mich dieses Kerlchen gemacht hat. Seit Moms Tod habe ich mich nicht mehr so gut gefühlt.« Ach, du meine Güte.

Ich schlug Vorteil aus Terris neuer Persönlichkeit und brachte sie dazu, mir bei der Fertigstellung der George-Eliot-Arbeit zu helfen. Wir waren mittlerweile ziemlich betrunken, und ich glaube, ich fühlte mich etwas im Delirium, nichtsdestotrotz machte ich weiter, bis die Sache fertig war (was letztlich der einzige Weg ist) – *Die schematische Einheitlichkeit und Integrität von Eliots Vision führen uns zu der Schlussfolgerung, dass James' Behauptung, der Roman sei eine »Schatztruhe an Details«, fehlerhaft und letztlich Ausdruck seiner vorurteilsbeladenen Einstellung gegenüber dem Roman ist und schließlich seine Abneigung für das gesamte* Konzept *von* Middlemarch *bloßstellt.*

Anschließend war ich zu müde, um noch nach Hause zu gehen, und Terri, Hank und ich schliefen aneinander gedrängt wie die Sardinen. Obwohl ich hundemüde war, wälzte ich mich ruhelos hin und her und schlief erst zum Geräusch eines Milchwagens ein und träumte, ich versuchte eine widerspenstige George Eliot dazu zu überreden, sich auf den Rücksitz des Cortinas zu setzen.

Als ich erwachte, hatte der Himmel die Farbe von alten Knochen. Ich lag auf der kalten Seite der Matratze. Terri schlief noch tief und fest, die Arme um ihren Liebsten geschlungen, das Gesicht in seinem Nacken vergraben. Ich kroch aus dem Bett und wickelte mich in die walisische Decke. Ich hatte einen Kater, der zu einer Art schwerer Geistesstörung mutierte. Für eine Tasse Tee hätte ich gemordet, aber der Strom war wieder einmal abgeschaltet. Ich schwor mir, dass ich, so lange ich lebte, Elektrizität nie wieder als etwas Selbstverständliches betrachten würde. Ich zog mich an, schlüpfte in meine Stiefel, warf meinen Mantel über und wollte gehen.

Bevor ich konnte, wachte jedoch Hank auf und begann an

der Tür zu kratzen, um hinausgelassen zu werden. Da Terri aussah, als würde sie zum ersten Mal seit einundzwanzig Jahren gut schlafen, sagte ich: »Okay, Hank, Buddy, gehen wir.« (Ein Kompromiss, was die Anrede anbelangte.) Ich machte ihm die Tür auf und kritzelte auf einen Zettel, dass ich mit Hank spazieren gegangen sei, denn ich vermutete, dass Terri in Panik geraten würde, wenn sie aufwachte und der Hund verschwunden war. Dann suchte ich eine Weile nach Hanks neuem Halsband und seiner neuen Leine, nach George Eliot und meiner Tasche, nach meinem Schal und meinen Handschuhen, bevor ich endlich die Treppe hinunterging – ganz ruhig, denn ich nahm an, dass die Haustür wie gewöhnlich geschlossen wäre. Als ich unten ankam, musste ich jedoch feststellen, dass die Tür wegen eines Auszugs weit offen stand.

Ich drängte mich an zwei Möbelpackern vorbei, die einen Kühlschrank trugen, lief hinaus auf die Straße, auf der heimtückischer Schnee lag, und sah gerade noch, wie Hank um die Ecke verschwand, sein Schwanz wedelnd wie das Rotorblatt eines Helikopters. Als ich an der Ecke anlangte, hatte er bereits die Anhöhe der City Road hinter sich gelassen, schlängelte sich an abrutschenden Autos vorbei, tappte die Pentland Avenue entlang gemäß einer geheimnisvollen Hunde-Landkarte in seinem Kopf, die ihn zum Balgay Park führte. Ich lief ihm nach, rief seine beiden Namen nach Lust und Laune, aber er war zu berauscht von der frischen Luft und dem vielen offenen Platz, um auf mich zu hören. Als ich ihn am Eingang des Parks einholte, schmerzte die eiskalte Luft in meiner Lunge so sehr, dass ich kaum mehr atmen konnte.

Hank rannte davon, bevor ich ihm das Halsband umlegen konnte, hüpfte wie ein Welpe den Pfad zum Mills Observatory entlang. Da er von Natur aus ein höflicher Hund war, blieb er hin und wieder stehen, um auf mich zu warten. Die

Luft war nasskalt und stechend, die Sonne schien nicht, um den Schnee irgendwie freundlicher erscheinen zu lassen, ein winterliches Grau lag über allem, einschließlich der schlafenden Toten.

Ich folgte Hank bis zum Observatorium und dann die Abhänge des Friedhofs hinunter, wo die Toten von Dundee – die Walfänger und Spinner und Schiffsbauer, die Weber und Hutmacher, die Schiffskapitäne und Ingenieure – geduldig unter dem Gras auf einen Tag warteten, der vielleicht nie kommen würde. Schlief mein Vater in einem Friedhof wie diesem? Vielleicht lag er irgendwo in einem Armengrab. Vielleicht in einem flachen Grab aus Laub und Zweigen. Abgenagt von kleinen Fischen auf dem Grund des Meeres. Oder war er als Staub im Wind verstreut worden?

– Wer weiß, sagt Nora.

»Er könnte also noch am Leben sein?«

– Vielleicht, gibt Nora seufzend zu.

Und meine richtige Mutter im Gegensatz zur falschen, in deren Gesellschaft ich mich befinde. »Vermutlich tot?«

– Mausetot.

Gibt es irgendjemanden auf der Welt, mit dem ich blutsverwandt bin?

Hank stieß seine kalte Nase ungeduldig in meine behandschuhte Hand, damit ich mich schneller bewegte. Ich streichelte sein wunderschönes samtweiches Fell und roch seinen warmen fleischigen Atem.

Er führte mich zurück zum Eingang des Parks, setzte sich geduldig hin, damit ich ihn an die Leine nehmen konnte, aber gerade als ich sein Halsband schloss, hielt ein Wagen neben uns, als säße ein Stuntman am Steuer, und die vertrauten und überaufgeregten Gestalten der Sewells stiegen aus. Sie waren dem Wetter entsprechend gekleidet, Jay trug einen dicken Anorak, Martha hatte einen knöchellangen Lammfellmantel an, Moorland-Stiefel an den Füßen und einen großen, mit Pelz eingefassten Hut auf dem Kopf. Martha sah den Hund, blieb wie angewurzelt stehen und kreischte seinen Namen, Jay stürzte auf uns zu, rutschte und schlitterte auf dem eisigen Gehsteig und landete schließlich als unwürdiger Haufen vor einem sehr aufgeregten Hank und meiner Wenigkeit.

Martha eilte so schnell, wie der Schnee es ihr gestattete, auf uns zu, sie machte winzige Kinderschritte, um nicht auf ihr knochiges Hinterteil zu fallen, und rief die ganze Zeit: »Mein Baby, mein Baby.« Jay rappelte sich hoch und überraschte mich, indem er mich in die Arme schloss, mein Gesicht an seinen Anorak drückte, so dass ich den süßen, nahezu femininen Duft seines Rasierwassers und das Erfrischungsbonbon roch, das er lutschte.

»O mein Gott«, sagte er und ließ mich los, »wie können wir Ihnen nur danken? Alles, was Sie wollen, gehört Ihnen, Edie.«

»Effie.«

Alles, was ich wollte? Ein gemästetes Kalb? Eine Schatztruhe vom Grund des Meeres, die überquoll mit Perlenketten, Opalen wie blaue Flecken und Smaragden wie Drachenaugen? Einen Vater? Ferdinand? Einen Universitätsabschluss? Aber die Luft wurde von so vielen rauschhaften Gefühlen vernebelt, dass es zu kaltherzig und berechnend gewirkt hätte, eins von diesen Dingen zu verlangen. Jay fuhr sich mit der Hand über die Augen und sagte zu Martha, »Lass uns das Kerlchen nach Hause bringen«, und Martha, die jetzt tränenüberströmt war, sagte mit heiserer Stimme: »Ich glaube, ich war mein ganzes Leben lang noch nicht so glücklich wie jetzt.«

Mir fehlten die Worte.

Aber nicht für immer.

Ich stand da und sah der glücklichen wieder vereinigten Familie nach, die auf der vereisten Pentland Avenue davonschlitterte. Ich hielt noch immer Hanks Halsband und Leine in der Hand, und zwei andere abgehärtete Menschen, die ihre Hunde ausführten, warfen mir neugierige Blicke zu, als würde ich einen unsichtbaren Hund spazieren führen. Lange Zeit stand ich so da, und mir wurde kälter und kälter. Ich überlegte, was ich tun sollte, und da mir nichts Besseres einfiel, entschied ich mich schließlich dafür, mit meinem unsichtbaren Hund im Park spazieren zu gehen.

Schließlich machte ich mich auf den Nachhauseweg. Ich brachte nicht den Mut auf, Terri vom Verlust ihres Hundes zu unterrichten. Wie groß war die Chance, dass ich irgendwie einen identischen Weimaraner beschaffen könnte, bevor Terri bemerkte, dass der ursprüngliche verschwunden war? Oder sollte ich Chick anstellen, um Hank zu re-kidnappen? Vielleicht – aber das war am unwahrscheinlichsten – waren Martha und Jay Sewell so großzügig und überließen den Hund Terri dann und wann.

Diese unmöglichen Gedanken vernebelten mein Hirn, als ich mich auf der Blackness Avenue durch den eisigen grauen Matsch ackerte, zu dem der Schnee mittlerweile geworden war. Auf der Perth Road grüßte mich Professor Cousins, der seltsame Überschuhe aus Gummi trug und sich einen roten Schal um den Kopf gebunden hatte wie ein Kind oder jemand, der unter altmodischen Zahnschmerzen litt. Es hätte mich nicht gewundert, wenn er Fäustlinge angehabt hätte, die mittels einer durch die Mantelärmel gefädelten Schnur miteinander verbunden gewesen wären.

Ich bot ihm meinen Arm an, da er auf beunruhigende Weise über den Gehsteig rutschte und torkelte.

»Auf den Gehsteigen ist nicht gestreut«, bemerkte er gut gelaunt, »so passieren Unfälle.« Vielleicht war Professor Cousins auf magische Weise mit mir verbunden – wie ein Fäust-

ling an einer Schnur –, und ich müsste den Rest meines Lebens damit verbringen, ihn zu unterhalten. Vermutlich gab es schlimmere Arten, sein Leben zu verbringen.
»Da wohne ich«, sagte ich und lenkte ihn in die Paton's Lane.
»Ah«, sagte Professor Cousins, »die Heimat von Dundees poetischem Barden –

Unfälle geschehen an Land und auf See
Flucht kann uns nicht schützen
vor diesem Ach und Weh.
Was Gott uns bestimmt hat, kommt zupass;
Du kannst sterben durch einen Stein oder durch
ein Stück Glas.«

Armes Dundee, hoffentlich nicht dazu verdammt, auf immer und ewig die Stadt von McGonagall und der *Sunday Post* zu sein.
Professor Cousins' knackende Knochen brauchten eine Weile, bis wir es in den obersten Stock geschafft hatten, aber schließlich triumphierten sie doch. »Die Luft ist aber dünn hier«, keuchte er und lehnte sich an den Türstock, um Atem zu schöpfen. Ich konnte nur ahnen, in welchem Zustand sich die Wohnung befand, als ich die Tür öffnete.

Ich denke, es ist an der Zeit für die Fortsetzung der Geschichte meiner ruchlosen Mutter (die nicht meine Mutter ist), meinen Sie nicht? Wir kauern in der Küche und sitzen den Sturm aus, den Nora heraufbeschworen hat. Ein kleines Feuer brennt im Eagle-Herd. Nora trägt aus Gründen, die ihr exzentrisches Selbst am besten kennt, Diamanten um den Hals und in den Ohren.
»Echte?«, frage ich.
– Echte, bestätigt sie.
»Gestohlene?«
– In gewisser Weise.

»Die von Evangeline?«
– Vielleicht.
Ich seufze frustriert. Es ist, als wollte man Blut aus einem Stein quetschen, einem Tiger die Zähne ziehen oder Babys den Schnuller entreißen. Hat sie diesen Schatz während all der Jahre unserer ärmlichen Existenz an der Küste besessen? Kann sie erklären, wie sie dazu kommt? Wie geheimnisvoll meine Mutter (aber nicht meine Mutter) ist.
Ich entscheide mich für die geduldige Herangehensweise des besorgten Psychiaters, um ihr die Geschichte zu entringen. Wir fischen in tiefem Wasser. »Erzähl mir deine erste Erinnerung«, sage ich aufmunternd zu ihr. Hier werden wir gewiss etwas Unschuldiges finden, einen Einblick in die kindlichen Bausteine des Charakters. Meine erste Erinnerung – an das Ertrinken – ist natürlich nicht so unschuldig. Vielleicht ist es eine nachgeburtliche Erinnerung an das Schwimmen im Fruchtwasser (denn wir sind alle Fische), aber noch während ich das schreibe, spüre ich, wie mir das eisige Wasser in die Nase steigt, in die Ohren, in die Lungen, und mich in die Tiefen des Vergessens zieht.
Meine zweite Erinnerung ist nicht viel besser. Wir stiegen in einen Bus – einen in einer unendlichen Reihe in meiner flüchtigen Kindheit. Eine zerstreute Nora, beschäftigt mit den zahllosen Gepäckstücken, die sie im Bus zu verstauen suchte, vergaß mich völlig, ließ mich auf einer Bank im Busbahnhof sitzen und war bereits drei Kilometer weit weg, bevor ihr auffiel, dass etwas fehlte. Der Busfahrer trat auf die Bremse, als Nora, die ganz hinten saß, plötzlich aufsprang und auf dramatische Weise schrie: »Mein Kind! Mein Kind!«, so dass der Busfahrer einen entsetzlichen Augenblick lang glaubte, Noras Kind unter seinen Reifen zerquetscht zu haben. Als er endlich verstand, was sie rief, hatte Nora die Hälfte der Fahrgäste in die Hysterie getrieben und einen asthmatischen Anfall bei einem sensiblen jungen Bibliothekar hervorgerufen, der kurz darauf seinen Beruf aufgab und die Welt bereiste auf der Suche nach Aufregung, die der gleichkam, für

die die wilde rothaarige Frau hinten im Bus gesorgt hatte. Den Bibliothekar erfinde ich offensichtlich.

»Und doch war ich nicht dein Kind«, gebe ich ihr zu bedenken, »oder?« Aber wessen Kind bin ich verdammt noch mal?

– Ich dachte, du wolltest meine früheste Erinnerung hören?

»Bitte.«

– Ich bin sehr klein, und sie sind sehr groß.

»Sie?«

– Lachlan und Effie. Sie müssen … sechzehn und achtzehn sein, vielleicht ein bisschen älter. Vielleicht auch jünger.

»Ich verstehe.«

– Es ist Sommer, und sie haben mich zu einem Picknick an den See mitgenommen. Ich war immer ihr »Haustier«, ihr »Spielzeug«. Das Problem ist, dass sie ihre Haustiere und Spielsachen sehr schlecht behandeln. Die Sonne scheint heiß, und das Wasser glitzert in der Sonne. Insekten tanzen und hüpfen auf der Wasserfläche. Ich rieche vermoderndes Schilf und Hitze und hart gekochte Eier –

(Wenn ich es nur schon vor Jahren mit Hypnose bei ihr versucht hätte.)

– Wir sitzen auf dem kleinen Steg, und sie tauchen die Füße ins Wasser, meine Füße reichen nicht so weit hinunter. In meinem Finger steckt ein Splitter von den geborstenen Holzplanken, und die Nesseln haben mich verbrannt, aber als ich weine, sagt Effie, dass die riesige Fisch-Hexe, die im See lebt, kommen und mich auffressen wird, wenn ich nicht aufhöre herumzuschniefen.

»Fisch-Hexe?«

– Fisch-Hexe. Lachlan sagt, dass er ein Ei ohne Salz nicht essen kann, und schleudert es ins Wasser, in das es spritzend wie ein Stein eintaucht. Er ist rot vor Hitze im Gesicht. Er sagt, dass er sich langweilt. Sie sagt, dass sie sich langweilt. Sie rauchen Zigaretten. Sie schneiden Grimassen.

Sie beginnen, einander zu jagen, sie laufen durch den Wald, lachen und kreischen – sie sind immer sehr kindisch, wenn sie zu-

sammen sind. Schließlich haben sie es satt und nehmen das kleine hölzerne Boot, um damit auf den See hinauszurudern. Sie setzen mich zuerst hinein, ich spüre, wie Effie den schweißnassen Arm um mich schlingt. Das Haar klebt ihr im Nacken, und das Baumwollkleid, das sie anhat, klebt an ihrem Körper.
Lachlan rudert das Boot in die Mitte des Sees, dort springt er ins Wasser und tut so, als würde er ertrinken. Effie springt ins Wasser, taucht ein wie ein Messer, und sie veranstalten ein Wettschwimmen ans Ufer. Lachlan schwimmt im Butterflystil, wühlt Wasser auf wie ein Mühlrad, aber er kann Effie nicht einholen, die so geschmeidig wie ein Otter schwimmt und das Ufer mit mehreren Längen Vorsprung erreicht. Sie klettern an Land und schütteln sich wie Hunde. Und sie fangen wieder an, einander zu jagen, sie schreien und lachen und laufen in den Wald.
Dann wird alles still. Nachdem ich lange darauf gewartet habe, dass sie zurückkommen, und noch länger gebraucht habe, bis mir klar war, dass sie das nicht tun werden, schlafe ich in der Hitze ein. Als ich wieder aufwache, bin ich sonnenverbrannt. Die Sonne beginnt, hinter den Bäumen zu versinken, und es wird kalt. Ich habe entsetzliche Angst, dass die Fisch-Hexe wie ein schwarzer Lachs aus dem Wasser hüpfen und mich fressen wird.
Wieder schlafe ich ein. Als ich aufwache, dämmert der Morgen – auf dem See schwebt Nebel, aber bis sie mich suchen kommen, hat sich der Nebel aufgelöst, und die Sonne steht hoch am Himmel. Ich werde ins örtliche Krankenhaus eingeliefert und bin die einzige Person, die gleichzeitig an Sonnenbrand und Unterkühlung leidet. Später erzählen sie, ich wäre ihnen davongelaufen, aber ich glaube, dass sie mich in Wahrheit loswerden wollten.
»Warum?«
– Weil sie böse waren natürlich.
»Aber du hast von deiner Schwester alles über Boote und das Schwimmen gelernt, oder?«, hake ich nach. »War das später?«
– Nicht *von* ihr, sie hat mir nie etwas beigebracht. Ich habe es gelernt für den Fall, dass sie versucht, mich zu *ertränken.*

Chez Bob

Ich rechnete damit, dass Bob noch schlief, aber er saß auf dem Sofa, sah sich *Playschool* im Fernsehen an, aß Heinz Apfelmus aus dem Glas und unterhielt sich mit einer unsichtbaren Person, die neben ihm saß. »Und so erkenne ich an, dass die Gewissheit und Wahrheit allen Wissens einzig auf dem Wissen beruht, dass es einen wahren Gott gibt, und bevor ich Ihn nicht kenne, kann ich auch nichts anderes wirklich wissen. Ist diese Schlussfolgerung Descartes' gerechtfertigt?« Er blickte auf und sagte: »Hallo«, als er uns bemerkte.

»Hallo«, erwiderte Professor Cousins freundlich.

Bob nickte in Richtung Proteus, der gesellig bei ihm auf dem Sofa saß, und sagte ziemlich schuldbewußt: »Ich esse nur, was es übrig gelassen hat.« Proteus saß aufrecht an Kissen gelehnt. Er war von Kopf bis Fuß mit Essen beschmiert, nicht nur mit Apfelmus, sondern war mit einer Vielzahl verdächtiger Flecken übersät, die Bob hilfsbereit erklärte – »Marmite, sahniges Reistöpfchen, Instant-Frühstücksbrei – das hier ist ein Vielfraß.« Und das aus seinem Munde.

Professor Cousins ließ sich vorsichtig auf der Kante der einzig anderen Sitzgelegenheit nieder – ein Stuhl, auf dem eine von Bobs *Dr.-Who*-Unterhosen unschicklich herumlag.

»Warum ist Proteus hier?«, fragte ich Bob, der das Baby nachdenklich ansah und dann sagte: »Heißt es so?«

»Es ist ein Junge. Es ist Karas Kind, du hast ihn schon hundertmal gesehen.«

»Ach ja«, sagte Professor Cousins, »natürlich, das große Mädchen, das immer nach Bauernhof riecht. Ein nettes kleines Kerlchen ist das.«

»Aber warum ist er *hier*?«, hakte ich geduldig nach.

Leidgeprüft seufzend wandte Bob den Blick von Big Ted,

Little Ted und Freunden ab. »Weil das Mädchen ihn dagelassen hat.«
»Und welches von den Millionen, wenn nicht Milliarden Mädchen auf der Welt könnte das gewesen sein?«
»Sie sagte, sie wäre deine Freundin.«
»Terri?«
»Nein.«
»Andrea?«
»Die Hübsche«, sagte Bob, und seine Züge wurden weicher, als wäre er ein gläubiger Katholik, der von der Jungfrau Maria sprach.
»Olivia?«
»Sie sagte, dass sie was erledigen muss, und könntest du auf ihn aufpassen.«
Vielleicht hatte Proteus die Rolle des Pakets in dem Spiel ›Paket auspacken‹ übernommen, oder er war der Kettenbrief, der weitergegeben werden musste. Vielleicht würde er – nachdem er allen, die ihn pflichtbewusst weitergaben, Glück und Reichtum (und all denen, die das nicht taten, Pech) gebracht hatte – schließlich wieder bei Kara landen. Wenn er Pech hatte, würde er durch die Hände der gesamten Weltbevölkerung wandern, bevor er zu seiner Mutter zurückkehrte. Wie alt wäre er dann? Und wie lange würde es dauern, bis ein Baby um die ganze Welt gereicht wäre? (Es wäre ein interessantes Experiment.)
»Wäre es nicht einfacher, seine Mutter zu suchen und ihn zurückzugeben?«, gab Professor Cousins zu bedenken und wickelte den roten Schal von seinem Kopf, als wäre er eine gekochte Nachspeise oder sogar ein Teufelsknödel.
»Die Wie-heißt-sie-noch sagte, Karen wäre bei einem Frauentreffen am Windsor Place«, sagte Bob.
»Du meinst Kara?«
»Ja?«
»Bei einem Treffen der Frauenbefreiungsbewegung?«

»Das runde Fenster!«, schrie Bob plötzlich den Fernseher an, und Proteus zuckte erschrocken zusammen.
War mit Olivia alles in Ordnung? War die Abtreibung das, was sie erledigen musste? Wenn ich ihre Freundin war, dann keine sehr gute.
Ich bot Professor Cousins eine Tasse Tee an, aber in diesem Augenblick wurde der Strom abgeschaltet, sehr zu Bobs Missfallen, dem jetzt bestimmt war, nie zu erfahren, was sich hinter dem runden Fenster befand.
Endlich erkannte Bob Professor Cousins und begann ihm begeistert seine Idee für eine Dissertation zu erklären. »Über *Dr. Jekyll und Mr. Hyde*, denn es geht um so was wie einen universalen Mythos der westlichen Gesellschaft«, sagte Bob enthusiastisch und fuchtelte mit den Armen herum wie ein unkoordinierter Käfer. »Da drin sind alle diese Ur-Geschichten, Ur-Handlungen und Ur-Mythen, richtig?«
Professor Cousins blickte besorgt drein und fragte Bob, ob er immer stottere.
»Der Feind im Inneren«, sagte Bob und ignorierte seine Frage.
»Stevenson?« Professor Cousins legte die Stirn in Falten in dem Bemühen, Bob zu folgen.
»Nein, *Raumschiff Enterprise*«, sagte Bob geduldig. »Captain Kirk wird auf Grund eines Transporterversagens in zwei Teile gespalten – den guten Kirk und den bösen Kirk.«
»Aha, dualistische Theorien von Gut und Böse«, sagte Professor Cousins. »Manichäismus, Zoroastrismus.«
»Ja, ja«, sagte Bob, »das Interessante daran ist, dass der gute Kirk nicht ohne den bösen Kirk leben kann – was sagt Ihnen das?«
»Tja –«
»Dann gibt es noch diese andere Episode mit dem Titel ›Spieglein, Spieglein ...‹, in der alle Mannschaftsmitglieder der *Enterprise* Doppelgänger haben –«

»Und die Doppelgänger sind alle böse?«, riet Professor Cousins.
»Genau!«, sagte Bob. »Und Kirk muss dieses Dings namens Tantalus-Feld benutzen –«
Ich wurde von dieser kritischen Analyse abgelenkt durch den Anblick von Proteus, der versuchte, den Würfel des Monopoly-Spiels zu essen. Vermutlich konnte ich von Glück reden, dass er nicht den großen Klumpen Marihuana genommen hatte, der direkt daneben lag. Trotzdem, das hier war kein Ort für ein Baby.
»Ich komme mit«, sagte Professor Cousins, als ich anfing, Proteus Sachen einzusammeln, von denen er gestern noch nicht ein einziges Stück besessen hatte.
»Ja«, sagte Bob, »sie sagte, dass sie ihm Zeug kaufen musste.«
Olivia hatte ein Vermögen für Proteus ausgegeben. Sie hatte Windeln und Strampelanzüge so weiß wie neugeborene Lämmer gekauft, Schnabeltassen, eine Peter-Rabbit-Frühstücksschüssel, einen Eierkocher aus Porzellan, einen babyblauen Stoffhasen, eine wie eine Metzgerschürze blau-weiß gestreifte Osh-Gosh-Latzhose, ein Paar Kordsamtstiefelchen und genügend Putz-, Wisch- und Pflege-»Zeug«, um einen kleinen Babybedarfsladen damit zu eröffnen.
»Da drüben ist seine Tasche«, sagte Bob. »Darin sollte alles sein, was du brauchst. Seine Jacke hängt im Flur. Die Windel ist gerade gewechselt, und eigentlich sollte er jetzt schlafen, aber wenn er Hunger hat, dann ist Essen in der Tasche.«
»Wie bitte?« Ich starrte Bob erstaunt an.
»Was?« Er begann sich einen Joint zu drehen, und in Ermangelung des Fernsehgeräts schlug er das Jahrbuch 1968 zur Kindersendung *Blue Peter* auf.
»Nichts, du hast nur einen Augenblick lang wie ein erwachsener Mensch geklungen.«
»Ich doch nicht«, sagte Bob fröhlich.
Professor Cousins stand ihm Flur und versuchte Proteus'

Buggy zusammenzuklappen wie jemand, der in einem Film verzweifelt versucht, einen Liegestuhl aufzustellen.
»Wohin gehen wir?«, fragte er, als wir den qualvollen Abstieg die Treppen hinunter begannen.
»Zu einem Treffen der Frauenbefreiungsbewegung.«
»Oh, das ist eine Premiere für mich«, sagte er. »Hoffentlich passe ich da rein.«
»Warte!«, rief Bob mir nach und holte etwas unter dem Sofa hervor. Er reichte mir einen abgelutschten und ziemlich ekligen Schnuller. »Den wirst du brauchen«, sagte Bob. »Funktioniert besser als Leukoplast, glaub mir, ich hab alles versucht.«

Was Maisie nicht wusste

»Wie die Speisung der Fünftausend«, sagte Philippa gut gelaunt. Sie machte Sandwiches aus Toastbrotscheiben und den Überresten des Lachses, der mittlerweile irisierend grün schimmerte. Sogar Goneril hatte das Interesse daran verloren.

Nur acht Personen nahmen am Treffen der Frauenbefreiungsbewegung am Windsor Place teil, und vier davon – Andrea, Professor Cousins, Mrs. McCue und Mrs. Macbeth – waren keine Mitglieder unserer Gruppe, wie Heather lautstark und ausführlich klarstellte.

»Er ist ein Mann«, sagte sie empört, als sich Professor Cousins daranmachte, Mrs. McCues und Mrs. Macbeth' endlosen Bedarf an Tee zu befriedigen. Professor Cousins wankte mit der Teekanne um den Küchentisch, erkundigte sich nach Milch- und Zuckerwünschen, verteilte Teelöffel und entschuldigte sich *sotto voce* für die Benutzung von Teebeuteln. Professor Cousins kaufte seinen Darjeeling jede Woche frisch und offen bei Braithwaite's und schien besonders beunruhigt von Philippas eichenfarbenen Ty-phoo-Beuteln.

Mrs. McCue roch misstrauisch an ihrem Tee, als wäre er mit Arsen versetzt.

»Auch sie glaubt, dass jemand sie umbringen will«, erklärte ich Professor Cousins.

»Nun, Sie wissen doch, wie es heißt, oder?«, sagte er in vertraulichem Tonfall zu Mrs. McCue.

»Nur weil jemand paranoid bist, heißt das noch lange nicht, dass sie nicht hinter ihm her sind?«, sagte sie.

»Genau!«, erwiderte er grinsend.

Sheila Lake, mit Haferschleim und durchgekautem Zwieback verschmiert – vermutlich versteckte sie irgendwo an ihrem Leib ein Baby –, war hingerissen von Professor Cousins'

Geisha-Qualitäten und beschwerte sich, dass Roger eine Teekanne nicht einmal erkennen würde, wenn man ihm damit auf den Kopf schlüge (eine reizvolle Vorstellung). Sie schien in seliger Unkenntnis der Tatsache, dass ihr Mann vorhatte, seine schwangere (oder vielleicht auch nicht mehr schwangere) Freundin in ihre Sandsteinvilla in Barnhill einziehen zu lassen.

»Kara ist nicht da?«, fragte ich. »Und Olivia auch nicht?« Niemand war da, der mir Proteus abnehmen würde – Proteus, der im Augenblick auf dem Bett im Gästezimmer schlief, vormals die Ruhestätte von Ferdinand und Janet. Janet schlief im Augenblick friedlich unter dem Küchentisch, aber was war mit Ferdinand. Wo war er?

»Er geht mit dem Hund spazieren«, sagte Philippa. Duke sah sie fragend an. Sie runzelte die Stirn. »Offenbar nicht mit diesem Hund«, sagte sie, »weil dieser Hund hier ist und wir die Beweiskraft unserer Sinneseindrücke nicht ignorieren dürfen, denn sonst begeben wir uns auf das Feld von Kasuistik und unnatürlichem Zweifel, und die haben ihren eigenen Platz. Selbstverständlich würden manche Leute jetzt argumentieren, dass die Wahrheit von Tatsachenbehauptungen nur induktiv durch besondere Erfahrungen nachgewiesen werden kann. Können uns Wahrnehmungen Kenntnisse über eine vom Wahrnehmenden unabhängige Welt vermitteln? Ist so eine Welt überhaupt erkennbar? Ist ›sein‹ gleich ›wahrgenommen sein‹? Ist ein Hund nur eine Ansammlung von Sinneseindrücken – der Geruch eines Hundes, die Geräusche eines Hundes, das Gefühl eines Hundes, der Geschmack eines Hundes und so weiter?« Philippa hielt inne, sah Duke ebenso prüfend an wie er sie und sagte dann etwas lahm: »Mit einem anderen Hund, Ferdinand geht mit einem anderen Hund spazieren.«

»Der Geschmack eines Hundes?«, wunderte sich Mrs. Macbeth.

In der Küche befanden sich zwei der Dinge, die Andrea am meisten fürchtete – alte Menschen und Nahrungsmittel –, weshalb sie ziemlich bleich und nervös war. Sie berichtete, sie sei von Heather gezwungen worden, diesem Treffen beizuwohnen, nachdem sie ihr einen Vortrag über das moralisch verwerfliche Essen eines fremden Eis aus dem gemeinsamen Kühlschrank gehalten hatte, ein Ei, das Andrea angeblich nicht angerührt hatte, ein Ei, das mit einem schwarzen Filzstift-»H« gekennzeichnet gewesen war. »Wie Hyäne«, sagte Andrea bedrückt. Sie trug ein gerafftes und gerüschtes Trägerkleid, das einem viktorianischen Kind wohl angestanden hätte.

»Ich dachte, Eigentum ist Diebstahl«, sagte ich zu Heather.

»Eigentum ist Eigentum«, erwiderte sie beleidigt.

»Was soll das heißen?«, fragte ich, von dieser tautologischen Weisheit irritiert. »Wie ›ich bin ich‹ oder ›eine Tür ist eine Tür‹ oder ›eine Katze ist eine Katze‹?«

»Ein Mann ist ein Mann, wenn schon«, sagte Mrs. Macbeth.

»Ist das ein Spiel?«, fragte Professor Cousins hoffnungsfroh.

Mrs. McCue butterte Selkirk Bannock einen Hafermehlkuchen, den sie und Mrs. Macbeth unter anderem am Morgen in Philippas Küche gebacken hatten, wiewohl sie erst einmal alles, wie mir Mrs. McCue ziemlich laut ins Ohr flüsterte, gründlich geschrubbt und von küchenansässigen McCue-Keimen gereinigt hatten.

»Will jemand Bannock?«, fragte Mrs. McCue und reichte einen Teller herum.

»Ich dachte, das wäre eine Schlacht gewesen«, sagte Andrea und runzelte die Stirn angesichts der riesigen Menge Kalorien, die ihr unter die Nase gehalten wurden.

»Ich hätte selbst liebend gern ein winziges Stückchen Bannock«, sagte Mrs. Macbeth beiläufig vor sich hin. Sie trug eine Wickelschürze und war leicht mit Mehl bestäubt.

»Oh, ich auch«, sagte Professor Cousins begeistert. »Ich kann mir nichts Erfreulicheres vorstellen, als ein fürstliches Mahl zu verdrücken, das von den flinken Händen des schwachen Geschlechts zubereitet wurde.«

»Wie bitte?«, sagte Heather von oben herab, ihr Gesicht zu einer hässlichen Grimasse der Ungläubigkeit verzogen.

»Ich sagte –«, setzte Professor Cousins freundlich an.

»Ich habe gehört, was Sie sagten«, unterbrach ihn Heather unhöflich, »ich konnte es nur nicht glauben.«

»Solltest du nicht auf den Barrikaden sein?«, fragte ich sie.

»Zwischen dem Kampf für den Feminisimus und dem Kampf für den Sozialismus gibt es keinen Unterschied«, sagte Heather und aß versehentlich ein Stück Irischen Teekuchen, den Mrs. McCue gerade mit Butter bestrichen hatte. Eine Rosine blieb auf wenig anziehende Weise zwischen ihren Schneidezähnen stecken, aber ich zog es vor, sie nicht davon in Kenntnis zu setzen.

Andrea knabberte unterdessen vorsichtig an einem Stück Border Tart, eine Art Früchtebrot mit Zuckerguss, und wurde noch bleicher, als Mrs. Macbeth ihr einen Pfannkuchen anbot.

»Ich backe gern«, sagte sie, »ich habe ein Händchen dafür. Oder vielmehr zwei Händchen«, fügte sie hinzu und blickte hinunter auf ihre winzigen Hände, aber dann schien sie plötzlich verwirrt und humpelte davon. Als sie an Andrea vorbeikam, klopfte sie ihr liebevoll auf die Schulter. Andrea erschauerte.

»Es ist nicht ansteckend«, versicherte ich ihr. »Es ist nicht wie Lepra, man wird nicht alt, wenn man sie berührt.«

»Sie ist so furchtbar klein«, flüsterte Andrea mir zu und machte eine Kopfbewegung in Richtung der kleiner werdenden Mrs. Macbeth. »War sie von Anfang an so klein? Oder enden wir alle so?«

»Was?«, sagte Mrs. McCue. »Flüstern ist unhöflich.«

»Ich sagte«, sagte Andrea laut, »dass sie sehr klein ist.«

»Wer? Wer ist klein?«, fragte Philippa.
»Diese ... kleine Frau«, sagte Andrea hilflos, denn Mrs. Macbeth war jetzt außer Sichtweite.
»Sie meint Mrs. Macbeth«, sagte Mrs. McCue, die jetzt alles mit Butter bestrich, was ihr in die Hände kam.
»Mrs. Macbeth?«, wiederholte Andrea zweifelnd.
»Der Name ist völlig in Ordnung«, sagte Mrs. McCue. »Leute heißen so.«
»Nun, sie heißen nicht ›so‹«, sagte Professor Cousins und lachte.
»Also«, sagte Heather beleidigt, »wir sind hier nicht am Fraueninstitut. Wir haben uns getroffen, um eine ernsthafte Diskussion über die Entlohnung von Hausarbeit zu führen.«
Mrs. McCue holte eine vertraute Strickarbeit hervor und runzelte die Stirn. »Lohn für Hausarbeit? Wer sollte den bezahlen?«
»Der Lohn der Sünde«, sagte Professor Cousins verträumt. »Sie haben wohl keinen Heißwasserkrug?«, fügte er an Philippa gewandt hinzu.
»Wofür sollte ich einen Heißwasserkrug brauchen?«, fragte sie sich.
»Für heißes Wasser natürlich«, sagte Mrs. McCue. Bevor diese Unterhaltung ausufern konnte (»Wofür sollte ich heißes Wasser brauchen?« und so weiter), platzte Maisie in die Küche, gefolgt von Lucy Lake.
»Hallo, Emily«, sagte Sheila achtlos, als sie Lucy sah.
»Lucy«, verbesserte Lucy sie. Sheila musterte ihre älteste Tochter, schien jedoch nicht überzeugt.
»Lachssandwich?«, fragte Philippa und schob den Teller zu Maisie und Lucy. Bislang hatte niemand eins angerührt. Mrs. Macbeth humpelte zurück in die Küche und blickte verwirrt drein, als hätte sie erwartet, einen völlig anderen Raum in einem ganz anderen Haus (und vielleicht zu einem völlig anderen Zeitpunkt) zu betreten.

Professor Cousins lüpfte seine mageren Oberschenkel von seinem Stuhl, hielt Mrs. Macbeth einen anderen Stuhl hin und sagte: »Bitte setzen Sie sich, Mrs. Macbeth.« Heather sah aus, als würde sie angesichts dieses weiteren Affronts gegen ihre egalitären Empfindlichkeiten gleich explodieren.
Der Anblick von Maisie erinnerte mich daran, dass ich sie am Tag zuvor rücksichtslos Chicks zweifelhafter Obhut überlassen hatte.
»Du bist also gestern Abend gut nach Hause gekommen?«, fragte ich sie.
Sie verdrehte die Augen (»Oh, bitte nicht«, sagte Professor Cousins matt). »Kommt drauf an, was man unter ›gut‹ versteht«, murmelte sie mit dem Mund voll Bannock.
»Sie kam spät, so viel weiß ich«, sagte Philippa.
»Ich hatte Blockflötenunterricht«, log Maisie einfallslos, aber in diesem Augenblick verkündete ein leiser quietschender Laut, dass Proteus aufgewacht war. Ich hoffte, dass er nicht aus dem Bett gefallen war.

Bevor ich Proteus hinlegte, hatte ich Archies Manuskript unter dem Bett hervorgeholt. Proteus war zu jung, als dass man ihn dem verderblichen Einfluss von J und seinen Kohorten hätte aussetzen können. Das letzte, neu hinzugefügte Kapitel war besonders widerwärtig. J – oder Js anscheinend kürzlich erworbener Doppelgänger – wurde von einer überaus sadistischen Frau gefoltert, die nichts anhatte außer hochhackigen Lederstiefeln. Bizarrerweise hatte sich *Die Station der Liebe* zu *Das expandierende Prisma des J* im Gästezimmer gesellt, wie die zueinander passenden Phantasien von Ihm und Ihr. Mir graute vor dem Gedanken, was herauskommen würde, sollten die beiden durcheinander geraten. Noch bevor sie wüsste, wie ihr geschah, trüge Flick Avenger-Stiefel und müsste in den endlosen Treppenhäusern kontinentaler Apartmentblocks hinauf- und hinunterlaufen, gejagt von den abscheulichen Ungeheuern der Phantasie (Paranoia und Melancholie).

Ich wechselte Proteus' Windel, wickelte ihn ungeschickt in das Viereck aus Frottee, befestigte es mit einer Sicherheitsnadel, sehr vorsichtig, um ihn nicht in sein zartes Babyfleisch zu stechen. Ich fragte mich, was ich tun würde, wenn Olivias Windelvorrat zu Ende wäre. Womöglich müsste ich sie dann waschen. (Was für ein Gedanke.) Ich klemmte mir Proteus auf die Hüfte und zeigte ihm die Aussicht aus dem Fenster. Er streckte einen dicken Arm aus und versuchte, eine niedrig fliegende Möwe zu fangen. Heute hatte der Tay die Farbe der Unendlichkeit und deprimierte mich. Nie schien mir etwas Gutes zu widerfahren. Eine Wahnsinnige, die genauso hieß wie ich, verfolgte mich, ich saß fest mit dem Baby von jemand anders, ich hatte Bob zum Freund, und ein schrecklicher Virus hatte sich meines Bluts bemächtigt und übernahm meinen Körper wie das fremde Wesen, das er war.

Wenn nur Ferdinand jetzt hier wäre, dann könnte er mich meisterlich in die Arme nehmen, und ich würde unter dem besorgten Blick seiner seelenvollen Augen dahinschmelzen. Er könnte die Umrisse meines Gesichts mit seinen überraschend zärtlichen Fingern nachfahren – vielleicht wölfisch lächeln –, sein Gesicht in meinem Haar vergraben und heiser flüstern: »Effie, bis jetzt hat keine Frau –« Proteus' Gesicht lief lila an, und ich merkte, dass er an etwas erstickte. Ich schlug ihm so fest, wie ich mich traute, auf den Rücken, aber er bekam immer noch keine Luft.

In meiner Verzweiflung packte ich ihn bei den Knöcheln, hielt ihn kopfüber und schüttelte ihn. Gott sei Dank gelang es ihm dank dieser extremen Maßnahme, ein Papierknäuel so groß wie ein Eulengewölle auszuspucken, und dann fing er an, herzhaft zu brüllen. Als er sich wieder beruhigt hatte, strich ich das Papier glatt, bei dem es sich um eine besonders irrsinnige Stelle von Philippas Romandialog handelte. *Die Station der Liebe* sollte wirklich mit dem deutlichen Hinweis versehen werden, dass sie die Gesundheit gefährden konnte.

Als ich mit Proteus hinunterkam, versuchte Professor Cousins gerade, alle davon zu überzeugen, ein »Wortspiel« zu spielen, das einiges Martha Sewell zu verdanken hatte. Er sah mich und sagte: »Nicht das Und – Sie erinnern sich doch an das Spiel, meine Liebe?«

Der Gedanke an Martha verursachte mir augenblicklich heftigste Schuldgefühle wegen Terri. Philippas Küchenuhr zeigte auf Viertel nach eins. Terri musste mittlerweile wach sein (vielleicht aber auch nicht) und sich fragen, ob sich Hank alias Buddy unerlaubt entfernt hatte.

»Man nimmt drei Wörter«, erklärte Professor Cousins, »und versucht einen Satz daraus zu bilden. Zum Beispiel *Fisch*« – er verbeugte sich höflich vor den Überresten des Lachses – »*Tisch* und, hm, *Erythrophobie.*«

»Erythrophobie?«, sagte Mrs. Macbeth vorsichtig.

»Angst vor dem Erröten«, erklärte Philippa.

»Das wusste ich nicht«, sagte Maisie.

»Also –«, sagte Sheila Lake zweifelnd, »der Lachs auf dem Tisch litt unter Erythrophobie. Stimmt das?«

»Genau!«, sagte Professor Cousins begeistert.

»Was für ein blödes Spiel«, sagte Lucy Lake.

»Können wir damit aufhören?« Heather war beleidigt, wurde jedoch von allen ignoriert.

»Noch eins«, sagte Mrs. McCue.

»Also ... Katze«, sagte Professor Cousins, der gesehen hatte, wie Goneril in die Küche schlich, »Zuckerrübe und ... Maultrommel.«

»Also ... das ist schon schwieriger«, gestand Philippa ein, aber dann stieß Mrs. Macbeth einen kleinen Schreckensschrei aus, und Goneril sprang auf den Tisch und legte einen schlaffen McFluffy vor ihr ab.

»Verflixt und zugenäht und Himmel hilf«, rief Mrs. Macbeth. Es folgten dramatische Rettungsmanöver – Maisie versuchte es mit Mund-zu-Mund-Beatmung, Mrs. McCue kramte ein Fläschchen Macintosh Riechsalz hervor und so weiter, aber letztlich musste die unglückselige Kreatur für tot erklärt werden.

»Sie sind nicht zu halten«, sagte Philippa seufzend. »Sie sind schlimmer als Lemminge.«

Maisie nahm den plötzlichen Tod des neuesten McFluffy gelassen und erklärte Professor Cousins den komplexen Hamsterhimmel, der eine Zweigstelle des Nagetierhimmels war (und ziemlich überlaufen dank des McCue-Haushalts), seinerseits eine Unterabteilung des Kleinen-Säugetier-Himmels und so weiter.

»Und ist der Hamsterhimmel«, fragte Professor Cousins, der geistesabwesend das seidige Fell der kleinen Leiche streichelte, »weiter unterteilt – in Feld, Gold, Zwerg und so weiter?«

»Zwerg?«, sagte Mrs. Macbeth leise, aber Professor Cousins war bereits ein anderes Spiel eingefallen. »Man nimmt ein Wort mit fünf Buchstaben« – er strahlte – »zum Beispiel ›Notar‹, und dann muss man etwas finden, was mit den Buchstaben – N-o-t-a-r – anfängt, in jeder der folgenden Kategorien – Stadt, Fluss, Blume, Schriftsteller, Komponist. Zum Beispiel – Nottingham, Nil, Nelke, Nabokov und, hm, mal sehen – ein Komponist, der mit ›N‹ anfängt?«

»Luigi Nono«, sagte Philippa.

»Wer?«

»Er komponierte *Il canto sospeso*«, sagte Philippa, »ein kärgliches, ziemlich rätselhaftes Werk, komponiert 1955, gefolgt von *Intolleranza* 1960. Ziemlich kontrovers, interessiert an sozialen Themen, beeinflusst von Webern.«

»Wie wär's mit Ivor Novello?«, schlug Mrs. McCue vor.

»Viel besser«, stimmte Professor Cousins ihr zu. »Na gut – mal sehen, ein Wort mit fünf Buchstaben, wie wär's mit ›Bande‹? Ich meine die zarten Bande und nicht das Gesindel –«

»Welches Gesindel?«, fragte Sheila.

»Irgendein Gesindel«, sagte Professor Cousins. »Irgendein Gesindel, das sich Bande nennt. Effie – so heißen Sie doch, oder?« Ich nickte. »Warum machen Sie nicht den Anfang?«

»Ich?«

»Fangen Sie mit ›B‹ an«, sagte er aufmunternd.

»Warum nicht mit ›A‹?«, fragte Mrs. McCue.

Ich seufzte. »B –«

»Stadt, Fluss, Blume, Schriftsteller, Komponist«, drängte mich Professor Cousins.

»Birmingham, Begonie, Barthelme, Berlioz.«

»Du hast den Fluss ausgelassen«, sagte Lucy Lake. Aber niemandem fiel ein Fluss ein, der mit »B« anfängt, und während sich noch alle den Kopf zerbrachen, keuchte Professor Cousins plötzlich: *»Die Gräfin von Malfi*!« Und ich nahm an, dass er darüber eine Vorlesung halten sollte – oder meinte, dass er es müsste.

»Roger und ich waren in den Flitterwochen dort«, sagte Sheila verträumt, »die Malfi-Küste, die neapolitanische Riviera.«

»Nein, nein, nein«, korrigierte Professor Cousins sie sanftmütig, »das ist die *Amalfi*-Küste.«

»Neapolitanische Riviera«, sagte Mrs. Macbeth, »das klingt wie ein Eisbecher.«

»Ich war an der Riviera«, sagte Mrs. McCue überraschend, »an der französischen Riviera. Vor langer Zeit, bevor ich geheiratet habe, bevor Archie geboren wurde. Mit einem Mann namens Frankie.« Sie seufzte. »Er war reich. Sehr romantisch war es – wir gingen unter ausländischem Mondlicht spazieren, rauchten diese französischen Zigaretten. Wir fuhren in Frankies Bristol hin –«

»Bristol Cream?«, sagte Professor Cousins und sah sich hoffnungsvoll um.

»Nein, ein Bristol, das ist ein Auto.«

»Ich bin nie über Bairgowrie zum Beerenpflücken hinausgekommen«, sagte Mrs. Macbeth traurig.

»*La Terrazza dell'Infinita*«, sagte Professor Cousins verträumt. »Die Terrasse der Unendlichkeit. Dort habe ich eine überaus bezaubernde Erfahrung gemacht.«

»Wirklich?«, fragte die romantische Schriftstellerin in Philippa.

»Bedeckt ihr Gesicht«, murmelte Professor Cousins.

»Wessen Gesicht?«, fragte Mrs. Macbeth und blickte misstrauisch drein. Ich dachte, es wäre angebracht, ein anderes Gesprächsthema einzuführen, und fragte Andrea – die die ganze Border Tart aufgegessen hatte und aussah, als würde sie sie jeden Augenblick wieder von sich geben –, wie sich ihre Fähigkeiten entwickelten. Ich fragte mich, ob sie nicht einen anderen Weimaraner für mich herbeizaubern könnte.

»Sind Sie zurückgeblieben?«, fragte Professor Cousins sie besorgt.

»Ihre magischen Fähigkeiten«, erklärte ich ihm.

»Oh, wie aufregend«, sagte Professor Cousins und legte die Hände aufs Herz.

»Also?«, hakte ich bei Andrea nach, die Professor Cousins ansah, als wäre er verrückt.

»Was genau stellst du dir vor?«, fragte sie zweifelnd.

»Kannst du etwas replizieren?«

»Replizieren? Was replizieren?«

»Einen Hund.« Wie viele Probleme wären gelöst, wenn es einen Hank *und* einen Buddy gäbe.

»Klonen«, schnaubte Andrea verächtlich, »das werden sie nie

schaffen, zumindest nicht in Schottland, und denk nur an die ethischen Probleme.«

»Nein, das würde ethische Probleme *lösen*«, sagte ich. Warum nur führte ich dieses lächerliche Gespräch?

»Zauberei«, sagte Professor Cousins wehmütig, »glauben Sie daran?«

Ich nicht. Aber ich wünschte, ich täte es.

Die Haustür fiel krachend ins Schloss, und Archie betrat mit einem Schwall frischer kalter Luft die Küche. Er schien verwirrt, weil er nicht nur Professor Cousins, sondern auch Mrs. McCue und Mrs. Macbeth gemütlich an seinem Küchentisch sitzen sah.

»Hier geht es zu wie in einem Pflegeheim«, beschwerte er sich und starrte seine Mutter finster an, die einen Stuhl unter dem Tisch hervorzog und sagte: »Nimm das Gewicht von deinen Füßen, Sohn.«

»Ihr werdet zu spät in die Schule kommen«, sagte Philippa vor sich hin, so dass alle außer Maisie und Lucy Lake auf ihre Armbanduhren blickten.

»Eine Ausbildung ist alles«, sagte Mrs. McCue aufmunternd zu ihnen.

»Nun, nicht alles«, widersprach Mrs. Macbeth. »Sie ist nicht Fleisch und Milch oder das Wetter oder Tee oder –«

»Oder Schafe«, sagte Maisie.

»Schafe?« Philippa runzelte die Stirn.

»Oder Dachziegel«, trug Professor Cousins bei, der sich für die Sache erwärmte, »oder Kissenbezüge oder –«

»Schluss jetzt«, sagte eine überaus verärgerte Heather und klatschte in die Hände wie eine Kindergärtnerin. »Das ist absoluter Nonsens.«

Und so war es.

Ist eine transzendentell kohärente Weltsicht noch immer erstrebenswert?

Ich verließ die McCues und schob Proteus in seinem Buggy die Magdalen Yard Green entlang zur Riverside. Ich fragte mich, ob Proteus jetzt mein Kind war, da seine Mutter offenbar jegliches Interesse an ihm verloren hatte. Ich stellte ihn neben einer Bank ab und setzte mich, um mir über die Veränderungen klar zu werden, die ich in meinem Leben vollziehen müsste, sollte ich für dessen Rest mit einem Kind festsitzen. Proteus, der nichts von seiner zweifelhaften Zukunft in meinen Händen ahnte, döste ein.

Eine fahle Sonne hatte den letzten Schnee geschmolzen und ließ den Tay silbern schimmern. Ein leiser Duft nach Abwasser parfümierte die Luft. Kein Zug fuhr über die Brücke, aber in der Ferne, auf den Sandbänken mitten im Fluss sonnten sich Robben. Von meinem Sitzplatz aus sahen sie wie amorphe träge Klumpen aus Stein aus, aber ich wusste, dass sie tatsächlich getüpfelt und gesprenkelt waren wie Vogeleier. Ein Reiher schwang sich elegant von einem Abwasserrohr in die Lüfte und flog davon.

Ich schloss die Augen und spürte die Sonne auf meinem Gesicht. Plötzlich (und völlig unlogischerweise, wie ich fand) heiterte sich meine Stimmung auf. Ich war mir des merkwürdigen Gefühls bewusst, das ich auch bei den Megalithen von Balniddrie erlebt hatte – eine Art Brodeln im Blut und ein Durchlüften des Gehirns –, als befände ich mich am Rand von etwas Göttlichem und Tiefem und als würde das Universum im nächsten Augenblick aufbrechen und Arkana würden wie Gnadenbeweise auf mich herabregnen und alle kosmischen Geheimnisse würden gelüftet werden, vielleicht sogar der Sinn des Lebens – aber nein, es sollte nicht sein, denn in diesem Moment fiel ein dunkler Schatten auf die Welt.

Die eisigen interstellaren Winde trieben Abfall über den Weg und bauten eine riesige Tsunami auf, die den Tay hinaufrollte, die Autobrücke überschwemmte und die Eisenbahnbrücke einriss. Vulkanische Asche stieg in die Atmosphäre auf und umkreiste die Erde, verbrauchte allen Sauerstoff und verdunkelte die Sonne. Die schreckliche Gestalt, die all dies verursachte, stand vor mir. In Witwenschwarz wie in ein Leichentuch gehüllt, knirschte diese Tochter der Nemesis mit den Zähnen, rang die Hände und erfüllte die Luft mit Klagen und Wehgeschrei. Von ihrem Kopf stieg schwarzer Rauch auf, und ihre Aura bestand ausschließlich aus schwarzem Schaum und Schlacke. Ja, es war Terri.

Sie fuchtelte aufgeregt mit einem Fächer aus schwarzen Straußenfedern herum und trug lange schwarze Handschuhe und Jetohrringe, wie es einer trauernden Frau angemessen war, denn sie hatte das Schicksal ihres Geliebten herausgefunden – sie war den Sewells auf der Straße begegnet, in Begleitung eines Hank/Buddy, der gefügig an der Leine neben ihnen her trottete, und hatte sich auf einen gewalttätigen Ringkampf mit Jays knapp einen Meter neunzig Joggerfleisch eingelassen, aus dem er nur mit Glück als Sieger hervorging und auch nur, weil Martha ihre Würde in den Wind schoss und zuschlug und kratzte wie eine Straßenkämpferin.

»Ich habe ihn verloren«, sagte Terri todtraurig, ließ sich auf die Bank fallen und zündete sich eine Zigarette an. »Jetzt müssen wir ihn zurückholen«, fügte sie hinzu und starrte drohend das ferne Five an.

»Du meinst, Hank *kidnappen*? Mit der Ziege hat es nicht geklappt, erinnerst du dich?«, gab ich ihr zu bedenken.

»Umso mehr Grund, es diesmal so anzufangen, dass es klappt.« Terri warf die Kippe ihrer Zigarette weg und stand auf. »Also – weißt du, wie man in ein Haus einbricht?«

»Nein«, sagte ich müde, »aber ich kenne jemand, der es mit Sicherheit weiß.« Wir waren bis zum Roseangle gekommen, als Terri die Nase rümpfte, als würde sie etwas Unangenehmes riechen, und sagte: »Woher hast du dieses Kind?«

Wir hatten noch Chicks schmierige Karte – *Erstklassige Nachforschungen – übernehme alle Aufträge, stelle keine Fragen*. Sein Büro befand sich in einer Sackgasse, die von einer kopfsteingepflasterten Nebenstraße abging, mitten in dem Gewirr kleiner Gassen in der Umgebung der Coffin Mill, deren traurige Geister sich heute versteckt hielten. »Kinloch House« stand auf einem Schild an der Tür. Man konnte sich vorstellen, dass hier einst große geheimnisvolle Maschinen untergebracht gewesen waren – Zahnräder mit Sägezähnen und hämmernde Kolben. Jetzt war es ein Labyrinth von schmuddeligen Geschäftsräumen, die meisten standen leer oder fungierten als zweifelhafte Adressen für noch zweifelhaftere Geschäfte.

Unterwegs war Andrea, die dem Wahnsinn des McCue-Haushalts ebenfalls entflohen war, zu uns gestoßen. Sie war nicht begeistert von dem Entführungsunternehmen – ihr Vater war Richter in Malton – und konnte nur von dem Argument überzeugt werden, dass es für sie als Schriftstellerin eine nützliche Erfahrung sein würde – *Anthea geht kidnappen* oder so ähnlich. Ich hoffte, dass sie an der Babysitter-Front Hilfe leisten könnte, denn es fällt nicht leicht, als Kriminelle zu agieren, wenn man von einem dicken fetten Baby behindert wird, aber diese Hoffnung wurde enttäuscht, da sie beim Anblick des über und über mit Essen bekleckerten Proteus grün im Gesicht wurde. Es half nichts, als ich ihr erklärte, dass es sich nur um Sckokoladenpudding handelte.

Ganz oben war eine von Chicks *Erstklassige Nachforschungen*-Karten mit Kaugummi an eine Tür geklebt. Die Tür war verschlossen, und das Glas darin mit einem Rollo aus Verdunkelungswachstuch bedeckt. Terri hämmerte dagegen, und nach einer beträchtlichen Weile öffnete Chick, der noch

abgerissener als sonst aussah, falls das überhaupt möglich war.
»Ach, ihr seid's«, sagte er.
Er schien gerade einen Aktenschrank über das zerschlissene Linoleum auf dem Boden zu schieben, keuchte vor Anstrengung, Schweißperlen glänzten auf seinem kahl werdenden Kopf. Er sah aus, als stünde er kurz vor einem Herzstillstand – teigig und schwitzend –, andererseits sah er immer so aus.
»Was wollt ihr?«, fragte er verdrossen. »Hoffentlich kein Geld, die blöde Kuh hat mich ausgenommen. Steht nicht so rum«, fügte er hinzu, »helft mir gefälligst.«
Der Aktenschrank war leichter, als er aussah, denn er war leer.
»Ich dachte, ich hole mir eine Frau«, sagte Chick und betrachtete den Aktenschrank, als wollte er tatsächlich eine Frau darin einsperren, »für die Akten und zum Tippen, diese Art ... Zeug.«
Ich wollte ihm gerade Andrea empfehlen, aber sie war eben erst mit Proteus im Arm hier im vierten Stock angekommen, lag mit geschlossenen Augen auf dem Boden und atmete schwer.
»Fühl dich wie zu Hause«, sagte Chick zu ihr und stieg über ihre ausgestreckte Gestalt, um eine Tüte Pommes aus dem Eingangskörbchen auf seinem abgenutzten Schreibtisch zu nehmen. »Ich wusste gar nicht, dass du ein Kind hast«, sagte er zu mir und hielt Proteus ein kaltes Pommes hin.
»Er ist nicht von mir.«
»Du solltest aufpassen«, sagte Chick. »Entführung gilt als Verbrechen.«
»Komisch«, sagte Terri, »dass Sie das erwähnen.«

Die Sewells hatten ein Reihenhaus namens »Birnham« gemietet, auf halber Höhe des Law. In das Haus hineinzukommen war kein Problem; Chick hatte das Schloss geknackt, noch bevor wir Proteus aus dem Auto geholt hatten. Ich fragte mich, wie auffällig vier Erwachsene und ein Baby waren, die in ein Haus in einer ruhigen Straße einbrachen. Sehr auffällig wahrscheinlich.

»Bist du sicher, dass sie nicht zu Hause sind?«, zischte Andrea zum hundersten Mal.

»Ja, ich hab's dir doch gesagt«, sagte Terri ungeduldig. »Ich habe gehört, wie sie sagten, dass sie nach Edinburgh fahren würden. Den Hund wollten sie hier lassen.«

– Wie gut für den Plot, sagt Nora. Falls man es Plot nennen kann.

Andrea hatte damit geliebäugelt, das Fluchtauto zu fahren und draußen im Cortina zu warten, musste aber auf Chicks unerbittliche Fragen eingestehen, dass sie des Autofahrens nicht mächtig war.

Wir durchsuchten jedes Zimmer in Birnham und sprachen leise flüsternd wie Kirchgänger (oder Einbrecher).

»Es fühlt sich so ... illegal an«, sagte Andrea.

»Weil es das verdammt noch mal auch ist«, sagte Chick, »und wenn ich dabei geschnappt werde, wie ich einen Hund klaue, der nicht mal bei Hunderennen was einbringt, dann wird jemand dafür bezahlen, das sage ich euch.« Diese letzte Bemerkung schien an mich gerichtet, aber ich ignorierte sie.

»Bellende Hunde beißen nicht«, versicherte ich Andrea, die Chick entsetzt ansah, da sie bislang noch nie mit ihm zu tun gehabt hatte. Terri schnüffelte herum auf der Suche nach Moschusgeruch und Hundefährte. »Er ist hier«, sagte sie mit der Überzeugung eines Mediums.

Ich war noch nie in einem so ordentlichen Haus gewesen, es war, als wäre ich in einem Musterhaus oder im Heim eines Roboters. Die Einrichtung war samt und sonders in gedämpften Magnolientönen gehalten, nicht ein Ding war nicht an seinem Platz, keine Tasse stand ungewaschen herum, kein Kissen war unaufgeschüttelt. Wir schlichen auf

Zehenspitzen durchs Haus wie Katzenräuber oder – präziser ausgedrückt – Hunderäuber.

Im Schlafzimmer lagen die Nachtgewänder der Sewells ordentlich am Fußende des Betts, ein brauner Pyjama für ihn, ein spitzenbesetztes Flitterwochen-Nachthemd für sie. Ich legte Proteus auf die Eiderdaunen – eine dicke, weiche, mit Satin bezogene Sache, die danach schrie, dass man sich darauf niederließ, und ich wurde überwältigt von dem Drang, mich neben Proteus zu legen, der verschlafen an seinem Daumen lutschte. Ich wäre zweifellos eingeschlafen, wenn nicht Hank/Buddy aus dem Nirgendwo hereingestürmt wäre, laut bellend und die Zähne fletschend wie ein Höllenhund.

Chick und Proteus begannen zu schreien, Andrea versuchte in Ohnmacht zu fallen, aber Terri ging in die Knie und streckte die Arme aus wie eine inständig flehende Märtyrerin. Ich war überzeugt, dass sie in Stücke gerissen würde; aber glücklicherweise erkannte Hank/Buddy sie in diesem Augenblick und fiel ihr in die Arme. (Ein verliebtes Mädchen ist ein schrecklicher Anblick.)

»Ah, wahre Liebe«, sagte Chick sarkastisch. »Okay, Auftrag erfüllt, können wir gehen?« Er scheuchte uns auf den Flur hinaus, gerade rechtzeitig, um das in dieser Situation allerunerfreulichste Geräusch zu hören – das Geräusch, wie unten der Schlüssel im Schloss umgedreht wurde.

»Scheiße, Scheiße, Scheiße, Scheiße, Scheiße«, sagte Chick treffend.

»Vielleicht sind es Einbrecher«, flüsterte Andrea. Ich gab mir nicht die Mühe, ihr klarzumachen, wie unwahrscheinlich es war, dass zwei Diebesbanden zur selben Zeit in dasselbe Haus einbrachen, sondern spähte stattdessen, ohne aus dem Schatten herauszutreten, vorsichtig über das Geländer nach unten, wo Martha und Jay Berge von Jenners-Einkaufstüten auf den Terrazzoboden stellten und sich nach ihrem Hund umsahen, der sie eigentlich begrüßen sollte. Was er nicht tun konnte, weil Terri ihn mit ihrem ganzen Körpergewicht auf den Boden drückte.

»Wo ist Mummys kleiner Liebling?«, rief Martha, und Jay rief: »Buddy, Junge, wo bist du, Junge?« Vergeblich, da Terri die Schnauze von Mummys kleinem Liebling mit den Händen zuhielt, so dass der einzige Teil seiner Anatomie, der seine Besitzer grüßen konnte, ein lautlos wedelnder Schwanz war.

Jay lief plötzlich die Treppe herauf – zu schnell, als dass wir hätten reagieren können – und blieb überrascht stehen, als er oben ankam und unsere kleine Gruppe sah, die auf ihn wartete. Er runzelte die Stirn, versuchte zu begreifen.

»Seid ihr nicht alle Marthas Studenten?«, fragte er. »Ist das eine Art Studentenscherz?« Er entdeckte Chick – eindeutig kein wie auch immer gearteter Scherzbold – und schien beunruhigt. In diesem Augenblick befreite sich Hank/Buddy aus Terris Würgegriff und machte einen Satz zu Jay Sewell, um ihn zu begrüßen. Terri machte ebenfalls einen Satz, um den Hund aufzuhalten, mit der Folge, dass beide, Hund und Mädchen, gleichzeitig auf Jay Sewell trafen. *Genau* auf diese Weise passieren Unfälle.

Die Gesetze der Physik könnten vermutlich erklären, was als Nächstes geschah – Dreh- und Angelpunkt und so weiter; dass der größere Teil von Jays Körper über das Treppengeländer hinausragte; Terri/Hank/Buddy im Verhältnis zu der Einzelperson Jay Sewell –, aber wie immer man es auch erklärt, jedenfalls purzelte Jay langsam über das Geländer und fiel hinunter – und das so schnell, dass ihm nicht ein einziger Laut über die Lippen kam. Wir starrten uns benommen und ungläubig an, mit Ausnahme von Proteus, der mit dem Kopf an meiner Schulter eingeschlafen war.

Ich stürzte vor und sah über das Geländer. Jay lag unten auf dem Boden, alle Viere von sich gestreckt, Blut sickerte aus seinem Kopf und bildete eine Pfütze auf dem Terrazzoboden. Seine Augen waren geöffnet, und er sah wenn schon dann überrascht aus.

»Tot wie ein Türknauf«, murmelte Chick vor sich hin.

»Ich glaube, es heißt tot wie ein Tür*nagel*«, murmelte Andrea und starrte auf die blutbefleckten Kacheln. In dem tiefen Schweigen, das über uns gekommen war – unterbrochen nur von dem treuen Wimmern von Hank/Buddy –, hörte ich Martha in der Küche munter über Kaschmirpullover und die »kulturelle Oase« Edinburgh vor sich hin plappern. Jeden Augenblick könnte sie in den Flur hinauskommen und ihren vor kurzem noch kerngesunden Mann so entseelt (eine längere Form für tot) wie ein Türteil vorfinden.

»Wenn du jemals erfolgreich zaubern willst«, flüsterte ich Andrea zu, »dann wäre jetzt der richtige Zeitpunkt, damit anzufangen.«

Proteus wachte abrupt auf und begann zu weinen, was die Trance brach, in die wir gefallen waren. Ich kramte verzweifelt in meinen Taschen nach seinem Schnuller, fand aber nur ein zerrissenes Blatt Papier, eine verirrte Seite von *Das expandierende Prisma des J*, auf der J über das Geländer fällt und stirbt.

Ein plötzlicher grauenhafter Schrei gellte durch die Vorstadtluft und signalisierte, dass Martha das unerwartete Hinscheiden ihres Ehemannes entdeckt hatte.

»Gib mir dein Feuerzeug«, drängte ich Chick flüsternd. Er zog eine Augenbraue in die Höhe, als wäre jetzt nicht der richtige Zeitpunkt, um mit dem Rauchen anzufangen (andererseits, wenn nicht jetzt, wann dann?), und hielt mir sein Feuerzeug hin – ein schrilles Teil mit einer nackten Frau darauf. Ich nahm es und zündete den Fetzen Papier in meiner Hand an. (Einen Versuch war es wert.) *Das expandierende Prisma des J* loderte auf mit einem bösartigen Zischen und einer grünlich blauen Flamme – vielleicht zyanblau, wer

weiß? –, verwandelte sich in eine dünne Kohlehaut, die davonflog und über dem Treppenaufgang schwebte, bevor sie in einen kleinen Schauer karbonisierter Fitzelchen zerfiel – wie schwarzer Schnee.
»Verdammte Scheiße«, sagte Chick und blickte hinunter in die Diele, »wo ist er?« Und tatsächlich, der blutbesudelte Jay und die schreiende Martha waren verschwunden, keine Spur von Tod oder Leben. Es war, als wären wir einer Massenhalluzination erlegen.
»Das ist wirklich gespenstisch«, sagte Andrea leise.
»Lasst uns verdammt noch mal abhauen«, sagte Chick, ein Vorschlag, dem wir alle aus ganzem Herzen zustimmten. Wir rannten aus dem Haus und stürzten wild durcheinander in den Wagen, so dass Hank/Buddy für einen kurzen surrealen Augenblick hinter dem Lenkrad des Cortina saß. Chick und der Hund fanden schließlich eine Lösung für ihr Problem, und als Chick vor Birnham losfuhr, bog der Wagen der Sewells um die Ecke und hielt vor ihrem Haus. Jay fuhr nicht nur das Auto, sondern hatte zu meiner Erleichterung auch einen vollkommen intakten Schädel. Martha sah uns und verzog das Gesicht in einer kleinen Grimasse des Wiedererkennens. Terri und ihren ehemaligen Hund sah sie nicht, da sie auf dem Boden des Wagens lagen.
»Er war tot«, sagte Andrea verständnislos, »und jetzt ist er ... nicht mehr tot?«
»Offenbar«, sagte ich.
»Das ist echter magischer Realismus«, sage ich zu Nora.

Terri bat Chick, sie an der Bushaltestelle abzusetzen. Ich nahm an, dass sie nach Balniddrie oder an einen vergleichbaren Ort fahren würde, um sich für eine Weile zu verstecken – es lag auf der Hand, dass die Sewells wüssten, wer ihren Hund entführt hatte.
»Du brauchst nicht warten, bis der Bus kommt«, sagte sie zu

mir und machte Anstalten, mich zu küssen, überlegte es sich dann jedoch anders. Hank (wie er von nun an und vermutlich für immer heißen würde) saß geduldig neben ihr und leckte ihre Hand.

»Wir sind jetzt Geächtete«, sagte Terri verträumt, »wir müssen dorthin, wo die Desperados sind.«

»Wo ist das?«, fragte Chick. »Glasgow?«

»Nein«, sagte Terri, »aber es reimt sich darauf.«

»Wo dann?«, sagte ich. »Aleppo? Kairo? Truro? Fargo? Oporto? Quito? Jericho? Soho? Puerto Rico? Kioto? Chicago? Bilbao? Rio de Janeiro? Io? El Dorado? Kelso?«

»Wer hätte gedacht«, sagte Andrea müde, »dass sich so viele Orte auf Glasgow reimen.«

»Es gibt noch mehr, falls es dich interessiert.«

»Wo ist Io?«, fragte Chick.

Wir stiegen wieder in den Cortina, der jetzt seltsam leer wirkte. In Ermangelung von Alkohol trank Chick einen Schluck von Proteus' blähungsförderndem Mittel. Proteus war nicht wach geblieben, um Hank und Terri zu verabschieden. Er saß auf meinem Schoß, sein Kopf rollte hin und her. Er roch allmählich überreif.

»Ich wünschte, ich würde Kara finden, damit ich ihn zurückgeben kann«, sagte ich zu Andrea. Jetzt, da ich ein kriminelles Leben begonnen hatte, schien es nicht richtig, dass sich ein unschuldiges Kind in meiner Obhut befand. (Wiewohl ethische Überlegungen dieser Art Nora nie von etwas abgehalten hatten.)

»Sie geht heute Abend auf diese Party«, sagte Andrea, »in Broughty Ferry.«

»Warum hast du das nicht früher gesagt?«

»Ich wusste nicht, wessen Kind es ist«, sagte sie eingeschnappt. »Sie sehen alle gleich aus.«

Broughty Ferry, einst ein Fischerdorf, war jetzt Dundees bestmögliche Annäherung an einen bourgeoisen Vorort. Die Party fand in einem riesigen Haus statt, das eher wie eine Burg aussah denn wie ein normales Wohnhaus. Es war ein Zuckerbäckerdings aus rotem Sandstein im schottischen Phantasiestil – es wimmelte nur so von Spitzbögen und überdachten Giebeln und extravaganten Türmchen mit kleinen Schießschartenfenstern, kurzum, es war die Ausgeburt der Fieberphantasien eines viktorianischen Architekten.

»Es heißt Forres«, informierte uns Robin, im neunzehnten Jahrhundert erbaut für einen Jutebaron, derzeit das Zuhause einer berüchtigten Gruppe von Zahnmedizin- und Medizinstudenten. Robin und Bob waren die ersten Leute, die wir sahen, als wir mit Proteus aus dem Bus taumelten und auf das Haus zugingen. »Erinnere mich daran, dass ich nie Kinder kriegen will«, murmelte Andrea.

Bob erklärte Robin aufgeregt, was in der abschließenden Folge von Dr. Who's jüngstem Abenteuer, *Der Fluch von Peladon*, passiert war, die er gerade gesehen hatte. »Und dann kommt dieser böse außerirdische Botschafter, der eigentlich nur ein Gehirn auf Rädern ist –«

»Wo, meinst du, ist Shug?«, unterbrach Andrea seine geistreiche Abhandlung und redete ihn an, als wäre er ein etwas zurückgebliebener Schimpanse.

»Keine Ahnung«, sagte Bob.

»Hat er was gesagt?«, hakte Andrea nach. »Über mich zum Beispiel?«

»Er sagte –« Bob schloss die Augen.

»Er denkt nach«, erklärte ich Andrea.

»Er sagte: ›Vergiss nicht, das Cannabis mitzubringen.‹«

Andrea schnüffelte in der Luft und marschierte los, folgte ihrer mondsüchtigen Nase. Bob folgte ihr. Robin und ich blieben in der Küche, die von einer gelben Glühbirne in dämmriges Licht getaucht wurde. Ständig kamen und gin-

gen Leute, allesamt in dem unsteten Zustand, wie er von einer Überdosis Drogen hervorgerufen wird – die Ärzte und Zahnärzte von morgen vermutlich. Angeboten wurde die übliche Studentenpartyverpflegung – zwei riesige Weißbrotlaibe und ein großes Stück roter schottischer Cheddarkäse, billiger Wein und ein Metallfässchen kohlensäurehaltigen Lagerbiers, das in der offenen Vorratskammer stand, der Boden nass von verschüttetem Bier. Die Weinflaschen auf dem Tisch waren mittlerweile fast alle leer. Ein Kasten mit Holunderblütenchampagner aus Balniddrie stand unberührt herum.
Robin goss den Rest aus einer großen Flasche Hirondelle in zwei Plastikbecher und reichte mir einen. Miranda, die benebelte Ziegentöterin, schlenderte in die Küche, eine nahezu sichtbare Aura der Apathie um sich, und schüttete billigen Wein der Marke Tiger's Milk aus der Flasche in sich hinein. Sie sah Robin und grüßte ihn mit einem lethargischen »Hi«. Ich glaube nicht, dass sie mich erkannte. War sie die geeignete Person, an die ich Proteus weitergeben konnte? Kaum. Ich fragte sie, ob sie Kara gesehen hätte, und sie machte eine vage Geste Richtung Tür, bevor sie sich auf einen Stuhl fallen ließ und offenbar einschlief.
Ich verließ die Küche, drückte mich an einem Haufen Leute im Flur vorbei und ging eine Treppe hinauf. Robin folgte mir auf den Fersen. Wir gelangten in eine Art kleiner Ballsaal – ein Raum, der aussah wie eine Kreuzung zwischen einem Bahnhof und einem Bordell. An beiden Enden des Zimmers befand sich ein Kamin aus diesem rot-weißen Marmor, der an rohes Rindfleisch erinnert, an den Wänden hingen riesige Spiegel in verzierten Goldbronzerahmen. Ein massiver Milchglaskronleuchter in Form einer Palme hing in der Mitte von der Decke, kleinere Versionen davon wuchsen aus den Wänden. Ich konnte mir fast vorstellen, wie ich mit einem schneidigen Kavallerieoffizier Walzer tanzte, mei-

ne *Mousseline de soie*-Röcke wirbelten herum, an meinem Handgelenk baumelte ein Tanzkarte.

»Wirklich?«, sagte Robin, den diese Vision offenbar erregte. Etwas ziemlich Schleimiges, wie die silberne Spur einer Schnecke, war an seinem Bart hinuntergetropft.

»Nein, nicht wirklich.«

Leider war der Kronleuchter nicht in Funktion, und die einzigen Lichtquellen waren Kerzen aus Balniddrie, die gefährlich im Raum herumstanden und nur darauf warteten, umgestoßen zu werden und die langen zerschlissenen Vorhänge in Brand zu setzen.

Es gab keine Möbel außer zwei nicht zusammenpassenden Chaiselongues, mit fadenscheinigem rotem Samt bezogen. Darauf lagen Menschen herum wie nasse Sandsäcke. Entlang den Wänden, wo einst elegante goldene Stühlchen für das schwache Geschlecht gestanden haben mussten, lagen jetzt haufenweise alte fleckige Matratzen auf dem Boden. Auf einer davon am anderen Ende des Raums erspähte ich den an einer Wasserpfeife hängenden Bob.

Der Ballsaal erfüllte in gewissem Maße noch immer seine ursprüngliche Funktion, da jemand eine primitive Disko mit rot, grün und blau blitzenden Lichtern und einem gelegentlichen nervenden Blitzlichtgewitter installiert hatte.

Eine ganze Menge Leute tanzte, wenn man es so nennen kann. Darunter die noch immer Shug-lose Andrea. Sie hatte ihren ziemlich abstrakten terpsichorischen Stil auf dem Isle of White Festival verfeinert und tanzte jetzt wie ein vierbeiniger Tintenfisch, der unter extremen Schmerzen litt.

Zu meiner Überraschung waren einige der mutmaßlich neumodischeren Mitglieder des Lehrkörpers anwesend, obwohl dieses Adjektiv kaum auf Dr. Dick passte, der blass in einer Ecke herumhing und in ein Gespräch mit seinem Erzfeind Archie vertieft war. Vielleicht war Dr. Dick betrunken, aber

Dr. Dick betrunken und Dr. Dick nüchtern waren so ziemlich dasselbe.

Andrea tanzte auf uns zu, und Robin fragte sie eher ängstlich als hoffnungsvoll: »Möchtest du tanzen?« Aber ich sagte, »Nein, das will sie nicht«, und drückte ihr Proteus in die Arme. »Nur bis ich Kara gefunden habe«, fügte ich hinzu, als sie davonlaufen wollte. Bevor ich noch mehr zu ihr sagen konnte, wurde sie von einer Gruppe Menschen geschluckt und war verschwunden.

Robin tanzte jetzt mit geschlossenen Augen zu »Spirit in the Sky«. Er bewegte sich wie eine Marionette, ruckartig und unkoordiniert, so dass ich erst glaubte, er hätte einen Anfall. Dann wurde »A Whiter Shade of Pale« gespielt, Robin öffnete die Augen, griff nach mir und zog mich an seine magere Hühnerbrust. Sein Großvater-T-Shirt roch nach billigen Räucherstäbchen und Schweiß.

Mir wurde schlecht, und ich fühlte mich merkwürdig abgelöst von allem. Ich fragte mich, ob ich wieder Schokokekse gegessen hatte, ohne es zu bemerken. In meinen Ohren war ein Summen, das ich nicht wegschütteln konnte, und Robins Körper war mir als Stütze nahezu willkommen. Er versuchte mich zu küssen, aber seine allgemeine Ungeschicklichkeit gepaart mit Bart und langem Schnurrbart erwiesen sich Gott sei Dank als hinderlich. Mein Kopf fühlte sich höchst sonderbar an, als wäre er nicht mehr mit Gehirn, sondern mit Getreidekörnern gefüllt. Wenn ich den Kopf zur Seite legte, schienen alle Getriedekörner in diese Richtung zu kullern.

»Ich hab in letzter Zeit viel nachgedacht«, sagte Robin leise und so nah an meinem Ohr, dass ich spürte, wie feucht seine Lippen waren, »über *Lebenslänglich*. Über die dynamische Interaktion zwischen Charakter und Thema in dem Stück. Kenny ist der ewige Außensei –«

»Ich dachte, das wäre Rick?« O nein. Ich durfte mich nicht

auf diese Unterhaltung einlassen. »Ich muss Kara finden«, murmelte ich.
Robin begann an meiner Kleidung herumzufummeln. Ich trug so viel davon, dass er Stunden gebraucht hätte, um zur Haut vorzustoßen. Ich appellierte an den Immobilienmaklersohn in ihm. »Ich glaube, ich möchte noch was trinken, Robin.«
»Gut, ich geh dir was holen«, sagte er und entfernte sich sofort über die Tanzfläche, auf der jetzt weggeworfene Plastikbecher und Kippen von Zigaretten und Joints verstreut waren. Der Raum schwankte und ruckte wie ein Ozeandampfer in Seenot, und eine merkwürdige zentrifugale Kraft zerrte an meinem Körper, so dass es mir plötzlich geboten schien, mich zu setzen, und ich ließ mich still und leise auf die freie Ecke einer schmuddeligen Matratze sinken.
Der Rest der Matratze, so bemerkte ich, war von Roger Lake besetzt, der sich wie ein Neunauge an einer Studienanfängerin festgesaugt hatte, die nicht einmal halb so alt war wie er. Ich hätte ihn gern gefragt, wie es seiner Frau und seiner Freundin ginge, aber ich konnte nicht sprechen; meine Zunge war zu groß für meinen Mund geworden, und die zentrifugale Kraft versuchte mich in ein schwarzes Loch zu ziehen. Mein Kopf hatte die Schwerkraft eines kleinen Planeten. Mein Mund war trocken und rau, und ich langte nach einer offenen Dose Export auf dem Boden, trank einen großen Schluck, bevor ich ihn wieder ausspuckte zusammen mit dem Treibgut aus Zigarettenkippen und Asche. Jemand ragte bedrohlich vor mir auf und fragte mich, ob alles in Ordnung wäre. Es war Heather, die sich arhythmisch zu »Go Ask Alice« wand, ihre Brustwarzen sprangen mir ins Gesicht. Ihre Stimme dröhnte laut und wurde leiser auf eine verzerrte Weise, als wären wir unter Wasser. Schließlich hatte sie es satt, keine Antwort von mir zu bekommen, und sie begann sich auf eine vertraute Art mit Roger zu unterhalten, die bestätigte, dass sie vor kurzem nicht nur das Interesse an

marxistischer Wirtschaftheorie oder ein Buch von Cairncross geteilt hatten.
Ich beschloss, den Versuch zu machen und über die Tanzfläche zu Bob zu gehen, obschon es unwahrscheinlich war, dass er irgendetwas tun könnte, damit es mir besser ginge. Ich war einmal in der Ladywell Bar in Bobs Gesellschaft ohnmächtig geworden, und er hatte sich, da er nicht wusste, was er sonst tun sollte, einfach neben mich auf den Boden gelegt. Woraufhin wir beide rausgeworfen wurden. Ich sah ihn, jetzt ohne Wasserpfeife, aber mit dem *Finnegans-Nachtwache*-Mädchen, die in untypisch hedonistischer Selbstvergessenheit auf seinem Schoß saß.
Ich stand auf, und augenblicklich zerbrach der Raum in tausend kleine Punkte, als wäre ich in ein pointillistisches Gemälde geraten. Ich war mir nicht sicher, aber ich hätte geschworen, dass ich am anderen Ende des Zimmers die flüchtige Gestalt des gelben Hundes gesehen hatte. Ich fragte mich, ob es sich um eine Halluzination oder eine Fata Morgana handelte. Fiel der gelbe Hund jetzt in meine Zuständigkeit, da Terri sich an einem Ort versteckte, der sich auf Glasgow reimte? Vielleicht versuchte er mir in Lassie-Manier den Weg zu Kara zu zeigen?
Ich kämpfte mich heroisch über die Ödnis der Tanzfläche, auf der jetzt wie verrückt zu Santana getanzt wurde, nur um niemanden vorzufinden, weder Bob noch den gelben Hund, als ich auf der anderen Seite ankam. Es war mittlerweile sehr heiß und stickig, unzählige Menschen trieben sich ziellos herum, vergrößert und verzerrt vom Kerzenlicht und den Spiegeln und meiner getüpfelten Sichtweise. Mein Blutdruck war niedrig und fiel weiter, um mich herum wurde alles schwarz, und ich wusste, dass ich diesen Raum verlassen musste oder in Ohnmacht fallen würde, und das Letzte, was ich wollte, war, dass einer der drogenberauschten Medizinstudenten von Forres auf mich aufmerksam würde.

Ich schaffte es schließlich hinaus, begegnete unterwegs Davina –

»Siehst du«, sage ich zu Nora, »jetzt schuldest du mir ein Pfund.«

– und betrat, was einst das Billardzimmer gewesen sein musste, in dem die Luft geringfügig frischer war. Niemand hatte ein Queue in der Hand, und der grüne Filz des Billardtisches war derzeit belegt von dem offenbar bewusstlosen Körper von Gilbert, der auf einer Autorennbahn lag, sehr zur Verärgerung anderer, die damit spielen wollten. Um ihn herum saßen kleine Gruppen, ohne Ausnahme männlichen Geschlechts, auf dem Boden und spielten Risiko, Diplomacy, Mahjongg und – natürlich – Go. Wenn sie nur gehen würden. Die Atmosphäre in diesem Zimmer war so langweilig, dass lebendes Fleisch versteinert wäre, und ich eilte wieder hinaus, nicht ohne kurz stehen zu bleiben und den auf dem Rücken liegenden Gilbert auf die Seite zu drehen.

Ich öffnete die Tür am anderen Ende des Billardzimmers, die in einen kleinen Raum führte. Hier war es vollkommen dunkel bis auf das Licht, das ein Fernsehgerät ausstrahlte, in dem gerade *Dad's Army* lief. Auf der Schwelle stieß ich mit Shug zusammen, der sagte: »Bisschen aufgeregt, was, mein Hühnchen?« Er legte die Arme um mich. Er war sehr betrunken und sagte: »Na, wie wär's – mit dir und mir?« Ich schob ihn weg und erinnerte ihn daran, dass er Bobs Kumpel war und mich deshalb nicht bumsen konnte. Wo *war* Bob? Shug zuckte die Achseln. »Keine Ahnung.«

Ich schleppte mich eine schmale Dienstbotentreppe hinauf in die geheimnisvollen oberen Regionen des Hauses, wo in einem kalten Schlafzimmer, das vergeblich von einem ölgefeuerten Heizkörper geheizt wurde, Kara und Jill im Schneidersitz auf dem Boden saßen. Auf der kalten Chenilletagesdecke auf dem Doppelbett lagen Jills Tochter mit dem unaussprechlichen Namen und zwei weitere schlafende Kinder

unbestimmbaren Alters und – zu meiner unermesslichen Erleichterung – Proteus.
»Willkommen im Kindergarten«, sagte Kara und zündete einen Joint an.
»Du hast ihn also heil zurückgekriegt?«, sagte ich und schaute Proteus in das friedlich schlafende Gesicht.
»Alles in Ordnung?«, fragte sie mich. »Du siehst ein bisschen blass aus.«
»Ich fühle mich ein bisschen blass.«
Kara ergriff mein Handgelenk und fühlte auf ziemlich professionelle Art meinen Puls. »Ich habe in St. Andrews einen Erste-Hilfe-Kurs gemacht«, sagte sie. Dann ließ sie mein Handgelenk los und meinte gleichgültig: »Du bist tot.«
»Willst du hier bleiben und für uns babysitten?«, fragte Jill.
Die tote Babysitterin, das wäre ein wirklich guter Titel für irgendwas. Ich machte mir eine geistige Notiz, Robin davon zu erzählen.

Ich zog weiter, ging eine andere schmale Treppe wieder hinunter, schaute in andere Räume, wusste nicht mehr, ob ich etwas suchte oder nicht. Vielleicht würde ich es wie Professor Cousins erkennen, wenn ich es sah. In einem kleinen Hinterzimmer fand ich einen einsamen Jungen, der eine Marihuanapfeife rauchte und so überwältigend nach brennendem Salbei stank, dass ich überstürzt hinauseilte in ein Zimmer, in dem ein weiterer Fernseher lief – ein altes tragbares Philipsgerät, das mitten auf dem Boden stand. Für das Land, das auf dem Bildschirm verbrannt wurde, waren keine Zuschauer da, und ich empfand es als meine Pflicht, ein paar Minuten zu bleiben und zuzusehen, aber dann hatte ich plötzlich Heißhunger und fragte mich, ob ich den Weg zurück in die Küche finden würde.
Stattdessen fand ich, was ein separater Flügel des Hauses zu sein schien. Forres musste von Borges entworfen und von

Escher gebaut worden sein, ich hatte keine Ahnung, ob ich nach Norden, Süden, Osten oder Westen ging oder in welchem Stock ich mich befand. Ich spähte vorsichtig in ein Zimmer, das früher einmal ein großes Wohnzimmer gewesen sein mochte, aber jetzt im Licht einiger weniger rauchender Kerzen eine dystopische Vision fleischlicher Ausschweifung bot, nackte Körper wanden sich in unübersichtlicher Hingabe, die eines Bosch würdig gewesen wäre.

»Wenn es dir nichts ausmacht, dann verschwinde wieder«, sagte eine körperlose Stimme. »Das ist eine ernsthafte Massageklasse.«

Ich eilte von dannen; nichts hätte mich dazu veranlassen können zu bleiben. Ich ging stattdessen ins Badezimmer, ein eiskalter Ort, der noch mit seiner originalen Ausstattung prahlte – ein kompliziertes System von Messingleitungen und geblümten Kacheln, die besser in die Speedwell Bar gepasst hätten. Eine uralte Badewanne, die aussah wie ein verzierter Katafalk, stand in der Mitte, das Email angeschlagen und verbeult. Darin befand sich kein Wasser, sondern ein vollständig bekleideter Junge mit einem Zylinder auf dem Kopf. Auf dem Rand der Wanne saß ein anderer sehr dünner Junge in einem Smoking aus Schottenrockstoff. Er drückte eine *Sergeant Pepper*-LP an sich und erklärte dem Jungen in der Badewanne, wie depressiv er war. Es war eine Unterhaltung, wie Robin sie hätte schreiben können: »Also, ich fühl mich echt down. Ich meine, wozu das alles?«

Der Junge in der Badewanne nickte mitfühlend. »Ich weiß – der Sinn des Lebens und so.«

Ein Mädchen kniete vor der verschmutzten Toilettenschüssel, als würde sie beten, und stöhnte leise. Es war die Studienanfängerin, die ich vor kurzem noch in Roger Lakes Armen gesehen hatte. Sie sank auf den Boden, presste die Stirn gegen die kalten fleckigen Kacheln. Ich drehte sie auf die Seite (vielleicht war das das Einzige in der Welt, wofür ich gut war) und sagte dem *Sergeant-Pepper*-Jungen, er solle sie im Augen behalten, aber ich bezweifelte, dass er es tun würde.

Ich brauchte dringend frische Luft. Rein zufällig fand ich die Haupttreppe des Hauses, ein großer pseudojakobinischer Höhenflug der Phantasie mit geschnitzten Disteln und Greifen und merkwürdigen waffenartigen Gerätschaften verziert. Den Abschluss des Geländers am Fuß der Treppe bildeten große, aggressive, geflügelte Drachen, die aussahen, als würden sie sich auf jeden stürzen, der nichts ahnend vorbeikam. Ich eilte ängstlich daran vorbei und in eine viereckige Halle, die groß genug war, um mit einem eigenen Kamin aufwarten zu können – schwarzes Gusseisen in Form einer Muschel, davor eine gepolsterte und mit rotem Samt überzogene Sitzbank, auf die ich mich vorsichtig neben Kevin niederließ, der eine große Flasche Irn-Bru trank.

»Partys sind Scheiße«, sagte er untröstlich.

»Ich fühle mich wirklich mies, Kevin. Ich glaube, ich brauche einen Arzt.«

»In Edrakonia«, sagte er, »sind die Ärzte auch Alchimisten, die Eisen in Gold verwandeln können und so weiter. Seitdem sich die Düsternis über das Land legte, sind natürlich alle möglichen Krankheiten ausgebrochen, die Schwindsucht zum Beispiel.«

»Die Schwindsucht?«

»Der Name ist selbsterklärend.«

Vielleicht war Der-Junge-ohne-Namen daran erkrankt ... Vielleicht war ich daran erkrankt.

Ich war erleichtert, als sich Gilbert zu uns gesellte, der erstaunlich frisch wirkte für jemanden, der vor kurzem noch bewusstlos gewesen war.

»Gute Party!«, sagte er munter.

»Oder die Fallsucht«, fuhr Kevin erbarmungslos fort.

»Hast du einen gelben Hund gesehen?«, fragte ich Gilbert und ignorierte Kevin.

»Einen *gelben* Hund?«, wiederholte Gilbert. »Ich wusste nicht, dass es *gelbe* Hunde gibt. Nein, tut mir Leid.«

Ich kämpfte mich nach draußen. Auf dem Rasen hinter dem Haus brannte ein großes, wild loderndes Feuer. Die Luft klirrte vor Kälte, Funken stiegen wie winzige Stacheln aus Licht in den Nachthimmel empor, der mit Sternen übersät war. Ein paar Leute zerrten alte Möbel aus dem Haus, um das Feuer in Gang zu halten. Ich sah, wie einer der Vorhänge aus dem Ballsaal laut prasselnd in Staub und Flammen aufging. Andere tanzten um das Feuer herum wie Teilnehmer an einem irrsinnigen Hexensabbat. Andrea war eine von ihnen. Sie sah mich und tanzte zu mir.

»Es ist wie ein Planetarium«, sagte eine sternguckende Andrea, die mit offenem Mund ehrfürchtig zum Himmel emporblickte, »eine Art ... Open-Air-Planetarium.« Ich erzählte ihr, dass Shug oben war, und sie tänzelte eilig davon. Mir war mit einem Mal kalt und schlecht. Ich schaute mich nach Kevin oder Gilbert um, sah sie aber nicht. Vor mir tauchte plötzlich eine bedrohliche Gestalt auf. Ein alptraumhafter Archie, angetan mit einer gewagten jugendlichen Hose mit Schlag, die ihm eine unbequeme Nummer zu klein war.

»Sie«, sagte er, offensichtlich sturzbetrunken.

»Ja«, stimmte ich ihm zu, »ich.«

»Haben Sie den Dickkopf gesehen?«, fragte Archie und ließ den Blick unstet durch den Garten schweifen. (Ich war froh, dass Professor Cousins nicht da war, um das mit ansehen zu müssen.)

»Wen?«

»Dr.Dick«, sagte Archie gereizt, »er ist –«, aber dann übertönte eine ungeheure Explosion alles, was er sagen wollte.

– Ist das die Lösung des Knotens?

»Nein.«

Ich meinte, dass Forres durch eine Bombe oder eine lecke Gasleitung in die Luft gesprengt worden wäre, aber der Junge mit dem Zylinder, der in der Badewanne gelegen hatte, lief vorbei und führte atemlos »Holunderblütenchampagner« als Erklärung an.

»Die Demonstranten benutzen Holunderblütenchampagner? Wie funktioniert das?«, fragte mich Archie, aber ich blieb nicht, um es ihm zu erläutern. Obschon ich im Freien war, fühlte ich mich klaustrophobisch und begann einen Weg aus dem Garten zu suchen, der nicht durch das Haus führte. Ich merkte, dass ich fiel. Mir schwanden die Sinne, und ich fiel – und dann legten sich von hinten zwei Arme um meine Taille und hielten mich fest. Mein fiebriges Gehirn meinte, Ferdinands maskulinen Duft zu riechen. »Zeit, ins Bett zu gehen, junges Fräulein«, sagte eine bekannte Stimme.

»Ferdinand«, murmelte ich und lehnte den Kopf dankbar an seine Schulter, bevor ich endgültig das Bewusstsein verlor.

Ich erwachte langsam zu dem Geräusch beständigen Regens. Etwas so Kühles und Glattes wie Speckstein liebkoste meinen nackten Körper. Ich drehte mich und sah –

Dr. Dick.

Ich stützte mich auf einen Ellbogen und blickte ihn entsetzt an. Seine Augen öffneten sich langsam, und ich konnte beobachten, wie sein Gehirn sie einholte.

»Effie«, sagte er, gähnte und spielte auf jungenhafte asexuelle Weise mit seinem Penis. Hatten wir irgendein Seminar außerhalb des Lehrplans veranstaltet? Und bekäme ich deswegen bessere Noten? Oder schlechtere?

»Was genau haben wir getan, Dr. Dick?«, fragte ich versuchsweise.

Er griff nach seiner kleinen Brille auf dem Nachttisch, setzte sie auf und sagte: »Ich glaube, wir duzen uns jetzt. Nenn mich Richard.«

Ich versuchte mich damit zu trösten, dass mir Schlimmeres zustoßen könnte, aber in diesem Augenblick fiel mir rein gar nichts ein.

Ein scheußlicher kalter Nebel zog vom Meer heran und kroch in die Stadt. In regelmäßigen Abständen tutete das Nebelhorn, das in meinen Knochen seltsam melancholisch nachklang.

– Kann es gleichzeitig neblig sein und regnen?

»Wenn ich es will.«

»Tee?«, sagte Dr. Dick und machte eine vage Geste in Richtung der Küche. »Es gibt keinen Strom«, fügte er hinzu für den Fall, dass ich mit Ja zu antworten gedachte. Dr. Dick war hilflos ohne die öffentlichen Versorgungsbetriebe des Monopoly-Spiels. Ich blickte auf die Uhr.

»Nein, danke«, sagte ich. »Ich muss gehen, ich muss eine Arbeit abgeben.«

Aber zuerst musste ich mit Bob sprechen. Denn zum letzten Mal hatte ich ihn im Massageraum von Forres gesehen, in den öligen Händen des *Finnegans-Nachtwache*-Mädchens, und ich fragte mich, ob er mir sein Verhalten angemessen erklären könnte. Ich bezweifelte es. Würde er mich verlassen, bevor ich ihn verlassen konnte?

Nora geht am Ufer spazieren – ein Ort, der weder Meer noch Land ist und von dem sie behauptet, er wäre eine der Pforten in die andere Welt. Sie achtet nicht auf die Brandung, die ihre Gummistiefel umspült. Gelegentlich hebt sie einen Stein auf oder eine Muschel und stopft sie in eine der Taschen des großen Männermantels, den sie anhat. Ich vermute, dass sie unter dem wollenen Schal noch immer die Diamanten trägt. Immer wieder blickt sie aufs Meer hinaus mit dem Eifer eines Seemanns, der nach Land Ausschau hält. Sie riecht den Wind.

– Es kommt, sagt sie.

»Was kommt?«

– Das Ende.

Sie marschiert davon, ihre Taschen ausgebeult von den Steinen. Ich laufe ihr nach, kämpfe gegen den Wind an.

»Also … erläutere Ehe, Scheidung, Tod.«

Nora seufzt und nimmt mit nahezu theatralischem Widerstreben den Faden ihrer Geschichte wieder auf:

– Effie wurde zu entfernten Verwandten der Stuart-Murrays nach London gebracht, um auf irgendeine Weise »den letzten Schliff« zu erhalten. Es war eine Schande, dass sie nicht einfach geschliffen wurde. Lachlan studierte Jura in Edinburgh, und als der Krieg ausbrach, ging er zur Armee, und Effie kehrte nach Glenkittrie zurück, wo sie den ganzen Tag herumhing und sich »zu Tode langweilte«, und es gab nichts Schlimmeres als Effie, wenn sie sich langweilte. Ich freute mich jeden Morgen auf die Schule – ich ging in die örtliche Grundschule –, nur um ihr zu entkommen. Ich war »die Gör«, »die Kleine«. Da Marjorie krank war, sollte sie sich um mich kümmern, aber das tat sie nicht. Es gab keine Kindermädchen mehr – das Haus in London war vor langer Zeit verkauft worden, das Haus in Edinburgh vermietet, die Finanzmittel der Stuarts wurden zunehmend weniger.

In Kirkton of Craigie gab es nur eine Zwergschule; die meisten Kinder kamen von den Bauernhöfen der Gegend. Ich verbrachte auch außerhalb der Schule viel Zeit mit ihnen –

Nora hält inne und blickt nachdenklich drein. Vermutlich verwirrt es sie, an eine Zeit zu denken, als sie ein normales Leben führte, als sie Freunde hatte, als ihre Zukunft noch voller Möglichkeiten war.

– Ich dachte, ich wäre ein gemeines Kind, weil ich weder Donald noch Marjorie liebte. Ich machte mir Sorgen, dass ich wie Effie werden würde – unfähig, jemand anders als mich selbst zu lieben. Aber es war nicht meine Schuld, dass Donald ein miesepetriger Langweiler war und Marjorie trank. Sie sprachen kaum mit mir und miteinander noch weniger. Sie waren wie Menschen, die ihre Seelen verloren hatten.

(Was für eine metaphysische Geisteshaltung meine (nicht) Mutter hat.)

– Dann kampierte die Armee in der Nähe, und Effie langweilte sich nicht mehr. Ich erinnere mich, dass sie einmal nach Hause kam, während wir frühstückten. Ihr Make-up war verschmiert, ihr Haar zerzaust, sie roch nach Alkohol und Zigaretten und etwas Schärferem und Vulgärem. Sie hielt sich immer für eine Schönheit, aber manchmal war sie der hässlichste Mensch, den man sich vorstellen kann.

Donald schrie sie an, nannte sie eine schamlose Hure, eine läufige Hündin und so weiter. Wollte sie noch einen kleinen Bastard?, brüllte er sie an.

Und Effie antwortete: »Nicht wenn das Kind so langweilig wird wie das erste.«

»Ist das ein Hinweis?«

Nora ignoriert mich.

– Wie auch immer, schließlich wurde sie schwanger – das gesamte Regiment hätte der Vater sein können, aber sie angelte sich einen Offizier und heiratete ihn.

Dann war der Krieg zu Ende –

»Wie schnell die Zeit in deiner Geschichte vergeht, und du lässt alle Details aus.«

– Wir haben nicht genug Zeit für Details. Effies Mann – ich glaube, er hieß Derek, aber ich bin mir nicht sicher, er hinterließ kaum einen Eindruck, am allerwenigsten bei Effie – wurde demobilisiert. Ich glaube, er war Architekt. Derek, wie wir ihn nennen werden, auch wenn das nicht sein Name war, sprach davon, in einer Kleinstadt im Süden ein hübsches Haus zu kaufen und eine Familie zu gründen. Ich glaube nicht, dass Effie jemals auf den Gedanken gekommen war, dass er ein Leben jenseits des Krieges hatte. Sie verließ ihn, kaum dass sie ihn einmal in Zivil gesehen hatte.

Marjorie lag mittlerweile im Sterben. Donald hatte einen ersten Gehirnschlag gehabt. Ich war auf dem Internat – St. Leonard –, wo mir alle Lehrer misstrauten, weil ich »Euphemias Schwester« war, und ich musste hart arbeiten, um sie davon zu überzeugen, dass ich nicht wie sie war.

Lachlan arbeitete in einer Kanzlei in Edinburgh. Er hatte eine schmutzige kleine Souterrainwohnung in der Cumberland Street, eine Straße parallel zu der, in der das alte Stadthaus der Familie stand, das jetzt eine Versicherungsagentur gemietet hatte – das ist ein Detail, nachdem du so versessen darauf bist –

Nach ihrer Scheidung blieb Effie oft tagelang bei ihm. Sie gaben ein reichlich schäbiges Paar ab. Ich habe keine Ahnung, was sie den ganzen Tag lang tat, wenn er arbeitete.

Ich musste einmal dorthin, kurz bevor Marjorie starb. Ich muss ungefähr dreizehn gewesen sein. Ich schlief auf der Couch, und Effie sagte: »Ach, kein Platz für mich, ich muss bei *dir* schlafen, Lachlan«, und dann lachte sie schallend. Sie hielten das beide für überaus komisch. Auf den Gedanken, dass Lachlan auf der Couch und Effie und ich in seinem Bett schlafen könnten, schienen sie nicht zu kommen.

Es war ein Wochenende, sie blieben zu Hause bei zugezogenen Vorhängen und tranken und rauchten die ganze Zeit. Ich hatte gehofft, dass sie mit mir zumindest zur Burg gehen würden. Schließlich zog ich alleine los, schlenderte durch Edinburgh und verirrte mich. Ein Polizist musste mir den Weg nach Hause zeigen. Es war eine Schande, dass er nicht mit mir reinkam. Vielleicht hätte sich jemand von der Fürsorge meiner erbarmt, und ich hätte ein normales Leben führen können. Die Wohnung war ein Saustall – Flaschen, Aschenbecher, schmutzige Teller, sogar Unterwäsche. Lachlan war auf der Couch eingeschlafen, und Effie konnte kaum sprechen, so betrunken war sie.

Als ich nach Hause zurückkehrte, war Marjorie im örtlichen Krankenhaus bereits gestorben, ohne dass jemand bei ihr gewesen wäre; die Schwester, die bei ihr wachte, war hinausgeschlichen, um eine Zigarette zu rauchen.

Lachlan, der als Erwachsener so eitel, schwach und selbstsüchtig war, wie sein kindlicher Charakter versprochen hatte, beschloss, dass es an der Zeit war, sich eine Frau zu nehmen, und verlobte sich mit der hypernervösen Tochter eines Richters. Effie schäumte vor Wut, war eifersüchtig wie eine Katze und heiratete selbst sofort wieder, einen Mann, den sie im Zug kennen gelernt hatte. Aus Trotz vermutlich. Dieser neue Mann von Effie – nennen wir ihn Edmund – war reich – er besaß ein Unternehmen, eine Art Kriegsgewinn. Lachlan nannte ihn immer den Autoverkäufer, denn Edmund wollte ihm seinen alten Bentley »zu einem guten Preis« verkaufen.

Lachlans Frau, Gertrude, erwies sich als Enttäuschung. Eigentlich war sie als Zuchtstute für die Stuart-Murrays gedacht, doch sie stellte sich als unfruchtbar heraus.

Donald hatte einen weiteren Gehirnschlag und war daraufhin bettlägerig. Wenn ich von der Schule nach Hause kam, roch es immer wie im Krankenhaus. Das Haus war voller Schwestern, die kamen und gingen, vor allem gingen – denn Donald war ein schrecklicher Patient, die meisten Schwestern blieben nur ein paar Wochen. Eine hielt es nur eine Nacht aus, nachdem ihr Donald eine volle Urinflasche an den Kopf geworfen hatte.

Dann kam Mabel Orchard.

»Und?«

– Und alles.

Brian wirbelte für Madame Astarti seinen Stock herum und zwirbelte seinen falschen Schnurrbart.

»Könntest du mir meine Fluppen aus der Garderobe holen?«, bat Sandra sie. Sie warteten hinter der Bühne (ein Ort, an dem Madame Astarti ihrer Ansicht nach ihr ganzes Leben verbracht hatte) auf ihr Stichwort, um hinauszugehen, zu sägen und zu verschwinden.

Eine leere Garderobe hatte etwas Melancholisches an sich, dachte Madame Astarti, auf komische Art sogar etwas Bedrohliches. Sie erinnerte sie an >Die rote Lola< oder Clowns. Madame Astarti fand Clowns seit jeher erschreckend. Sie waren so … unkomisch. Von Zigaretten nirgendwo eine Spur, aber auf einer Stange hingen Kleidungsstücke, und ein Mantel hing auf einem Kleiderbügel an der Tür, und Madame Astarti durchsuchte vorsichtig alle Tasche, denn man wusste nie, was man in einer fremden Tasche finden würde, aber sie fand nichts. Sie versuchte es mit dem Schrank. Der Türgriff ließ sich nicht bewegen, und deswegen zog sie fest daran. Sie wäre beinahe hinterrücks gestürzt, als die Tür plötzlich aufging -

Chez Bob

Als ich die Wohnung betrat, hörte ich Bob im Schlafzimmer reden. Zuerst dachte ich, es wäre sein übliches Schlafgeplapper, aber nach einer Weile war (eine Art) Logik erkennbar – »*Stellen Sie folgende Aussagen in der Symbolsprache der Prädikatenlogik dar:*
(a) Die Bergarbeiter haben ein besonderes Anliegen.
(b) Universitätsdozenten haben kein besonderes Anliegen.
(c) Die Bergarbeiter arbeiten härter als die Universitätsdozenten.
(d) Die Bergarbeiter werden eine größere Lohnerhöhung erhalten als die Universitätsdozenten.
(e) Keine Gruppe wird eine größere Lohnerhöhung erhalten als die Bergarbeiter.
(f) Wenn eine Gruppe mehr arbeitet als eine andere, wird sie eine größere Lohnerhöhung erhalten.
(g) Eine Gruppe wird nur dann eine größere Lohnerhöhung erhalten als eine andere, wenn sie ein besonderes Anliegen hat und die andere nicht. Und das«, sagte Bob ärgerlich, »ist noch nicht mal der schwierige Teil – stimmt's?«

»Stimmt«, sagte eine andere Stimme, die etwas müde klang, als hörte sie Bob schon eine ganze Weile zu. Interessanterweise gehörte die Stimme einer Frau. Lautlos wie eine Hundediebin kroch über den Teppich zur Schlafzimmertür.

»›B‹«, fuhr Bob fort, »sind die ›Bergarbeiter‹, ›U‹ sind die ›Universitätsdozenten‹, ›ax‹ bedeutet ›x hat ein besonderes Anliegen‹, ›mxy‹ bedeutet ›x arbeitet mehr als y‹, ›gxy‹ bedeutet ›x erhält eine größere Lohnerhöhung als y‹, Geltungsbereich sind die Gruppen aller Arbeitenden. Beweisen Sie, indem Sie eine formale Ableitung konstruieren, dass c., f. und g. zusammen b. implizieren. Du weißt nicht zufälligerweise, wie das Zeug geht, oder?«, fragte er hoffnungsvoll die anonyme

weibliche Stimme. »Meine Freundin glaubt, dass ich kein Gehirn habe.«
»Und hat sie Recht?«
»Ha, ha, ha«, sagte Bob. »Du bist wohl von der witzigen Sorte.«
Die Tür zum Schlafzimmer stand einen Spaltbreit offen. Ich stieß sie ein bisschen weiter auf, so dass ich Bob sehen konnte, der nackt auf einem Durcheinander lila gefärbter Laken lag.
»Gehirn, Gehirn, was ist Gehirn?«, sagte Bob in einem lächerlichen Tonfall. Ich stieß die Tür noch etwas weiter auf, bis ich das *Finnegans-Nachtwache*-Mädchen daliegen sah, ein Laken dekorativ über ihren Torso gezogen, aber nichtsdestotrotz darunter mutmaßlich nackt.
»Wovon redest du überhaupt?«, fragte sie genervt.
Ich stieß die Tür ganz auf.
»Scheiße«, sagte Bob, als er mich sah. Das *Finnegans-Nachtwache*-Mädchen schrie realistisch.
»Das ist aus *Raumschiff Enterprise*«, sagte ich hilfsbereit zu ihr, »eine Episode mit dem Titel ›Spocks Gehirn‹ aus der dritten Serie.« Ich schloss die Schlafzimmertür. Mir fiel nichts anderes ein, was ich hätte tun können.
Ich wollte gerade gehen, als das Telefon klingelte. Ich nahm ab, hörte wortlos der Stimme am anderen Ende zu. Dann sagte ich: »Gut, ich werde es ihm ausrichten.«

Als ich die Schlafzimmertür wieder öffnete, hob Bob die Arme, als rechnete er damit, erschossen zu werden.
»Bob«, sagte ich mit schwerem Herzen. »Bob, ich fürchte, ich habe schlechte Nachrichten für dich.«
»Der Strom ist wieder mal weg?«, riet er. »Wir haben keinen Tee mehr? Du verlässt mich?«, fügte er ziemlich niedergeschlagen hinzu.
Ich seufzte. »Nein, was anderes. Dein Vater ist tot.«

Armer Bob Senior, ein Mann, den ich kaum kannte, abgesehen von den seltenen Gesprächen beim Tee über den Zustand des Gartens oder die Politik der Stände. Trotzdem liefen mir die Tränen übers Gesicht, während Bob hilflos das *Finnegans-Nachtwache*-Mädchen anstarrte, das sich bereits anzog und auf die Tür zusteuerte.
Wie außerordentlich mies die letzten vierundzwanzig Stunden doch gewesen waren.

»Sodomitische Ratten«, rief Madame Astarti aus, als die Leiche aus dem Schrank auf sie fiel.

Große Aufregung

Madame Astarti sperrte ihren Strandkorb früh auf, machte es sich darin bequem, trank Tee, mischte müßig ihre Tarotkarten und dachte darüber nach, ob sie ihr Kit-Kat ganz essen oder zwei Fingerbreit davon für später aufheben sollte, als sie ein seltsames tickendes Geräusch hörte. Sie stand auf, trat aus dem Strandkorb und betrachtete misstrauisch das Denkmal. Der deaktivierte Torpedo tickte eindeutig wie ein Wecker, der gleich explodieren würde. Madame Astarti sah sich um; niemand sonst schien das Ticken zu bemerken. Frank der Fischverkäufer schloss gerade seinen Stand auf, fummelte an einem unhandlichen Vorhängeschloss herum.

In diesem Augenblick wurde sich Madame Astarti eines anderen Geräusches bewusst, das wie das Brummen eines großen wütenden Insekts klang. »Schau nur!«, rief sie Frank zu und deutete verwundert auf den blauen Himmel, an dem ein kleines Flugzeug immer niedriger kreiste - der Motor zog eine Rauchfahne hinter sich her.

Frank gelang es schließlich, die Läden seines Standes aufzureißen, gerade als das kleine Flugzeug plumpsend ins Meer stürzte. Ein paar Minuten später watete eine Frau aus dem Wasser. So etwas sieht man nicht oft, dachte Madame Astarti bei sich. Frank kümmerte sich nicht um die Frau, die aus dem Wasser kam, stattdessen schrie er lauthals angesichts dessen, was er in seinem Stand vorfand. Dort, wo üblicherweise Schollen und Schellfische und Kübel mit Wellhornschnecken ausgestellt waren, lag ein wesentlich unheimlicherer Kaltwasserfisch - die Leiche einer toten Frau mit einer Zitrone im Mund, garniert mit ein paar Zweigen Petersilie.

– Mabel Orchard war vierunddreißig Jahre alt, als sie ins Tal kam, um Donald zu pflegen; sie war so passiv wie ein Möbelstück und so friedlich wie eine Blumenwiese.

(Wie einfallsreich doch die Redewendungen meiner Mutter-die-nicht-meine-Mutter-ist sind.)

Mabel war sehr religiös; sie behauptete, als Kind Visionen gehabt zu haben, was wiederum der strengen, obskuren christlichen Sekte nicht behagte, der ihre Eltern angehörten. Sie brankmarkten sie als schrulliges und häretisches Kind, das sich nahe am Abgrund von Papismus und Idolatrie bewegte. Jetzt kümmerte sich Mabel nicht länger um die Häuser und Rituale der Kirche, sondern behauptete wie Jeanne d'Arc vor ihr, dass Gott höchstpersönlich die ganze Zeit über mit ihr spreche, obschon er bisweilen seinen Sohn zum Plaudern schickte, und ganz selten war ihr auch ein Tête-à-tête mit dem Heiligen Geist vergönnt. Wie Jeanne d'Arc führte sie einen Eine-Frau-Kampf gegen den Feind, aber im Fall von Mabel waren es die Heerscharen des Teufels und nicht die Engländer (was nicht dasselbe ist, auch wenn es manche behaupten).

Mabel war selbst Engländerin, Sprößling einer in Bristol ansässigen Familie, die trotz ihres erdverbundenen Namens seit Jahrhunderten zur See fuhr, Kriegsschiffe bemannte, in U-Booten untertauchte und Frachtschiffe mit Sklaven an Bord über den großen weiten Ozean segelte. Das letzte männliche Mitglied der

Orchards – Mabels Bruder – war im chinesischen Meer bei einem Torpedoangriff umgekommen, und es war eine große Enttäuschung für die Familie, dass die nautischen Gene mit Mabel aussterben würden, die beschlossen hatte, so keusch wie eine Nonne zu leben.

Zwar hatte sie sich während ihrer gesamten Kindheit eigene Kinder gewünscht, doch sie gab ihr persönliches Glück, jeden Gedanken an eine Heirat und eheliche Liebe auf, als ihr Verlobter – Dudley – bei Tobruk durch einen Schuss ins Herz umkam, trotz der kleinen Bibel, die ihm Mabel zum Abschied geschenkt hatte und die ordentlich in der Brusttasche seiner Uniform steckte und darauf wartete, Kugeln aufzuhalten und sein Leben zu retten – so wie sie es in einer Zeitschriftengeschichte gelesen hatte. Da die Bibel schmählich darin versagte, ihre Funktion zu erfüllen, war sich Mabel unsicher, ob sie aufhören sollte, an Gott oder an das geschriebene Wort zu glauben. Sie entschied sich für Letzteres und schlug von diesem Tag an nie wieder eine Zeitschrift oder eine Zeitung auf. Nach Dudleys Tod ließ sich Mabel zur Krankenschwester ausbilden. Wäre Dudley am Leben geblieben, hätte sie so viele Babys in die Welt gesetzt, dass es genug Orchards gegeben hätte, um wenn nötig die gesamte britische Flotte damit zu bemannen.

Mabel trug ein schlichtes goldenes Kruzifix um den Hals, das ihr Dudley während seines letzten Heimaturlaubs geschenkt hatte; die Kette war so dünn, dass sie zwischen den Falten und Rollen aus Fleisch unterhalb ihres Kinns verschwand. Denn Mabel war fett. Es gab kein höflicheres Wort dafür. Ihr persönlicher Gott legte ihrem Appetit oder ihrer Nahrungsaufnahme keinerlei Beschränkungen auf, im Gegenteil, Mabel hatte das Gefühl, dass er sie richtiggehend zum Essen ermutigte. Und ihren Körper, so argumentierte sie, hatte schließlich Er erschaffen, und gab es einen besseren Weg, Seine Werke zu preisen, als ihn umfangreicher werden zu lassen? Schließlich war es Gott gewesen, der die Welt so großzügig ausgestattet hatte – auch mit Hefekuchen mit Korinthen, Ingwer, Zimt und Muskat und mit Früchtebrot –, sollte sie sich etwa davon fernhalten? Als Lachlan ihr zum ersten Mal begegnete, nannte er sie »die Kuh«, und sie hatte tatsächlich eine vage Ähnlichkeit mit einem Jerseyrind: die Farbe ihres Haars, die Länge ihrer Wimpern, das Fleisch ihrer breiten falben Flanken. Doch in ihrer Massigkeit war sie eine herrschaftliche Erscheinung, nahezu majestätisch – eher eine mächtige Stammeskönigin als eine Milchkuh, und wenn sie aß – was häufig der Fall war –, tat sie es so elegant wie eine Katze.

»Gut gepolstert«, murmelte Donald, der noch immer sprechen konnte, wenn auch sonst kaum etwas, und untypischerweise Gefallen an seiner neuen Pflegerin fand. Mabel war so unnachgiebig nett zu ihm mit ihren »Gott segne Sie« und »Jesus liebt Sie«, dass er an diese Propaganda zu glauben begann, und die Vorstellung, dass Gott ihn trotz seiner Fehler noch immer liebte, bewirkte eine merkwürdige Veränderung seines Charakters und machte ihn nahezu erträglich. Und obschon in den Siebzigern, war Donald noch in der Lage, einen weiblichen Busen zu schätzen, und hatte ein großes, wenn auch heidnisches Vergnügen daran, einen Blick auf Mabels butterfette Brüste unter ihren billigen Blusen zu erhaschen, wenn sie sich vorbeugte, um ihm bei einer intimen körperlichen Funktion behilflich zu sein.

Unglücklicherweise war Donald linksseitig gelähmt und konnte seine Gedanken nicht in die Tat umsetzen.

Dienstboten gab es keine mehr. Entweder hatte Donald sie aus dem Haus gejagt (bevor Gott ihn segnete), oder sie hatten die Nase voll davon, keinen Lohn zu bekommen (die Stuart-Murrays hatten etwas gegen die Vorstellung, dass Dienstboten bezahlt werden sollten), und Mabel nahm frohgemut alle Arbeit im Haus auf sich. Ihre kräftigen knödligen Arme wuschen zahllose verschmutzte Laken und befleckte Kleidungsstücke und wrangen sie aus; sie fegte und schrubbte und bohnerte und fand sogar Zeit, die herzhaften Gerichte zu kochen, die auch ihre Mutter für sie gekocht hatte, als sie noch zu Hause lebte – Nierenfettpudding, Tafelspitz, Eintopf mit Rinderhaxe, Brisolett, Hammelhalseintopf, gerollter Pudding mit Marmelade und Brotpudding. Donald stellte fest, dass er diese Diät mochte, und wünschte, er hätte Mabel früher kennen gelernt; sie hätte sicherlich gesündere und langlebigere Erben produziert als Evangeline oder Marjorie (obwohl man Evangeline den Ersten Weltkrieg nicht in die Schuhe schieben konnte).

Gottes bevorzugter Zeitpunkt für eine kleine Plauderei mit Mabel war der Nachmittag, und so setzte sich Mabel, nachdem das Mittagessen verspeist und das Geschirr gespült war, auf den Stuhl mit der unbequemen Lehne in der Ecke der Küche, legte still die gefalteten Hände in den Schoß, als wäre sie in einer privaten Kirche, und wartete darauf, dass Gott zu ihr kam. Selbstverständlich konnte Gott wenn nötig jederzeit mit ihr kommunizieren, sogar, erzählte Mabel mir einmal verschämt, wenn sie »auf dem WC saß«, ein natürlicher Akt, den Gott selbst erschaffen hatte. Aber was Mabel und Gott betraf, war der Nachmittag die beste Zeit, nach einem guten Mittagessen – gekochter Schinken, Salat, junge Kartoffeln und ein Stück Apfelkuchen mit Quark war eine bevorzugte mittägliche Mahlzeit (von Mabel, nicht von Gott).

Wenn sie Gott zuhörte, waren ihre Hände untätig; zu allen anderen Zeiten waren es die geschäftigsten Hände, die Er je erschaffen hatte. Besonders gern strickte Mabel; manchmal trennte sie Sachen wieder auf, nur um sie noch einmal stricken zu können.

Als ich sie kennen lernte – in den Schulferien, als ich schon fast sechzehn war –, lebte Mabel bereits drei Monate im Haus. Die Atmosphäre in Woodhaven hatte sich verwandelt. Alles war sauber und ordentlich und friedlich – wahrscheinlich zum ersten Mal in diesem Haushalt –, aber Effie war ja auch nicht da, und Frieden und Effie hielten es im selben Zimmer nicht aus.

Mabel war so nett zu mir, immer fragte sie mich, ob es mir gut ginge, ob ich es warm genug hatte, ob sie mir etwas stricken sollte, ob ich etwas essen oder trinken wollte, ob ich spazieren gehen, mich unterhalten oder Radio hören wollte. Da wurde mir klar, wie kalt meine Kindheit, wie gemein meine Mutter, wie distanziert mein Vater und nicht zuletzt wie sonderbar und pervers meine Gechwister gewesen waren.

Effie lebte die ganze Zeit mit Edmund dem Geschäftsmann in London, fuhr kaum nach Hause und interessierte sich nicht dafür, was dort vor sich ging, und so war sie einigermaßen überrascht, als sie kam, mit wildem Blick und kurz vor einer unappetitlichen Scheidung, und auf der Schwelle von Woodhaven von Mabel Orchard begrüßt wurde, die stolz (doch auch demütig) einen Ehering trug und sich ihr als »Mrs. Donald Stuart-Murray« vorstellte.
Schweigen.
»Und?«
– Ich gehe jetzt ins Bett. Gute Nacht.

Ich brachte Bob zum Zug. Das war das Mindeste, was ich tun konnte, unter den gegebenen Umständen. Ich ging zur Riverside, um zuzusehen, wie der Zug nach London über den Tay fuhr, aber der Nebel war so dicht, dass ich kaum die Brücke sah, geschweige denn den Zug. Der Fluss war, soweit ich das beurteilen konnte, von einer kalten Rotgussfarbe. Ich hätte mich am liebsten auf eine Bank am Ufer des Tay gesetzt und geweint (um mich, nicht um Bob), aber ich tat es nicht, denn ich hatte einen Abgabetermin einzuhalten.

Ich musste mir einen Weg in das Anglistikinstitut erkämpfen. Der Anbau des Tower wurde von Demonstranten belagert, mittlerweile ein bunter Haufen, da sich jetzt jeder, der etwas auf dem Herzen hatte, am Aufstand zu beteiligen schien, um eine neue Weltordnung zu fordern – Studenten, die Kondome gratis haben wollten oder eine Verlängerung der Ausleihfristen von Bibliotheksbüchern, Antivivisektionisten, Radikaldemokraten, sogar ein paar Christen – ich er-

spähte Janice Rand und ihre Freundin mit dem schütteren Haar, die ein selbst gefertigtes Schild hochhielt, auf dem stand: ÜBERWINDET DIE SÜNDE – LASST JESUS IN EUER LEBEN. Ich bezweifelte, dass es genug Platz für ihn gab.
Der Lift war außer Betrieb, ein Mopp verhinderte, dass sich die Tür schließen konnte, bewacht wurde er von einem Jungen der *Kultur und Anarchie* las und sich die Zeit nahm, mich zu fragen, ob ich eine Arbeit über Emily Brontë hätte und wenn ja, ob ich sie ihm leihen würde. Ich ignorierte ihn und hastete die Treppe hinauf, wo ich die schreckliche Joan vorfand, die wie ein Wachhund oben an der Treppe stand, wacker das Anglistikinstitut verteidigte und etwas von siedendem Öl vor sich hin murmelte. »Ich glaube, sie haben Professor Cousins«, sagte sie und blickte dabei durchaus erfreut drein.
Maggie Mackenzie war nicht in ihrem Zimmer, und Joan wusste nicht, wo sie sich aufhielt. Das war eine Enttäuschung. Ich hatte große Mühen auf mich genommen, um George Eliot rechtzeitig abzugeben, und jetzt war Maggie Mackenzie nicht da, um sie in Empfang zu nehmen.
Die Tür von Dr. Dicks Zimmer war natürlich geschlossen. Ich wusste nur zu gut, warum er nicht dahinter saß. (Hatte ich Sex mit ihm gehabt? Und wenn ja, wüsste ich es dann nicht?)
Watson Grants Tür andererseits stand offen, um den Blick freizugeben auf eine Gruppe gelangweilter Studenten, denen er wie ein altmodischer Schulmeister etwas diktierte. Er saß auf dem breiten Fensterbrett, zu beiden Seiten umgeben von Büchern, und runzelte die Stirn, als er mich sah.
Auch die Tür von Archies Büro war offen, und ich hörte auf dem Korridor seine Stimme –
»Kierkegaardisches Entsetzen ... Die Identität des Wesentlichen und der Phänomene, die von der Wahrheit ›gefordert‹ wird, wird umgesetzt von –«

Ich versuchte, auf Zehenspitzen unbemerkt vorbeizuschleichen, aber Archie sah mich und rief: »Was schleichen Sie dort draußen herum, kommen Sie rein und setzen Sie sich!« Er überhörte meine Einwände, zerrte mich nahezu in sein Zimmer und stieß mich auf einen der unbequemen Plastikstühle.

»Was Heidegger ›ein leeres Geschwafel über Worte‹ nennen könnte –«

Mir war jetzt klar, warum er mich brauchte, denn außer mir war nur Kevin da – der niedergeschlagen dreinblickte wie ein Tier, das von Archies unerbittlicher Weitschweifigkeit gejagt und zur Strecke gebracht worden war. Kein Shug, keine Andrea, keine Olivia, keine Terri (vermutlich jetzt bereits unterwegs nach Fresno oder San Remo).

»Der Gebrauch des Fragmentarischen und Kontingenten, um das Dissonante auszudrücken ... wie Pierre Machery sagt ... die Grenze des Textes kann in mehr als nur einer Richtung überschritten werden –«

War es wirklich erst eine Woche her, seitdem ich so etwas zum letzten Mal ertragen hatte? Archie langweilte weiter.

»– die Grenzen des Diskurses sind vielfältig ... der Anfang und das Ende unauflöslich miteinander verbunden –«

Ich fror und schwitzte gleichzeitig, in meinem Kopf summten Bienen, und mein Hirn schien unter einem Krampf zu leiden. War es Einbildung, oder kroch der Nebel von draußen wirklich in das Zimmer?

Ich begann zu zittern. Ich stand auf, und das Zimmer ging in Schräglage. Der Nebel war überall, ich kämpfte mich hindurch.

»Warten Sie!«, rief Archie mir nach, aber das konnte ich wirklich nicht. Ich rannte an Watson Grants Zimmer vorbei und sah, wie er das Fenster zu öffnen versuchte. Vermutlich um den Nebel hinauszulassen.

Ich lief weiter und stürmte, da dank des *Kultur-und-Anar-*

chie-Jungen der Aufzug nicht funktionierte, an Joan vorbei und die Treppe hinunter.

Ich rannte hinaus in die eisige Luft und stieß fast mit Maggie Mackenzie zusammen, die gerade dabei war, einen ziemlich bedrückt wirkenden Professor Cousins wegen irgendeines administrativen Versehens zur Schnecke zu machen.

»Ich habe Sie gesucht«, sagte ich außer Atem zu ihr. »Ich habe die Arbeit für Sie.«

»Was für eine Arbeit?«, sagte sie und sah mich an, als wirkte ich noch dümmer als gewöhnlich. Ich kramte in meiner Tasche nach der Arbeit und holte die zerknitterten Seiten meiner George Eliot heraus.

»Was ist das?«, fragte Maggie Mackenzie und hielt meinen Aufsatz mit zwei Fingerspitzen hoch, als wäre er verseucht. Ich sah die Seiten entsetzt an – sie waren zerrissen und zerfetzt, das Titelblatt war nahezu geschreddert. Überall waren schmutzige Stellen und Flecken und Spritzer, als hätte jemand Tränen darüber vergossen. Ich betrachtete die Sache eingehender – die schmutzigen Stellen schienen Pfotenabdrücke zu sein, und die Flecken stammten von Hundespeichel.

»Tut mir Leid«, murmelte ich. »Ich glaube, ein Hund hat meine Arbeit gefressen.«

Eine Alarmglocke klingelte schrill. Zuerst dachte ich, es klingelte in meinem Kopf, so eigenartig fühlte ich mich, aber dann begannen die Leute aus dem Gebäude zu strömen.

»Ach, du meine Güte«, sagte Professor Cousins, »ich glaube, es brennt.« Ich sah den Nebel, der aus den Fenstern des Anbaus waberte, und plötzlich begriff ich, dass es überhaupt kein Nebel war – es war dichter Rauch, der aus dem Gebäude quoll.

Über unseren Köpfen wurden die gedämpften Schreie und das Knallen hartnäckiger. Ich blickte hinauf und sah, wie Grant Watson gegen das Fenster in seinem Zimmer schlug und am Griff zerrte, als wäre er gefangen. Dann flog das Fenster plötzlich auf, und alle Bücher, die auf dem Fensterbrett gelegen hatten, segelten herunter. Watson Grant schrie eine Warnung, aber es war zu spät – die Bücher schwebten herab wie Bücher in einem Traum, und ich sah mit gelähmtem Interesse zu, wie zuerst der erste Band des *Shorter Oxford Dictionary* (*A bis Markworthy*) und dann der zweite (*Marl bis Z*) wie die Steinplatten des Alten Testaments auf Maggie Mackenzies Kopf krachten. Als ihr Körper auf dem Boden aufschlug, machte er ein seltsames *Platsch!*-Geräusch, das in die Sprechblase eines Cartoons gepasst hätte.

Es war nicht so schlimm, wie es aussah. Alle konnten aus dem Gebäude entkommen, und die Feuerwehr löschte die Flammen (die sich von dem unerschöpflichen Vorrat an brennbarem grauem Plastik nährten), bevor sie wirklichen Schaden anrichten konnten.

Professor Cousins und ich begleiteten (wenn auch ungern) Maggie Mackenzie im Krankenwagen. Der Sanitäter, der auch Dr. Dick ins Krankenhaus gebracht hatte, lächelte mich an und sagte: »Sie schon wieder?« Leider war Maggie Mackenzie nicht bewusstlos, sondern in Plauderlaune, als stimulierten die vielen Wörter, die sie auf den Kopf getroffen hatten, die Vokabelabteilung ihres Gehirns.

Im Krankenhaus mussten wir warten, während sie untersucht wurde, und Professor Cousins schlug vor, wir sollten in der Zwischenzeit Christopher Pike besuchen, den ehemaligen Hauptanwärter für den Institutsvorstandsposten, »und vielleicht ist Dr. Dick auch noch hier«, murmelte Professor Cousins. Ich versicherte ihm, dass dem nicht so war.

Nach einiger Detektivarbeit machten wir Christopher Pike in einem Zwei-Bett-Zimmer auf der chirurgischen Männerstation ausfindig. Er war noch immer gefangen in einem Geflecht aus Seilen und Flaschenzügen, jetzt allerdings nur noch erkennbar an einem Namensschild über seinem Bett. Er war von Kopf bis Fuß bandagiert wie *Der Unsichtbare*, so dass eigentlich jeder in dieser Crêpebandagen-Puppe hätte stecken können. Überall hingen Schläuche, die alle gelbliche Flüssigkeiten enthielten.

»Armer alter Pike«, sagte Professor Cousins leise zu mir. »Ich fürchte, er hat hier drinnen noch einen Unfall gehabt.«

Auf Christopher Pikes Nachttisch standen ein Glas mit klebrigem Orangensaft und ein Teller mit gelben Muskattrauben, die beide bewiesen, dass es irgendwo auf der Welt einen heißen sonnigen Ort geben musste.

»Ich weiß nicht«, sagte Professor Cousins und kaute demonstrativ auf einer Traube herum, »ich könnte das Anglistikinstitut genauso gut ins Krankenhaus verlegen.« In seinem Mumienanzug gurgelte Christopher Pike etwas Unverständliches.

»Sie werden bald wieder auf den Beinen sein, alter Freund!«, schrie Professor Cousins ihn an.

»Er ist nicht taub«, sagte der Patient im zweiten Bett, ohne von dem *Courier* aufzublicken, den er gerade las. Christopher Pike gab weitere unverständliche Geräusche von sich, und sein Nachbar legte die Zeitung beiseite, neigte den Kopf zu ihm wie ein ziemlich dürftiger Bauchredner und versuchte, das Gurgeln zu übersetzen, aber dann runzelte er die Stirn, zuckte die Achseln und sagte: »Armer Kerl.«

Die Stationsschwester stürmte herein, gefolgt von einem Arzt, dem seinerseits eine Gruppe Medizinstudenten wie eine Schar Gänschen folgte. Zwei von ihnen kannte ich aus der Bar in der Cafeteria.

»Raus«, herrschte uns die Schwester an.

Wir fanden Maggie Mackenzie eingezwängt in eine feste Aderpresse aus gestärkten weißen Laken und einer babyblauen Decke. Ihr Haar lag wie eine verknotete Masse aus Haarspangen, Schlangen und Zöpfen auf dem Kopfkissen. Ihr Gesicht hatte eine entfernte Ähnlichkeit mit Corned Beef, und auf ihrer Stirn hatte sich eine dunkelblaue Beule gebildet. Ich griff mir an die Stirn, um zu überprüfen, ob meine Beule noch da war. Sie war da.
Professor Cousins bot Maggie Mackenzie ein Karamellbonbon an. Sie ignorierte ihn und sagte auf noch brummigere Weise als üblich: »Ich habe Glück gehabt, dass ich nicht tot bin. Sie behalten mich einen oder zwei Tage hier, ich habe offensichtlich eine Gehirnerschütterung.«
»Ich hatte auch einmal eine Gehirnerschütterung«, sagte Professor Cousins, aber bevor er die altbekannte Geschichte erzählen konnte, läutete eine Klingel das Ende der Besuchszeit ein – Professor Cousins glaubte allerdings einen Augenblick lang, dass das Krankenhaus in Flammen stünde.
»Na gut, auf Wiedersehen«, sagte ich verlegen zu Maggie Mackenzie, und da ich nicht wusste, was unter den gegebenen Umständen angemessen war, täschelte ich eine ihrer Waschfrauenhände, die auf der Bettdecke lagen. Ihre Haut fühlte sich amphibisch an.

Als wir auf dem Weg hinaus durch die überhitzten Korridore des Krankenhauses gingen, warf Professor Cousins einen nervösen Blick über die Schulter. »Man versucht, mich umzubringen«, sagte er beiläufig.
»Wer?«, fragte ich ungeduldig. »*Wer* genau versucht, Sie zu umzubringen?«
»Die Mächte der Finsternis«, sagte er verschwörerisch.
»Die – ?«
»Mächte der Finsternis«, wiederholte er. »Sie sind überall und versuchen, uns zu zerstören. Wir sollten zusehen, dass

wir hier rauskommen«, fügte er hinzu, »bevor sie uns entdecken.«

– Niemand versucht, ihn umzubringen. Er ist einfach nur paranoid, stimmt's?, sagt Nora gereizt. Er ist nur eine falsche Fährte. Und die alten Leute – ich wette, dass sie auch nur paranoid sind.

»Ja, aber das heißt nicht, dass nicht doch jemand hinter ihnen her ist.«

– Aus dir wird nie eine Krimischriftstellerin.

»Das ist kein Krimi. Das ist ein komischer Roman.«

Ich überließ Professor Cousins den Mächten der Finsternis und ging nach Hause durch das Labyrinth der kleinen Straßen von Blackness, bis ich endlich auf die Perth Road stieß. In der Straße stand ein Krankenwagen mit eingeschaltetem Blaulicht, und beunruhigt stellte ich fest, dass er vor Olivias Wohnung parkte. Dann tauchte Olivia selbst auf – bleich und bewusstlos auf einer Bahre so wie Dr. Dick vor ihr. Derselbe Sanitäter war auch wieder da, als ob es in der ganzen Stadt nur eine Mannschaft gäbe. Als er mich diesmal sah, warf er mir einen misstrauischen finsteren Blick zu. Ich schien tatsächlich bei ziemlich vielen Unglücksfällen gegenwärtig zu sein.

Ein am Boden zerstörter Kevin tauchte aus dem Nirgendwo zusammen mit allen drei Mitbewohnerinnen Olivias auf. »Eine Überdosis«, flüsterte mir eine von ihnen zu.

»Ich habe sie gefunden«, sagte Kevin, als er mich bemerkte. Er schwitzte, und ein Keuchen wie das von Mrs. Macbeth' alter Hündin entrang sich seiner Brust. »Ich wollte sie fragen, ob sie mir ihre George Eliot leiht«, sagte er.

»Sie hat über Charlotte Brontë geschrieben«, sagte ich tonlos.

»Sie hatte gestern eine Abtreibung«, sagte eine ihrer Mitbewohnerinnen zu mir, während wir zusahen, wie Olivia in den Krankenwagen verfrachtet wurde. »Es ist eine Schande, sie liebte Babys.«

»Liebte?« Erst in diesem Augenblick wurde mir klar, dass Olivia nicht bewusstlos, sondern tot war.
– Nein, nein, nein, nein, *nein*, sagt Nora höchst aufgeregt, du hast gesagt, das ist ein komischer Roman – du kannst die Leute nicht *umbringen*.
»Viele Leute sind bereits tot.«
– Wer?
»Miss Anderson, die arme Senga.« (Ganz zu schweigen von Noras Familie, aber vermutlich wäre es taktlos, das zu erwähnen.)
– Die zählen nicht, wir haben sie nicht gekannt. Bring Olivia nicht um. Ich werde dir nicht mehr zuhören, ich werde weggehen, ich werde –
Sie sucht nach dem Schlimmsten, womit sie mir drohen kann, und findet –
– Ich werde ausradieren.
»Na gut, beruhige dich.«

Maggie Mackenzie hatte eine Gehirnerschütterung, und Professor Cousins begleitete sie wenn auch ungern im Krankenwagen. Der Sanitäter, der auch Dr. Dick ins Krankenhaus gebracht hatte, lächelte mich an und sagte: »Sie schon wieder.«
Ich entschied mich dafür, nicht mitzufahren, und entschuldigte mich damit, dass ich meinen Aufsatz überarbeiten müsse. Ich ging nach Hause durch das Labyrinth der kleinen Straßen von Blackness, bis ich endlich auf die Perth Road stieß, wo ich Miranda traf, die zwar überaus mitgenommen wirkte, aber trotzdem Medizinstudentin war. Ich hielt mich an ihrer schlaffen Gestalt fest und ließ sie nicht los, während ich mehrmals bei Olivia klingelte.
Nach angstvollem Warten ließ sich die schwere Tür aufdrücken, und ich stürzte die Treppe zu ihrer Wohnung hinauf, soweit man fiebergeschüttelt und von einem widerspenstigen Mädchen behindert stürzen kann. Eine von Olivias Mit-

bewohnerinnen ließ gerade Kevin in die Wohnung. Er stammelte etwas über George Eliot vor sich hin, als ich in ihn hineinlief und ihn die Wohnung beförderte.
»Olivia!«, keuchte ich ihre Mitbewohnerin an.
»Sie ist in ihrem Zimmer, was ist –«
Olivias Tür war abgeschlossen. Ich sagte zu Kevin, dass es sich um Leben oder Tod handelte, genauer gesagt um Olivias Leben, und er reagierte so heroisch, wie Thar-Vint reagiert haben könnte, und warf sich mit seinem weichen Körper mehrmals gegen die massive Tür, bis sie seiner ritterlichen Fülle nachgab und splitternd aufging.
Olivia lag auf ihrem Bett. Auf dem Teppich waren ein leeres Tablettenröhrchen und die Überreste eines Whiskyglases verstreut. Ihre Augen waren halb geschlossen, und sie flüsterte mir zu: »Ist Proteus okay?« Was nur bewies, falls es eines Beweises bedurfte, was für eine barmherzige und altruistische Person Olivia war. Er befinde sich in guten Händen, antwortete ich, und es gehe ihm gut – ein Satz, der eine Wahrheit und eine Lüge enthielt, was meiner Ansicht nach eine gute Mischung ist.
Ich schubste Miranda nach vorn und sagte streng: »Na los – tu was.«
»Einen Krankenwagen rufen?«, sagte sie ratlos.
»Das habe ich schon getan«, sagte Kevin und fiel neben Olivias Bett auf die Knie. Olivias schöne Lippen begannen zu zittern, und sie fing an zu weinen – denn schöne Mädchen weinen, wenn normale Mädchen heulen und Flecken im Gesicht kriegen (Terri jedoch neigte zu lautem Wehklagen) –, und ich nahm sie in die Arme, streichelte über ihr Haar und brach in Tränen aus (zu dieser Sorte Mädchen gehöre ich).
»Um Himmels willen«, sagte Miranda schlecht gelaunt, »holt ihr schwarzen Kaffee und führt sie im Zimmer herum.«

Ich fuhr auch mit diesem Krankenwagen nicht mit. Die Sanitäter, diesmal Gott sei Dank andere, sagten, dass Olivia wieder in Ordnung wäre, nachdem man ihr den Magen ausgepumpt hätte.

»Kann ich jetzt gehen?«, sagte Miranda, als der Krankenwagen davongefahren war.

»Ja, bitte«, sagte ich leise. Mein Hals war dick, meine Haut fühlte sich so heiß und trocken an wie Wüstensand, obwohl ich eine kalte Gänsehaut hatte. Ich schritt schnell aus, hatte jedoch fürchterliche Schwierigkeiten, meine Arme und Beine zu koordinieren. Meine Beine schienen schwerelos, als wäre ich auf dem Mond, und ich sorgte mich, dass sie einfach davonschweben würden. Andere Körperteile – vor allem meine Hände und mein Kopf – fühlten sich an, als wären sie enormen Erdanziehungskräften ausgesetzt. Vielleicht hätte ich doch Miranda um Rat fragen und ihr erklären sollen, dass ich mir die Schwind- und Fallsucht zugezogen hatte.

Ich wanderte ohne festes Ziel durch die Stadt, ich wollte nicht nach Hause. Ich ging die Seagate entlang, überlegte, ob ich mir einen Film ansehen sollte, tat es aber doch nicht. Der eklige Geruch nach Whisky schwebte von einem Zollspeicher heran, und mir wurde kotzübel. Ich torkelte weiter, durch die Candle Lane zum Marketgait, über den Marketgait zum Victoria Dock, wo die uralte Fregatte *Unicorn* ihren letzten Ankerplatz gefunden hatte. Ein Stück weiter wurde Holz von einem riesigen skandinavischen Frachtschiff entladen, und die neblige Luft trug den Geruch nach Kiefernholz heran. Das Wasser im Dock war braun, von einem Film bedeckt und roch nicht gut, aber ich warf eine silberne Münze hinein und wünschte mir Glück. Dann trat ich zurück, denn der Sog des Wasser ist mächtig, und ich vermute, dass viele Menschen auf Grund dessen versehentlich ertrunken sind.

Jemand stand neben mir, ein Schatten in meinem Gesichtsfeld, und legte die Klaue von einer Hand auf meinen Arm. Ich zuckte vor der Berührung zurück. Es war das Wasserbaby. Das böse Mädchen. Die Frau, die nicht die Schwester der Frau ist, die nicht meine Mutter ist. Da ich (was keine Überraschung war) diese verwickelten Familienbande nicht voll verstand, fragte ich sie, sehr vorsichtig, für den Fall, dass ihre Antwort positiv ausfiele: »Sie sind nicht etwa meine Mutter, oder sind Sie es doch?«
Sie verzog das Gesicht, als wäre diese Vorstellung eine Zumutung, aber ich glaube, die Grimasse war eher eine vom Alkohol bedingte Lähmung. Ihre knochige Hand klammerte sich noch immer an meinen Arm. Als sie sprach, zischelte sie: »Hör zu.«
– Nein, hör nicht zu, sagt Nora, der unbehaglich zu Mute scheint. Hör auf nichts, was sie sagt. Sie wurde als Lügnerin geboren und wird als Lügnerin sterben.
»Man hat mich nie verstanden«, sagte Effie. »Nur weil ich mich amüsieren wollte. Heutzutage würde man mich ›emanzipiert‹ nennen. Ich habe nichts Böses getan.«
– O doch, das hat sie, sagt Nora. Sie hat *nur* Böses getan.
Effie zündete sich eine Zigarette an und starrte in den Nebel.
»Eleanora«, sagte sie und sog den Rauch durch die Zähne ein, als rauchte sie einen Joint, »oder Nora, wie sie sich nennt, ist ein Mörder.«
»Eine Mörderin«, korrigierte ich sie lahm.
»Sie hat meinen Vater umgebracht, ihre Stiefmutter vergiftet und versucht, mich zu ertränken, was ihr beinahe gelungen wäre, das kann ich dir sagen. Es war reiner Zufall, dass ich überlebt habe.«
»Sie hat ihren Vater umgebracht?«
»Nicht *ihren* Vater«, sagte Effie; ihr harter Akzent ließ sie ungeduldig klingen, »*meinen* Vater, nicht ihren Vater. *Ihr*

Vater war ein wunderbarer Mann. Die Welt hat Lachlan nie so gesehen und geschätzt, wie er wirklich war.«

Ich war sehr verwirrt. Vielleicht delirierte ich wegen des Fiebers. »Lachlan war Noras Vater? Das verstehe ich nicht. Ich dachte, Donald war ihr Vater.«

– Ich habe meine Meinung geändert, unterbricht mich Nora, ich glaube, in einer Geschichte sollte nicht alles erklärt werden. Es gibt Dinge, die sollten im Dunkeln bleiben.

Effie wandte sich zu mir. Ihre matten Augen funkelten einen Augenblick lang, dann umwölkten sie sich. Ihre Stimme sprach weiter, aber ich verstand die Worte nicht mehr. Wellen der Übelkeit stiegen in mir auf, und ich konnte den Blick nicht mehr fixieren; die *Unicorn* sah aus wie ein Geisterschiff, das aus dem Dunst der Zeit auftauchte. Der Nebel war überall, in meinem Kopf und außerhalb.

»Alles in Ordnung?«, fragte eine Stimme in meinem Ohr. Die Stimme klang winzig, als gehörte sie einer Mücke oder jemandem, der weit weg war, aber sie sprach mit Effies Akzent. Ich wollte etwas sagen, aber die Zunge in meinem Mund war zu dick. Meine Ohren füllten sich mit Nebel. Ich spürte, wie meine Füße unter mir nachgaben, und streckte die Arme aus, um den Aufprall auf dem Boden zu mildern, wenn ich fiele – aber da war kein Boden, sondern nur Raum und Luft und dann, am Ende, stinkendes eiskaltes Dockwasser.

Ich sank auf den Grund, als würde flüssiges Blei in meinen Adern fließen, als wäre ich das Stück Blei am Ende eines Lots, das hinuntergelassen wurde, um die wässrige Finsternis zu messen. Da war der Geschmack nach Öl und Abwasser, da waren Dunkelheit und auch Verwirrung, denn ich schien vergessen zu haben, wie man schwimmt, trotzdem es mir Nora, als ich klein war, so gewissenhaft beigebracht hatte in den öffentlichen Schwimmbädern entlang der Küste.

Aber plötzlich schoss ich zur Oberfläche zurück, ohne dass

ich mich anstrengen musste, ich würgte, hustete und rang verzweifelt nach Atem. Ich sah den hölzernen Rumpf der *Unicorn* aus dem Nebel auftauchen und Effies ungerührte Züge auf dem Dock, aber bevor ich sie schreiend um Hilfe bitten konnte, wurde ich erneut auf den Grund gezogen. Diesmal war das Wasser kälter und dunkler, und es überraschte mich, dass ich wieder zur Oberfläche emporschoss wie der Korken aus einer Flasche Holunderblütenchampagner. Kaum hatte ich Luft geholt, als sich das Wasser ein drittes Mal über meinem Kopf schloss – und das muss, wie wir alle wissen, das letzte Mal sein.

Das Wasser fühlte sich nicht mehr so kalt an und war merkwürdigerweise auch nicht mehr so dunkel, so dass ich mich umschauen konnte und sah, dass es vor Fischen nur so wimmelte. Es waren nicht die Fische, die man in dem schlammigen Wasser der Docks von Dundee erwartet – da waren blaue Karpfen und leuchtend goldene Orfen und der König der Fische, der große silberne Lachs. Und dann geschah etwas völlig Überraschendes – eine Meerjungfrau schwamm durch einen Vorhang aus blättrigen Wasserpflanzen. Sie hatte einen großen geschuppten Fischschwanz, und ihr langes Haar schwebte hinter ihr her wie Bänder aus Seetang. Sie nahm mich in ihre starken Arme und drückte mich an ihre Frauenbrust, während wir durch Wasser und silberne Blasen nach oben schwammen, hinauf, hinauf, bis wir endlich wieder in unserem natürlichen Element waren, das heißt in der Luft, und ich der Meerjungfrau ins Gesicht sehen konnte, und es war Effie. Das Wasserbaby.

Ich wurde von unsichtbaren Händen aufs Dock gehoben, jedoch nicht wie ein Rekordfang vermessen und gewogen. Stattdessen spürte ich, wie ein Dockarbeiter, der Holz entladen hatte, meinen Brustkorb zusammenpresste, so dass der Atemzug, den ich tat, nach den Kiefern der nördlichen Wälder duftete. Als ich schließlich die Augen aufschlug, sah ich das freundliche Gesicht des gelben Hundes. Er wedelte mit dem Schwanz über das Pflaster und grinste mich an. Dann verlor ich das Bewusstsein.

Wir trotzen dem Wetter im Freien. Wahrscheinlich werden wir weggeweht werden. Die graue See ist ein Gebirge, die weißen Hunde wüten, und eine unsichtbare Hand peitscht die Wolken über den Himmel.
»Erzähl weiter.«

– Die Sommerferien vor meinem letzten Schuljahr. Die meiste Zeit lernte ich, weil ich hoffte, an der Universität von Edinburgh Naturwissenschaften zu studieren.
»Wirklich?«
Ich hätte nicht gedacht, dass Nora eine naturwissenschaftliche Ader hat, kann nicht glauben, dass sie überhaupt eine linke Gehirnhälfte besitzt.
– Ja, wirklich, sagte sie. Ich erinnere mich, dass es in diesem Sommer nur geregnet hat. Das war natürlich nichts Ungewöhnliches, aber es war auch warm, und die Atmosphäre hatte häufig etwas Schwüles, Tropisches, als befänden wir uns mitten in einer schwerwiegenden klimatischen Veränderung. Es war das allermerkwürdigste Wetter – lila Gewitterhimmel, die Luft statisch aufgeladen. Zum ersten Mal in meinem Leben sah ich Hornissen, die herumbrummten, als könnten sie kaum ihr eigenes Gewicht in der Luft halten. Und den ganzen Sommer über verfolgten uns Wespen, sie bauten ein Nest nach dem anderen, unter den Giebeln, im Speicher, in den Fliederbüschen, die bis auf den Rasen herunterhingen. Mabel kaufte Zyanid, um sie zu vergiften, aber offenbar kaufte sie die falsche Sorte – Pulver statt Gas –, und es dauerte bis zum ersten Frost, bis wir die Wespen los waren.
Dann kam Effie und blieb. Sie wollte den schmutzigen Details der Scheidung und der unerbittlichen Verfolgung durch einen Reporter des *Daily Express* entgehen, der unbedingt ein Foto von ihr

wollte, um der Öffentlichkeit das Gesicht der berüchtigten Ehebrecherin vorzuführen. Offensichtlich waren vor Gericht Fotos von ihrer gesamten Anatomie *außer* ihrem Gesicht aufgetaucht. Effie verhielt sich die ganze Zeit über nur abscheulich, lungerte im Haus herum, lustlos und gelangweilt, murmelte Gemeinheiten über Mabel vor sich hin – über ihre Körperfülle, das gewöhnliche Essen, das sie kochte, ihre zweifelhafte Moral. Mabel lächelte Effie an und erklärte, dass Gott sie liebte.

»Nein, das tut er verdammt noch mal nicht«, spuckte sie zurück. Effie war davon überzeugt, dass Mabel nichts weiter war als eine Erbschleicherin, und sie fürchtete, das wenige, was es noch zu erben gab (vor allem Evangelines Diamanten, die Mabel nicht anrührte), an sie zu verlieren, und obwohl sie Krankheiten hasste, saß sie oft lange an Donalds Bett und versuchte, Einzelheiten seines Testaments in Erfahrung zu bringen.

Sie hielt ihren Vater für vollkommen »gaga« und beriet sich mit ihrem Rechtsanwalt – Effie verbrachte die Hälfte ihrer Zeit jetzt mit Rechtsanwälten –, ob man die Ehe nicht annullieren lassen könnte. Ich ging ihr aus dem Weg, sie hatte nie ein gutes Wort für mich übrig. »Jedes Mal, wenn ich dich sehe«, sagte sie, »sehe ich, wie ich älter werde.«

Effie telefonierte stundenlang mit Lachlan, der noch immer in Edinburgh lebte, und versuchte, ihn zu überreden, sie zu besuchen, was er schließlich im August auch tat. Er brachte seine neurasthenische Frau mit, die unfruchtbare Tochter des Richters –

»Gib ihr um Himmels willen einen Namen.«

– Bestimmt?

»Ja.«

– Pamela.

»Danke.«

– Seine neurasthenische Frau Pamela, die in der Stadt geboren und aufgewachsen war und das Land nicht ausstehen konnte. Pamela legte sich nahezu sofort ins Bett, klagte über Kopfschmerzen und die Feuchtigkeit. Mabel brachte ihr ständig Eistee, Aspirin und Pfeilwurzkekse in den ersten Stock und versicherte ihr, dass Gott sie, trotz aller gegenteiligen Anzeichen, sehr liebte. Die undankbare Pamela beschwerte sich, dass Mabel nach Schinkenfett rieche, was nicht stimmte – sie roch nach Yardley's Talkumpuder, Duftnote Freesien und Marmelade, denn es war Einmachsaison, und Mabel rührte stundenlang die blubbernden Früchte und den Zucker in Woodhavens alten kupfernen Einmachtöpfen, denen sie mit Zitronensaft und Armschmalz neuen Glanz verliehen hatte. Marmeladekochen war wegen der Wespenplage ein gefährliches Unterfangen, und bevor sie sich an die Arbeit machte, schloss sie die Küchenfenster und warnte alle, die Schwelle zur Küche nicht zu überschreiten.

Sie muss die Marmelade für sich selbst gemacht haben, denn pro Jahr wurden in diesem Haus nicht mehr als zwei Gläser konsumiert. Effie war eine zu bittere Person, als dass sie eine Vorliebe für Süßes gehabt hätte, und Donald, der jetzt von Eingeweichtem und Milchsuppe lebte, aß gewiss keine Marmelade mehr. Seit kurzem litt er an schrecklichen Magenschmerzen. Der Dorfarzt, der überrascht war, dass Donald überhaupt noch unter den Lebenden weilte – eine Tatsache, die sich wahrscheinlich Mabels aufopfernder Pflege verdankte –, tippte auf Magengeschwüre und verschrieb Magnesiummilch.

Lachlan und Effie waren die ganze Zeit zusammen, für gewöhnlich außerhalb des Hauses. Sie fuhren oder gingen in die Wälder, bisweilen schwammen sie im See, auch wenn es regnete, und schmiedeten Pläne, wie sie Mabel loswerden könnten. Mabel verhielt sich ihnen gegenüber auf freundliche Weise gleichgültig, summte zufrieden vor sich hin, während sie ihren niederen Arbeiten nachging. Sie wirkte wie eine Frau, die ein Geheimnis hatte, und mich überraschte, dass Effie – die selbst so viele Geheimnisse hatte – nicht versuchte, es ihr zu entreißen.

In der Woche, als Effie und Lachlan zu Besuch waren, wurden die kurzen Sommernächte, deren Ruhe sowieso schon gestört war durch das tierische Stöhnen der Kühe, denen man die kleinen Kälber weggenommen hatte, und das Blöken der Schafe, die von ihren Lämmern getrennt worden waren, von Donalds Schmerzensschreien zerrissen.

»So viel zu ländlicher Unschuld.«

– So etwas wie Unschuld gibt es nicht, außer vielleicht im Herzschlag eines winzigen Vögelchens –

Aber dann greift eine wütende Möwe Nora im Sturzflug an, was ihr nur recht geschieht, da sie ihrer Phantasie so freien Lauf lässt.

»Erzähl weiter.« (Wie ermüdend es ist, sie immer wieder auffordern zu müssen.)

– Nein.

Als ich wieder zu mir kam, lag ich trocken und gut eingewickelt im Gästebett der McCues. Mrs. McCue und Mrs. Macbeth saßen neben mir und strickten wie begeisterte *Tricoteuses.*

»Grippe«, sagte Mrs. McCue, nickte und lächelte.

»Eine sehr schlimme Grippe«, fügte Mrs. Macbeth hinzu.

»Ist das alles?«, fragte ich.

»Möchtest du etwas Schlimmeres?«, wunderte sich Mrs. McCue. »Du wärst beinahe ertrunken. Ferdinand hat dir das Leben gerettet. Er ist ein braver Junge«, sagte sie defensiv, »sie sollten ihn auf Kaution freilassen.«

»Gehört er wieder zu den Gefängnisinsassen?«

Nein, das durfte nicht sein, wir sollten nicht auch noch anfangen zu reimen. Ich versuchte es noch einmal: »Wie hat mir Ferdinand das Leben gerettet?«

»Er hatte einen Job in den Docks«, erklärte Mrs. McCue stolz. »Und im Gefängnis hat er mal einen Erste-Hilfe-Kurs gemacht, deswegen wusste er, was zu tun war.«

»Aber wer hat mich aus dem Wasser gezogen?«

»Weiß ich nicht«, sagte Mrs. McCue. »Irgendeine Frau.«

Es ist tiefste Nacht, und die Welt draußen vor den Fenstern ist Chaos und Aufruhr. Wellen schlagen gegen die Felsen, der Himmel brüllt und kämpft gegen das Meer. Die schwarzen Wolken werden von Blitzen zerrissen, und würden wir aus den wetterfesten Fenstern des großen Hauses schauen, sähen wir vielleicht die glücklosen Opfer der nächtlichen Zerstörung – die windgepeitschten Seevögel, die schiffbrüchigen Matrosen, die erschöpften Meerjungfrauen, die orientierungslosen Erzähltwordenen und die armen Fische, die sich in den wässrigen Abgründen der Tiefe verbergen.

– Die Nacht, als Mabels Baby geboren wurde –

»Baby? Welches Baby?«

– Es war ein Geheimnis, von dem nur ich wusste. Donald hatte einen weiteren Schlaganfall erlitten, nach dem er nicht mehr sprechen konnte, so dass es ihm nicht möglich war, sein Erstaunen in Worte zu fassen, als seine Frau wundersamerweise schwanger wurde. Ich glaube allerdings keinen Augenblick, dass sie es ihm erzählt hat, denn sie sagte es niemandem außer mir. Donalds Krankenbett war nie ein Ehebett gewesen, und Mabel blieb Jungfrau, unberührt sowohl von Dudley als auch von Donald. Und irgendwie schien eine unbefleckte Empfängnis wahrscheinlicher, als dass Mabel den Versuchungen des Fleisches erlegen wäre. Allerdings nahm ich auch keinen Augenblick lang an, dass Gott – an den ich nicht glaubte – Mabel als Vehikel für seine Wiederkunft auserwählt hatte.

Und auch Mabel glaubte das nicht, denn Gott bestrafte sie auf die bösartigste Weise – Er sprach nicht mehr mit ihr. Mabel konnte nach einem gelungenen Mittagessen bestehend aus kalten Koteletts, Schweinefleischpastete und Sandwiches mit selbst gepökelter Zunge den ganzen Nachmittag still auf ihrem unbequemen Küchenstuhl sitzen, und nicht ein Wort kam Ihm über die Lippen.

Niemand bemerkte, dass Mabel schwanger war. Die paar extra

Pfund Baby schienen an ihrer Fülle nichts zu ändern. Sie sprach nie über den Vater ihres Kindes, und ich wusste nicht, was sie tun würde, wenn das Baby geboren wäre. Ein Baby ist nur schwer zu verheimlichen.

»Aber man kann seine Herkunft verheimlichen.«

– Nicht für immer. Mabel erzählte mir von dem Baby, als ich während der Weihnachtsferien zu Hause war. Sie kümmerte sich bereits fürsorglich darum – sie verabreichte sich Lebertran, vermied schlechte Gedanken und Spinnen und trank hektoliterweise Milch. »Ich verwandle mich selbst noch in Milch«, sagte sie und lachte traurig. Und natürlich strickte sie wie ein Teufel, ihre Schubladen waren voller kleiner, spitzenbesetzter weißer Kleidungsstücke.

Effie war in London gewesen, um bei der Scheidung Geld herauszuschlagen. Leider kehrte sie nach Silvester zurück und fand ein Paar kleiner weißer Fäustlinge, deren Zweck sogar einem Vollidioten aufgegangen wäre. Effie war wie eine Katze in einem Käfig, ich glaubte, sie würde Mabel das Kind auf der Stelle aus dem Bauch reißen, und Mabel machte die Dinge auch nicht besser, indem sie Effie immer wieder versicherte, dass Gott sie lieben würde, wenn aller Welt klar war, dass nicht einmal Gott Effie liebte.

Also. An dem Abend, als Mabels Baby geboren wurde, war ich bei einem bunten Abend in der Dorfhalle von Kirkton of Craigie gewesen. Es war Ostern, und ein paar Wochen später sollte ich meine Abschlussprüfungen ablegen, seit Monaten hatte ich nichts anderes getan als gelernt. Effie war über das Wochenende weggefahren, vermutlich mit einem Mann.

Der Abend war so vergnüglich gewesen, ich hatte getanzt und mich amüsiert und in einen strammen Bauernburschen verliebt. Wir kannten uns seit Jahren, waren zusammen in die Grundschule gegangen, aber jetzt war ihm aufgefallen, dass ich weiblichen Geschlechts war. Ich trug eins von Effies abgelegten Kleidern – ein grünes Taftkleid mit einem weiten Rock – New Look, jedenfalls ein neuer Look für mich.

Der Bauernbursche fuhr mich auf seinem Traktor nach Hause, die letzten paar hundert Meter ging ich zu Fuß. Mir war noch heiß vom Tanzen und Verlieben und so, und ich spürte die Kälte nicht. Es war nach ein Uhr morgens, der Mond war voll – ein dicker käsiger Mond, der Erntezeit angemessener als einer kalten Frühlingsnacht. Die Kühe auf den Weiden sollten bald kalben, und ich hörte ihr ruheloses Scharren und Schnauben, aber ansonsten war es ganz still. Ich fühlte mich, als würde ich am Beginn von etwas Großem und Glorreichem stehen, meine Flügel ausbreiten, um loszufliegen.

(Ein verliebtes Mädchen ist ein schrecklicher Anblick.)

Auch im Haus war es still, ruhiger als früher, denn Donald war vor kurzem in einer gespenstischen Dunkelheit versunken, in der Schmerz das Einzige war, was bis zu ihm durchdrang. Sein Arzt hatte diesmal eine weitreichendere Diagnose gestellt und erklärt, dass er an Magenkrebs erkrankt sei, und Morphium verschrieben. Ich glaube, er hoffte, dass Mabel ihrem Mann still und leise eine Überdosis verabreichen und sein unvermeidliches Ende beschleunigen würde, aber Mabel hielt nichts davon, jemandem das Leben zu nehmen – außer es endete auf dem Küchentisch und war zum Verzehr bestimmt –, und meinte, dass man Gott nicht ins Handwerk pfuschen sollte. Denn sie glaubte noch immer an Gott, auch wenn Er nicht mehr an sie glaubte.

Auf dem Herd stand noch ein heißer Wasserkessel, und ich machte Tee, setzte mich an den Küchentisch, um ihn zu trinken und meine Zukunft mit dem Bauernburschen zu planen. Würde er vier Jahre warten, bis ich mein Studium abgeschlossen hätte? Wie würden unsere Kinder aussehen? Wie wäre es, von ihm geküsst zu werden?

»Du hattest ihn nicht geküsst?« (Wie schwierig es zu sein scheint, vom Traummann geküsst zu werden. War Nora jemals geküsst worden?)

– Nein, sagt sie bedauernd – wie man es tut, wenn man achtunddreißig ist und noch nie geküsst wurde, aber ich bin einundzwanzig und wurde schon oft geküsst, aber alle diese Küsse zusammen sind nicht einen imaginären Kuss von Ferdinand wert.

Das Wetter wird schlechter, falls das überhaupt noch möglich ist. Die Luft ist mit dem Heulen des Winds erfüllt, der Himmel gespalten von Blitzen, der Wind droht die kleine Insel in die wilden Wellen zu schleudern. Draußen schleichen die siamesischen Katzen Schutz suchend ums Haus. Wir fürchten, dass sie uns auffressen, wenn wir sie hereinlassen, aber schließlich können wir ihr Miauen nicht länger ertragen und geben nach. Sie tigern argwöhnisch durchs Haus, als hätten wir Fallen für sie aufgestellt.
»Erzähl weiter.«
– Schließlich ging ich nach oben. Zuerst schaute ich nach Donald – wenn man ihn nicht vor Schmerzen stöhnen hörte, hörte man ihn normalerweise schnarchen, aber an diesem Abend war er sehr still. Mir schoss der Gedanke durch den Kopf, dass Mabel ihn trotz ihrer Bedenken von seinem Elend befreit hatte. Der Mond schien durch ein hohes Fenster auf Donald – der in seinem Bett so ruhig dalag wie eine Leiche. Die Bettdecke hob und senkte sich nicht mit seinem Atem, und seine Hände waren vor der Brust gefaltet, als wäre er mit der Erwartung eingeschlafen, nie wieder aufzuwachen. Ich rief »Vater« und zwickte ihn in die Hand; er war noch warm, aber er war tot. Ich nahm vom Nachttisch das Fläschchen, das seine Morphiumtabletten enthielt, und spürte, dass es leer war, ohne hineinsehen zu müssen. Ich empfand nichts angesichts von Donalds Tod, außer vielleicht Erleichterung.
Ich lief ins Mabels Zimmer und hörte bereits im Flur ein gereiztes Miauen. Ich dachte, es wäre eine Katze – ich hatte nie zuvor ein neugeborenes Baby weinen gehört. Ich klopfte an die Tür und öffnete sie.
(Unsere eigenen Katzen – obwohl sie eigentlich nicht uns gehören – schleichen um unsere Füße und weinen wie Todesfeen, nicht wie Babys.)

Mabel saß aufrecht im Bett; die Laken waren ein zerfetztes, blutiges Durcheinander. Sie sah so grauenhaft aus, dass ich einen Augenblick lang dachte, sie hätte einen schrecklichen Unfall gehabt – unter ihren Augen waren schwarze Schatten, das schweißnasse Haar klebte ihr am Kopf, und der entsetzte Ausdruck in ihrem Gesicht legte nahe, dass sie in den Schlund der Hölle geblickt hatte. Sie hielt ein Baby in den Armen – ein rotes pflaumenhäutiges Baby. Das Baby war in ein großartiges Sortiment dessen gekleidet, was sie den Winter über gestrickt hatte – eine Strampelhose und ein kleines Jäckchen, Stiefelchen und ein mit Bändern verzierter Hut. Es sah aus wie ein Baby, das bereit war, auf eine lange Reise zu gehen.

Mabel hielt mir das Kind wortlos hin. Es schlief und sah niemandem ähnlich. Sein Aussehen beantwortete nicht die Frage nach der Vaterschaft. Es öffnete die Augen ein wenig, und ich ging mit ihm zum Fenster, zeigte ihm den Mond, und da ich nicht wusste, was man unter diesen merkwürdigen Umständen sonst tun sollte, erzählte ich ihm den Nonsens, den man Babys erzählt.

Und dann wurde die stille Nacht vom Motorengeräusch eines sich nähernden Autos gestört. Ich hörte, wie der Wagen in die Einfahrt fuhr, und erkannte Effies brutalen Fahrstil. Ich blickte Mabel an, um sie vor Effies kurz bevorstehender Ankunft zu warnen, und sah, wie sie ein weißes Pulver in das Glas Milch auf ihrem Nachttisch rührte. Ich dachte, es wäre Magenpulver – obwohl das ein eigenartiges Gegenmittel bei einer Geburt war –, aber dann roch ich den schwachen Mandelgeruch und erkannte die kleine Papiertüte wieder, in der das Gift gegen die Wespen aufbewahrt worden war.

Ich schrie auf, legte das Baby auf einen Stuhl, lief zu Mabel und riss ihr die Tüte aus der Hand, aber es war zu spät, sie hatte die Milch mit Zyanidgeschmack bereits getrunken. Sie blickte überrascht drein, als könnte sie nicht glauben, was geschah, und dann –

Nora hält inne, nicht der Wirkung wegen, denn das Geschichtenerzählen macht ihr keinen Spaß.
– Hast du mal jemanden an Gift sterben sehen?
»Natürlich nicht.«
– Ich will es nicht beschreiben, nein danke. Ich glaube, wir sollten Platz lassen und es uns vorstellen, wenn wir den Mumm dazu haben –

»So etwas nennt man Ausbüxen. Und dann?«
– Und dann war sie tot – was sonst? Sie musste warten, bis sie das Baby auf die Welt gebracht hatte, bevor sie sich umbringen konnte; es hätte allem widersprochen, woran sie glaubte, wenn sie auch das Kind getötet hätte. Sie musste es schon seit langem geplant haben. Und wenn sie schon zur Hölle fuhr, so hat sie vermutlich gedacht, dann konnte sie auch gleich Donald von seinem Leiden erlösen. Sie sagte noch etwas, bevor sie starb. Sie sagte: »Gott wird wieder mit mir sprechen.« Sie war verzweifelt, und die Verzweiflung ist ein gottverlassener Ort, und ich wünschte, ich hätte es gewusst, denn dann hätte ich vielleicht verhindern können, was passierte.
Ich fühlte ihren Puls, weil ich glaubte, dass man sie vielleicht noch retten konnte, als Effie hereinkam. Selbstverständlich blieb sie beim Anblick von Mabel wie angewurzelt stehen. Effie stank nach Alkohol und hatte einen Knutschfleck am Hals. Sie wirkte völlig derangiert. Dann sah sie das Baby auf dem Stuhl und stürzte sich darauf. Sie sagte, dass es nicht bekommen würde, was ihr gehörte. Ich hatte nie zuvor solchen Hass in einem Gesicht gesehen, nicht einmal in Effies Gesicht. Ich hätte versucht, ihr das Baby wegzunehmen, andererseits wusste ich, dass es ihr gleichgültig gewesen wäre, wenn sie es verletzt hätte. Sie schrie alle möglichen Gemeinheiten und Obszönitäten über Mabel und das Baby, über Geld und Rechtsanwälte. Ich meinte, dass jemand sie hören und kommen würde, um mir zu helfen, aber es war niemand da.

Effie rannte mit dem Baby aus dem Zimmer und die Treppe hinunter. Ich lief ihr nach, über die Wiese, durch das Tor im Zaun und dann bis zum Fluss. Der Fluss hatte Hochwasser und war eiskalt von der Schneeschmelze in den Bergen, aber Effie watete so weit wie möglich hinein. Einen Augenblick lang glaubte ich, dass auch sie sich umbringen wollte – ich hatte noch immer Mabel im Kopf –, und erst als sie mir zurief: »Was machen sie mit neugeborenen Kätzchen auf einem Bauernhof, Eleanora?«, begriff ich, dass sie das Kind ertränken wollte. Sie war natürlich völlig wahnsinnig.

Ich watete ihr nach. Das Wasser war unvorstellbar kalt und die Strömung viel stärker, als ich gedacht hatte. Die Steine im Flussbett waren glitschig, so dass ich kaum Halt fand. Das grüne Kleid, vollgesogen mit Wasser, zog mich hinunter. Ich versuchte, Effie das Baby aus dem Arm zu nehmen, aber als ich mich auf sie stürzte, rutschte ich aus und taumelte auf sie zu. Ich brachte sie aus dem Gleichgewicht, und wir fielen beide ins Wasser. Ich sah noch, wie das Baby vom Fluss davongetragen wurde wie ein korbloser Moses.

Effie und ich klammerten uns aneinander, während wir flussabwärts trieben. Wir landeten in der Nähe des Ufers, aufgehalten von den Ästen eines Baums, der ins Wasser gefallen war. Und dann, ohne nachzudenken, ergriff ich plötzlich eine Hand voll ihres langen Haars und stieß ihren Kopf unter Wasser. Ich wollte, dass sie starb. Ich wollte, dass sie tot wäre. Sie kämpfte sich nach oben, klammerte sich an mich wie eine Katze aus der Hölle. Aber ich war im Vorteil, denn sie hatte getrunken, und ich war gestählt durch die Jahre auf den Spielfeldern von St. Leonard, was ein besseres Training ist, als es die Marines kriegen. Vor Kälte konnte sie kaum sprechen, trotzdem flehte sie mich an, stotterte die Worte, auf die ich jahrelang gewartet hatte.

Schweigen.

»Welche Worte?«

»Bring mich nicht um«, bat sie, »ich bin deine Mutter.« Und dann

stieß ich ihren Kopf noch einmal unter das Wasser und hielt ihn dort fest. Als ich losließ, kam sie nicht wieder rauf.
Im Großen und Ganzen, sagt Nora nachdenklich, ist mir deine Geschichte lieber.

»Ich möchte nichts falsch verstehen – Effie und Lachlan waren deine *Eltern*?«
– Natürlich. Das hast du dir doch schon gedacht, oder? Effie bekam mich mit vierzehn. Sie hat es erst erzählt, als es schon zu spät war, um noch etwas unternehmen zu können. Vermutlich hat sie gehofft, dass es einfach verschwinden würde. Dass ich verschwinden würde. Sie lief noch im achten Monaten über das Lacrosse-Feld von St. Leonard. So wie ich sie kenne, hat sie es wahrscheinlich dank schierer Willenskraft verheimlicht.
Während der Sommerferien hat sie mich zu Hause in ihrem Bett auf die Welt gebracht, und die einfachste Möglichkeit, die Wahrheit zu verbergen, war, zu behaupten, ich wäre Marjories Kind, obwohl Marjorie zu dieser Zeit schon nicht mehr in der Lage war, sich um ein Baby zu kümmern. Effie kehrte sogar rechtzeitig in die Schule zurück und ließ mich bei Marjorie und einem verrufenen Kindermädchen zurück. Sie glaubten, dass ich zurückgeblieben wäre, weil es ja Inzucht gewesen war. Und so behandelten sie mich auch, selbst als sich herausstellte, dass ich es nicht war.
Als Lachlan das nächste Mal von Glenalmond nach Hause kam, kriegte er eine Tracht Prügel und wurde angewiesen »es nie wieder zu tun«. So viel zu den oberen Zehntausend.
(Das ist alles ein bisschen melodramatisch, nicht wahr? Grand Guignol mit einem Schuss griechischer Tragödie.)
– Ich habe dich gewarnt, ich habe dir von Anfang an gesagt, dass es eine so merkwürdige und tragische Geschichte ist, dass man meinen könnte, sie entspringe einer finsteren überaktiven Phantasie und nicht einem wirklichen Leben.
»Und was ist mit dem Baby? Ist es tot?«, frage ich.
– Hast du aber eine lange Leitung, sagt Nora und lacht liebevoll.

Ich bin das rote pflaumenhäutige Kind. Ich bin das Baby im Wasser. Meine Mutter ist nicht meine Mutter, ihre Mutter ist nicht ihre Mutter, ihr Vater ist nicht ihr Vater, ihre Schwester ist nicht ihre Schwester, ihr Bruder ist nicht ihr Bruder. Und siehe, wir sind so durcheinander gewürfelt wie Kekse in der am meisten geschüttelten Schachtel, die je im Regal eines Lebensmittelladens stand.

»Sodomitische Ratten!«, rief Madame Astarti, als der Torpedo auf der Strandpromenade explodierte.

Blut und Knochen

Wider Erwarten ist das Tageslicht zurückgekehrt, und wir haben die stürmische Nacht überlebt. Wir können von Glück reden, dass wir nicht aufgewacht sind und uns jenseits des Regenbogens wieder gefunden haben. Obwohl nirgendwo ein Regenbogen zu sehen ist, der Himmel aschen ist und Noras Augen die Farbe von toten Tauben haben. Die Katzen, die uns den Mangel an Milch, Fisch und Fleisch übel nehmen, haben sich in ihre dem Wetter preisgegebenen Wohnstätten zurückgezogen.

Wir frühstücken im Esszimmer, ein Raum, den wir normalerweise nicht benutzen. Die Einrichtung – Tisch, Stühle, eine große Anrichte – ist dunkel und schwer und in einem pseudoelisabethanischen Stil, der auf die Stimmung drückt. Wir könnten genauso gut in einem Hotel sein, so wie der Tisch am Fenster steht, damit wir aufs Meer hinausblicken können. Dagegen gäbe es in einem Hotel hoffentlich etwas Besseres als unser mageres Mahl aus Haferflocken und milchlosem Tee. Nachdem wir gegessen haben, bleiben wir am Tisch sitzen. Wir scheinen auf etwas zu warten.

»Warten wir auf etwas?«

Nora antwortet nicht. Sie schaut noch gebannter aufs Meer als sonst.

Ich reiche ihr das Fernglas des toten Donald, das auf der Anrichte steht.

– Danke.

Am Horizont ist ein Punkt – ein kleiner schwarzer Tupfen aus Nichts am Rand der Unendlichkeit. Wir warten. Der Punkt wird größer. Und größer. Und schließlich wird aus dem Punkt das Fischerboot, das mich hier abgesetzt hat. Es hebt und senkt sich mit den Wellen, und allein vom Hinsehen wird mir schlecht. Das Boot bringt einen Passagier, aber diese Gestalt ist verschwommen und uns noch unbekannt. Mein Herz schlägt mit den Wellen

– vielleicht ist Ferdinand aus dem Gefängnis ausgebrochen und kommt, um mich zu holen.
– Unwahrscheinlich, sagt meine unromantische Nichtmutter.
Wir ziehen uns warm an und klettern eilig den Pfad entlang der Klippen hinunter zur Küste, um unseren anonymen Besucher willkommen zu heißen. Der Fischer winkt Nora zu, und sie winkt zurück. Dieserart ist wahrscheinlich ihr Sozialleben. Der Fischer hilft seiner Fracht – einem abgerissenen Mann mittleren Alters, eingemummt, als wäre er unterwegs in die Arktis – in ein kleines Boot, so zerbrechlich wie eine Nussschale, und rudert ihn so nah ans Ufer wie möglich.
Der Mann stolpert durch die Wellen und auf die knirschenden Kieselsteine am Strand.
Nora streckt ihm die Hand hin und sagt:
– Hallo, Mr. Petrie. Ich warte schon lange auf Sie.
Und Chick – denn er ist es tatsächlich – sagt: »Vorsicht, ich muss schon wieder kotzen.« Und er hält sein Wort.

Wir sitzen in der Küche mit einem ärmlichen Feuer im Kamin. Das Fischerboot hat Vorräte gebracht, und wir verdrücken ein Festmahl, das dem Edinburgher Stadtteil Joppa alle Ehre gemacht hätte, bestehend aus Dosensuppe, Haferkuchen und Käse, Abernethy Biskuits und einem Battenbergkuchen.
– Ich habe es ihr erzählt, sagt Nora zu Chick.
»Alles?«, fragt er argwöhnisch und zündet sich eine Zigarette an. Er hält Nora die Schachtel hin, sie nimmt eine Zigarette, blinzelt durch den Rauch und sagt:
– Nicht alles. Ich habe Platz für Ihre Geschichte gelassen.
Es gibt einiges zu erklären – warum ist Chick hier? Wieso kennen sich Chick und Nora? Dieses rätselhafte Paar treibt mich zur Weißglut.
– Wachtmeister Charles Petrie, sagt Nora. Sie hatten doch diese kratzbürstige Frau, Moira, nicht wahr? Ich wette, sie hat Sie verlassen.

Natürlich, jetzt fällt es mir wieder ein – als Chick mich in jener Nacht von Balniddrie nach Dundee fuhr, erwähnte er, dass er an dem »Glenkittrie Fall« gearbeitet hatte, als er Dorfpolizist im öden Hochland war.

»Ich habe die Leichen gefunden«, erklärt mir Chick. »Der Alte war an einer riesigen Überdosis Morphium gestoren. Seine Frau an Gift. Offensichtlich hatte sie ein Kind zur Welt gebracht. Die ältere Tochter wurde nie gefunden, aber man zog ihr Kleid aus dem Fluss – das der Mann identifizierte, mit dem sie es am Tag vor dem Mord getrieben hatte, vermutlich also ertrunken. Die jüngere Tochter« – Chick hält inne und blickt zu Nora – »war verschwunden, zusammen mit dem Bastard, dem Wagen, den Diamanten. Das Einzige, was da war, waren Ihre Fingerabdrücke auf dem Gift und dem Morphiumröhrchen. Aus Dundee wurden Kriminalbeamte geholt«, sagt Chick düster. »Bald suchte jeder Polizist im ganzen Land nach einer Eleanora Stuart-Murray. Große Sache«, sagt Chick, »große Sache, berühmter Fall damals.

Ich habe nie geglaubt, dass Sie es gewesen sind«, fährt Chick an Nora gewandt fort. »Sie schienen ein nettes Mädchen zu sein. Ich habe Sie bei dem bunten Abend gesehen, wie Sie mit dem großen Bauernburschen getanzt haben, wie hieß er noch?«

»Er hat keinen Namen«, sage ich zu Chick.

– Robert, sagt Nora traurig, er hieß Robert.

»Die Beweise waren gegen Sie«, sagt Chick zu ihr. »Wenn ich Sie gewesen wäre, hätte ich das Gleiche getan, hätte mich auf und davon gemacht. Is noch Tee in der Kanne?«

– Ich bin davongerannt, um das Kind zu retten, sagt Nora.

»Wovor?« fragt das »Kind«.

– Vor Lachlan, vor dir selbst, vor der Vergangenheit, die du noch nicht kanntest.

Ich habe keine Mutter, keinen Bruder, keine Schwester, keinen Vater. Ich will nicht jemand sein, der zum ersten Mal im Leben die Augen öffnete und die eigene tote Mutter sah. Ich will nicht jemand sein, der auf die Welt kam, bloß um sofort zurück ins Wasser geworfen zu werden, wie ein abfallendes Blatt, wie ein achtlos fortgeworfenes Bonbonpapier.

– Das Erste, was du gesehen hast, war der Mond, verbessert mich Nora.

»Und das bringt alles in Ordnung?«

Ich möchte mir selbst zurückgegeben werden. Ich möchte Mutter, Vater, Bruder, Schwester, Tante. Ich möchte einen Familienhund und ein Familienauto. Ich möchte in einem konventionellen Reihenhaus aus den dreißiger Jahren mit einer Schaukel im Garten leben, und ich möchte Lammkotelett zum Abendessen und danach einen Victoria-Sandwich-Kuchen, der von einer richtigen Mutter gemacht wurde.

»Mit Marmelade und Buttercreme?«, fragt Chick und wischt sich mit dem Handrücken die Nase ab.

– *Den* kann ich dir nicht geben, sagt Nora, aber ich kann dir erzählen, was dann passierte und wie du wieder auf trockenes Land gekommen bist. Denn nicht nur ich blieb an dem in den Fluss gestürzten Baum hängen. Als ich aus dem Wasser waten wollte, sah ich, dass sich an einem Ast etwas verfangen hatte. Ich hörte es schreien –

»Es?«

– Dich. Ich hörte dich schreien trotz des rauschenden Wassers. Dein Jäckchen hatte sich an dem Ast verhakt, und du bist auf dem Wasser gehüpft, als wärst du aus Kork und nicht aus Fleisch.

Ich trug dich aus dem Fluss und zurück zum Haus, wo ich dich, so gut es ging, aufwärmte. Ich war überzeugt, dass du sterben würdest. Kleidung für dich war jede Menge vorhanden. Mabel hatte eine Ausstattung gestrickt, die für Vierlinge gereicht hätte. Als ich dir deine patschnassen Sachen auszog, fand ich um deinen Hals ihr kleines Kruzifix, es war ein Wunder, dass es dich nicht stranguliert hatte.

»Und vermutlich wirst du es mir jetzt zurückgeben«, sage ich zu ihr, »wie man es in allen guten Geschichten tut, damit ich ein Erinnerungsstück an die Mutter habe, die ich nie kannte.«

– Tja, das habe ich verloren, sagt sie beiläufig. In einem Zug. Oder in einem Bus, wer weiß? Gib mir ein Abernethy.

Also. Dann nahm ich alles Geld, das ich im Haus finden konnte, die Diamanten, die achtlos in einer Schublade lagen – ich war ganz ruhig –, ich dachte, ich könnte sie verkaufen, wenn wir kein Geld mehr hätten. Das habe ich natürlich nie getan aus Angst, dass man mich dadurch finden würde. Ich packte Babysachen ein und machte Sandwiches, ich nahm sogar eine Thermoskanne mit Tee mit. Es war fast, als würden wir zu einem großen Abenteuer aufbrechen. Dann fuhr ich mit Effies Wagen weg – ich wusste ungefähr, wie man ein Auto fährt, ich hatte ein paar Mal neben ihr gesessen, und es war kein Verkehr. Auf einem Parkplatz hielt ich an, um das Baby zu füttern, ich legte es an meine Brust, und es kam Milch. Es schien wie ein Wunder, ein Zeichen, aber ich habe seitdem von solchen Dingen gelesen.

»Du warst also eine siebzehnjährige Schülerin, die gerade ihre Schwester umgebracht hatte, die in Wirklichkeit ihre Mutter war, und du hast auf einer einsamen Hochlandstraße mitten in der Nacht ein Baby gestillt, das nicht dein Kind war.« Ich frage mich, ob es Worte gibt, die diese Situation adäquat wiedergeben können. Die, die mir einfallen – absurd, surreal, grotesk –, reichen irgendwie nicht aus.

– Dann fuhr ich zu einem Bahnhof und wartete auf dem Bahnsteig neben den Milchkannen und fuhr mit einem Frühzug über die Grenze und dann nach London, wo uns niemand kannte, und anschließend nach Brighton. Über einer Metzgerei sah ich den Namen »Andrews« und fand, dass er gewöhnlich genug klang und – na ja, den Rest kennst du.

Ich verfolgte die Geschichte in den Zeitungen – ich konnte schlecht in ein Polizierevier gehen und meine Unschuld an zwei Morden beteuern, wenn ich den dritten begangen hatte – und

damals wurden Mörder noch gehängt. Deswegen waren wir ständig unterwegs.
Und jetzt, sagt Nora, taucht Effie nach so vielen Jahren wieder auf. Es verändert natürlich nichts – denn ich *wollte* meine Mutter umbringen, und der Vorsatz ist alles. Noch ein Stück Battenberg, Mr. Petrie?, fragt sie so aristokratisch wie eine Herzogin.
»Nennen Sie mich Chick«, sagt Chick, »und ja, sie hieß Moira, und sie hat mich verlassen.«
– Was für eine blöde Kuh, sagt Nora übermütig, und Chick sagt: »Woher wissen Sie das?«

Ich weiß, was mit Effie passierte, weil sie es mir erzählte, kurz bevor ich vom Kai des Victoria Docks fiel. Damals verstand ich nicht, was sie sagte, aber jetzt verstehe ich es.
Ein Stück flussabwärts sah ein Mann, wie sie den Fluss hinuntertrieb. Er hatte sein Auto direkt am Wasser geparkt und wollte ein Stück Gartenschlauch von seinem Auspuff ins Wageninnere verlegen und sich selbst auf Nimmerwiedersehen von diesem Planeten verabschieden. Er war ein Vertreter aus Peterborough – Damenschuhe – und mit einer Frau verheiratet, die er hasste, von der er sich jedoch nicht scheiden lassen wollte, weil sie drei kleine Kinder und große Schulden hatten. Er war ein Feigling und meinte, es wäre einfacher zu sterben, als sich dem Zorn seiner Frau zu stellen, obwohl er sich nicht sehr feig vorkam, als er seine letzte Zigarette rauchte und die Hochlandszenerie bei Nacht betrachtete, im Gegenteil, er fühlte sich nachgerade tapfer angesichts dessen, was er vorhatte. Als würde an den Helden, der sich in ihm versteckte, appelliert, sah er in diesem Augenblick etwas flussabwärts treiben, und unter beträchtlichen Schwierigkeiten und nicht ohne seine Hose zu durchnässen zog er seine Najade an Land – Effie. Lebend (und aufreizend nackt) war sie schließlich doch ein Wasserbaby, und kaum ans Ufer gezerrt, hustete sie eine Menge Flusswasser aus, eine Wasserpflanze und zwei kleine Fische –

– Wirklich?

»Nein. Und so wurde sie gerettet. Und er fuhr mit ihr davon – bla, bla, bla.«

– Bla, bla, bla?

»Es war wie ein Zeichen für sie beide. Ein Neubeginn. Eine Wiedergeburt. Sie gingen zusammen nach Rhodesien, gründeten ein sehr erfolgreiches Unternehmen, er starb vor einem Jahr, und sie kam zurück, um die Dinge zu klären. Vielleicht um zu sühnen. Und sie hat mich vor dem Ertrinken gerettet, was vielleicht im großen kosmischen Plan der Dinge den Versuch ausgleicht, mich am Anfang zu ertränken.«

– Das bezweifle ich.

»Und sie war auf der Suche nach dir. Vielleicht wollte sie alles wieder gutmachen.«

– Und wo ist sie jetzt?

»Würde sie nicht zu Lachlan gehen?«, frage ich. »Was ist überhaupt aus ihm geworden?«

»Gestorben«, sagt Chick, »vor ein paar Wochen.«

– Hoffentlich war es ein langer schmerzhafter Tod, sagt Nora und nimmt noch eine von Chicks Zigaretten.

»Ich glaube schon«, sagt Chick. »Ich habe für ihn gearbeitet«, erklärt er mir –

»Wird in diesem Teil der Geschichte alles aufgeräumt und aufgeklärt?«

– Ja.

»Er hat mich angeheuert«, fährt Chick fort, »damit ich seine Tochter finde. Sie«, fügt er an Nora gewandt hinzu für den unwahrscheinlichen Fall, dass sie es vergessen hätte. »Und die Range«, sagt er und sieht mich komisch an. »Vielleicht hat sein Gewissen an ihm genagt, aber ich glaube, er wollte nur sicher sein, dass das Geld in der Familie bleibt. Es gibt keine weiteren Erben«, sagt er zu Nora, »nur Sie und die Range. Es war reiner Zufall, dass er mich aus den gelben Seiten ausgewählt hat.«

– So etwas wie Zufall gibt es nicht, sagt meine luftig-märchen-

hafte Nichtmutter, trinkt ihre Tasse aus und starrt auf die übrig gebliebenen Teeblätter.
»Sie sind mir also doch gefolgt.«
»Kann sein«, sagt er mit einer Spur Zerknirschung in der Stimme.

Dies ist das seltsamste Labyrinth, durch das ein Mensch je hindurchmusste, aber dankenswerterweise nähern wir uns dem versprochenen Ende. Mit Effie und Lachlan sind wir fertig; sie gehören in ein eigenes Buch, und hier ist kein Platz mehr für sie.
»Also«, sagt Chick, »da ist nur noch eine winzige Kleinigkeit.« Er holt eine Seite aus dem *Courier* aus seiner Tasche. Er hat einen kurzen Artikel mit der Überschrift *Mysteriöse Frau* eingekreist, den er auf seine ganz eigene Art vorliest: »– ein gewisser William Scrymegour ... weder ein direkter Verwandter des berühmten Prohibitionisten, Neddie Scrymegour, noch des großen Alexander Scrymegour, der mit Wallace blutete, bla, bla, bla ... ein älterer Herr, der mit dem berühmten Vierten Bataillon Black Watch kämpfte ... die Schlacht von Loos ... ausradiert, bla, bla, bla ... mietete eine Wohnung ... Magdalen Yard Green ... Schlafstörungen ... vergnügte sich damit ... in den frühen Morgenstunden ... den Tay mit seinem Fernglas ... das Wetter an diesem besonderen Morgen ... feucht und neblig, bla, bla, bla ... der Morgenzug aus Edinburgh sollte in sieben Minuten über die Brücke fahren ... kannte den Fahrplan auswendig ... hob das Fernglas ... überrascht von dem außergewöhnlichen und unerwarteten Anblick einer Frau, die zu Fuß auf die Eisenbahnbrücke ging ... trug einen roten Mantel ... war bereits ein gutes Stück Richtung Fife gegangen ... kletterte auf das Geländer ... stand da wie ein Vogel ... richtete sich ... auf dem Geländer auf ... sprang mit einem einwandfreien Kopfsprung ins Wasser, bla, bla, bla, tauchte nicht wieder auf. Der Zug aus Edinburgh pfiff und tauchte aus dem Dunst auf ... pünktlich, wie Mr. Scrymegour feststellte ... ausgiebige Suche im Tay ... keine Leiche gefunden ... niemand war ver-

misst gemeldet, und der Fall wurde zu den Akten gelegt, bla, bla, bla. Ende der Geschichte.

Das Interessante daran ist natürlich«, sagt er, nachdem wir diese eigenartig gekochte Geschichte verdaut haben, »dass die mysteriöse Frau einen Tag, *bevor* du ins Dock gefallen bist, von der Brücke sprang. »

– O nein, keine Gespenstergeschichten, sagt Nora schaudernd. Die kann ich wirklich nicht ausstehen.

– Es gibt noch eine offene Frage, sagt Nora, und wer könnte sie besser beantworten als unser Detektiv.

»Ich?«, sagt Chick.

– Ja, Chick, sagt Nora, und um das zu tun, müssen Sie uns *Ihre* Geschichte erzählen.

»Wie?«, sagt Chick, der plötzlich besorgt dreinblickt. »Ich habe sie schon erzählt, erinnern Sie sich – *ich habe die Leichen gefunden. Der Alte war tot* – und so weiter.«

– Ich weiß alles, sagt Nora leise, und ich meine wirklich alles.

Chick seufzt wie ein Mann, der weiß, dass er mit einem Messer an der Kehle mit dem Rücken an der Wand steht.

»Also. An so etwas bin ich nicht gewöhnt«, sagt er und starrt seine Füße an.

»Fangen Sie einfach am Anfang an«, sage ich, weil mir Mrs. Macbeth' Spruch eingefallen ist (den sie sehr gut von jemandem geklaut haben könnte), »und machen Sie weiter bis zum Ende.«

»Hm.«

– Fangen Sie mit dem Wetter an, das mache ich immer.

»Es war ein *unheimliches* Wetter«, sagt Chick. »Warm, aber regnerisch, wie ein Monsun oder so. Gewitter. Und Tiere tauchten auf, die nicht hierher gehören. Ein Puma trieb sich in der Gegend herum. Ich musste jemand von dem verdammten Zoo in Edinburgh kommen lassen.«

– Ach, den hatte ich vergessen, sagt Nora. Die Jäger waren alle

hinter ihm her, sie behaupteten, Katzen dürfe man das ganze Jahr über jagen.
»Und Fische«, sagt Chick, »ein Angler behauptete, einen Engelhai geangelt zu haben. Ein anderer wollte eine Meerjungfrau herausgefischt haben. Das Wetter brachte die Leute um den Verstand. Und die verdammten Wespen, die waren überall, in den Haaren der Leute, in ihren Betten, in ihren Schuhen, in ihren Keksdosen. Erinnern Sie sich an die Frau in Kembie?«, fragt er Nora. »Sie wurde gestochen, als sie die Wäsche aufhängte, und fiel tot um. Und es war Einmachsaison, die Frauen hatten den Verstand verloren und die Wespen auch. Alle hatten den Verstand verloren.
Himbeer«, sagt er mit einem Mal unerwartet wehmütig, »Himbeermarmelade war am süßesten.«
Wer hätte gedacht, dass Chick ein Marmeladenexperte ist?
»Sie hat Unmengen davon gemacht«, fährt er fort, »ständig in dem kupfernen Topf gerührt. Eines Morgens schaute ich vorbei, um sie vor einer Bande aus Tyneside zu warnen, die über die Grenze kam – und den Leuten die Häuser ausräumte. In der Gegend schloss niemand seine Türen ab.
Die Küche war wie ein türkisches Bad. Sie gab mir ein Stück Hammelpastete und ein paar grüne Bohnen, einen Rest Reispudding, eine Tasse Tee.«
(Der Weg ins Chicks Herz führt eindeutig über die traditionelle Route.)
»Und so ging es weiter.« Chick zuckt die Achseln. »Sie war einsam, ich war einsam. Sie hatte noch nie einen Mann gehabt, ihre Furche war nie beackert worden –«
– Wie charmant.
»Sie war mit diesem vertrockneten verkrüppelten Stecken verheiratet. Und sie war so eine nette Frau, als Erstes hat sie zu mir gesagt, dass Gott mich liebt, aber ich glaube, später hat sie es sich anders überlegt. In der Hitze des Gefechts haben wir ein paar Marmeladengläser umgeworfen. Das Zeug war

überall. Die Wespen schmissen sich im Sturzflug gegen das Fenster –«

Langsam, sehr langsam dämmert es mir.

»O mein Gott«, sage ich zu Chick. »*Sie* sind mein Vater.«

Ich habe also mein Erbe erhalten, das heißt, mein Blut. Meine Mutter war meine Mutter, mein Vater ist mein Vater.

Am letzten Tag des Winters, am nächsten Tag, gehen wir zur Küste hinunter, und Nora nimmt die – ziemlich überflüssigen – Diamanten aus der Manteltasche und wirft sie in den grauen Ozean, in dem sie zischend und dampfend im Wasser versinken.

»Sie hat den Verstand verloren«, sagt Chick zu mir, und ich kann ihm nur zustimmen.

– Nun gut, sagt Nora, das ist das Ende davon.

»Du hast mir verrückte Frauen im Speicher versprochen.«

– Eine verrückte Frau, ich habe dir nur eine Verrückte versprochen, und für sie war nicht genug Platz.

1999

Der Sinn des Lebens

Jetzt kommt ein Ende nach dem anderen.
Lachlan hinterließ nichts als Schulden, und die Diamanten, die auf dem Grund des Meeres lagen, waren alles, was vom Reichtum der Stuart-Murrays übrig war. Weder wurde im Tay eine Leiche gefunden, noch hörten wir je wieder von Effie.
Ich habe mein Studium nie abgeschlossen. Mein neuer, unvorhergesehener Vater nahm mich mit zurück nach Dundee, wo ich meine Habseligkeiten holte – Bob schrieb gerade seine letzte Prüfung (er schloss befriedigend ab, wusste jedoch nicht wie), aber ich sah ihn nicht mehr.
Eine Weile lang blieb ich bei Chick – er hatte eine Bruchbude in der Peddie Street, wir mussten unten aus dem Fenster steigen, um auf die im Freien befindliche Toilette zu gehen –, er bemühte sich, ein guter Vater zu sein, was hieß, dass er mir ständig Fish and Chips kaufte und mir eine Zigarette anbot, wann immer er sich eine anzündete. Dann verließ ich Dundee – verließ den Norden für immer, um woanders mein Glück zu suchen –, aber ich hielt engen Kontakt mit Chick und den »verdammten kleinen Rangen«, die (sehr zum Ärger Moiras) natürlich meine Halbgeschwister waren. Vor ein paar Jahren ist Chick gestorben, aber ich denke noch immer gern an ihn.
Chick überzeugte Nora davon, dass es mittlerweile sicher war, in die Welt der Lebenden zurückzukehren, und sie fing dort wieder an, wo sie aufgehört hatte, sie studierte und wurde Meeresbiologin. Sie heiratete einen Taucher – einen hübschen noch dazu, was Sie gewiss freuen wird –, und er kennt ihre Lebensgeschichte als Mörderin und Flüchtling. Sie haben ein kleines Boot namens *Sea Adventure II*, auf dem sie mehr oder weniger leben und wie ein Paar Meer-

Zigeuner durch die wärmeren Teile der Welt ziehen. Das also ist ein glückliches Ende. Ich sehe Nora nicht sehr oft, aber das ist schon in Ordnung. Was mich anbelangt, wird sie immer meine Mutter sein.

Vor kurzem war ich wieder in Dundee und ging unter einem Schrägkreuzhimmel über die Eisenbahnbrücke. Ich sah die Stümpfe von Thomas Bouchs unglückseliger Brücke, die Robben – so gesprenkelt und getüpfelt wie Holunderdrosseln –, die sich auf den Sandbänken mitten im Tay sonnten. Der Tay war von der Farbe der neapolitanischen Riviera. Dundee hatte sich verändert und auch nicht verändert. Es gab neue Gebäude – ein Museum für zeitgenössische Kunst, ein großes blaues Gebäude für medizinische Forschung –, alte waren verschwunden – das Overgate, die Wellgate Steps und das Haus in der Paton's Lane, in dem ich einst mit Bob gewohnt hatte. Die Schlagzeile der Zeitung lautete »Dundee-Reptil gerettet«, was bewies, dass die örtliche Presse so Dundee-zentriert ist wie eh und je.

Ich aß zu Mittag in dem neuen Museum neben dem Tay. Ich besuchte den Friedhof Howff, kaufte Tee bei Braithwaites' und Farnkekse bei Goodfellow and Steven. Ich schlenderte über das Universitätsgelände. Watson Grant war natürlich nicht mehr da. Aileen hatte ihn 1973 verlassen und war zu ihrem Liebhaber – ein schneidiger Luftwaffenpilot – gezogen. Grant Watson leistete ein Jahr später einen Offenbarungseid, verlor seinen Pensionsanspruch, musste eine Weile nach Liff. Jetzt lebt er zurückgezogen in Devon und arbeitet als Buchbinder.

Auch Dr. Dick war nicht mehr da – er lehrte mittlerweile an der Universität von Lancaster –, und Maggie Mackenzie war an einem Blutgerinnsel in ihrem Hirn gestorben, kurz nachdem ich ihr im Krankenhaus die Hand getätschelt und mich von ihr verabschiedet hatte. Professor Cousins ist vor Jahren gestorben, nachdem er die Zügel des Anglistikinstituts in die

Hände von Christopher Pike gelegt hatte, der wundersamerweise genesen war.

Zu meiner Überraschung sah ich Bob wieder. Ich war in Dundee, weil ich eine Lesereise machte. Zu aller Erstaunen, vor allem aber zu meinem eigenen, war ich eine Krimiautorin geworden – ich schrieb die sanfte Art von Krimi für nervöse Menschen, die nichts vom Verfall unserer Städte, von Computern oder Sex wissen wollen, und für die Ausländer, die englische Detektive lieben, solange sie skurril und farbenfroh sind.

Ich las vor einem bescheidenen Publikum in der Buchhandlung von James Thin in der High Street. Mittendrin blickte ich auf und sah eine Gestalt durch die Fensterscheibe starren wie ein neugieriger Fisch in einem Aquarium.

Ich hielt ihn für einen Verrückten und las weiter. Ein paar Minuten später kam der Verrückte in die Buchhandlung und blieb ärgerlichweise ganz hinten stehen. Erst nachdem ich die üblichen Fragen beantwortet hatte, sprach der Verrückte – übergewichtig, schütteres Haar, ziemlich schäbige Erscheinung.

»Bist du es wirklich?«, sagte er und sein angeborener nasaler Essex-Akzent war unüberhörbar.

Ich war es wirklich, aber war er es auch? Ja, es schien so.

Am nächsten Tag tranken wir in einem kleinen Café in der Perth Road Kaffee. Bob war Dozent für Sozialwissenschaften an der Morgan Academy. Zwei Kinder, geschieden, eine neue Freundin – Letzteres schüchtern vorgebracht. Mittleren Alters, halbwegs zufrieden, Hängeschultern. »Was soll ich sonst noch sagen?« Bob zuckte die Achseln. »Ich trinke zu viel, rauche zu viel, versuche, nicht zu viel zu denken.« Er lachte.

Wir sprachen über Kevin – denn Kevin Riley ist jetzt natürlich Großbritanniens zweitbrühmtester Fantasyautor. Sein letztes Buch, *Die Verschwörung von Balniddrie* – die neueste Folge der anscheinend endlosen *Chronik von Edrakonia* – führte die Taschenbuchbestsellerlisten an.

Ich erzählte Bob, dass ich in einem Secondhand-Buchladen in Suffolk ein lange vergriffenes Buch mit dem Titel *Die Invasion der Tara-Zanthianer* gefunden hatte, in dem es tatsächlich um eine Gruppe außerirdischer Invasoren ging, die Hunde und Hauskatzen als Währung einführten. Der Verfasser war nicht Der-Junge-ohne-Namen, sondern jemand namens »Colin Hardy«. Zumindest ein Geheimnis war gelüftet.

Wir sprachen auch über Janice Rand, die ihr Studium abgebrochen hatte und Altenpflegerin wurde. Drei Jahre später wurde sie des Mords an ihren Schützlingen überführt (sie »schickte sie nach Hause zu Gott«, erklärte ihr Anwalt) und in die geschlossene Abteilung eines psychiatrischen Krankenhauses eingewiesen. Chick war es, der sie im Auftrag der Verwandten der armen Senga hartnäckig verfolgte und den auf Zelluloid gebannten Beweis beibrachte, auf Grund dessen ihr schließlich der Prozess gemacht werden konnte.

Ein-, zweimal besuchte ich Ferdinand im Gefängnis, aber er schien einen ziemlich zweidimensionalen Charakter zu haben, und nach einer Weile gab ich ihn auf. Vor ein paar Jahren verschwand er, und Maisie – jetzt Mathematikdozentin in Cambridge – meint, dass er bei einem schief gelaufenen Drogendeal ums Leben gekommen ist.

Ich habe keine Ahnung, was aus dem gelben Hund wurde, aber der Gedanke, dass er noch am Leben ist, wenn auch nur in einem Buch, gefällt mir.

Das wäre das.

Bob musste gehen – er war mit Robin, jetzt ein Sozialarbeiter, in der Tay Bridge Bar verabredet.

Ich lehnte seine Einladung mitzukommen ab.
Ich fragte mich, ob Bobs Leben anders verlaufen wäre, hätte ich ihm nicht den Sinn des Lebens gestohlen.
Bob entdeckte den Sinn des Lebens an einem grauen Tag, kurz bevor diese Geschichte begann. Als Bob seine Epiphanie erlebte, lag er auf dem rauen Teppich und probierte unbekümmert den Todesgriff der Vulkanier an Shug aus. Shug seinerseits fuhr tapfer fort, auf der Hülle von Bobs *Electric Ladyland* Album einen Joint zu drehen. Im Fernsehen, auf das niemand achtete, liefen Nachrichten über ein weit entferntes Land, über das wir nichts wussten, außer dass es bombadiert wurde.
Bob schaltete auf einen anderen Kanal. »*Dr. Who*«, erklärte er Shug, »die zweite Folge von ›Der Fluch von Peladon‹. Die Eiskrieger sind bei diesem Treffen der Außerirdischen –«
Ich ging kurz hinaus, und als ich wiederkam, befanden sich die beiden in einem seltsamen Zustand metaphysischer Hysterie und zappelten auf dem Teppich herum wie frisch gefangene Fische.
»Wow«, sagte Bob immer wieder, »der Sinn des Lebens, das ist wirklich ... heftiges Zeug.«
Shug machte eine grandiose Geste, die seine Tabaksdose durchs Zimmer sandte.
Leider waren Bob und Shug zu geschwächt, um mir ihre folgenschwere Erkenntnis mitzuteilen. Bob wurde von einer Pfanne abgelenkt, die mitten auf dem Teppich stand. Die Pfanne enthielt einen Rest Spaghetti Bolognese, die sich in Bobs mit Acid verseuchtem Gehirn gerade in eine Grube voll sich windender Schlangen verwandelt hatte. Als er sich von diesem Wahn erholt und wieder aufgehört hatte zu schreien, hatten sowohl er als auch Shug ihr großes arkanes Geheimnis vergessen.
»Scheiße«, sagte Bob gewählt, rappelte sich auf die Füße und suchte hilflos im ganzen Zimmer, sah in Schubladen und

unter Kissen nach, als wäre der Sinn des Lebens Teil der materiellen Welt.

Glücklicherweise stolperte Bob in diesem Augenblick über sein Schuhband, und der Sinn des Lebens fiel ihm wieder ein. Niedergeschlagen angesichts der Erkenntnis, wie leicht man etwas so Bedeutendes vergessen konnte, diskutierten Bob und Shug eine Zeit lang darüber, wie sie ihn für die Nachwelt aufbewahren könnten. Schließlich erbarmte ich mich ihrer und schlug vor, dass sie ihn aufschreiben sollten.

»Wir müssen ihn aufschreiben!«, schrie Bob und hielt sich an Shugs Arm fest, denn vor Aufregung lief er Gefahr umzufallen. Beide hielten den Vorschlag für eine geniale Idee, fast so genial wie den Sinn des Lebens selbst, und nach langer Suche fand Bob einen Fetzen liniertes Papier und schrieb, wenn auch unter Schwierigkeiten, denn jedes Mal, wenn er einen Buchstaben zu Papier brachte, verwandelte sich dieser in ein Strichmännchen und lief davon. Schließlich zähmte er die Strichmännchen zu einer Art Schrift, und nach eingehender Diskussion wurde beschlossen, dieses wertvolle Schriftstück in einem Umschlag in eine Schublade des Wohnzimmerschanks zu legen.

Kaum war der Sinn des Lebens in Sicherheit, brachten Shug und Bob einen Trinkspruch darauf aus mit zwei Dosen Bier von Tennent's, die mit Bildern von Mädchen bedruckt waren – Bob mochte Tracy am liebsten.

»Also dann auf uns«, sagte Shug unter Mühen. »Wer kann es mit uns aufnehmen?«

Bob wies die richtige Antwort zurück – »Nur wenige, und die sind schon tot« – und suchte nach einem eigenen Segensspruch. Er runzelte die Stirn, dachte sichtlich hart nach und erklärte schließlich überaus feierlich: »Auf ein langes und glückliches Leben.«

Ein paar Tage später, als ich nach meinen Immatrikulationsunterlagen suchte, fand ich den Zettel. Ich habe ihn behalten – er liegt jetzt in einer Schublade meines Schranks in meinem Haus in der Bretagne –, und hin und wieder lese ich ihn, nur um mich daran zu erinnern, worin der Sinn des Lebens wirklich besteht.

Bob hatte Folgendes geschrieben. Merken Sie es sich gut, denn es ist der Sinn des Lebens:

»Wenn man auf dem Tisch steht,
kann man die Decke berühren.«

Die Hand des Schicksals

von
Effie Andrews

Wir freuen uns, Effie Andrews' zum ersten Mal vor sechsundzwanzig Jahren veröffentlichten ersten »Madame Astarti«-Roman, Die Hand des Schicksals, als Sonderausgabe zum Start der darauf basierenden Fernsehserie erneut vorlegen zu können.

Effie Andrews
im Urteil der Kritiker:

»Eine Miss Marple für das neue Millennium.«
Woman's Realm

»Sie wird mit jedem Buch besser.«
Yorkshire Post

»Faszinierend.«
Whitby Gazette

Weitere »Madame Astarti«-Romane:

Das Glücksrad
Meerjungfrauen ahoi!
Der Finger des Schicksals

Und das preisgekrönte
Nimm eine Karte, irgendeine

Effie Andrews wurde 1951 in Schottland geboren. Sie lebt jetzt in Frankreich.

Die Figuren, Orte und Ereignisse dieses Romans entspringen entweder der Phantasie der Autorin oder werden in einem vollkommen fiktiven Rahmen eingesetzt.

Kapitel 1
Lady Luck

Ein einsamer Fischer, der früh auf war, um Meeresforellen zu fischen, fand die erste Leiche. Der Fischer dachte gerade, dass es ein schöner Tag werden würde. Die rosagoldenen Strahlen eines kinoreifen Sonnenaufgangs schimmerten auf der metallisch dunklen Oberfläche des Meeres, als er den unerwünschten Fang zu seinem Boot, der Lucky Lady, zog. Er war kein abergläubischer Mann, aber im Halbdunkeln meinte er, silberne Schuppen und Seetanghaar zu sehen, und glaubte einen wilden schrecklichen Augenblick lang, eine Meerjungfrau sei ihm ins Netz gegangen. Als er seine Beute an den Haken nahm und näher zum Boot zog, erkannte er, dass es keine Meerjungfrau war, sondern der aufgeblähte Leichnam einer Frau, die noch die Überreste eines Abendkleids aus Silberlamé trug. Seetang hatte sich in ihrem langen Haar verfangen, das dunkel schien, aber nachdem er sie zur Küste gebracht hatte, war es zu einem ausgebleichten Blond getrocknet.

Er ergriff ihre Hand, um ihr an Bord der Lucky Lady zu helfen, aber die Haut löste sich von ihrem Arm wie ein langer Handschuh aus Satin. Der Fischer musste sie noch ein bisschen länger im Wasser lassen, während er sich ins Meer erbrach. Sie trieb träge davon, sie hatte es nicht eilig, seit fünf Tagen war sie jetzt tot und gewöhnte sich allmählich an ihr wässriges Element. Sie begann sich bereits einem Meereswandel zu unterziehen, ihre Knochen waren zwar noch keine Korallen, aber ihr verbliebenes Auge war eine opake Perle, und dünne, am Ende gekräuselte Tangstreifen schmückten ihre langen Haarsträhnen. Eine ganze Flottille kleiner gieriger Seegeschöpfe geleitete die frühmorgendliche Meerjungfrau in den sicheren Hafen.

Die Frau wurde schließlich an Land gebracht und um genau um 6 Uhr 32 von einem blassen Wachtmeister Collins zu Protokoll genommen. Nach einem unwürdigen Kampf, sie aus dem Boot zu hieven, hob der Polizist schließlich die totenschwere Leiche mit den eigenen Armen hoch. Er dachte an den warmen Körper seiner Frau, die noch in ihrem gemeinsamen Bett in ihrem kleinen modernen Haus schlief, und seine himmelblauen Augen umwölkten sich. Was hatte sie gemeint, als sie sich am Abend zuvor im Bett zu ihm drehte, ihn böse anstarrte und sagte, sie stürbe vor Langeweile? Eins stand fest: Es konnte nicht schlimmer sein als Tod durch Ertrinken.

Blitzendes Blaulicht geleitete Inspektor Gannet in den Hafen, wo eine Schar Urlauber die Hälse reckte, um die Aufregung mitzuerleben. So, ja, dachte Jack Gannet, so fängt es an -

Letzte Worte

»VIELLEICHT«, STIMMTE J VORSICHTIG DEM MANN ZU, DER FÜR IMMER SEIN FEIND SEIN WÜRDE, »ABER ANDERERSEITS VIELLEICHT AUCH NICHT.«

Kenny	**Es ist nichts. Nichts. Hörst du mich?**
Dod	**Ich weiß.**
Jed	**Vielleicht hatte Rick doch Recht.**

»Ja, natürlich will ich«, murmelte Flick glücklich, als Jake sie in die Arme nahm und sie leidenschaftlich zu küssen begann.

»Ts, ts«, sagte Madame Astarti. »Wer hätte gedacht, dass Sie tatsächlich der Mörder sind?«

Herzog That-Vint stieg auf sein Ross Demaal und salutierte zum Abschied seinem treu ergebenen Diener Lart. Er wandte sich Lady Agaruitha zu, die neben ihm ritt, und sagte: »Ein Kapitel mag abgeschlossen sein, aber der Kampf um Gerechtigkeit wird ewig weitergehen.«

Und die Gewinnerin des Booker Prize im Jahr 2001 ist ... Andrea Garnett für ihren Roman *Antheas Angst.*

Was immer uns lieb und teuer
Gehört dem lieben Gott dort oben
Was uns für einen Tag gewährt
Ist nun zu ihm zurückgekehrt

(Grabinschrift im Friedhof Howff, Dundee, und von Terri als Leitspruch auf den geschmackvollen Steinbögen übernommen, die den Eingang zu allen Tierfriedhöfen der überaus erfolgreichen Kette bilden, die sie 1976 in San Francisco gründete.)